SOPHIE KINSELLA

Née à Londres en 1969, Sophie Kinsella est une véritable star. Elle est l'auteur de *Les petits Secrets d'Emma* (2005), de *Samantha, bonne à rien faire* (2007), de *Lexi Smart a la mémoire qui flanche* (2009) et de *Très chère Sadie* (2010). Elle est également reconnue dans le monde entier pour sa série-culte des aventures de Becky – *Confessions d'une accro du shopping* (2002 ; 2004 ; 2009), *Becky à Manhattan* (2003), *L'accro du shopping dit oui* (2004), *L'accro du shopping a une sœur* (2006), *L'accro du shopping attend un bébé* (2008) et *Mini - accro du shopping* (2011) –, dont les deux premiers volets ont été adaptés au cinéma en 2009. Tous ses romans sont publiés chez Belfond et repris chez Pocket.

**Retrouvez l'actualité de Sophie Kinsella sur
www.sophiekinsella.fr**

LEXI SMART
A LA MÉMOIRE
QUI FLANCHE

SOPHIE KINSELLA

LEXI SMART
A LA MÉMOIRE
QUI FLANCHE

Traduit de l'anglais
par Daphné Bernard

BELFOND

Titre original :
REMEMBER ME ?
Publié par Bantam Press, an imprint of Transworld Publishers,
Londres

Le papier de cet ouvrage est composé de fibres naturelles, renouvelables, recyclables et fabriquées à partir de bois provenant de forêts plantées et cultivées durablement pour la fabrication du papier.

place
des
éditeurs

© Belfond, un département de   , 2009.
ISBN 978-2-266-19870-7

Pour Atticus

Prologue

Quelle soirée nulle ! La plus nulle de chez nul.

Si je devais lui attribuer une note, elle obtiendrait un zéro pointé. Et, croyez-moi, mon échelle d'évaluation ne vole pas très haut.

Mes ampoules aux pieds me font tellement souffrir que je sautille sur place. Et pendant ce temps, la pluie dégouline dans mon cou. Je tiens ma veste en jean au-dessus de ma tête. Comme parapluie, on peut faire mieux. Si seulement je trouvais un taxi, je pourrais rentrer chez moi, enlever ces bottes ridicules et me faire couler un bain bouillant. Mais je monte la garde depuis dix minutes, et pas le moindre taxi à l'horizon.

Mes pieds me font un mal de chien. Promis, juré : c'est la dernière fois que j'achète des chaussures à la solderie. Je me suis laissé tenter par ces bottes la semaine dernière (en cuir verni noir et plates : je ne porte jamais de talons). Elles sont trop petites d'une demi-taille mais la vendeuse m'a affirmé qu'elles se détendraient. Elle m'a dit aussi qu'elles m'affinaient la jambe. Et moi, comme une cloche, je l'ai crue.

J'attends un taxi au coin d'une rue du sud-ouest de Londres. Un quartier où, avant ce soir, je ne m'étais jamais aventurée. De la musique provient du club qui se trouve à deux pas, dans un sous-sol. La sœur de Caroline, qui est dans les relations publiques, nous a obtenu des entrées à tarif réduit. On s'est toutes trimballées jusqu'ici et maintenant il nous faut regagner nos pénates. Je suis la seule à essayer de trouver un tacot.

Ma copine Fi s'est attribué la seule porte cochère des environs. Elle est en train de vriller sa langue dans le gosier d'un prince charmant qu'elle a dragué au bar. Mis à part sa petite moustache, il est assez mignon. Il est plus petit que Fi, ce qui arrive fréquemment, vu qu'elle mesure genre un mètre quatre-vingts. Fi a des cheveux longs, une grande bouche et un rire tonitruant qui va avec. Quand elle éclate de rire tout le bureau retient son souffle.

Quelques mètres plus loin, Carolyn et Debs, bras dessus, bras dessous et abritées sous un journal, chantent à tue-tête *It's Raining Men*, comme sur une scène de karaoké.

— Lexi ! crie Debs, en me faisant signe de les rejoindre. Il pleut des cordes !

Ses longs cheveux blonds sont en bataille mais elle garde sa bonne humeur. Debs a deux passions : le karaoké et la création de bijoux. D'ailleurs, je porte une paire de boucles d'oreilles qu'elle m'a offerte pour mon anniversaire : des petits L en argent agrémentés d'un semis de perles.

— Il ne pleut pas des cordes, je rectifie d'un ton sinistre. Il pleut tout simplement.

En général, moi aussi j'adore le karaoké. Mais ce soir, je ne suis pas d'humeur à chanter. Je suis courbatue moralement et j'ai plutôt envie de rester dans mon coin. Si seulement Dave le Loser était venu comme promis. Malgré tous ses SMS d'amour, malgré ses serments de me retrouver à dix heures pile. Et moi, j'ai attendu, les yeux rivés sur la porte, même quand les copines m'ont dit de laisser tomber. Maintenant, je me sens comme une dinde.

Dave le Loser vend des voitures par téléphone. Je l'ai rencontré à un barbecue chez Carolyn l'été dernier. Depuis, c'est mon amoureux. Une précision : je ne l'appelle pas Dave le Loser pour être désagréable – c'est juste son surnom. Personne ne sait d'où ça lui vient et il refuse d'en parler. À dire vrai, il aimerait bien qu'on arrête. Pendant un moment, il s'est baptisé « Butch », en prétendant qu'il ressemblait à Bruce Willis dans *Pulp Fiction*. Il a la boule à zéro mais la similitude s'arrête là.

En tout cas, son changement de prénom a fait un bide. Pour ses collègues, il est toujours Dave le Loser. Moi, je suis Ratichiotte, mon surnom depuis mes onze ans. Ou parfois, Tête de crêpe. J'avoue que j'ai le cheveu crépu et les dents de travers. Mais je dis à tout le monde que ça me donne un certain genre.

(Archifaux ! En fait, c'est Fi qui trouve que ça me donne un certain genre. Quant à moi, j'ai l'intention de les faire arranger, quand j'aurai l'argent et le courage de porter un appareil, ce qui n'arrivera sans doute jamais.)

Un taxi apparaît soudain et j'agite le bras – mais d'autres gens lui ont fait signe avant moi. Bravo ! Je fourre mes mains dans mes poches et scanne la rue dans un état de frustration totale.

Si je suis de mauvais poil, ce n'est pas seulement la faute de Dave le Loser. C'est aussi à cause des primes.

L'année comptable s'étant terminée aujourd'hui, le personnel a reçu un papier jaune indiquant le montant des primes. Mes chères collègues ont sauté de joie car les ventes pour 2003-2004 ont été meilleures que prévu. On aurait dit Noël avec dix mois d'avance. Elles ont passé l'après-midi à se vanter de la façon dont elles allaient dépenser leur argent. Carolyn va emmener son chéri à New York. Debs a pris rendez-vous chez Nicky Clark pour des mèches – c'est son rêve. Fi a commandé un nouveau sac branché, le « Paddington », chez Harvey Nichols.

Et moi et moi et moi ? Rien, *nothing*, *nada* ! Non pas que j'ai mal bossé ou que j'ai raté mes quotas, mais je n'ai travaillé que cinquante et une semaines ! Il m'a manqué juste cinq jours. C'est trop injuste. Ils sont trop radins. Ah ! si on m'avait demandé ce que j'en pensais…

Mais, visiblement, l'avis d'une jeune chef des ventes adjointe (section Revêtements de sol) n'intéresse pas le patron. Autre chose : mon titre. On ne peut pas faire pire. C'est même gênant. Le tout tient à peine sur une carte de visite. Plus l'intitulé est long, plus le job est merdique. Ils croient vous éblouir avec un titre ronflant dans l'espoir que vous ne remarquerez pas que vous êtes coincée dans un bureau sordide, responsable de comptes qui n'intéressent personne.

Une voiture roule dans une flaque d'eau sans me laisser le temps de reculer. Résultat, je suis éclaboussée des pieds à la tête. J'entends Fi qui passe à la vitesse supérieure avec son mec et lui murmure des choses douces à l'oreille. Malgré ma mauvaise humeur, je dois pincer les lèvres pour ne pas éclater de rire. Il y a quelques mois, après une soirée arrosée avec les filles, nous avons déballé nos petits secrets d'alcôve. Fi nous a confié qu'elle utilisait toujours la même phrase : « Ma petite culotte est en train de fondre. »

Non mais, franchement ! Quel mec serait assez naïf pour croire un truc pareil ?

Eh bien, d'après les statistiques de Fi, ça marche à tous les coups.

Debs nous a avoué que le seul mot qu'elle met à toutes les sauces pendant une partie de jambes en l'air sans hurler de rire c'est l'adjectif « chaud ». « Je suis chaude », « T'es chaud », etc. En fait, quand on est aussi belle, pas besoin de faire de longs discours.

Carolyn, qui est avec Matt depuis des siècles, prétend qu'elle se tait au lit sauf pour murmurer « Ouii » ou « Plus haut ». Une fois, alors qu'il était sur le point de jouir, elle s'est exclamée : « Oh merde, j'ai oublié mes rouleaux chauffants ! » Avec son sens de l'humour tordu, elle l'a peut-être fait exprès. Matt est pareil qu'elle. Ils sont tous les deux géniaux – à la limite du débile. Lorsqu'on sort ensemble, ils s'envoient tellement d'insultes à la figure qu'on a du mal à savoir s'ils sont sérieux. Le savent-ils eux-mêmes ?

Quand ç'a été mon tour de jouer au petit jeu de la vérité, j'ai avoué que j'aime dire des choses gentilles à mon mec. Genre : « Tu en as de belles épaules » ou « T'as de beaux yeux, tu sais ».

Je leur ai caché que je fais ça avec le secret espoir qu'on me retourne le compliment. Mais ça n'est jamais arrivé.

Peu importe !

— Hé, Lexi !

Fi s'est décollée de son type. Elle vient s'abriter sous ma veste et sort son rouge à lèvres.

13

— Où est passé ton prince charmant ? je demande en clignant des yeux pour égoutter mes cils.

— Prévenir la fille qui l'accompagnait qu'il se tirait.

— Oh, Fi !

— Et alors ? rétorque-t-elle sans le moindre remords. C'était pas sa propriété privée.

Elle s'applique une couche de rouge vif et continue :

— Je vais me racheter un nouveau maquillage. Toute la gamme Christian Dior. Je peux me l'offrir maintenant !

— Bien sûr, fais-je en me forçant à paraître enthousiaste.

Fi, qui se rend soudain compte de sa gaffe, m'enlace gentiment.

— Oh, ma pauvre choute ! Désolée. Tu aurais dû avoir ta prime. C'est trop injuste.

— Ne t'en fais pas. Ça sera pour l'année prochaine.

— Tu te sens bien ? Tu veux aller boire un verre ?

— Non, il faut que je rentre me coucher. Demain, je me lève tôt.

Fi comprend soudain et elle se mord les lèvres.

— Bon Dieu ! J'avais oublié. Avec ces histoires de primes et tout et tout… Lexi, mille excuses. Tu traverses un sale moment.

— C'est pas la fin du monde ! je rétorque.

Rien de plus horrible que les gens qui gémissent sur leur sort. Je me force donc à faire un beau sourire pour lui montrer que ça ne me dérange pas d'avoir les dents de travers, un mec qui m'a plantée, d'être privée de prime et d'avoir perdu mon père.

Fi se tait, ses yeux verts scintillent dans la lumière des phares d'une voiture qui passe.

— Les choses vont s'arranger, Lexi.

— Tu crois ?

— Et comment, assène-t-elle d'un ton énergique en me serrant contre elle. Il suffit d'y croire. D'ailleurs, t'es une femme ou une baleine ?

Fi répète cette expression depuis qu'elle a quinze ans et ça me fait toujours sourire.

— Tu sais quoi ? poursuit-elle, ton père serait content que tu assistes à son enterrement avec la gueule de bois.

Elle n'a vu mon père que deux fois dans sa vie, mais elle a sans doute raison.

— Au fait, Lexi…, ajoute-t-elle d'une voix plus douce.

Je m'arme de courage. J'ai les nerfs à fleur de peau. Si Fi me dit quelque chose de gentil au sujet de mon père, je risque d'éclater en sanglots. Je ne le connaissais pas très bien, mais on n'a qu'un papa…

— Au fait, reprend Fi, tu aurais une capote à me refiler ?

Et moi qui craignais un débordement de sympathie !

— Enfin, c'est au cas où. On va sans doute se contenter de bavarder et de refaire le monde.

— Bien sûr.

Je farfouille dans mon sac vert Accessorize – un cadeau d'anniversaire – et lui tends discrètement une Durex.

— Merci, ma choute, fait-elle en m'embrassant la joue. Tu veux venir chez moi demain soir ? Quand tout sera fini ? Je ferai des spaghettis à la carbonara.

— Super. Je t'appelle.

Je m'en réjouis d'avance : des pâtes délicieuses, un verre de vin et je lui raconterai l'enterrement. Fi a le don de tout tourner en dérision. On va s'éclater. Ah, voilà un taxi.

— Hé, taxi !

Je fonce au bout du trottoir et fais signe à Debs et à Carolyn, qui s'égosillent sur *Dancing Queen*, de s'approcher. Les lunettes de Carolyn sont couvertes de pluie et elle est en avance d'une mesure sur Debs.

Les cheveux dégoulinants dans ma figure, je me penche vers le chauffeur :

— Bonsoir. Pouvez-vous nous déposer d'abord à Balham et puis…

— Pas de karaoké dans ma voiture, m'interrompt-il en jetant un sale coup d'œil à mes copines.

Je le regarde ahurie :

— Comment ça, « Pas de karaoké » ?

— J'veux pas de filles à me hurler dans les z'oreilles.

Il plaisante ou quoi ? Il ne peut pas interdire aux gens de chanter !

— Mais…

— C'est ma voiture, je fais ce que je veux. Pas de soûlots, pas de camés, pas de karaoké !

Sans me laisser le temps de répliquer, il écrase l'accélérateur et démarre sec.

— C'est pas légal, dis-je en hurlant. C'est de la discrimination ! C'est…

Je me retourne, de plus en plus exaspérée. Fi est retournée dans les bras de sa dernière conquête. Debs et Carolyn ont repris *Dancing Queen* en chœur. C'est un tel massacre que je comprends le chauffeur. Le trafic est toujours aussi dense et nous sommes copieusement aspergées. La pluie traverse ma veste en jean et douche mes cheveux. De sombres pensées tournent dans ma tête comme des chaussettes dans un lave-linge.

On ne trouvera jamais de taxi. On va être bloquées ici toute la nuit sous la pluie. Ces cocktails à la banane étaient écœurants, j'aurais dû m'arrêter après le quatrième. L'enterrement de mon père a lieu demain. Je n'ai jamais assisté à un enterrement. Et si je me mets à sangloter et que tout le monde me regarde ? En ce moment, Dave le Loser doit se taper une pouffe en lui disant qu'elle est superbe tandis qu'elle gémit : « Oh Butch ! Butch ! » J'ai des ampoules et mes pieds sont gelés…

— Taxi !

J'ai hurlé en le voyant au loin. Mais voici qu'il met son clignotant pour virer à gauche.

— Tournez pas ! Par ici ! Ici !

Il faut que je le prenne. Absolument. Agrippant ma veste au-dessus de ma tête, je cours comme une folle en dérapant et en criant : « Taxi ! Taxi ! » En arrivant au coin de la rue, je contourne une foule agglutinée sur le trottoir et monte les marches d'un grand immeuble municipal. Arrivée en haut du perron, je hurle en direction du taxi : « Taxiii ! Taxiii ! »

Chouette ! Il s'arrête. Dieu merci ! Enfin je vais rentrer chez moi, prendre un bain, oublier cette journée.

— Une seconde, j'arrive !

Horreur ! Un type en costume, planté sur le trottoir, tente de me précéder.

— C'est le nôtre, je rugis en dégringolant l'escalier. Je lui ai fait signe la première ! N'essayez pas de… Mer…

Soudain, je pars en vol plané sur les marches mouillées, sans savoir ce qui m'arrive. Pendant ma chute, ma cervelle bouillonne. C'est la faute de ces bottes cheap avec leurs semelles glissantes. Me voici les quatre fers en l'air, comme une enfant de trois ans. J'essaye de me retenir à la balustrade mais je ne fais que m'écorcher la main. Mon sac m'échappe, rien n'arrête ma chute…

Oh ! merde…

Le sol se rapproche. Je ne peux rien y faire. Ça va faire très mal…

1

Il y a longtemps que je suis réveillée ? C'est déjà le matin ?

J'ai l'impression d'être dans du coton. Qu'est-ce qui s'est passé hier soir ? Ce que j'ai mal à la tête ! Promis, juré, je ne boirai plus jamais.

Je suis tellement dans les vapes que je ne peux même pas penser, encore moins...

Aïe ! Il y a longtemps que je suis réveillée ?

J'ai le crâne en compote, la cervelle en bouillie, la bouche en carton. Je n'ai jamais eu une gueule de bois aussi épouvantable. L'alcool et moi, finito !

Quelqu'un me parle ?

Non, j'ai trop sommeil...

Il y a longtemps que je suis réveillée ? Cinq minutes ? Une demi-heure, peut-être ? Difficile à dire.

D'ailleurs, on est quel jour ?

Je reste immobile pendant un moment. Ma tête résonne comme si on y allait au marteau-piqueur. J'ai la bouche sèche et j'ai mal partout. Et j'ai l'impression que ma peau est comme du papier de verre.

J'étais où, hier soir ? Je suis complètement dans le brouillard.

L'alcool m'aurait empoisonnée ? Bon, c'est décidé : je ne boirai plus jamais. De toutes mes forces, je tente de me rappeler ce qui s'est passé – mais mon cerveau ne me transmet que des trucs idiots. Des vieux souvenirs, des images du passé remontant en désordre, comme si je naviguais sur mon iPod.

Des tournesols sous un ciel bleu…

Amy à sa naissance, telle une petite saucisse rose enroulée dans une couverture…

Une assiette de frites sur la table en bois d'un pub ; le soleil qui me chauffe la nuque ; mon père coiffé de son panama, assis en face de moi, un cigare à la main, qui me dit : « Mange, ma chérie… »

La course en sac à l'école. Mon Dieu, s'il vous plaît, pas *ça* encore ! J'essaye de faire disparaître l'image mais, trop tard… J'ai sept ans, c'est le jour où on a sport et je suis nettement en tête. Mais, seule devant tout le monde, je me sens si mal à l'aise que je m'arrête pour attendre mes copines. Elles me rattrapent et, dans la mêlée, je tombe et finis dernière. Je n'ai oublié ni mon humiliation, ni les moqueries, ni l'odeur de la poussière, ni le goût des bananes…

Minute ! Je m'efforce de stopper ce flot.

Des bananes.

Ça y est ! Des cocktails à la banane.

On en a bu dans une boîte. C'est tout ce que je me rappelle. Ces foutus cocktails à la banane. Qu'est-ce qu'ils fourrent dedans ?

Je n'arrive même pas à ouvrir les yeux. Ils sont lourds, collés comme le soir où je me suis mis des faux cils que j'ai fixés avec un produit bas de gamme. Quel spectacle, le lendemain matin, dans la glace ! Un œil hermétiquement fermé avec comme une araignée morte sur la paupière.

Comme je pose avec précaution une main sur ma poitrine, j'entends une sorte de frou-frou. Chez moi, les draps ne font pas ce bruit-là. Et puis, il y a une drôle d'odeur de citron dans l'air. En plus, je porte un long tee-shirt en coton soyeux que je ne reconnais pas. Je suis où ? Qu'est-ce qui m'arrive ?

Hé ? Je n'ai quand même pas découché, si ?

Bon sang ! J'aurais trompé Dave le Loser ? J'aurais emprunté ce grand tee-shirt au mec avec lequel j'ai passé la nuit à m'envoyer en l'air ? De quoi expliquer mes douleurs et mes courbatures.

Mais non, je n'ai jamais été infidèle de ma vie. J'ai dû dormir chez une copine. Il faudrait que je me lève et que je prenne une douche…

Au prix d'un effort démentiel, j'arrive à ouvrir les yeux et à me pencher un peu.

Oh, merde ! C'est quoi…

Je suis dans une chambre à peine éclairée, dans un lit en métal. Des tas de boutons électriques à ma droite. Plusieurs bouquets sur la table de chevet. J'ai comme un choc en voyant que ma main gauche est reliée à un goutte-à-goutte.

C'est surréaliste. Je suis à l'hosto.

Qu'est-ce qui se passe ? Qu'est-il arrivé ?

J'essaye de me creuser la cervelle, mais je ne rencontre qu'un grand vide. J'ai besoin d'un café bien fort. Je regarde autour de moi pour percer ce mystère mais mes yeux s'y refusent. Ils ne veulent pas savoir, ils veulent une compresse d'Optrex et trois aspirines. Je repose ma tête sur l'oreiller et patiente un petit moment. Voyons. Je dois pouvoir me rappeler. Je me serais vraiment saoulée à ce point ?

Je m'accroche à ce fragment de mémoire comme un naufragé à son île. Cocktails à la banane… cocktails à la banane… Réfléchis… Encore…

Ah oui, ça me revient. Lentement, par bribes. Des nachos au fromage. D'horribles tabourets de bar recouverts de moleskine fendillée.

J'étais sortie avec les copines du bureau. Dans ce club aux néons roses… quelque part. Je m'en souviens, je sirotais mon cocktail, malheureuse comme les pierres.

Pourquoi j'étais si mal ? Il était arrivé un truc…

Ma prime. Bien sûr. J'en ai encore froid dans le dos tellement j'étais déçue. Et Dave le Loser qui m'a posé un lapin. Vacherie de vacherie. Mais ça n'explique pas pourquoi je suis à l'hôpital. Je plisse les yeux pour me concentrer de toutes mes forces. J'ai dansé comme une malade sur Kylie et on a chanté toutes les quatre ensemble, bras dessus, bras dessous *We are Family* avec le karaoké. Je me souviens vaguement d'être allée chercher un taxi en titubant.

Après ça… plus rien. Le blanc total.

Bizarre. Je vais envoyer un SMS à Fi pour lui demander ce qui s'est passé. Je tends la main vers la table de chevet et m'aperçois qu'il n'y a pas de téléphone. Ni sur la chaise. Ni sur la commode.

Où est mon portable ? Et mes affaires ?

Bon Dieu ! J'ai été *dévalisée* ! C'est sûrement ça. Un voyou cagoulé m'a assommée, je suis tombée dans la rue et elles ont appelé une ambulance et…

Et une pensée atroce me traverse l'esprit : *Qu'est-ce que je portais comme sous-vêtements ?*

Je ne peux m'empêcher de pousser un cri d'effroi. Ça risque d'être dramatique. Mon slip gris hideux et le soutien-gorge assorti que je ne porte que lorsque toutes mes affaires sont au sale. Ou ce slip jaune délavé, effiloché à la taille et orné d'un Snoopy sur le devant.

Sûr que je ne me suis pas faite belle pour Dave le Loser, ç'aurait été en pure perte. Je tourne la tête à droite et à gauche, mais je ne vois aucune de mes affaires. Les médecins les ont certainement envoyées dans l'Incinérateur Spécial pour Dessous Hideux.

Je ne sais toujours pas ce que je fabrique ici. Ma gorge me gratte et je serais prête à tout pour un verre de jus d'orange glacé. Au fait, où sont les médecins et les infirmières ? Et si j'étais en train de mourir ?

— Il y a quelqu'un ? j'appelle faiblement.

À m'entendre, on dirait que je passe la paille de fer sur un parquet. Pas de réponse. Peut-on percevoir ma voix à travers cette porte épaisse ?

Je songe soudain à appuyer sur un des boutons du tableau de bord. Je choisis celui marqué d'un petit bonhomme et, quelques instants plus tard, la porte s'ouvre. Bravo ! Une infirmière aux cheveux gris et en uniforme bleu marine entre, le sourire aux lèvres.

— Bonjour, Lexi ! Comment se sent-on ?

— Ça va, merci. J'ai soif. Et ma tête me fait mal.

— Je vais vous chercher un calmant.

Elle m'apporte un gobelet en plastique plein d'eau et me soulève légèrement la tête.

— Buvez ça !

— Merci. Alors… je suis à l'hôpital ? Ou dans un spa de luxe ?

Sourire de l'infirmière.

— Désolée. À l'hôpital. Vous ne savez pas comment vous êtes arrivée ici ?

— Non, j'avoue que je suis un peu dans le cirage.

— C'est à cause de votre coup sur la tête. Vous vous rappelez votre accident ?

Un accident… Voyons… Soudain, tout me revient. Mais bien sûr ! Je cours après le taxi, les pavés sont mouillés, je glisse à cause de ces bottes idiotes à deux sous…

Misère de moi ! J'ai vraiment dû me cogner fort.

— Oui, je crois. Un peu. Il est quelle heure ?

— Huit heures du soir.

Huit heures ! Incroyable ! J'ai été toute la journée dans les vapes.

— Je m'appelle Maureen, continue-t-elle en me reprenant le gobelet. On vous a transférée dans cette chambre il y a seulement quelques heures. Vous savez, nous nous sommes déjà beaucoup parlé.

— Vraiment ? fais-je, surprise. Qu'est-ce que j'ai dit ?

— Vous aviez du mal à articuler, mais vous vouliez savoir si quelque chose était « miteux ». Ou alors « hideux ».

De mieux en mieux ! Non seulement je porte des sous-vêtements hideux, mais j'en parle à des inconnues.

— Hideux ? je répète en prenant l'air ahuri. J'ignore ce que je voulais dire.

— Enfin, vous êtes parfaitement cohérente maintenant, constate Maureen en arrangeant mon oreiller. Vous avez besoin d'autre chose ?

— J'adorerais du jus d'orange si c'était possible. Et je ne vois pas de téléphone, ni mon sac.

— Vos objets de valeur ont été mis en sécurité. Je vais vérifier.

Elle sort et j'inspecte la chambre, toujours un peu sonnée. Je n'ai reconstitué qu'une partie du puzzle. J'ignore toujours le nom de cet hôpital… comment j'y ai atterri… si on a prévenu ma famille. Et puis, il y a un truc qui me tarabuste…

J'étais pressée de rentrer chez moi. Oui. C'est ça. Je n'arrêtais pas de répéter qu'il fallait que je rentre car je devais me lever de bonne heure le lendemain. Car…

Oh, merde !

L'enterrement de mon père ! C'était le lendemain à onze heures. Ce qui signifie…

Je l'ai raté ? Sans réfléchir, j'essaye de me lever mais me redresser me donne le vertige. J'abandonne. Si je l'ai raté, je l'ai raté. Je ne peux rien y faire.

Mon père, je ne le connaissais pas bien. Il n'était pas là souvent. Je le considérais plutôt comme un oncle. Blagueur, dragueur, sentant l'alcool et le tabac, le genre à vous apporter des bonbons pour Noël.

Non pas que sa mort m'ait surprise. Il avait déjà eu plusieurs pontages et il n'avait qu'une chance sur deux de s'en tirer. Pourtant, j'aurais dû y aller aujourd'hui avec maman et Amy. Après tout, Amy n'a que douze ans et elle est encore sacrément timide. Je l'imagine au crématorium, avec sa frange qui lui tombe sur les yeux et son Lion Bleu en loques coincé sous le bras, assise toute sérieuse à côté de maman. Elle n'était pas prête à voir le cercueil de son père sans sa grande sœur pour lui tenir la main.

Elle a sûrement voulu se montrer courageuse et adulte, et rien que d'y penser j'ai les larmes aux yeux. On enterre mon père aujourd'hui et me voici à l'hôpital

25

avec une migraine et une jambe cassée ou je ne sais quoi d'autre. Et le voyou qui m'a assommée s'est tiré avec mon portable, mes cartes bancaires et mon nouveau sac Accessorize.

Et mon copain qui m'a plantée hier soir. Tout à coup je me rends compte que personne ne vient me voir. Où est ma famille éplorée ? Où sont mes amies accourues à mon chevet pour me réconforter ?

Bon. Maman et Amy sont encore à l'enterrement. Dave le Loser peut aller se faire foutre. Mais Fi et les autres ? Où sont-elles ? Comment on a entouré Debs quand on lui a enlevé son ongle incarné ! On campait par terre, on lui apportait des cafés et des magazines, on lui a offert une pédicure quand elle a été guérie. Et ce n'était qu'un ongle de pied !

Alors que moi qui ai perdu connaissance et à qui on a branché un goutte-à-goutte, je n'intéresse personne.

Bravo ! C'est le pompon !

Je pleure pour de vrai quand Maureen revient. Elle porte un plateau et un sac en papier marqué « Lexi Smart » au stylo gras.

— Mon Dieu, fait-elle en séchant mes larmes, vous avez mal ? Tenez, ça vous fera du bien.

Elle me tend une pilule et un gobelet d'eau.

— Merci beaucoup. Mais le problème ce n'est pas ça. C'est ma vie.

J'écarte les doigts en signe de désespoir.

— Un fiasco, du début à la fin.

— Mais non, réplique Maureen d'une voix rassurante, ça ne va pas si mal…

— Croyez-moi. Ça ne peut pas être pire.

— Je suis sûre…

— Ma soi-disant carrière est dans une impasse, mon petit ami m'a plantée hier soir et je suis fauchée. Mon évier fuit et l'eau dégueulasse coule à l'étage du dessous. De plus, j'ajoute en frissonnant, mes voisins vont me faire un procès. Et mon père vient de mourir.

Maureen, comme anéantie, se tait.

— J'avoue que ce n'est pas très gai, commente-t-elle au bout d'un moment. Mais tout va sûrement s'arranger bientôt.

— C'est exactement ce que ma copine Fi m'a dit. (Je me souvenais tout d'un coup des yeux brillants de Fi sous la pluie.) Et maintenant je suis à l'hôpital ! Je ne vois pas en quoi ma situation s'améliore !

— Je ne vois pas non plus, fait Maureen, dont le regard volette de droite à gauche comme si elle cherchait une issue.

— Chaque fois que je trouve que tout est merdique, les choses empirent encore, dis-je en me mouchant et en poussant un soupir à fendre l'âme. Si seulement, *une fois dans ma vie*, tout s'arrangeait comme par magie !

— Espérons-le !

Maureen me sourit avec compassion et tend la main pour récupérer mon gobelet.

En le lui donnant, je remarque mes ongles. Incroyable ! Comment…

J'ai toujours mangé mes ongles au point de vouloir les cacher constamment. Mais ceux-là sont superbes : propres, couverts d'un vernis rose pâle et… longs. Je fronce les sourcils, cherchant une explication. Peut-être qu'on s'est offert une manucure hier soir ? Des faux ongles, alors ? La technique a fait des progrès car je ne vois aucun raccord.

— Votre besace est dans le sac en papier, m'informe Maureen en le posant sur mon lit. Je vais aller chercher votre jus d'orange.

— Merci pour le sac, fais-je, surprise. J'ai cru qu'on m'avait dévalisée.

Sympa, de retrouver mon sac. Avec un peu de chance, mon portable sera chargé et je vais envoyer quelques SMS… Au moment où Maureen ouvre la porte, je sors du sac en papier un superbe Vuitton avec des anses en veau. Flambant neuf et hors de prix.

Pas de chance ! Ce n'est pas le mien. Ils ont dû se gourer. Comment moi, Lexi Smart, je pourrais posséder un Vuitton ?

— Désolée, mais il n'est pas à moi, dis-je alors que la porte se referme.

Je contemple le Vuitton en me demandant à qui il appartient. Une fille riche dans une chambre un peu plus loin… Je le pose par terre, enfonce ma tête dans les oreillers et ferme les yeux.

2

À mon réveil, une lumière matinale filtre sous les rideaux fermés. Un verre de jus d'orange est posé sur ma table de chevet et Maureen s'active dans un coin de la chambre. Mon goutte-à-goutte a disparu comme par miracle, et je me sens bien plus normale.

— Bonjour, Maureen, dis-je de ma voix d'écorchée, quelle heure est-il ?

Elle se retourne, le sourcil levé.

— Vous vous souvenez de moi ?

— Bien sûr. On a bavardé ensemble hier soir.

— Parfait ! Ça prouve que vous êtes sortie de votre amnésie post-traumatique. Ne vous inquiétez pas, c'est normal après une commotion cérébrale.

Machinalement, je tâte ma tête et découvre un pansement. Le choc contre ces marches a dû être terrible.

— Vous récupérez bien. Je vous apporte un jus d'orange frais.

On frappe et une femme d'une cinquantaine d'années, grande et mince, entre. Des yeux bleus, des pommettes saillantes et des cheveux gris-blond bouclés. Elle porte un gilet molletonné rouge sur une longue robe imprimée, un collier d'ambre et un sac en papier.

Maman ! J'en suis sûre à quatre-vingt-dix-neuf pour cent. Je ne comprends même pas pourquoi j'hésite.

— On étouffe ici ! se plaint-elle de sa voix aiguë de petite fille.

Oui, impossible de se tromper, c'est maman.

— Je me sens mal, continue-t-elle en s'éventant. Et quel trajet atroce...

Elle me jette un coup d'œil et demande, en se tournant vers Maureen :

— Comment va-t-elle ?

— Oh, bien mieux aujourd'hui. Beaucoup moins groggy qu'hier.

— Dieu merci, fait maman en baissant la voix d'un cran. J'avais l'impression de parler à une dingue ou à une demeurée.

— Lexi n'a rien de débile, elle comprend tout ce qu'on lui dit.

En vérité, je l'écoute à peine. Je n'arrête pas de l'observer. Qu'est-ce qui cloche ? Elle a changé. Plus mince. Et plus... vieille. Elle s'approche de la fenêtre et, avec la lumière en pleine figure, c'est encore pire.

Elle est peut-être malade ?

Non. J'aurais été au courant. Pourtant, on dirait qu'elle a pris un coup de vieux en une nuit. Pour Noël, je vais lui offrir un pot de Crème de la Mer. Sans faute.

— Me voici, dit-elle en détachant chaque syllabe, ta mère.

Me tendant le sac en papier qui contient du shampoing, elle m'embrasse sur la joue. En respirant son parfum, moitié odeur de chien, moitié fragrance rose-thé, c'est ridicule mais j'ai les larmes aux yeux. Je ne m'étais pas rendu compte à quel point je me sentais abandonnée.

— Bonjour, maman !

Je veux la prendre dans mes bras mais elle s'est déjà reculée et consulte sa petite montre en or.

— Je ne peux rester qu'une minute, dit-elle comme si le monde allait exploser si elle traînait là une seconde de plus. J'ai rendez-vous avec un spécialiste pour Roly.

— Roly ?

— Le dernier-né de Smoky, voyons. Tu te souviens du jeune Roly !

Comment ma mère peut-elle s'attendre à ce que je me rappelle les noms de ses chiens ? Elle en a une vingtaine, tous des whippets et chaque fois que je mets les pieds à la maison, il y en a encore un nouveau. On n'avait pas de chien – en tout cas jusqu'à l'été de mes dix-sept ans. Pendant des vacances au pays de Galles, maman a acheté un chiot sur un coup de tête. Et sa folie pour les whippets a débuté.

J'aime les chiens. Modérément. Mais pas quand ils sont six à me sauter dessus pour m'accueillir. Ni quand ils occupent les canapés ou les sièges où je veux m'asseoir. Ni quand les plus beaux cadeaux sous le sapin leur sont réservés.

Maman sort une potion homéopathique de son sac, s'en verse trois gouttes sur la langue et expire bruyamment.

— Les embouteillages étaient monstrueux. Les Londoniens sont tellement agressifs. J'ai eu une méchante engueulade avec un chauffeur de camion en venant.

— Qu'est-ce qui s'est passé ? je demande tout en sachant qu'elle va secouer la tête.

— N'en parlons pas, ma chérie, réplique-t-elle comme si je lui demandais de me raconter sa vie dans les camps de concentration. Laisse tomber.

31

Il y a des tas de sujets que maman refuse d'aborder car elle les trouve trop pénibles, comme la mutilation de mes nouvelles sandales à Noël, ou les réclamations incessantes de la mairie à propos des crottes de chien dans notre rue. Et, en général, tout ce qui ne va pas dans la vie.

— Je t'ai apporté une carte postale, dit-elle en fouillant dans son sac. Ah, je l'ai perdue ! De la part d'Andrew et Sylvia.

Je la regarde, ahurie.

— Qui ça ?

— Andrew et Sylvia ! répète-t-elle comme si c'était évident. Nos voisins !

Nos voisins ne s'appellent pas Andrew et Sylvia, mais Philip et Maggie.

— Maman…

— En tout cas, ils t'envoient leurs amitiés. Et Andrew veut te demander des conseils pour le ski.

Le ski ? Je ne sais pas skier.

Oubliant que je me suis blessée, je me touche le front. Aïe ! ça fait mal.

— De quoi me parles-tu ?

— Voici ! fait Maureen en m'apportant mon jus d'orange. Le docteur Harman va venir vous voir.

— Je dois partir, ma chérie. Le parcmètre me coûte une fortune. Plus le péage dans Londres ! Huit livres à payer !

Encore un truc qui ne va pas ! Le péage est à cinq livres, pas à huit. J'en suis sûre et certaine bien que je n'aie pas de voiture…

J'ai le cœur serré. Mon Dieu ! Maman devient gaga. C'est la seule explication. À cinquante-quatre ans, elle devient sénile. Il faut que j'en parle à un des médecins.

— Je reviendrai plus tard avec Amy et Eric, fait-elle en se dirigeant vers la porte.

Eric ? Un drôle de nom pour un chien.

— D'accord, dis-je pour ne pas la froisser. Je serai ravie de les voir.

En buvant mon jus d'orange, je suis un peu secouée. On croit toutes que nos mères sont légèrement zinzins. Mais pour la mienne, c'est plus grave. Si on doit la mettre dans une maison de repos, qu'est-ce que je vais faire de sa meute ?

Je m'interromps en voyant entrer un jeune médecin brun suivi de trois personnes en blouse blanche.

— Bonjour, Lexi, dit-il gaiement. Je suis le docteur Harman, un des neurologues de l'hôpital. Je vous présente Nicole, mon infirmière, et Diane et Garth, nos deux internes. Comment ça va ?

— Très bien, sauf que mes mains sont bizarres. Elles sont ankylosées et fonctionnent mal.

En levant le bras, je ne peux m'empêcher d'admirer mes ongles. Il faut que je demande à Fi ce qu'on a fait hier soir.

— Bon, voyons ça. Nous aurons peut-être besoin d'un peu de rééducation. Mais d'abord, j'aimerais vous poser quelques questions. Ne vous inquiétez pas si elles vous semblent évidentes.

Il m'adresse un beau sourire professionnel. Comme il en a déjà fait des milliers.

— Pouvez-vous me dire votre nom ?

— Lexi Smart.

Le bon docteur hoche la tête et coche une case dans un dossier.

— Votre année de naissance ?

— 1979.

— Parfait. Voyons, Lexi, quand vous avez eu votre accident de voiture, votre tête a heurté le pare-brise. Vous avez souffert d'une légère hémorragie cérébrale, mais on dirait que vous avez eu de la chance. Veuillez fixer mon stylo que je déplace de droite à gauche…

Les médecins ne vous laissent vraiment jamais placer un mot !

— Pardon, fais-je en agitant la main. Vous me confondez avec quelqu'un d'autre. Je n'ai jamais eu d'accident de voiture.

Le docteur Harman feuillette son dossier et lit à haute voix : « La patiente a été blessée dans un accident de la circulation. »

Il regarde autour de lui pour en avoir confirmation.

Pourquoi interroger les infirmières ? C'est à moi que c'est arrivé.

— Ils ont dû se tromper dans leur rapport. Je sortais d'une boîte de nuit avec des copines et je suis tombée en courant après un taxi. Voilà tout. Je m'en souviens parfaitement.

Maureen et le docteur Harman se regardent, perplexes.

— Pas de doute, c'était un accident de la circulation, confirme Maureen à voix basse. Deux véhicules se sont rentrés dedans sur le côté. J'étais aux admissions quand elle est arrivée. Ainsi que l'autre conducteur. Il avait une légère fracture du bras.

— Impossible, fais-je énervée. D'abord, je n'ai pas de voiture. Deuzio, je ne sais pas conduire !

J'ai l'intention d'apprendre un jour. Juste que c'est inutile en habitant Londres et que les leçons coûtent cher. Et je n'ai pas les moyens de me payer une voiture.

— Vous n'avez pas de…

Le docteur feuillette à nouveau son dossier :

— Une Mercedes décapotable ?

— Une Mercedes ? Vous charriez, non ?

— Mais c'est écrit…

— Minute, dis-je en l'interrompant aussi poliment que possible. Si je vous disais ce que gagne une sous-directrice des ventes de vingt-cinq ans chez Deller, vous verriez si je peux m'offrir une Mercedes décapotable !

Le docteur Harman va pour me répondre quand une des internes lui tapote l'épaule. Elle griffonne un truc dans mon dossier. Harman fait une drôle de tête. Il croise le regard de l'interne qui lève un sourcil, puis il m'observe un instant, se replonge dans mon dossier. On dirait deux mimes virés de leur école pour incompétence.

Le médecin s'approche de moi, me dévisage d'un air grave et concentré. J'ai la trouille. J'ai vu *Urgences* à la télé et je sais ce que cette mimique signifie.

Lexi, on vous a fait un scanner et on a trouvé quelque chose. C'est peut-être rien.

Sauf que ce n'est jamais rien. Sinon, pourquoi tourner la séquence ?

— Vous avez trouvé un truc sérieux, c'est ça ? je demande d'un ton agressif pour cacher ma frousse. Je veux savoir la vérité !

J'envisage déjà plusieurs possibilités. Cancer. Problème cardiaque. Perdre une jambe. Pas impossible qu'ils m'aient déjà amputée sans me le dire. Discrètement, je me tâte à travers les draps.

— Lexi, j'aimerais vous poser une question. Quelle année sommes-nous ?

35

— Quelle année ? je répète stupidement.

— Ne vous inquiétez pas, me rassure Harman gentiment. Dites-moi seulement l'année. C'est une question simple.

Je regarde les visages qui m'entourent. Ils me jouent un tour – mais lequel ?

— 2004, dis-je enfin.

Silence pesant dans la chambre comme s'ils avaient peur de respirer.

— Je vois, fait Harman en s'asseyant sur le bord du lit. En fait, nous sommes le 6 mai 2007.

Il a l'air sérieux. Les autres aussi. Pendant un instant, je sens mon cerveau se fissurer, mais je me ressaisis. C'est une blague, ils me font marcher !

— Ah ! Ah ! Très drôle ! Une idée de Fi ? Ou de Carolyn ?

— Je ne connais aucune de ces personnes, réplique Harman toujours aussi grave. Et je ne plaisante pas.

— Le docteur Harman est tout à fait sérieux, insiste une interne. Nous sommes en 2007.

— Mais… c'est le futur ! Aurait-on inventé une machine à avancer le temps ? dis-je avec un petit rire forcé.

Personne n'a l'air de s'amuser.

— Lexi, ça risque de vous faire un choc, intervient Maureen en posant une main sur mon épaule, mais c'est vrai. Nous sommes en mai 2007.

Mon cerveau serait-il coupé en deux ? Je comprends ce qu'ils racontent, pourtant c'est dingue. Hier, on était en 2004. Comment a-t-on pu sauter trois ans ?

— Enfin, c'est impossible ! On est en 2004. Je ne suis pas bête au point…

— Ne vous énervez pas, intervient Harman en faisant signe aux autres de rester tranquilles. Allons-y doucement. Quels sont vos derniers souvenirs ?

— Bon, voilà : hier soir, je suis sortie avec des copines de travail. C'était vendredi soir. Nous sommes allées en boîte, et en essayant d'attraper un taxi sous la pluie, j'ai glissé et je suis tombée. Je me suis réveillée à l'hôpital. C'était le 20 février 2004. Je me souviens parfaitement de la date car l'enterrement mon père avait lieu le lendemain. Je n'ai pas pu y aller, car je suis bloquée ici !

— Lexi, tout ça s'est passé il y a trois ans, intervient Maureen d'une voix douce.

Elle semble si sûre d'elle. Ils ont tous l'air déterminé. La panique me gagne. On est en 2004. Je le sais.

— D'autres souvenirs ? demande Harman. Remontez un peu en arrière.

— Je ne sais pas, fais-je sur la défensive. J'ai travaillé… emménagé dans un nouvel appartement… enfin, tout…

— Votre mémoire est trouble ?

— Un peu, j'avoue.

À ce moment, une des internes qui était sortie revient avec une copie du *Daily Mail*. Elle s'approche de mon lit et interroge Harman du regard :

— Je peux ?

— Oui, bonne idée !

— Regardez, Lexi, dit-elle en pointant son doigt sur la date imprimée en haut. C'est le journal du jour.

Je sursaute en voyant la date : *6 mai 2007*. Mais ce n'est qu'un truc imprimé, ça ne prouve rien. J'examine une photo de Tony Blair.

— C'est fou ce qu'il a vieilli ! je m'exclame sans le vouloir.

Comme maman ! J'en ai immédiatement froid dans le dos.

Mais… ça ne prouve rien non plus. L'éclairage n'était pas flatteur, c'est tout.

Tremblante, je feuillette le journal. Personne ne parle autour de moi, chacun guette mes réactions. *Les taux d'intérêt vont augmenter… La reine se rend en visite officielle aux États-Unis…* Je suis attirée par la pub d'une librairie :

50 % DE REMISE SUR TOUS LES LIVRES, Y COMPRIS *Harry Potter et le Prince de Sang-Mêlé*.

Bon. Maintenant j'ai vraiment la chair de poule. J'ai lu tous les Harry Potter, les cinq tomes et je ne me souviens pas d'un prince au Sang-Mêlé.

— C'est quoi ? je demande sans en avoir l'air. Qu'est-ce que ce *Harry Potter et le Prince de Sang-Mêlé* ?

— C'est son dernier livre, répond une fille aux lunettes. Il a été publié il y a un temps fou.

— Le sixième Harry Potter est sorti ? fais-je, stupéfaite.

— Le septième va bientôt paraître, précise une interne heureuse de mettre son grain de sel. Et devinez ce qui se passe à la fin du sixième…

— Chut ! Ne lui dites rien, intervient une certaine Nicole.

Elles continuent à ergoter, mais je ne les entends plus. Je contemple le journal jusqu'à ce que la vérité me saute aux yeux. Je comprends pourquoi rien n'a de sens. Ce n'est pas maman qui est zinzin, mais moi !

— Ainsi, dis-je avec difficulté, je suis restée dans le coma pendant trois ans ?

Je n'arrive pas à y croire. J'ai été la Comateuse. Ils ont attendu trois ans que je me réveille. Le monde a continué à tourner sans moi. Ma famille et mes amies ont dû enregistrer des cassettes, organiser des veillées, chanter des chansons et plus…

Mais Harman fait non de la tête.

— Pas du tout. Vous n'avez été hospitalisée qu'il y a cinq jours.

Comment ?

Suffit ! Je n'en peux plus. Je suis entrée à l'hôpital il y a cinq jours, en 2004, et comme par magie me revoilà en 2007. Où sommes-nous ? Dans le monde de Narnia ?

— Je ne comprends plus, dis-je perdue. J'hallucine ? Je suis devenue folle ?

— Mais non, intervient Harman. Nous pensons que vous souffrez de ce qu'on appelle une amnésie rétroactive, un état qui survient parfois à la suite d'une blessure à la tête…

Il continue ses explications, mais je n'enregistre plus rien. Soudain, je trouve que les infirmières sont bidons. Et si elles n'étaient pas de vraies pros ? Et d'abord, est-ce que je suis dans un vrai hôpital ?

— Vous m'avez volé un rein ? je demande paniquée. Vous n'avez pas le droit de me garder ici. Je vais appeler la police…

Je me débats pour sortir de mon lit.

— Lexi, fait une infirmière blonde en me retenant par les épaules, personne ne vous veut du mal. Le docteur Harman vous a dit la vérité. Vous avez perdu la mémoire.

— Normal que vous paniquiez, ajoute-t-il, normal que vous croyiez être victime d'un complot. Mais on ne vous ment pas.

Il me fixe droit dans les yeux et continue :

— Vous avez oublié une tranche de votre vie. Tout simplement oublié. C'est tout !

J'ai envie de pleurer. Comment savoir s'ils mentent, s'ils me mènent en bateau, si je dois leur faire confiance ou tenter de fuir ? J'en ai le tournis…

Soudain, je me glace. Pendant que je me débattais, ma manche s'est relevée et j'aperçois une cicatrice en V près de mon coude. Une cicatrice que je n'ai jamais vue. Inconnue au bataillon !

Elle est assez ancienne. Sans doute vieille de quelques mois.

— Lexi, ça va ? demande Harman.

Impossible de répondre. Je suis incapable de détacher mes yeux de cette cicatrice.

— Ça va ? répète-t-il.

Le cœur battant, je regarde mes mains. Mes ongles ne sont pas faux. Ils ne seraient pas aussi parfaits. Ce sont mes ongles, mes ongles à moi. Impossible qu'ils aient poussé ainsi en cinq jours.

J'ai l'impression d'avoir nagé loin de la plage et de me retrouver au large.

— Vous disiez… que j'ai perdu le souvenir des trois années passées ?

— Exact, fait Harman en hochant la tête.

— J'aimerais revoir le journal.

Chaque page comporte la même date : *6 mai 2007, 6 mai 2007…*

On en vraiment en 2007. Ce qui veut dire que…

Mon Dieu ! J'ai vingt-huit ans !

Je suis vieille !

3

On m'a servi une tasse de thé bien fort. Le remède idéal contre l'amnésie, comme tout le monde le sait.

Lexi, arrête ! Inutile de faire de l'humour noir. En fait, je suis ravie de boire ce thé. Enfin un truc auquel me raccrocher. Enfin du concret.

Tandis qu'Harman me parle de tests neurologiques et de scanners, je réussis à garder la tête froide. J'opine du bonnet comme pour dire : « Ouais, ça ne me pose aucun problème » alors qu'en fait j'ai les boules. La vérité me fait mal au ventre et tourner la tête.

Quand enfin on le bipe et qu'il s'en va, je suis soulagée. Personne ne va plus me parler. De toute façon, je n'y comprenais rien. J'avale une gorgée de thé et je m'enfonce dans mes oreillers. (Je retire ce que j'ai dit sur le thé, je n'en ai pas bu d'aussi bon depuis longtemps.)

Maureen a terminé son service et Nicole, une blonde, la remplace. Elle griffonne dans mon dossier et me demande :

— Comment vous sentez-vous ?

— Bizarre, vraiment bizarre, je réponds en m'efforçant de sourire.

— Ça se comprend, fait-elle en me rendant mon sourire. Relaxez-vous. N'en faites pas trop. Vous avez beaucoup de choses à absorber.

Elle consulte sa montre et inscrit quelque chose.

— Quand on devient amnésique, la mémoire vous revient ?

— Oui, en général.

Je ferme les yeux très fort et j'essaye de me souvenir. Je m'attends à ferrer quelque chose, à ramener une bribe d'information.

Mais rien. Le blanc total.

— Bon, parlez-moi de 2007. Qui est le Premier ministre ? Et le Président des États-Unis ?

— Tony Blair et Bush.

— Rien de changé... Et ils ont résolu l'histoire du réchauffement de la planète ? Ou éliminé le sida ?

— Pas encore, fait Nicole avec un haussement d'épaules.

Ils ne se sont pas beaucoup décarcassés en trois ans ! Les choses auraient pu avancer. 2007 n'est pas un bon cru !

— Vous désirez un magazine ? Je vais m'occuper de votre petit déjeuner.

Elle disparaît et revient avec *Hello !*. Je jette un coup d'œil aux gros titres et sursaute.

— Jennifer Aniston et son nouveau chéri ! je lis à haute voix. Un nouveau chéri ? Elle a besoin d'un nouveau mec ?

— Absolument, dit Nicole en ayant l'air de s'en ficher. Vous savez qu'elle a rompu avec Brad Pitt.

— Jennifer et Brad ne sont plus ensemble ? Vous me faites marcher. Impossible !

— Il s'est tiré avec Angelina Jolie. Et ils ont une fille.

— Oh, non ! je gémis. Mais Jen et Brad étaient le couple idéal. Ils allaient si bien ensemble et leur photo de mariage était adorable et…

— Ils ont divorcé.

— Je n'en reviens pas. Jennifer et Brad divorcés ? Le monde a changé.

— On s'y est habitué, dit Nicole en me tapotant l'épaule. Je vais vous chercher votre petit déjeuner. Vous voulez des œufs au bacon ou juste du thé et des toasts, ou bien un assortiment de fruits frais ? Ou tout ensemble ?

— Euh, juste du thé et des toasts. Merci beaucoup.

J'ouvre *Hello !* et le repose.

— Attendez une minute ! Un assortiment de fruits frais ? L'Assistance publique est tout à coup devenue milliardaire ou quoi ?

— Vous n'êtes pas à l'A.P., mais dans l'aile privée de l'hôpital.

Le privé ? Mais je n'en ai pas les moyens.

— Je vais vous rajouter de l'eau chaude, dit-elle en prenant ma théière.

— Arrêtez ! fais-je, paniquée.

Je ne peux plus boire de thé. Ça doit coûter au moins cinquante livres la tasse.

— Quelque chose ne va pas ?

— Je ne peux pas me le permettre, dis-je, gênée. Désolée mais je ne devrais pas être dans cette belle chambre. Faites-moi transférer dans le public. Je n'y vois pas d'inconvénient…

— Tous les frais sont couverts par votre assurance personnelle. Ne vous en faites pas.

— Ah bon !

J'ai une assurance personnelle ? Mais bien sûr ! J'ai vingt-huit ans. Je suis une personne raisonnable.

Vingt-huit ans !

Quel choc ! Je suis différente. Je ne suis plus la même.

Enfin, je suis encore moi, Lexi. Mais une Lexi de vingt-huit ans. Qui m'est inconnue ! J'inspecte mes mains, celles d'une fille de vingt-huit ans, à la recherche d'un indice. Elle peut s'offrir une assurance privée et une manucure de première classe et...

Minute ! Je tourne la tête et me concentre sur ce sac Vuitton flambant neuf.

Non. Impossible. Ce sac pour star de cinéma ne peut m'appartenir...

— Nicole, vous êtes sûre que c'est mon sac ?

— Sans doute, je vais vérifier.

Elle ouvre un porte-cartes assorti.

— Oui, il est bien à vous.

Elle me tend une carte Platinum American Express au nom de Lexi Smart. Court-circuit dans ma cervelle : c'est bien ma carte. Et le sac m'appartient aussi.

— Mais ce genre de sac coûte au moins mille livres, j'articule d'une voix étranglée.

— Évidemment, fait Nicole en gloussant. Allons, détendez-vous !

Je m'empare du sac avec précaution, osant à peine le toucher. Comment a-t-il atterri en ma possession ? Peut-être que je gagne vraiment des millions, après tout.

— Alors, j'ai réellement eu un accident de voiture ? je demande, soucieuse soudain d'en savoir plus à mon sujet. Je conduisais ? Une Mercedes ?

— Apparemment. Vous n'aviez pas de Mercedes en 2004 ?

— Vous plaisantez ! Je ne savais même pas conduire.

Je me demande quand j'ai appris. Et quand j'ai pu m'offrir des sacs de star et une Mercedes ?

— Regardez dans votre sac : vous allez peut-être découvrir de quoi réactiver votre mémoire.

— Oui, bonne idée.

J'ai la tremblote en commençant à fouiller. Une odeur étrange, mélange de cuir et d'un parfum inconnu s'échappe du sac. La première chose que j'en retire est un poudrier doré d'Estée Lauder. Je m'empresse de voir ma tronche.

— Vous avez quelques entailles, intervient Nicole. Ne vous en faites pas, elles disparaîtront.

En me voyant dans le miroir, je suis soulagée. C'est bien moi, même si j'ai une grosse éraflure sur la paupière. Je fais pivoter le petit miroir pour mieux me regarder. Quelle horreur, ce pansement sur ma tête ! Je découvre mes lèvres, pleines et roses comme si j'avais passé la nuit à me faire bécoter et…

Mon Dieu !

Ce ne sont pas mes dents ! Elles sont blanches ! Elles sont éclatantes ! Elle est à qui cette bouche ?

— Lexi, ça va ? demande Nicole, soudain inquiète.

— Vous auriez un vrai miroir ? Je veux pouvoir me regarder.

— Il y a une glace dans la salle de bains. En fait, vous devriez vous lever. Je vais vous aider…

Je réussis à me sortir de ce lit surélevé et à tenir à peu près sur mes jambes pour aller jusqu'à ma salle de bains.

— Attention, me prévient Nicole en m'accompagnant, vous avez des bleus et des écorchures. Vous risquez de vous faire peur. Prête ?

— Oui, ça ira.

Je respire à fond et me prépare au pire. Un miroir en pied est fixé à la porte.

C'est moi ?

Je suis incapable de parler. J'ai les jambes en compote. Je m'agrippe à un porte-serviettes pour éviter de tomber.

— Vos blessures ne sont pas jolies-jolies, me prévient Nicole en me soutenant par la taille. Mais croyez-moi, elles sont superficielles.

Je ne les regarde même pas. Ni le bandage, ni les points de suture. Je suis effarée par ce qu'il y a en dessous !

— Ce n'est pas…, dis-je en pointant mon image dans la glace. Ça ne me ressemble pas !

Je ferme les yeux pour me rappeler mon apparence ancienne, juste pour être sûre de ne pas devenir folle. Cheveux crépus châtain terne, yeux bleus, et trop enrobée pour mon goût. Visage mignonnet sans plus. Eyeliner noir et rouge à lèvres rose vif de chez Tesco. Voilà la Lexi Smart standard.

J'ouvre à nouveau les yeux. Une fille toute différente me regarde dans la glace. Mes cheveux ont été chahutés dans l'accident mais à part ça ils sont d'un joli ton brun chaud et, surtout, lisses et brillants, sans aucun frisottis. Mes ongles de pieds sont d'un rose parfait. Mes jambes, élégamment bronzées, sont plus minces qu'avant. Et plus musclées.

— Quoi de changé ? demande Nicole, curieuse.

— Tout ! Je suis toute… brillante.

— Brillante ?

— Mes cheveux, mes jambes, mes dents surtout…

Je n'arrive pas à quitter des yeux ces perles blanches et immaculées. Elles ont dû coûter une fortune !

— Elles sont jolies, fait Nicole poliment.

— Non, non, non ! je m'écrie en remuant la tête, vous ne comprenez pas. J'avais les dents les plus laides du monde. On m'appelait Ratichiotte !

— N'y pensez plus !

— Et j'ai minci… et mon visage a changé, je ne saurais dire en quoi…

Je m'approche de la glace, regarde attentivement mon reflet. Mes sourcils sont plus fins… mes lèvres paraissent plus pleines… On m'a fait quelque chose ? Suis-je devenue *une personne trafiquée* ?

Je me recule, j'ai la tête qui tourne.

— Allez-y doucement, m'avertit Nicole. Vous avez reçu un grand choc. Une chose à la fois…

Revenue dans ma chambre, et sans écouter ses conseils, je vide mon sac Vuitton sur le lit. J'examine chaque chose comme si elle recelait un secret. Mon Dieu, quel bazar ! Un porte-clés Tiffany, des lunettes de soleil Prada, un gloss Lancôme.

Ah, voici un petit agenda Smythson vert clair. Il me faut un peu de courage pour l'ouvrir. Je suis surprise de reconnaître ma propre écriture. *Lexi Smart, 2007* est inscrit à l'intérieur de la couverture. Sans doute de ma main. Et j'ai dû dessiner cet oiseau plein de plumes dans le coin droit. Pourtant, je n'en ai aucun souvenir.

Avec l'impression de m'espionner, je feuillette le carnet. Il y a des rendez-vous à chaque page : *déjeuner 12.30. Cocktail P. Voir Gill – créations.* Initiales et abréviations se succèdent. Je n'apprends rien de neuf.

Des cartes de visite tombent de la dernière page. J'en ramasse une, lis mon nom et me glace.

Deller, la firme pour laquelle je travaille, a modernisé son logo. Mon nom est imprimé en gris anthracite ainsi que ma fonction :

Lexi Smart
Directrice Revêtements de sol

Je crois sentir le plancher se dérober sous moi.

— Lexi ? fait Nicole soucieuse, vous êtes toute pâle !

— Regardez ça ! dis-je en lui tendant la carte. Apparemment je suis « directrice » ! La patronne de tout le service. Comment est-ce possible ? Je ne travaille pour cette société que depuis un an. Je n'ai même pas eu de prime !

Tremblante, je remets la carte dans l'agenda et continue à fouiller. Il faut que je trouve mon portable. Je dois appeler mes copines, ma famille, *quelqu'un* qui soit au courant…

Je l'ai.

C'est un modèle dernier cri que je ne reconnais pas mais il est facile à utiliser. Je n'ai pas de message dans ma boîte vocale, seulement un SMS que je consulte sur le champ :

Suis en retard, t'appelle dès que possible. E.

Qui est E ? Je me creuse les méninges. Mais, non, je ne connais personne dont le prénom commence par un « E ». Une nouvelle fille au bureau ? Je cherche dans les anciens messages. Le premier à apparaître est de E :

Je ne crois pas. E.

E serait donc ma meilleure nouvelle amie ?

Je consulterai mes messages plus tard. Pour le moment je dois parler à quelqu'un qui est au courant de ma vie au cours de ces trois dernières années… J'appuie sur la touche Fi et j'attends qu'elle décroche en pianotant.

— Bonjour, vous êtes chez Fiona Roper, veuillez me laisser un message.

Dès que j'entends le bip, je me lance :

— Salut, Fi, c'est moi, Lexi ! Ça peut te sembler bizarre mais j'ai eu un accident. Je suis à l'hôpital et j'ai besoin de te parler… C'est important. Rappelle-moi vite. Tchao !

Quand je raccroche, Nicole me fait les gros yeux.

— Vous ne devez pas utiliser votre portable ici. Je vais vous apporter un fixe.

— D'accord !

Je suis sur le point de lire mes vieux SMS quand on frappe. Une infirmière entre avec deux grands sacs qu'elle pose sur mon lit.

— Je vous ai apporté vos affaires.

J'en sors un jean qui me semble bizarre : la taille est trop haute, les jambes si étroites qu'on dirait un collant. Impossible de le mettre sur des bottes !

— Seven for All Mankind, précise Nicole. Superbe ! J'aimerais bien m'en offrir un, ajoute-t-elle en le cajolant. Au moins deux cents livres !

Deux cents livres ! Pour un jean ?

— Voici vos bijoux, fait l'autre infirmière en me tendant une pochette en plastique transparent. On vous les a enlevés pour le scanner.

Encore sous le choc du jean, je m'en saisis. Je n'ai jamais été une dingue de bijoux, sauf d'une paire de boucles d'oreilles TopShop et d'une Swatch. Telle une gamine devant une chaussette de Noël, je plonge ma main dans la pochette et j'en ressors un enchevêtrement d'or : bracelet en or martelé, collier assorti et montre en or.

— Ravissant ! je m'exclame en contemplant le bracelet que je manipule avec précaution.

J'extrais encore une paire de pendants d'oreilles et une bague.

Et quelle bague ! En la voyant briller de mille feux, les infirmières en restent baba.

C'est un solitaire comme on en voit au cinéma ou à la vitrine des bijoutiers, exposé sur du velours bleu marine et sans étiquette de prix.

— Oh ! fait Nicole, ce n'est pas fini. Ouvrez la main.

Elle renverse la pochette et tapote les coins. Une alliance toute simple en or tombe dans ma paume.

Mes oreilles se mettent à bourdonner.

— Vous devez être mariée ! suggère Nicole gaiement.

Non. Sûrement pas. Je le saurais. Je le saurais dans mon for intérieur, amnésique ou pas.

— Absolument, fait l'autre infirmière. Lexi, vous ne vous en souvenez donc pas ?

Je remue bêtement la tête.

— Vous ne vous souvenez pas de votre mariage ? insiste Nicole. Vous ne vous rappelez rien de votre mari ?

— Non.

Soudain un doute m'horrifie.

— Je n'ai quand même pas épousé Dave le Loser ?

— Je l'ignore, répond Nicole en pouffant de rire. Pardon, mais vous paraissez tellement consternée.

Elle interroge l'autre infirmière du regard.

— Désolée, j'étais de service dans une autre salle. Mais je sais qu'il y a un mari.

— Regardez, l'alliance est gravée, dit-elle en la prenant : *A.S. et E.G. 3 juin 2005.* Votre deuxième anniversaire approche.

Elle me rend mon alliance :

— C'est bien vous, non ?

Je manque d'air. C'est vrai : inscrit en lettres d'or.

— *A.S.*, c'est moi. *A* pour Alexia. Mais j'ignore qui est *E.G.* !

Puis la lumière se fait dans mon esprit. *E.* comme sur les SMS. Il doit être mon mari.

— J'aimerais me passer un peu d'eau fraîche…

Malgré ma tête qui tourne, je vais dans la salle de bains m'asperger le visage. Puis je me penche au-dessus du lavabo et contemple mon reflet qui m'est encore étranger. J'ai l'impression de me désintégrer. S'amuse-t-on à me jouer une énorme farce ? Ai-je des hallucinations ?

J'ai vingt-huit ans, des dents parfaites, un sac Vuitton, le titre de directrice et un mari.

Bon sang ! Qu'est-ce qui a bien pu se passer ?

4

Edward. Ethan. Errol ?

Une heure plus tard, je suis encore sous le choc. Je n'arrive pas à me faire à l'idée que l'alliance posée sur ma table de nuit est à moi et à moi seule. Moi, Lexi Smart, j'ai un époux. Pourtant je ne suis pas assez *vieille* pour être mariée !

Elliott ? Eamonn ? Egbert ?

Pitié, pas Egbert !

J'ai fouillé et refouillé dans mon sac Vuitton, lu et relu mon agenda, passé en revue mes numéros de téléphone en mémoire, je ne sais toujours pas à quoi correspond E. Je devrais quand même me rappeler le prénom de mon mari, non ? Il devrait être gravé dans mon cœur.

Quand la porte s'ouvre, je me redresse, tout excitée : c'est peut-être lui. Mais c'est encore maman, l'air toujours épuisé.

— Ces contractuelles sont sans pitié. Je suis restée vingt minutes chez le véto et…

— Maman, je suis amnésique. J'ai perdu la mémoire. Une partie de ma vie est un blanc. Je suis paumée.

— Ah, oui, l'infirmière m'en a parlé.

Nos regards se croisent un instant puis elle détourne les yeux. Maman n'a jamais aimé regarder les gens dans les yeux. Plus jeune, ça me perturbait mais ensuite j'en ai pris mon parti. Autre particularité : elle est incapable d'apprendre le nom exact des séries télé. Au bout de cinq cents fois, elle continue à parler de *La Tribu Simpson*.

Elle s'assied et enlève son gilet.

— Je sais parfaitement ce que tu ressens. Ma mémoire devient chaque jour plus incertaine. Ainsi, l'autre jour...

— Maman, dis-je en me forçant à rester calme, tu n'as pas idée de ce que je ressens. Ce n'est pas comme si j'avais oublié où j'ai posé mes clés. J'ai perdu trois ans de ma vie ! J'ignore tout de la personne que je suis aujourd'hui. J'ai changé physiquement, je n'ai plus les mêmes fringues et j'ai trouvé plein de choses très chères qui m'appartiennent. Mais surtout, maman, dis-moi, je suis vraiment *mariée* ?

— Bien sûr, tu es mariée ! s'exclame-t-elle, surprise d'entendre cette question. Eric va arriver dans une minute. Je te l'ai déjà dit.

— Eric est mon mari ? Je croyais qu'Eric était un de tes chiens.

— Un chien ? Bon sang, ma chérie, tu as vraiment reçu un coup sur la tête.

Eric, je répète pour m'habituer. Eric, mon mari.

Ce prénom ne me dit rien. Il ne me fait ni chaud ni froid.

Eric, je t'aime.

De toute ma chair et de toute mon âme, je t'adore, Eric.

Je m'attends à ce que mon corps réagisse. Il devrait, non ? Mes cellules amoureuses devraient s'épanouir. Pourtant, je ne sens rien, *nada*, *niente*, *nothing* !

— Il avait une réunion très importante ce matin. Mais autrement, il est resté auprès de toi jour et nuit.

— Ah bon. Il est comment ?

— C'est un gentil garçon, dit maman comme si elle parlait d'un cousin éloigné.

— Est-il… ?

Je ne peux pas lui demander s'il est beau. C'est vraiment trop superficiel. Et si, pour éviter de me dire la vérité, elle me répondait qu'il a beaucoup d'humour ?

Et s'il était obèse ?

Mon Dieu ! Et si j'avais découvert la beauté de son âme sur internet ? Et si, maintenant, je devais faire semblant de ne pas m'intéresser à son physique ?

Nous nous taisons. Je remarque la robe de maman, une Laura Ashley cuvée 1975. Les fluctuations de la mode lui importent peu. Ma mère continue à porter les mêmes fringues qu'à l'époque où elle a rencontré papa. Et les mêmes cheveux en bataille, le même rouge à lèvres nacré. Comme si elle avait toujours vingt ans !

Bien sûr, pas question de lui en parler. D'ailleurs, on n'était pas du genre à se faire des confidences, ma mère et moi. Une fois, quand j'ai rompu avec mon premier petit ami, j'ai essayé de me confier à elle. Grave erreur ! Elle n'a pas compati, ne m'a pas prise dans ses bras, n'a même pas écouté. Elle est devenue toute rouge et m'a presque engueulée, comme si je faisais exprès de la blesser en lui parlant d'amour. J'ai eu l'impression d'avancer en terrain miné, de piétiner des périodes de sa vie dont j'ignore tout.

Finalement, j'avais laissé tomber et téléphoné à Fi.

— Lexi, tu as bien commandé mes housses de canapé ? me demande maman en interrompant le fil de mes pensées. Sur internet, précise-t-elle en voyant mon hésitation. Tu devais le faire la semaine dernière.

A-t-elle enregistré un mot de ce que j'ai dit ?

— Maman, je n'en ai aucune idée, dis-je lentement en articulant bien. Je ne me souviens de rien des trois dernières années.

— Désolée, ma chérie, fait-elle en se frappant le front, je suis stupide.

— Je ne sais pas ce que je faisais la semaine dernière, ni l'année passée... ni à quoi ressemble mon mari... Franchement, ça me fiche la trouille.

— Bien sûr, je comprends.

Maman hoche la tête comme si elle enregistrait mes paroles :

— L'ennui, c'est que je ne me souviens pas de leur adresse mail. Alors, si par hasard, ça te revenait...

— Je t'avertirais tout de suite ! dis-je hors de moi. Si la mémoire me revient, je te téléphonerai en priorité au sujet de tes housses de canapé. Contente ?

— Lexi, inutile de crier, dit-elle en écarquillant les yeux.

Bon. On est en 2007 et maman continue à me rendre dingue. Pourtant, depuis le temps, je devrais être vaccinée. Sans y penser, je me mordille le pouce. Puis je m'arrête. La Lexi de vingt-huit ans ne se ronge pas les ongles.

— Alors, il fait quoi dans la vie ? je demande en songeant à mon soi-disant mari. J'ai du mal à y croire vraiment.

— Qui, Eric ?

— Bien sûr, Eric !

— Il est dans l'immobilier, me répond-elle comme si je devrais être au courant. Il réussit d'ailleurs plutôt bien.

J'ai donc épousé un agent immobilier du nom d'Eric.

Comment ?

Pourquoi ?

— On vit chez moi ?

— Chez toi ? répète maman étonnée. Ma chérie, tu as vendu ton appartement il y a des siècles. Tu as maintenant un domicile conjugal.

— Je l'ai vendu ! je répète blessée. Mais je viens tout juste de l'acheter.

J'adore mon appart. Situé dans Balham, il est petit mais douillet, avec des encadrements de fenêtres que j'ai peints moi-même en bleu, un canapé en velours ultra-moelleux, des tas de coussins partout et des lumières scintillantes autour des glaces. Fi et Carolyn m'ont aidée à déménager il y a deux mois et on a peint au pistolet la salle de bains – couleur argent – et nos jeans par la même occasion.

Et ça s'est envolé. Je possède donc un domicile conjugal. Avec mon mari conjugal.

Pour la millième fois, je contemple ma bague de fiançailles et mon alliance. Puis je regarde la main de maman. Elle continue à porter l'alliance de papa, malgré la façon dont il s'est conduit envers elle…

Papa. L'enterrement de papa.

C'est comme si j'avais reçu un coup à l'estomac.

— Maman, dis, je suis désolée d'avoir raté les funérailles de papa… Ça s'est… bien passé ?

— Mais ma chérie, tu y étais, fait-elle en me dévisageant comme si j'étais folle.

— Ah bon ! Bien sûr. Mais je ne m'en souviens pas.

Je pousse un gros soupir et repose ma tête sur les oreillers. Je ne me rappelle ni mon mariage, ni l'enterrement de mon père. J'ai raté les deux événements les plus importants de mon existence !

— Alors, c'était comment ?

— Oh, tout à fait normal, répond maman en se frottant le nez, son tic habituel quand il est question de papa.

— Il y avait du monde ?

Elle prend un air chagriné.

— N'en parlons plus. C'était il y a des siècles, ajoute-t-elle en se levant pour mettre fin à mes questions. Bon, tu as déjeuné ? Moi, je n'ai rien eu le temps d'avaler, à part un œuf dur et un toast. Je vais chercher de quoi nous nourrir toutes les deux. Je veux que tu manges sainement, Lexi. Arrête avec ton obsession du régime sans féculent. Une pomme de terre ne va pas te tuer.

Pas de féculent ? C'est comme ça que j'ai maigri ? Je regarde mes nouvelles jambes minces. Sûr qu'elles ne doivent pas savoir ce qu'est une pomme de terre.

— J'ai changé physiquement, non ? je demande assez fière de moi. Ma coiffure… mes dents…

— C'est sans doute vrai. Mais tu as fait ça si lentement que j'ai à peine remarqué.

Foutaises ! Comment ne pas remarquer que sa fille a cessé d'être moche, grosse et Ratichiotte pour devenir mince, bronzée et chic ?

— Je n'en ai pas pour longtemps, annonce maman en prenant son sac en tapisserie. Amy ne devrait pas tarder.

— Amy est là ?

Mon moral remonte à l'idée de voir ma petite sœur dans sa peau de mouton rose, son jean brodé de fleurs et ses tennis qui clignotent quand elle danse.

— Elle s'est arrêtée pour acheter des chocolats dans le hall, ces nouveaux KitKats à la menthe qu'elle adore.

Maman quitte la pièce. Ils ont inventé des KitKats à la menthe ?

2007, c'est un nouveau monde !

Amy n'est pas ma demi-sœur comme les gens le croient. Elle est ma sœur à cent pour cent. Mais les gens se trompent pour deux raisons. Primo, nous avons douze ans d'écart, deuzio, quand elle est née, nos parents étaient déjà séparés.

« Séparés » n'est peut-être pas le mot qui convient. J'ignore ce qui s'est passé entre eux mais je me souviens que, quand j'étais petite, mon père n'était pas souvent à la maison. Officiellement, il était à l'étranger pour ses affaires. En réalité, c'était un filou et un incapable. J'avais huit ans quand, lors d'un déjeuner de Noël, j'ai surpris une de mes tantes le qualifier de filou et d'incapable. En voyant que j'avais entendu, les membres de la famille ont semblé gênés et ont immédiatement changé de sujet. Longtemps, j'ai cru que « incapable » était un vilain gros mot. Je ne l'ai jamais oublié.

J'avais sept ans quand il a quitté la maison pour la première fois. Maman m'ayant dit qu'il était en voyage d'affaires en Amérique, j'ai traité ma copine Melanie de sale menteuse quand elle a prétendu qu'elle avait vu mon père avec une femme en jean rouge. À son retour, quelques semaines plus tard, il avait l'air fatigué. La faute au décalage horaire, expliqua-t-il. Je me souviens de l'avoir enquiquiné pour qu'il m'offre un souvenir de son voyage. Et quand il m'a donné un paquet de chewing-gum, je l'ai montré à tout le monde en classe en disant que c'était du chewing-gum américain – jusqu'à ce que Melanie me montre l'étiquette de la coopé. Je n'ai jamais dit à papa que je savais la vérité. Ni à maman. Au fond, j'avais toujours su qu'il n'était pas allé en Amérique.

Quelques années plus tard, il a disparu à nouveau mais pour plusieurs mois. Puis il a fondé une affaire immobilière en Espagne qui a fait faillite. Ensuite, il a participé à une vente pyramidale pas très catholique en tentant de mettre ses copains dans le coup. Entre-temps il s'est mis à boire... et s'est collé un moment avec une Espagnole, mais maman le reprenait toujours. Puis, voilà trois ans, il s'est installé pour de bon au Portugal afin d'échapper au fisc.

Au fil des ans, maman a eu plusieurs « fiancés » dans sa vie, mais elle n'a jamais divorcé de papa. Ils ne se sont jamais vraiment séparés. Ainsi, lors d'une de ses visites pour Noël, après avoir bien bu et mangé, ils ont dû... remettre le couvert.

Oh, je n'ai pas envie de creuser davantage. On a eu Amy, c'est l'essentiel. C'est une gamine toute mignonne qui aime se trémousser sur du disco et me faire des tresses. Je l'adore.

Ma chambre est sombre et silencieuse depuis que maman n'est plus là. Je me verse un verre d'eau que je savoure lentement. Mes idées sont embrouillées, comme si j'émergeais d'un bombardement. J'ai l'impression d'être une sorte de détective en train de collecter différents indices pour élucider un mystère.

On frappe timidement.

— Entrez !

— Salut, Lexi !

Une fille de seize ans que je n'ai jamais vue s'avance. Elle est grande et maigrichonne, avec un jean taille basse, un anneau dans le nombril, la chevelure pleine de mèches bleues et six couches de mascara. Qui est-ce ?

— Mon Dieu ! fait-elle en se couvrant la bouche. T'as la gueule tout de travers ! T'as mal ?

— Pas trop.

La fille m'observe en clignant des yeux.

— Lexi, c'est moi ! Tu me reconnais pas, dis ?

— Non ! Désolée mais, depuis cet accident, j'ai des problèmes de mémoire. Je sais qu'on se connaît…

— Lexi, s'écrie-t-elle incrédule, presque blessée, c'est moi, Amy !

J'en ai le souffle coupé. Ou pire encore. Cette fille, ma petite sœur ? Pas possible.

C'est pourtant vrai. Amy est devenue cette grande perche insolente. Presque une adulte. Tandis qu'elle déambule dans la chambre, tripotant ceci, dérangeant cela, j'ai du mal à admettre qu'elle ait autant grandi. Et qu'elle ait acquis autant d'assurance.

— Y a rien à béqueter ici ? J'ai la dalle.

Sa voix, douce et enrouée, n'a pas changé, mais elle est plus modulée. Son vocabulaire est plus argotique aussi.

— Maman est allée me chercher à déjeuner. On pourra partager.

— Super !

Elle s'assied dans un fauteuil, balance une jambe sur l'accoudoir. Elle porte des bottillons en daim avec des talons aiguilles.

— Alors, tu te souviens de rien ? C'est cool !

— Pas du tout. C'est odieux. Je me souviens de tout avant l'enterrement de papa et… ensuite, je suis dans le brouillard. J'ai oublié mes premiers jours ici à l'hôpital. Comme si je m'étais réveillée hier soir, pour la première fois.

— Dingue ! T'as oublié que je suis déjà venue te voir ?

— Oui. Je me rappelle de toi à douze ans. Avec une queue-de-cheval et un appareil. Et des barrettes sympa.

— M'en parle pas !

Amy fait semblant de vomir et fronce les sourcils.

— Que tout soit clair. Tu te souviens de rien des trois dernières années ?

— Un vrai trou noir. Et avant, c'est pas net non plus. Il paraît que suis mariée, je dis en riant nerveusement. Première nouvelle ! Tu as été demoiselle d'honneur ?

— Ouais, répond-elle sans enthousiasme. C'était cool. Au fait, je n'ai pas envie d'en parler alors que tu es si malade mais…

Gênée, elle tortille une mèche de cheveux.

— Que veux-tu ? Allez, accouche !

— Voilà, tu me dois soixante-dix livres. Tu me les a empruntées la semaine dernière quand ta carte bancaire ne marchait pas et tu m'as promis de me rembourser. Tu ne t'en souviens sans doute pas…

— Non ! Mais sers-toi dans mon sac. Je ne sais pas si j'ai du liquide…

— Y en a sûrement ! fait-elle en ouvrant une pochette. Merci !

Elle enfourne une liasse de billets dans sa poche et balance à nouveau sa jambe sur l'accoudoir tout en jouant avec ses multiples barrettes en argent. Soudain, elle relève la tête, tout excitée :

— Attends ! T'es au courant au sujet de…

— De quoi ?

Elle me dévisage comme si elle n'en croyait pas ses yeux :

— Personne ne t'a rien dit ?

— Dit quoi ?

— Pas croyable ! Ils veulent sans doute te mettre au parfum petit à petit. Moi, je pense que plus tôt tu sauras…

— Savoir quoi ? Allez… !

Pendant un instant, Amy semble peser le pour et le contre.

— Bouge pas ! crie-t-elle finalement en se levant.

Elle sort de la chambre et revient après un moment, avec dans les bras un bébé de un an, japonais ou chinois. Agrippé à un biberon de jus de fruits, il me fait un grand sourire.

— Je te présente Lennon, ton fils !

Je me fige, horrifiée. Qu'est-ce que c'est que cette histoire ?

— Tu ne t'en souviens pas, hein ? fait Amy en lui caressant les cheveux. Tu l'as adopté au Vietnam il y a six mois. Tu parles d'une histoire ! T'as dû le passer en fraude dans un sac à dos. T'as failli atterrir en taule !

J'ai adopté un bébé ?

Misère, non. Pas question. Je ne peux pas être maman. C'est bien trop tôt. Je n'y connais rien.

— Dis bonjour à ton bébé, fait Amy en s'approchant de moi. Il t'appelle Mo-mah !

Mo-mah ?

— Bonjour, Lennon, fais-je enfin d'une voix pincée. Je suis Mo-mah !

Je m'efforce de prendre un ton plus maternel :

— Viens voir Mo-mah !

Je regarde Amy dont les lèvres tremblent. Soudain, elle éclate de rire :

— Désolée !

— Amy, qu'est-ce que tu fabriques ? C'est vraiment mon bébé ?

— Je l'ai vu dans le couloir et j'ai pas pu résister. Si t'avais vu ta tête ! Quand t'as dit : « Viens voir Mo-mah ! » Trop hilarant !

Des cris se font entendre en provenance du couloir.

— Ça doit être ses parents, dis-je consternée. Espèce d'idiote… Va le rendre !

Je me laisse tomber sur mes oreillers, le cœur battant. Quelle conne je suis ! Enfin, je n'ai pas d'enfant, c'est déjà ça.

Je n'en reviens pas de voir comme Amy a changé. Elle qui était une gamine si douce et si naïve. Qui regardait en boucle *La Belle au bois dormant* dix fois de suite en suçant son pouce. Incroyable !

— J'ai failli avoir une crise cardiaque, je lui fais remarquer quand elle revient. Si j'étais morte, ç'aurait été ta faute.

— T'as compris ? Si tu ne fais pas attention, tu vas gober n'importe quoi !

Elle sort une plaque de chewing-gum dont elle enlève le papier. Puis elle se penche en avant.

— Lexi, dis-moi, fait-elle à voix basse. T'es vraiment amnésique ou tu fais semblant ? Je cafterai pas.

— Quoi ? Pourquoi veux-tu que je mente ?

63

— T'aurais pu vouloir te sortir d'un truc. Ne pas aller à un rendez-vous de dentiste, par exemple.

— Non, c'est pas de la blague !

— Bon, d'accord.

Elle hausse les épaules et me tend un chewing-gum.

— Non, merci.

J'entoure de mes bras mes genoux pliés et réfléchis. Amy n'a pas tort. Des gens peu scrupuleux pourraient profiter de la situation. J'ai tellement de blancs à remplir que je ne sais pas par où commencer.

Bon. Commençons par le plus évident.

— Alors, parle-moi de mon mari. Il est comment ?

— C'est vrai ! fait Amy en écarquillant les yeux. Tu ne l'as jamais vu ?

— Maman dit qu'il est gentil. Toi, tu trouves aussi ? fais-je en dissimulant ma peur d'apprendre la vérité.

— Il est sympa, fait-elle sérieusement. Plein d'humour. Et on va lui opérer sa bosse.

— Bien essayé !

— Lexi ! Il aurait de la peine s'il t'entendait ! On est en 2007. La discrimination envers les handicapés, c'est fini. Et il est tellement adorable. Ce n'est pas de sa faute, son dos s'est déformé quand il était bébé. Et il a tellement bien réussi. C'est impressionnant.

Je rougis de honte. Il n'est pas impossible que mon mari soit bossu. De toute façon, c'est nul d'être anti-bossu. Si je l'ai choisi, c'est qu'il a plein de qualités.

— Il peut marcher ? je demande angoissée.

— Il a marché pour la première fois le jour de votre mariage, dit Amy, nostalgique. Il s'est levé de son fauteuil roulant pour la cérémonie. Toute l'assistance était en larmes… le vicaire était tellement ému qu'il pouvait à peine parler…

Ses lèvres se mettent à nouveau à trembler.

— Petite idiote ! Il n'est pas bossu, n'est-ce pas ?

— Excuse-moi, fait-elle secouée par un fou rire, mais c'est tellement marrant.

— Ce n'est pas un jeu ! C'est ma vie ! Je ne sais rien de mon mari, de la manière dont je l'ai rencontré…

— Bon, fait-elle penaude, voilà ce qui s'est passé. Tu as parlé dans la rue avec ce vieux mendiant. Il s'appelait Eric…

— La ferme ! Si tu n'arrêtes pas de me mener en bateau, je vais demander à maman.

— D'accord, fait-elle en levant les bras en signe de reddition. Tu veux vraiment savoir ?

— Oui.

— Bon, tu as fait sa connaissance pendant une émission de télé.

— Fais encore un effort, dis-je en levant les yeux au ciel.

— C'est la vérité. Je ne déconne plus. Vous étiez dans un reality show, *Ambition*. Les gens qui veulent réussir dans leur job. Il était un des membres du jury et toi une des candidates. Tu as été vite éliminée mais tu as rencontré Eric et ç'a collé entre vous.

Silence. J'attends qu'elle éclate de rire ou qu'elle me sorte une blague, mais elle se contente de siroter son Coca light.

— J'ai participé à un reality show ? je demande, sceptique.

— Ouais. T'étais cool. Toutes mes copines t'ont regardée et on a toutes voté pour toi. T'aurais dû gagner !

Je l'observe de près, mais elle n'a pas l'air de rigoler. Dit-elle la vérité ? Je serais vraiment passée à la télé ?

— Et pourquoi j'aurais participé à une émission de ce genre ?

— Pour être chef. Pour avoir de l'avancement. C'est à ce moment-là que tu t'es fait refaire les dents et les cheveux. Pour être bien à la télé.

— Mais je ne suis pas ambitieuse. Pas à ce point-là…

— Tu plaisantes ! Tu es la fille la plus ambitieuse du monde ! Dès que ton patron a démissionné, tu as postulé pour avoir son poste. Les gros bonnets de ta boîte t'ont vue à la télé et ils ont été impressionnés. Et tu as dégotté le gros lot.

Je repense à mes cartes de visite : *Lexi Smart Directrice…*

— Tu es la plus jeune directrice de ta boîte. Quand tu as eu ton nouveau job, c'était trop cool. On est allés fêter l'événement et tu as payé le champagne…

Elle pince son chewing-gum entre ses dents et tire dessus.

— Tu ne te souviens de rien ?

— Non ! De rien !

Maman fait son entrée, portant un plateau avec un plat sous cloche, un pot de mousse au chocolat et un verre d'eau.

— Et voilà ! Je t'ai pris des lasagnes. Et devine quoi ? Eric est là.

— Ici ? fais-je en pâlissant. Tu veux dire… ici, à l'hôpital ?

Maman hoche la tête.

— Il est dans l'ascenseur. Mais je lui ai dit de te laisser un peu de temps pour te préparer.

Un peu de temps. Il m'en faut beaucoup plus. Tout va trop vite. Je ne suis pas encore prête à avoir vingt-huit ans. Encore moins à rencontrer mon supposé mari.

— Maman, je ne sais pas si je vais tenir le coup, dis-je paniquée. Je ne me sens pas encore à la hauteur. Peut-être demain. Quand je me sentirai mieux dans ma peau.

— Lexi, ma chérie ! Tu ne peux pas renvoyer ton mari. Il a laissé tomber ses rendez-vous pour venir te faire une visite.

— Mais je ne le connais pas ! Je ne sais pas ce que je vais lui dire, ni que faire…

— Ma chérie, c'est ton mari ! me dit-elle d'un ton rassurant en me tapotant la main. Tu n'as pas à te faire de souci.

— Qui sait, il peut réactiver ta mémoire, intervient Amy qui pioche dans la mousse au chocolat. En le voyant tu diras peut-être : « Chéri-amour ! Tout me revient ! »

— La ferme ! Et c'est ma mousse au chocolat !

— Je croyais que tu ne mangeais pas de sucre ! Ça t'est sorti de la tête ? ajoute-t-elle en agitant la cuillère sous mon nez.

— Bien essayé, Amy ! Jamais je ne renoncerai au chocolat !

— Mais tu ne manges plus jamais de chocolat, n'est-ce pas maman ? Tu n'as même pas touché à ton gâteau de mariage à cause des calories !

Elle se fiche de moi ! Pour rien au monde je ne renoncerais au chocolat. Je suis sur le point de lui dire d'aller au diable et de me rendre ma mousse, quand on frappe à la porte et qu'un sonore et viril « Bonjour ! » se fait entendre.

— Mon Dieu ! fais-je, paniquée. C'est lui ? Déjà ?

— Une seconde ! crie maman à travers la porte.

Puis, à voix basse, elle ajoute :

— Arrange-toi un peu. Tu n'es pas présentable.

— Laisse-la tranquille, intervient Amy. Les présentations ont eu lieu il y a trois ans !

— Je vais te donner un coup de peigne…, insiste maman en s'approchant avec un peigne de poche et en s'attaquant à ma tête.

— Aïe ! Tu me fais mal !

— Attends…

Elle me donne un dernier coup de peigne et m'essuie le visage avec le coin d'un mouchoir.

— Prête ?

— Tu veux que j'aille ouvrir ? propose Amy.

— Non… encore une seconde.

L'idée de voir un total inconnu qui serait mon mari me tord les boyaux. C'est délirant.

— Maman, je t'en prie. C'est trop tôt. Dis-lui de revenir plus tard. Demain. Ou peut-être dans quelques semaines.

— Ne sois pas bêta, dit maman en riant.

Comment peut-elle rire ?

— C'est ton mari, continue-t-elle en s'avançant vers la porte. Tu sors d'un accident de voiture et il se fait un mouron du diable. On l'a déjà fait patienter trop long-temps, le pauvre.

Je m'agrippe si fort aux draps que mes mains se glacent.

— Et si je le déteste ? Et si le courant ne passe pas entre nous ? je gémis. Tu crois qu'il s'attend à ce que je vienne habiter chez lui ?

— Tu verras bien, répond maman sans se prononcer. Arrête de te faire de la bile pour rien. Il est très gentil.

— Du moment que tu ne parles pas de sa perruque, glisse Amy. Ni de son passé nazi.

— Amy ! s'exclame maman avec un claquement de langue. Eric ! Pardon de t'avoir fait attendre. Entre !

Rien ne se passe. Le suspense est intenable. Puis la porte s'ouvre et pénètre dans ma chambre, un énorme bouquet de fleurs dans les bras, le plus beau mec que j'aie vu de ma vie. À tomber raide !

5

J'en reste bouche bée. Je le dévisage encore et encore, n'en croyant pas mes yeux. Ce type est d'une beauté incroyable. Genre mannequin Armani. Le cheveu châtain clair bouclé, coupé court. Les yeux bleus, les épaules larges, le costume d'un grand tailleur. Le menton carré, rasé de frais.

Comment ai-je dégotté un type pareil ? *That is the question.*

— Bonjour ! fait-il d'une belle voix théâtrale.

— Bonjour, je réponds, haletante.

Quel torse d'athlète ! Il doit faire de la gym tous les jours. Et ses chaussures sont impeccablement cirées. Quant à sa montre de prix…

Je regarde à nouveau ses cheveux. Jamais je n'aurais pensé épouser un mec avec des cheveux frisés. Marrant, non ? Non pas que j'aie un a priori vis-à-vis des frisés. Mais enfin, sur lui, c'est vraiment superbe.

— Trésor, dit-il en s'avançant, tu as l'air vraiment mieux qu'hier.

— Je me sens bien. Merci… beaucoup.

Je lui prends le bouquet des mains. Je n'ai jamais vu un bouquet aussi somptueux, aussi design. Il vient sûrement d'un très grand fleuriste. Tout est dans les tons de blanc et de beige. Ça existe donc, les roses beiges ?

— Alors… c'est toi, Eric, dis-je pour être cent pour cent sûre.

Ma question le prend à froid mais il réussit à sourire.

— Oui, c'est bien moi. Tu ne me reconnais toujours pas ?

— Pas vraiment. En fait… pas du tout.

— Je t'avais prévenu, intervient maman. Désolée, Eric. Mais la mémoire va lui revenir si elle fait un effort.

— Ça veut dire quoi ? fais-je, furax.

— Voyons, ma chérie, tout est une question de volonté, comme je l'ai lu. L'esprit domine la matière.

— Mais je m'efforce de me rappeler ! Tu crois que ça m'amuse d'être dans cet état ?

— On va y aller doucement, dit Eric sans faire attention à maman. Voyons si je peux t'aider. Tu permets ? me demande-t-il en regardant ma main.

— Oh… oui, d'accord.

Il pose ma main dans la sienne. Elle est douce, chaude, ferme. Mais elle appartient à un inconnu.

— Lexi, c'est moi, fait-il d'un ton emphatique. Eric. Ton mari. Nous sommes mariés depuis deux ans.

Je suis trop fascinée pour lui répondre. Il est encore mieux de près. Sa peau est tendre et bronzée, ses dents d'un blanc éclatant…

Mon Dieu, j'ai couché avec ce type, je pense tout d'un coup.

Il m'a vue toute nue. Il a arraché mon soutien-gorge… On a fait des tas de trucs ensemble et je ne le

71

connais même pas. Je ne vais quand même pas lui demander des précisions devant maman.

Comment est-il au lit ?

Eric a remarqué mon regard inquisiteur.

— Si quelque chose te tracasse, demande-moi…

— Non, dis-je en rougissant. Excuse-moi. Continue.

— Nous nous sommes connus il y a deux ans, à une réception organisée par Pyramid Television. Ils produisent *Ambition*, le reality show où nous étions présents. Ç'a été le coup de foudre. Mariés en juin, nous avons passé notre voyage de noces à Paris. Nous avions une suite au George V. C'était merveilleux. On a été à Montmartre, visité le Louvre, pris un café au lait tous les matins… Tu te souviens de quelque chose ?

— Non, j'avoue avec un brin de culpabilité.

Maman a peut-être raison. Je devrais faire plus d'efforts. *La Joconde*. Des serveurs de café en longs tabliers. Lexi, *réfléchis* ! Je remonte le temps en essayant d'imaginer Eric dans ce décor parisien, d'attiser ma mémoire…

— On est montés en haut de la tour Eiffel ?

— Absolument ! acquiesce-t-il tout joyeux. Tu commences à te rappeler ? Il y avait du vent et nous avons pris des photos…

— Non, je l'interromps, j'ai juste deviné. Tu sais, à Paris, monter en haut de la tour Eiffel, c'est normal.

— Dommage !

Nous nous taisons. Heureusement on frappe.

— Entrez ! dis-je.

Nicole s'approche, tenant mon dossier.

— Je dois prendre votre tension…

Elle s'arrête en voyant Eric qui me tient la main.

— Navrée de vous déranger.

— Ne vous excusez pas, dis-je. Voici ma mère, ma sœur et… Eric, mon mari, je précise en croisant son regard.

— Ah ! Eric ! Ravie de vous connaître !

— Ravi également. Je vous serai éternellement reconnaissant de prendre soin de mon épouse.

Épouse ! Un coup de couteau à l'estomac ne me ferait pas plus d'effet. Je suis son épouse. Comme tout ça est adulte. Je parie qu'on a pris un emprunt pour l'appart. Et qu'on a installé une alarme.

— C'est un plaisir, reprend Nicole. Lexi est une malade exemplaire.

Elle m'enfile le brassard pour prendre ma tension et me fait face.

— Ça va serrer un peu… Il est superbe ! ajoute-t-elle à voix basse en levant le pouce.

Je ne peux m'empêcher de lui faire un clin d'œil de satisfaction.

C'est la vérité. Mon mari est, sans hésitation, superbe. Je ne suis jamais sortie avec un mec de sa classe. Sans parler d'en épouser un. Et moins encore de manger des croissants au George V.

— J'aimerais faire un don à l'hôpital, annonce Eric en se tournant vers Nicole. Si vous avez une caisse spéciale…

— Formidable ! Nous avons une souscription à l'heure actuelle pour un nouveau scanner.

— Et si je faisais mon marathon pour ça ? Chaque année je cours pour une cause différente.

Je rougis d'orgueil. Aucun de mes petits amis n'a jamais couru le marathon. Dave le Loser avait du mal à se propulser du divan à la télé.

— Eric, fait Nicole en notant un chiffre dans mon dossier, j'ai été ravie de faire votre connaissance. Votre femme semble en bonne forme. Lexi, et votre déjeuner ? demande-t-elle en voyant le plateau auquel je n'ai pas touché.

— Ah oui ! Je l'avais oublié.

— Il faut vous nourrir. Et je vais tous vous demander de ne pas rester trop longtemps.

Elle se tourne vers Amy et maman.

— Je sais que vous avez envie de lui tenir compagnie, mais elle est encore fragile. Il faut qu'elle y aille doucement.

— Je ferai ce qu'il faut pour que ma femme se rétablisse parfaitement, déclare Eric.

Maman et Amy rassemblent leurs affaires mais Eric ne bouge pas.

— J'aimerais rester encore un peu. Juste tous les deux. D'accord, Lexi ?

— Euh… enfin, oui.

Maman et Amy viennent m'embrasser et maman essaye une dernière fois de me coiffer. Puis elles s'en vont et je demeure seule avec Eric. Nous nous taisons.

— Bien, fait enfin Eric.

— Oui, c'est étrange.

J'essaye de rire mais je n'y parviens pas. Eric me dévisage en fronçant les sourcils.

— Que disent les médecins ? Tu retrouveras la mémoire ?

— Sans doute. Mais ils ignorent quand.

Eric se lève et déambule jusqu'à la fenêtre.

— C'est donc un jeu de patience. Puis-je faire quelque chose pour accélérer le processus ?

— Je ne sais pas ! Si tu me parlais de nous et de notre couple ?

Sa magnifique silhouette se détache sur la fenêtre.

— Quelle bonne idée ! Que veux-tu savoir ? Pose-moi toutes les questions qui te passent par la tête.

— Bon… alors où habitons-nous ?

— Dans un penthouse à Kensington, répond-il fier comme un petit coq. C'est comme ça que je gagne ma vie. Dans l'immobilier de très grand luxe.

Il ouvre les bras pour me montrer qu'il faut un max de fric pour faire appel à ses services.

Génial ! Nous vivons à Kensington ! Je cherche une autre question à lui poser mais j'y renonce. J'ai l'impression de vouloir meubler la conversation.

— Quelles sont nos distractions favorites ? je demande finalement.

— On aime les bons restaurants, aller au cinéma… la semaine dernière nous avons vu un ballet. Après on a dîné au Ivy.

— Le Ivy !

J'ai été au Ivy ! Je n'en reviens pas !

Pourquoi je ne m'en souviens pas ? Je ferme les yeux et j'essaye de faire redémarrer ma mémoire. Mais… rien !

Finalement, prise d'un léger vertige, je rouvre les yeux. Eric regarde mes bagues sur la table de nuit.

— Pourquoi ton alliance est-elle là ?

— Ils l'ont enlevée pour mon scanner.

— Tu permets ?

Il la saisit et me prend la main.

Je panique un instant.

— Je… non…

75

Sans pouvoir m'en empêcher je retire ma main, ce qui fait blêmir Eric.

— Désolée, vraiment désolée. Mais tu es encore un étranger pour moi.

— Bien sûr, fait-il en me tournant le dos, je comprends très bien.

Mon Dieu, je lui ai fait de la peine. Au lieu de le traiter d'« étranger », j'aurais dû parler d'un « ami que je viens de rencontrer ».

— Eric, je te demande pardon, fais-je en me mordant les lèvres. Je veux te connaître et t'aimer, et tout le reste. Tu dois être exceptionnel sinon je ne t'aurais pas épousé. Et en plus tu es tellement beau. Je ne m'attendais pas à un physique pareil. Tu sais, mon précédent petit ami ne t'arrivait pas à la cheville.

Eric me dévisage.

— C'est bizarre, tu n'es plus toi-même. Les docteurs m'avaient prévenu, mais je ne pensais pas que ce serait à ce point.

Pendant un instant il paraît accablé, puis il se redresse.

— On va vite te remettre sur pieds. J'en suis persuadé.

Il repose mon alliance délicatement sur la table de nuit, s'assied sur mon lit et reprend ma main.

— Je veux que tu le saches, Lexi, je t'aime.

— Vraiment ? dis-je folle de joie. C'est fabuleux !

Mes petits amis ne m'ont jamais dit « je t'aime » d'une façon aussi officielle – en plein jour, tels des adultes – et pas pendant une engueulade ou une partie de jambes en l'air. Il faut que je lui rende la pareille. Mais que dire ?

Je t'aime moi aussi ?

Non !

Je t'aime sans doute aussi ?

Non.

— Eric, je suis certaine de t'aimer au fond de mon cœur. Et je vais m'en souvenir. Peut-être pas aujourd'hui. Ni demain. Mais… on se rappellera toujours Paris. Toi, au moins. Et tu pourras toujours m'en parler.

Eric a l'air légèrement perplexe.

— Déjeune et repose-toi, me conseille-t-il en me tapotant l'épaule. Je te laisse tranquille.

— Demain, je vais sans doute me réveiller en me rappelant tout ?

Il se lève.

— Espérons ! Mais même si ça ne marche pas, on s'en sortira. Promis ?

— Promis !

— À bientôt !

Il sort sur la pointe des pieds. Je ne bouge pas pendant un moment. J'ai la tête qui tourne et je suis un peu hébétée. J'ai eu ma dose. Amy a les cheveux bleus, Brad Pitt a fait un enfant de l'amour à Angelina Jolie et j'ai un mari splendide qui vient de me dire qu'il m'aime. Je m'attends vaguement à m'endormir et à me réveiller en 2004. Sur le plancher de Carolyn, avec une sacrée gueule de bois. Ayant tout rêvé.

6

Mais ce n'est pas un rêve. Quand je me réveille le lendemain, on est toujours en 2007. Mes dents sont parfaites, mes cheveux châtain doré. Et ma mémoire n'est qu'un trou noir. J'en suis à mon troisième toast et à ma énième tasse de thé quand Nicole fait son entrée, précédée d'une table roulante chargée de fleurs. J'en reste bouche bée. Il doit y avoir une vingtaine d'arrangements divers et variés : bouquets de fleurs fraîches, orchidées en pot, immenses roses...

— Il y en a au moins un pour moi ?

— Ils sont tous pour vous !

— Tous ! je répète en m'étranglant.

— Vous êtes très appréciée ! On a même manqué de vases ! Tenez, voici les cartes.

— Génial !

Je lis la première carte :

> *Lexi chérie. Prends bien soin de toi, à très bientôt. Avec toutes mes amitiés*
>
> *Rosalie*

Rosalie ? Qui est Rosalie ? Mystère et boule de gomme. Perplexe, je mets la carte de côté pour la relire plus tard et passe à la suivante :

Meilleurs vœux de prompt rétablissement

Tim et Suki.

Je ne les connais pas non plus.

Lexi, remets-toi vite ! Tu tourneras bientôt à plein régime.

De la part de toutes tes amies de la gym.

À plein régime ? Moi ?

Voilà qui explique au moins mes jambes musclées. Je regarde la prochaine carte – enfin des gens qui ne me sont pas inconnus

Remets-toi très vite. Avec tous nos vœux, de la part de Fi, Debs, Carolyn et de tout le département Revêtements de sol.

En lisant ces noms qui me sont chers, je me sens mieux. C'est idiot mais, pendant un moment, j'ai cru que mes copines m'avaient oubliée.

— Dites-moi, votre mari est vraiment canon ! dit Nicole, interrompant mes pensées.

— Vous trouvez ? fais-je d'un ton aussi nonchalant que possible. J'avoue qu'il n'est pas mal…

— Il est incroyable ! Hier, il a fait le tour du service pour nous remercier chacune à notre tour. Il n'y a pas grand monde qui se donne cette peine, vous savez.

— Je ne suis jamais sortie avec un type pareil, dis-je en cessant de jouer la comédie. J'ai encore du mal à croire que je l'ai épousé.

79

On frappe.

Maman et Amy font leur apparition, en sueur et l'air exténué, traînant avec elles six grands sacs débordants d'albums de photos et d'enveloppes.

— Bonjour ! fait Nicole en leur tenant la porte. Lexi va bien mieux aujourd'hui.

— Oh, ne me dites pas qu'elle se rappelle quelque chose, fait maman, lugubre. Maintenant qu'on a trimballé toutes ces photos. Vous n'imaginez pas le poids d'un album. Et, en plus, on n'a pas trouvé de place au parking…

— Elle a encore de terribles trous de mémoire, la coupe Nicole.

— Ah, Dieu merci !

Remarquant soudain la tête de Nicole, maman rectifie :

— Oh, Lexi, ma chérie, on t'a apporté des photos. Ça t'aidera peut-être à retrouver la mémoire.

Je suis tout excitée. Ces photos combleront un grand vide. Elles vont me montrer ma métamorphose, depuis Ratichiotte… jusqu'à maintenant.

— Vas-y ! Montre-moi ma vie ! je m'exclame en me redressant dans mon lit.

C'est dingue les leçons qu'on peut tirer d'un séjour à l'hôpital. Par exemple, si quelqu'un de votre famille est amnésique, montrez-lui n'importe quelle vieille photo pour raviver sa mémoire. En ce qui me concerne, dix minutes après l'arrivée de maman et d'Amy, je n'ai toujours pas vu le moindre cliché car elles se bagarrent pour savoir par où commencer.

— Il ne faut pas la submerger, dit maman en fouillant dans un des sacs. Ah ! nous y voilà.

Elle choisit une photo encadrée.

— Pas question ! s'exclame Amy. J'ai un bouton sur le menton. Et je suis moche.

— Amy, on le voit à peine ! la rassure maman.

— Mais si ! Et celle-là est encore pire.

Elle s'empare du cliché et le déchire en mille morceaux.

Alors que je suis impatiente de combler les lacunes de ma vie passée, Amy ne trouve rien de mieux à faire que détruire les indices !

— Je ne regarderai pas tes boutons, je te promets, Amy ! Montre-moi une photo ! N'importe laquelle !

— D'accord !

Maman s'avance vers moi, une photo non encadrée à la main.

— Je vais te la montrer, Lexi. Dis-moi si tu reconnais quelque chose. Prête ?

Maman la retourne.

On y voit un chien déguisé en Père Noël.

— Maman, fais-je, frustrée, pourquoi me montres-tu ce chien ?

— Ma chérie, c'est Tosca ! En 2004, elle était très différente. Tiens, voici Raphael avec Amy la semaine dernière, ils sont si mignons tous les deux…

— Je suis monstrueuse ! intervient Amy en déchirant la photo sans me laisser le temps de la voir.

— Amy ! Arrête de tout déchirer, je crie. Maman tu as apporté d'autres clichés ? Avec des gens, par exemple ?

— Lexi, tu te souviens de ça ? demande Amy en tenant un ravissant collier avec une rose en jade.

Je le regarde, cherchant de toutes mes forces à me souvenir.

— Non, ça ne me dit rien.

— Je peux l'avoir alors ?

— Amy ! la réprimande maman.

Elle farfouille encore dans les sacs mais rien ne lui plaît.

— Mieux vaut attendre qu'Eric apporte le DVD du mariage. Si ça ne lui ravive pas la mémoire, rien ne marchera.

Le DVD du mariage ?

Mon mariage !

Chaque fois que j'y pense, je suis excitée comme une puce. Il existe un DVD ? J'ai du mal à y croire. Je ne m'imagine même pas en mariée. Est-ce que j'avais une robe bouffante avec une traîne, un voile et d'horribles fleurs dans les cheveux ? Je n'ose pas demander.

— Bon… il a l'air gentil. Eric, je veux dire. Mon mari.

— Il est super, répond maman toujours plongée dans ses photos de chien. Il donne beaucoup d'argent aux œuvres de charité. Ou plutôt, sa société en donne beaucoup. Mais comme elle lui appartient, ça revient au même.

— Il a sa propre boîte ? Je croyais qu'il était agent immobilier.

— Sa société vend des appartements et des propriétés, ma chérie. En tant que promoteur, il a construit des appartements de superluxe dans tout Londres. Il a revendu une partie de sa société l'année dernière, mais il en garde le contrôle.

— Il vaut dix millions de livres, lance Amy qui s'est accroupie à côté des sacs de photos.

— Comment ?

— Il est riche à crever ! Allons, fais pas comme si t'avais pas deviné.

— Amy, fait maman, ne sois pas vulgaire !

Je suis sidérée. Presque sur le point de m'évanouir, en fait. Dix millions de livres ?

On frappe :

— Lexi, je peux entrer ?

Mon Dieu ! C'est lui. Je me regarde rapido dans mon miroir et m'asperge d'un parfum Chanel trouvé dans mon sac.

— Entre, Eric ! crie maman.

Et le voici dans ma chambre, croulant sous deux gros sacs, plus un bouquet de fleurs et un grand panier de fruits. Il porte une chemise rayée, un pantalon beige, un pull en cachemire jaune et des mocassins à glands.

— Bonjour, trésor.

Il pose ses paquets par terre et vient m'embrasser doucement sur la joue.

— Comment va la forme ?

— Bien mieux, merci, je lui réponds en souriant.

— Mais elle ne sait toujours pas qui tu es, intervient Amy. Tu es juste un mec avec un pull jaune.

Eric ne semble pas choqué. Il est sans doute habitué aux sorties de ma sœur.

— Bon, eh bien, on va passer à l'attaque, fait-il plein d'énergie. J'ai apporté des photos, des DVD, des souvenirs... On va la remettre sur le droit chemin. Barbara, pouvez-vous mettre le DVD du mariage, demande-t-il à maman en lui tendant le disque. Et toi, Lexi, regarde ! Voici l'album de notre mariage.

Il pose sur le lit un gros album en parchemin. Je n'en crois pas mes yeux en voyant inscrit en lettres d'or :

En l'ouvrant, mon cœur bat à toute allure. C'est une photo en noir et blanc de moi en mariée. Je porte un long fourreau blanc, les cheveux noués en un élégant chignon et je tiens à la main un petit bouquet de lys. Rien de bouffant à l'horizon.

Sans dire un mot, je tourne la page. Eric, en smoking, se tient à côté de moi. À la page suivante, nous nous sourions, une coupe de champagne à la main. Comme si on posait pour un magazine glamour.

Moi qui voulais la preuve de mon mariage, maintenant je l'ai. En noir et blanc, et en couleurs.

L'écran de télé s'allume. On entend des rires et des bribes de conversation. Un nouveau choc m'attend. Eric et moi posons dans nos tenues de mariage. Nous sommes à côté d'un immense gâteau, tenant ensemble un couteau et souriant à quelqu'un hors écran. Je ne peux détacher mes yeux de cette image.

— On a décidé de ne pas filmer la cérémonie. C'est la réception qui a suivi, commente Eric.

— Je vois, dis-je d'une voix émue.

Les mariages ne m'ont jamais emballée. Mais en nous voyant coupant le gâteau, souriant à nos invités, posant pour un photographe improvisé… les yeux me piquent. C'est soi-disant le plus beau jour de ma vie et je ne m'en souviens pas.

La caméra se déplace et filme des visages qui me sont inconnus. Pourtant je repère maman en tailleur bleu marine et Amy en robe mauve à bretelles. Nous sommes dans une pièce immense et moderne, aux murs en verre. Le mobilier est contemporain, il y a des bouquets partout et les gens rentrent d'une terrasse, une coupe de champagne à la main.

— Où est-ce ?

— Trésor… c'est chez nous, répond Eric en riant à moitié.

— Chez nous ? Mais c'est dément !

— Le dernier étage. D'une taille respectable.

Une taille respectable ? Celle d'un terrain de foot, oui ! Mon petit appart de Balham tiendrait sur un des tapis !

— Qui est-ce ?

Je désigne une jolie fille en robe bustier rose qui me parle à l'oreille.

— Rosalie. Ta meilleure amie.

Vraiment ? Je ne l'ai jamais vue de ma vie. Elle est hypermince, bronzée, avec de grands yeux bleus, un énorme bracelet et des lunettes de soleil qui retiennent ses cheveux blond californien.

Lexi chérie, prends bien soin de toi…, Rosalie. Elle m'a envoyé des fleurs, je m'en souviens tout d'un coup.

— Elle travaille chez Deller ?

— Non ! fait Eric, riant comme si j'avais dit quelque chose de très drôle. Regarde cette séquence, c'est marrant.

La caméra nous suit quand nous allons sur la terrasse et je m'entends dire à Eric : « Qu'est-ce que tu as manigancé ? » Tout le monde lève la tête pour je ne sais quelle raison.

La caméra filme le ciel et je comprends pourquoi. Un avion a écrit : « Lexi, je t'aimerai toute ma vie. » Les invités sont médusés et moi aussi. J'embrasse Eric.

Mon mari a organisé cette folie pour mon mariage et je ne m'en rappelle pas ! De quoi pleurer !

— Ah, nous voici maintenant à l'île Maurice, l'année dernière…

Eric a avancé le DVD jusqu'à un autre moment de notre vie commune. C'est moi la fille qui marche sur la plage ? J'ai des tresses, un bikini rouge et je suis mince et bronzée. Le genre de fille que je jalouserais.

— Ah, là, nous sommes à un bal de charité.

Je suis en robe du soir ajustée bleu marine et je danse avec Eric dans une grande salle de bal.

— Eric est un généreux donateur, commente maman.

Je ne réponds pas. J'ai les yeux fixés sur un beau type brun, debout au bord de la piste. Minute ! J'ai l'impression de le connaître.

Absolument. Enfin quelqu'un que je reconnais !

— Lexi ? fait Eric qui a remarqué mon expression. La mémoire te revient ?

— Oui, je reconnais ce type à gauche. Je ne sais pas exactement qui c'est mais je le connais. Très bien ! Il est chaleureux, drôle. Il est médecin, peut-être… Ou alors je l'ai rencontré au casino…

— Lexi…, m'interrompt Eric doucement, c'est George Clooney, l'acteur. C'était la star de la soirée.

— Ah bon ! fais-je déçue.

George Clooney. Évidemment ! Quelle idiote je fais. Je m'enfonce dans mes oreillers, furieuse contre moi-même.

Quand je pense à toutes les choses horribles dont je suis capable de me souvenir. À sept ans, obligée de manger de la semoule à l'école et j'ai failli vomir. À quinze ans, en costume de bain blanc : il était tellement transparent que tous les garçons se sont moqués de moi quand je suis sortie de l'eau. Rien que d'y penser j'en suis encore rouge de honte.

Mais m'être promenée sur une plage de sable fin à l'île Maurice, je l'ai oublié. Ou d'avoir dansé avec mon mari lors d'un grand bal. Allô, ma cervelle ? Tu as des priorités ?

— Hier soir, fait Amy toujours assise en tailleur par terre, j'ai lu un article sur l'amnésie. Tu sais ce qui déclenche le mieux la mémoire ? L'odorat. Tu devrais renifler Eric.

— C'est vrai ! renchérit maman de façon inattendue. Comme ce type, Proust. Une bouchée d'une madeleine et tout lui revient.

— Allez, reprend Amy, essaye ! Tu ne risques rien.

Gênée, je regarde Eric.

— Ça t'ennuie si je te respire ?

— Pas du tout, fait-il en arrêtant le DVD. Tu veux que je lève les bras ?

— Euh… pourquoi pas.

Eric s'exécute solennellement. Je me penche vers lui et hume ses aisselles. Elles sentent le savon, l'after-shave et une odeur virile. Mais mes méninges ne réagissent pas.

Sauf que j'ai des visions de George Clooney dans *Ocean's Eleven*.

Pas la peine d'en parler.

— Alors ? s'inquiète Eric, les bras toujours en l'air.

— Rien encore… enfin rien de très précis…

— Renifle sa braguette, dit Amy.

— Amy, je t'en prie ! fait maman à mi-voix.

Je jette un coup d'œil à la braguette d'Eric. La braguette que j'ai épousée. Elle semble bien fournie, quoique ça ne veuille pas dire grand-chose. Je me demande…

Non, c'est prématuré.

— Vous devriez faire l'amour tous les deux, poursuit Amy au milieu d'un silence embarrassé. Vous avez besoin de sentir vos puissantes odeurs corporelles…

— Amy ! Ça suffit comme ça ! intervient maman.

— Je ne dis rien de mal ! C'est la méthode la plus naturelle pour guérir l'amnésie.

Eric laisse tomber ses bras.

— Bon, je n'ai pas eu beaucoup de succès.

— En effet.

Amy aurait-elle raison ? On devrait peut-être faire l'amour. Je regarde Eric et je vois qu'il pense comme moi.

— N'insistons pas, c'est encore trop tôt, dit-il en refermant l'album de photos.

Mais je me rends compte qu'il est déçu.

— Et si la mémoire ne me revenait jamais ? dis-je en les regardant tous les trois. Et si mes souvenirs étaient perdus à jamais ?

En voyant leurs visages soucieux, je me sens impuissante et vulnérable. Comme lorsque mon ordinateur est tombé en rideau et que j'ai perdu tous mes mails. Cette fois, c'est mille fois pire. Le technicien informatique m'a répété que j'aurais dû faire une sauvegarde. Mais comment sauvegarder sa propre mémoire ?

Cet après-midi, visite du docteur Neil, un neuropsy. Un type sympa en jean. Je m'assieds en face de lui à une table pour faire des tests. Et j'avoue que je m'en tire bien ! Je me rappelle cinquante mots d'une liste, une courte nouvelle et j'arrive à faire un dessin de mémoire.

— Vous fonctionnez bien, me rassure-t-il en remplissant la dernière case d'un questionnaire. Vous raisonnez bien, votre mémoire immédiate est excellente, vous n'avez pas de problèmes de reconnaissance… mais vous êtes atteinte d'une grave amnésie focale rétrograde. Un cas rarissime.

— Ça s'explique ?

— Par la façon dont vous vous êtes cogné la tête.

Il dessine avec entrain une tête sur son bloc et ajoute la cervelle :

— Vous avez souffert d'une blessure que nous appelons accélération-décélération. En heurtant le pare-brise, votre cerveau a été précipité contre votre crâne et votre cervelle s'est… tordue. Il est possible que votre réserve de souvenirs ait été endommagée, ou que les voies neuronales aient été abîmées. Ou bien votre réserve est intacte mais il vous est impossible d'en ouvrir la porte.

Ses yeux brillent comme si c'était un exploit dont je devrais être fière.

— Et si vous me faisiez un électrochoc ? je demande, frustrée. Ou si vous me donniez un coup sur la tête ?

— Hélas, non ! réplique-t-il amusé. Contrairement à ce que les gens croient, un coup sur la tête n'est pas la solution. Pas la peine d'essayer, hein !

Il se lève.

— Je vais vous raccompagner.

Dans ma chambre, je retrouve maman et Amy : elles continuent à regarder le DVD du mariage. Eric parle dans son portable.

— Comment ça s'est passé ? demande-t-il au docteur Neil.

— Tu t'es rappelée quoi ? ajoute maman.

— Rien !

— Lorsque Lexi sera retournée dans un environnement qui lui est familier, la mémoire devrait lui revenir tout naturellement, indique Neil d'un ton rassurant. Mais ça peut prendre du temps.

— Je vois, fait Eric en hochant la tête. Et maintenant ?

— Lexi est en bonne forme, répond Neil en consultant ses notes.

Il se tourne vers moi.

— On devrait vous laisser sortir demain. Revenez dans un mois faire des examens. En attendant, c'est chez vous que vous serez le mieux. Je suis sûr que vous avez envie d'y retourner.

— Oui ! je m'exclame après un instant de réflexion. À la maison ! Parfait.

En disant ça, je me rends compte que j'ignore ce qu'est « la maison » ! Pour moi, ma maison était mon appart de Balham. Et je ne l'ai plus.

— Quelle est votre adresse ? demande Neil. Pour mon dossier.

— Je… ne sais pas.

— Je vais vous l'écrire, propose Eric. Donnez-moi votre stylo.

Quelle dinguerie ! J'ignore où j'habite. Comme une vieille dame paumée.

— Lexi, bonne chance, dit le docteur Neil.

Il se tourne vers Eric et maman.

— Vous l'aiderez en lui donnant le plus possible d'informations sur sa vie. Écrivez les choses.

Emmenez-la dans les lieux où elle a été. En cas de problème, appelez-moi.

Le médecin parti, on n'entend plus que le bruit de la télé. Maman et Eric échangent des regards entendus. Si j'étais parano, je dirais qu'ils mijotent quelque chose.

— Alors ?

— Trésor, ta mère et moi discutions de la façon d'envisager ton retour.

J'ai l'impression d'être un dangereux psychotique qu'on vient de libérer.

— La situation est pour le moins étrange, poursuit-il. Évidemment, j'aimerais que tu rentres à la maison pour reprendre la vie d'antan. Mais j'avoue que tu pourrais être mal à l'aise. Après tout... tu ne me connais pas.

— C'est vrai.

— J'ai dit à Eric que tu étais la bienvenue chez moi pour un petit moment, dit maman. Bien sûr, ça me dérangera un peu et tu devras partager ta chambre avec Jake et Florian mais ce sont de braves chiens...

— La chambre pue ! s'exclame Amy.

— Pas du tout, fait maman vexée. Un entrepreneur m'a affirmé que c'était une question d'humidité... enfin tu vois.

— C'est tout pourri, ajoute Amy sans quitter la télé des yeux. Et ça pue.

Maman devient rouge de colère. Quant à Eric, il s'avance vers moi, l'air grave :

— Ne crois pas que je serais vexé. Je sais que c'est dur pour toi. Je te suis inconnu. Pourquoi voudrais-tu vivre avec moi ?

Je sais qu'il attend ma réponse, mais je suis distraite par ce que je vois à l'écran. Je suis à côté d'Eric dans un hors-bord. Où ? Je l'ignore. Mais le soleil brille et la mer est bleue. Nous portons tous les deux des lunettes noires. Il me sourit et nous sommes totalement glamour, comme dans un James Bond.

Hypnotisée, je continue à regarder. *Je veux mener ce genre de vie. Elle m'appartient. Je l'ai méritée. Elle ne va pas me filer entre les doigts.*

— Ta guérison est la chose la plus importante et je ne veux pas être un obstacle, poursuit Eric. À toi de décider.

— Très bien, dis-je en prenant mon verre d'eau pour me donner le temps de réfléchir. Attends une minute.

Bon, voyons ce qui m'attend : d'un côté : une chambre dégueu dans le Kent à partager avec deux whippets ; de l'autre : un appartement féerique à Kensington avec mon superbe mari qui sait piloter un hors-bord.

— Tu sais, Eric, je vais venir vivre avec toi.

— Tu es sérieuse ? demande-t-il la mine réjouie.

Visiblement, il est surpris.

— Tu es mon mari. Ma place est à tes côtés.

— Mais tu ne te souviens pas de moi…

— J'apprendrai à te connaître, fais-je, soudain emballée. En vivant avec toi, j'ai plus de chance de retrouver la mémoire. Tu me parleras de toi, de moi, de notre couple… Le médecin a dit qu'un environnement familier me facilitera la tâche.

J'y crois de plus en plus. Même si j'ai oublié mon mari et ma vie précédente. Une chose est certaine : j'ai épousé un beau milliardaire qui m'aime, possède un appartement luxueux et m'apporte des roses beiges. Je ne vais pas tout fiche en l'air pour un petit détail comme mon amnésie.

On doit tous et toutes faire un effort quand on est marié. Moi, je sais ce que j'ai à faire.

— Eric, je veux sincèrement vivre avec toi. Je suis persuadée qu'on est un couple merveilleux. On va se débrouiller.

— Ça sera divin, dit Eric ému. Mais que ça ne soit pas une obligation…

— Pas du tout ! Je le fais… parce que ça me plaît.

— Bravo ! applaudit maman.

— C'est décidé, conclut Eric. Évidemment, tu vas t'installer dans… la chambre d'amis.

— C'est gentil d'y penser.

— Bon, eh bien, si tu te sens sûre de toi, faisons les choses dans les règles.

Il tourne la tête vers l'alliance qui est sur la table de nuit et je suis son regard.

— Oui, absolument.

Il prend l'anneau et, lentement, je lui tends ma main gauche. Je suis comme hallucinée. Il me passe d'abord l'anneau puis l'énorme solitaire.

In-cro-yable, la taille de ce diamant !

— Il te plaît ? demande Eric. L'anneau te va toujours ?

— Parfait ! Vraiment parfait.

J'arbore un immense sourire tandis que je tourne ma main dans tous les sens. Quelqu'un devrait nous jeter des grains de riz et jouer la *Marche nuptiale*. Quand je pense… Il y a seulement deux jours, Dave le Loser me posait un lapin. Et aujourd'hui me voici mariée !

7

Merci ma bonne étoile !

Dans une vie antérieure j'ai dû être une sorte de sainte. J'ai dû sauver les enfants d'un immeuble en flammes, aider les lépreux, inventer la roue ou quelque chose d'équivalent. Sinon, comment expliquer ma nouvelle vie de rêve ?

À l'instant présent, je glisse sur l'Embankment en compagnie de mon superbe mari dans sa Mercedes décapotée.

Je dis « glisse » mais en fait nous nous traînons à trente à l'heure. Eric est un amour. Il comprend combien c'est douloureux pour moi de monter à nouveau en voiture. « Comment te sens-tu ? » me demande-t-il à tout bout de champ. À vrai dire, je vais très bien. Je ne me souviens pas de l'accident. Comme si c'était arrivé à quelqu'un d'autre et que l'on me l'ait raconté. J'aurais hoché poliment la tête en commentant : « Mais c'est affreux », sans me donner la peine d'écouter.

Je m'inspecte et suis émerveillée par ce que je vois. Mon jean a deux tailles de moins qu'avant. Je porte un top Miu Miu, une marque dont je rêvais en feuilletant les magazines. Eric m'a apporté à l'hôpital un sac plein de fringues tellement chic et mode que je n'osais pas les toucher et encore moins les essayer.

La banquette arrière est encombrée de bouquets et de cadeaux reçus à l'hôpital ainsi que d'un énorme panier de fruits exotiques envoyé par Deller. Y était jointe une lettre d'une dénommée Clare qui m'annonçait qu'elle m'enverrait le compte-rendu de la dernière réunion du conseil d'administration pour que je le lise à mon gré. Elle m'envoyait ses vœux de prompt rétablissement. Le tout signé « Clare Abrahams, assistante de Lexi Smart ».

J'ai donc ma propre assistante ! Je fais partie du conseil ! Moi ?

Je commence à cicatriser et on m'a enlevé les agrafes que j'ai dans la tête. On m'a lavé les cheveux et ils sont aussi brillants que mes dents sont blanches. Dès que j'aperçois un miroir ou une surface lisse, je me souris. En fait, je n'arrête pas de sourire.

J'étais peut-être Jeanne d'Arc dans une vie antérieure. Ou alors j'étais ce type du *Titanic*. Oui, c'est ça. Je me suis noyée dans une eau glacée sans avoir pu sauver Kate Winslet. Et maintenant le destin prend sa revanche. Parce que j'en suis sûre : un tel bonheur n'arrive pas par hasard… Jamais.

— Ça va, trésor ?

Un court instant, Eric pose sa main sur la mienne. Le vent ébouriffe ses cheveux bouclés et ses lunettes noires scintillent au soleil. Mercedes pourrait l'engager pour faire sa pub.

— Oui ! Je me sens en pleine forme !

Je suis Cendrillon. Non, mieux qu'elle, car elle ne s'est dégotté qu'un prince. Moi, j'ai en plus des dents superbes et un job extra.

Eric tourne à gauche.

— Nous y sommes…

Il s'engage sous un grand auvent, passe devant un portier dans une guérite en verre et se gare.

— Viens voir ta maison !

Vous savez comme on peut être déçu quand on s'attend à monts et merveilles. Tenez, par exemple, vous mettez de l'argent de côté pour vous offrir un bon restaurant et les serveurs sont odieux, les tables trop étroites et les pâtisseries rances.

Eh bien, mon nouvel appartement, c'est tout le contraire. Mille fois mieux que dans mon imagination. En le visitant, je n'en crois pas mes yeux. Il est immense. Lumineux. Il donne sur la Tamise. Un vaste canapé en L, couleur crème, occupe le centre du salon. Un des murs abrite un ravissant bar en granit noir. Et dans la douche entièrement tapissée de marbre, on tiendrait facilement à cinq.

— Ça te rappelle quelque chose ? demande Eric qui ne me quitte pas des yeux. Ça ne déclenche rien ?

— Non. Mais quel appart !

Formidable pour recevoir. Je vois déjà Fi, Carolyn et Debs perchées sur les tabourets du bar, buvant des tequilas, la musique à fond la caisse. Je m'arrête près du canapé et glisse ma main sur le somptueux tissu. Jamais je n'oserai m'asseoir, il est trop impeccable. Je vais devoir me contenter de rester accroupie. Excellent pour les fessiers !

— Quel canapé incroyable ! Il a dû coûter un max !

— Dix mille livres.

Waouh ! Je retire ma main. Comment un simple canapé peut-il coûter autant ? Il est garni de caviar ou quoi ? Je m'en écarte, ravie de ne pas m'être assise, tout en m'envoyant un pense-bête : ne jamais boire de vin rouge ou manger une pizza sur ce canapé à dix mille livres et même ne jamais m'en approcher.

— J'adore ce… luminaire, dis-je en désignant une plaque de métal qui ondule.

— C'est un radiateur, rectifie Eric en souriant.

— Bien sûr, dis-je, embarrassée. À vrai dire, je croyais que ça, c'était un radiateur.

Et je pointe mon doigt vers un vieux radiateur repeint en noir et fixé au milieu d'un mur.

— C'est une sculpture, corrige Eric. De Hector James-John, *Désintégration de la matière*.

Je m'en approche, penche la tête à la manière d'un connaisseur en espérant me comporter comme les amateurs d'art consommés.

Désintégration de la matière. Un radiateur noir. Non, il ne m'inspire pas.

— On a eu de la chance de l'avoir, m'explique Eric. J'achète une œuvre d'art non figurative tous les huit mois environ, autant comme placement que pour la beauté de la chose. Ce n'est pas la place qui nous manque, trésor.

Il hausse les épaules comme si ça allait de soi.

— Évidemment ! J'aurais pensé que… l'aspect investissement… absolument…

Je me racle la gorge et fais demi-tour.

Lexi, boucle-la ! Tu connais que dalle à l'art moderne, aux histoires d'investissement, à la façon dont vivent les riches et tu es en train de te trahir.

Je tourne le dos à la sculpture dernier cri et inspecte un immense écran qui occupe le mur opposé. J'ai vu un autre écran près de la salle à manger et encore un autre dans la chambre. Eric doit être fana de télé.

— Qu'est-ce qui te ferait plaisir ? Tiens, essaye !

Il saisit une télécommande et la braque vers l'écran. L'instant suivant, un immense feu de bois étincelle sous mes yeux.

— Incroyable !

— Ou bien ça ?

L'écran se remplit de poissons tropicaux qui évoluent sur fond d'algues.

— En matière de technique audiovisuelle personnalisée, on est à la pointe de la technologie. À la fois de l'art, de la communication et du divertissement. Tu peux envoyer des mails, écouter de la musique, lire des livres… J'ai mille œuvres littéraires enregistrées. Tu peux même avoir un animal virtuel.

— Un animal ? je répète, ébahie.

— Nous avons chacun le nôtre. Tiens, voilà mon Titan, fait-il en appuyant sur un bouton.

Apparaît à l'écran une énorme tarentule qui tourne en rond dans une boîte en verre.

— Quelle horreur ! je m'écrie avec un haut-le-cœur.

Je n'ai jamais eu d'attirance particulière pour les araignées. Or celle de l'écran doit mesurer trois mètres. On voit ses horribles pattes poilues et ses vilains yeux.

— Tu peux éteindre ça, s'il te plaît ?

— Ça ne va pas ? demande Eric, surpris. Quand tu es venue ici pour la première fois, je t'ai montré Titan et tu l'as trouvé adorable.

Me voilà bien. J'ai dit ça pour être polie. Maintenant, je suis coincée.

— Tu sais quoi ? dis-je en évitant de regarder l'écran. L'accident m'a rendue arachnophobe.

J'espère que ce terme savant, qui n'existe sans doute pas, fait assez médical.

— Possible, avoue Eric, prêt à en débattre.

— Alors, j'enchaîne rapidement pour éviter toute discussion, moi aussi j'ai mon animal favori ?

— Tiens ! fait-il en zappant. Je te présente Arthur.

Un chaton blanc tout pelucheux apparaît.

— Supercool ! Quel amour ! je m'exclame en le voyant jouer avec une pelote de laine. Il va devenir un gros matou ?

— Non. Il restera un chaton indéfiniment. Pendant toute ton existence, si c'est ce que tu souhaites. Ils ont une espérance de vie de cent mille ans.

— Génial !

En fait, c'est monstrueux. Un chaton virtuel de cent mille ans !

Le portable d'Eric sonne et il revient à l'image des poissons exotiques.

— Trésor, mon chauffeur est arrivé. Comme je te l'ai dit, je dois passer un moment au bureau. Mais Rosalie est en route, elle te tiendra compagnie. En attendant, si tu as un problème, téléphone-moi ou e-mail-moi en utilisant le système audiovisuel.

Il me tend la télécommande qui comporte un petit écran incorporé.

— Avec ça, tu peux régler le chauffage, l'aération, l'éclairage, la fermeture des serrures, les stores… L'appartement est informatisé. Mais tu ne devrais pas avoir à l'utiliser. Tout est préréglé.

— Notre maison est télécommandée ? dis-je en riant.

— Ça fait partie de notre mode de vie, précise-t-il en désignant ce qui nous entoure.

J'opine du bonnet sans montrer à quel point je suis dépassée.

Il enfile sa veste.

— Dis-moi, qu'est-ce que Rosalie vient faire dans tout ça ?

— C'est la femme de Clive, mon associé. Vous êtes devenues inséparables.

— Elle sort avec moi et mes autres copines du bureau ? Comme Fi ou Carolyn ? On fait la fête ensemble ?

— Qui donc ? demande Eric avec perplexité.

Mon mari est sans doute un de ces types qui ne s'occupe pas de la vie mondaine de sa femme.

— Laisse tomber, dis-je, je m'en débrouillerai.

— Gianna arrivera un peu plus tard. C'est notre employée de maison. Elle est formidablement serviable.

Eric s'approche de moi, hésite, me prend la main. Sa peau est douce et immaculée et je sens son merveilleux after-shave au bois de santal.

— Merci, Eric, dis-je en serrant sa main. J'adore notre maison.

— Alors, sois la bienvenue.

Il retire sa main et sort.

Je me retrouve seule. Seule dans mon domicile conjugal. En inspectant le salon, je remarque la table basse en Plexiglas, les chaises en cuir, les livres d'art… Je me rends compte que rien ne porte *ma* marque. Pas de poteries aux couleurs vives, pas de guirlandes lumineuses, pas de piles de livres de poche.

Tant pis. Eric et moi avons sans doute décidé de repartir à zéro et de tout choisir ensemble. Et on a sûrement reçu des tonnes de cadeaux de mariage plus chics les uns que les autres. Ces deux vases en pâte de verre bleue sur la cheminée ont probablement coûté une fortune.

J'avance jusqu'aux immenses baies vitrées et me penche. Pas de bruit, pas de vent, rien. Tout en bas, un homme entre dans un taxi et une femme se débat avec la laisse de son chien. Je sors mon portable pour envoyer un texto à Fi. Il faut que je lui parle de ce qui m'arrive. Je vais l'inviter à passer un peu plus tard. On s'installera confortablement et elle pourra me raconter ma vie, à commencer par Eric. En composant mon SMS, je ne peux m'empêcher de sourire :

> *Salut ! De retour au bercail – appelle-moi.*
> *Impatiente de te voir !!! Bisous*

J'envoie le même à Carolyn et à Debs. Je range mon portable et esquisse quelques pas de danse sur le parquet verni. Devant Eric, j'ai fait semblant d'être blasée, mais maintenant, je suis folle de joie. Même dans mes rêves les plus fous, je n'ai jamais imaginé mener une telle existence.

Je me mets à rire toute seule. C'est dingue. Moi ! Ici !

Je tournoie, les bras en croix en riant éperdument. Moi, Lexi Smart, vivant dans cet appart de luxe, contrôlé par télécommande !

Du calme, Lexi Gardiner !

Dire que je ne connaissais pas mon nom en me réveillant. Et si ç'avait été Ducon-Ducul ? Qu'est-ce que j'aurais dit : « Navrée Eric, tu as l'air charmant, mais jamais je ne pourrai… » ?

Boum ! Un fracas de verre brisé interrompt mes divagations. Horrifiée, je m'arrête net. Sans le faire exprès, ma main a heurté un léopard en verre exposé sur une tablette. Il est tombé et s'est brisé en deux morceaux.

Je suis ici depuis à peine trois minutes et j'ai cassé un bibelot inestimable.

Et merde !

Je m'accroupis avec précaution et ramasse le plus gros morceau. Quelques éclats de verre sont répandus par terre. La bête est irréparable.

Je panique. Que faire ? Et s'il vaut dix mille livres comme le canapé ? Et si c'est un trésor de famille ? Quelle idée de danser dans ce salon !

Je ramasse l'autre morceau. Je vais balayer le sol et ensuite...

Un bip électronique me fait sursauter. L'écran géant devient bleu ciel et un message s'inscrit en lettres vertes :

SALUT LEXI ! COMMENT VA LA SANTÉ ?

Merde ! Il peut me voir. Il me surveille. C'est Big Brother !

Terrifiée, je bondis sur mes pieds et planque les deux morceaux sous un coussin du canapé.

Le cœur battant, je m'adresse à l'écran géant :

— Salut ! Je ne l'ai pas fait exprès mais il y a eu un accident...

Silence. Rien ne bouge à l'écran, pas de réaction.

— Eric ? je reprends.

Pas de réponse.

Bon... et s'il ne me voyait pas ? Il tape peut-être ses messages depuis sa voiture. Je m'approche de l'écran sur la pointe des pieds et découvre un clavier encastré dans le mur et une petite souris argentée. Je clique sur « Répondre » et je tape : *BIEN MERCI.*

Je pourrais en rester là. Trouver une façon de réparer le léopard… ou réussir à le remplacer…

Non. Voyons ! Je ne peux pas commencer mon nouveau mariage par un mensonge. Je dois me montrer courageuse et responsable :

AI CASSÉ LE LÉOPARD PAR MÉGARDE.
NAVRÉE. ESPÈRE QU'IL N'EST PAS IRREMPLAÇABLE ?

J'appuie sur « Envoyer » et j'attends la réponse tout en me disant de ne pas m'en faire. Suis-je certaine que c'est un bibelot inestimable ? Il l'a peut-être gagné à une tombola ? Et s'il m'appartenait et qu'Eric l'ait toujours détesté ? Comment le savoir ?

Comment le savoir ?

Je me laisse tomber sur une chaise, sidérée de me connaître aussi mal. Si j'avais su que je deviendrais amnésique, je me serais laissé des notes. Des petits tuyaux. *Attention au léopard en verre, il vaut une fortune. P.-S. Tu aimes les araignées.*

Il y a un bip sur l'écran. Je retiens mon souffle.

BIEN SÛR QU'IL N'EST PAS IRREMPLAÇABLE !
RELAX !

Je pousse un profond soupir de soulagement. Tout va bien.

MERCI ! JE NE CASSERAI PLUS RIEN, PROMIS.

Comment ai-je pu dramatiser ainsi ? Incroyable que j'ai caché les morceaux sous les coussins. Je n'ai plus cinq ans, que je sache ! Je suis chez moi. Mariée. J'ai intérêt à en prendre conscience. Ravie, je soulève le coussin et me pétrifie.

Ces satanés bouts de verre ont déchiré ce satané canapé. J'ai dû le taillader en cachant les morceaux du léopard. Le superbe tissu est en lambeaux.

Un canapé à dix mille livres !

Comme un automate, je regarde l'écran – puis détourne la tête, morte de peur. Impossible d'avouer à Eric que j'ai foutu en l'air son canapé. Non, pas possible.

Bon. Voilà ce que je vais faire… Je ne lui dirai rien aujourd'hui. J'attendrai le moment propice.

Paniquée, j'arrange les coussins pour dissimuler la déchirure. Bravo. Comme neuf ! Personne ne regarde sous les coussins, n'est-ce pas ?

Je récupère les morceaux du léopard et me rends à la cuisine, sol en gomme et placards laqués gris. Je trouve un rouleau de papier, emballe le léopard, découvre la boîte à ordure derrière une jolie porte et fourre les morceaux dedans. Bon. Terminé.

J'entends une sonnette et mon moral remonte. Ce doit être Rosalie, ma nouvelle meilleure amie.

Rosalie est, en réalité, encore plus maigre que sur le DVD de notre mariage. Elle porte un corsaire noir, un cachemire en V, d'énormes lunettes noires Chanel en bandeau sur ses cheveux blonds. Quand je lui ouvre, elle pousse un petit cri et laisse tomber un paquet de chez Jo Malone.

— Mon Dieu, ma pauvre Lexi, tu en as une tête !

— Ne t'en fais pas, rien de grave. Tu aurais dû me voir il y a six jours. J'avais des agrafes sur tout le crâne.

— Pauvre chééérie ! Quelle *angoisse* !

Elle récupère son sac et m'embrasse sur les deux joues.

— Je serais venue plus tôt mais si tu savais comme j'ai attendu avant d'avoir un rendez-vous au spa Cheriton.

— Entre dans la cuisine. Tu veux une tasse de café ?

— Chééérie, s'exclame-t-elle, tu sais bien que je ne bois pas de café. Le docteur André me l'a interdit.

— Ah oui ! Mais j'ai un problème… je ne m'en souviens pas. Je suis devenue amnésique.

Rosalie me dévisage sans aucune réaction. N'est-elle pas au courant ? Eric ne lui aurait rien dit ?

— Je ne me souviens de rien de ces trois dernières années. Après mon choc à la tête, ma mémoire a été effacée.

— Mon Dieu ! s'exclame Rosalie en posant une main sur sa bouche. Eric m'a bien parlé de ton amnésie. Mais tu me connais : je croyais qu'il plaisantait.

Je manque d'éclater de rire en voyant son expression horrifiée.

— Non, il ne plaisantait pas. Pour moi… tu es une inconnue !

— Vraiment ?

— Eric aussi m'est inconnu, je précise rapidement. Je me suis réveillée et je ne savais pas qui il était. Je ne le sais toujours pas, d'ailleurs.

Le silence se fait pendant que Rosalie digère ce que je viens de lui dire. Elle écarquille les yeux, gonfle les joues et se mord les lèvres :

— Mon Dieu ! Quelle *angoisse* !

— Je ne connais pas cette maison. Tu t'imagines, ma propre maison ! Je ne sais rien de ma vie ! Si tu voulais m'aider… me raconter un peu…

— Bien sûr ! Asseyons-nous !

Elle m'entraîne vers la cuisine, pose son paquet Jo Malone sur le comptoir, s'assied à la table d'acier brossé du petit déjeuner. Je la suis, tout en me demandant si je l'ai choisie avec ou sans Eric.

En levant la tête, je surprends Rosalie en train de m'observer. Elle me sourit aussitôt mais il est clair qu'elle n'est pas à l'aise.

— Je sais, dis-je, c'est une situation étrange.

— C'est *pour toujours* ?

— Ma mémoire devrait me revenir, mais ce n'est pas gagné. On ne sait ni quand ni à quel point.

— À part ça, tu vas bien ?

— Oui, sauf qu'une de mes mains est un peu engourdie.

Je lève ma main gauche pour lui faire une démonstration.

— J'ai des mouvements à faire.

Je fais jouer mes muscles comme le kiné me l'a montré et Rosalie semble horrifiée.

— Quelle *angoisse* ! répète-t-elle pour la troisième fois.

— Le plus grave… j'ai oublié tout ce qui s'est passé entre 2004 et maintenant. J'ai comme un immense trou noir. Les médecins m'ont conseillé de parler à mes amies et d'essayer de visualiser les choses. Il paraît que ça peut m'aider.

— Bien sûr. Laisse-moi te raconter. Que veux-tu savoir ?

— Bon… euh… on a fait connaissance comment ?

— Ça va faire deux ans et demi. À un cocktail. Eric m'a dit : « Je te présente Lexi. » Et je t'ai dit : « Bonjour. » Tout simplement.

Elle est très fière d'elle.

— Ah bon, je ne m'en souviens pas, fais-je en haussant les épaules.

— On était chez Trudy Swinson. Tu sais, c'est cette hôtesse de l'air qui a rencontré Adrian sur un vol pour New York. Tout le monde raconte que dès qu'elle a vu sa carte American Express noire elle ne l'a plus lâché…

Elle se tait, comme si l'énormité de la chose venait de la frapper.

— Alors, tu ne te rappelles aucun potin ?

— Non !

— Mon Dieu ! J'ai du boulot pour te mettre au courant. Par où commencer ? Bon, il y a moi.

Elle sort un stylo de son sac et se met à écrire :

— Et Clive mon mari et Davina sa garce d'ex-femme. Attends que je t'en parle ! Et puis il y a Jenna et Petey…

— On sort parfois avec mes copines ? je l'interromps. Comme Fi ou Carolyn ? Ou Debs ? Tu les connais ?

— Carolyn. Carolyn ?

Rosalie tapote ses dents avec son stylo en réfléchissant intensément.

— C'est cette Française adorable qu'on voit à la gym ?

— Non, Carolyn est une copine du bureau. Comme Fi. J'ai dû t'en parler. Je suis amie avec Fi depuis toujours… on sort tous les vendredis soir…

Rosalie ne réagit pas.

107

— Chéérie, franchement, tu ne m'en as jamais parlé. Pour autant que je sache, tu ne sors pas avec tes collègues.

— Comment ! fais-je ébahie. Mais c'est notre truc. On se sape à mort, on va en boîte, on boit des cocktails…

Rosalie commence à rire.

— Lexi, tu ne touches jamais à un cocktail ! Toi et Eric vous ne dégustez que des grands crus.

Des grands crus ? Je ne connais que les petits vins de pays.

— Tu as l'air perdu. On dirait que ta tête va éclater… Laissons tomber les potins.

Rosalie met de côté la feuille de papier où elle a inscrit une liste de noms suivis, selon le cas, de l'épithète « garce » ou « choupinette » !

— Qu'est-ce que tu aimerais faire ?

— Si on faisait comme d'habitude.

— Absolument.

Elle réfléchit en haussant les sourcils et propose :

— Allons faire de la muscu.

— Bonne idée, dis-je en me forçant. Je fais beaucoup de gym ?

— Chééérie, t'es complètement accro ! Tu cours tous les jours à six heures du mat pendant une heure.

Moi ?

Je ne cours jamais. C'est douloureux et on a les nénés qui ballottent. Une fois, pour m'amuser, j'ai couru deux kilomètres avec Fi et Carolyn et j'ai cru mourir. Mais au moins, j'ai battu Fi qui a abandonné au bout de deux minutes et a continué en marchant, tout en fumant cigarette sur cigarette. Ensuite, elle s'est engueulée avec les organisateurs qui lui ont interdit à tout jamais de participer à des manifestations pour la recherche contre le cancer.

— Ne t'en fais pas, me rassure Rosalie, on va faire un truc sympa et reposant : un massage et du stretching. Prends tes affaires et en route !

— D'accord, mais c'est un peu gênant à dire. Écoute, je ne sais pas où sont mes fringues. Les placards de la chambre débordent d'affaires d'Eric. Je n'ai rien trouvé à moi.

Rosalie semble totalement défaite.

— Tu ne sais pas où sont tes *affaires* ?

Soudain des larmes jaillissent de ses grands yeux bleus et elle s'évente.

— Pardon ! Je viens de réaliser l'horreur de ta vie. Avoir oublié toute ta garde-robe !

Elle respire à fond, recouvre ses esprits et me serre la main :

— Viens, chééérie, je vais te montrer.

Normal, si je n'ai pas trouvé mes vêtements ! Ils n'étaient pas dans un placard mais dans un immense dressing dont la porte est en miroir. Et s'ils sont dans un immense dressing, c'est que *j'en ai des tonnes* !

Je manque m'évanouir en inspectant les enfilades de portemanteaux. Je n'ai jamais vu autant de fringues en dehors des boutiques. Chemises blanches amidonnées, pantalons noirs ajustés, tailleurs beiges ou taupes. Robes du soir en mousseline. Collants roulés dans un tiroir à part. Lingerie en soie griffée La Perla. Tout est flambant neuf ou parfaitement repassé. Mais pas le moindre jean informe, aucun pull avachi, aucun pyjama douillet.

J'effleure une rangée de vestes, toutes semblables, sauf pour les boutons. Comment ai-je pu dépenser autant de fric pour des vestes beiges qui se ressemblent toutes ?

— Qu'est-ce que tu en penses ? demande Rosalie, l'œil brillant.

— Incroyable !

— Il n'y a pas à dire, Ann a l'œil. Ann est ta conseillère de mode personnelle.

— J'ai une conseillère ?

— Juste pour les achats importants, en début de saison…

Rosalie choisit une robe bleu foncé aux fines bretelles, légèrement plissée dans le bas.

— Regarde, tu la portais le jour où on a fait connaissance. Je me suis dit : « C'est donc elle, la fille dont Eric est dingue. » Tu étais le clou de la soirée. J'ajoute que le jour où vous avez convolé, bien des filles ont bisqué.

Elle saisit une robe du soir noire.

— Tu l'as mise pour ma soirée intitulée « Cherchez l'assassin », dit-elle en la tenant contre elle. Avec une petite cape en fourrure et des perles… tu t'en souviens ?

— Pas du tout.

— Et cette robe de Catherine Walker ? Et ce modèle de Roland Mouret, ça te dit quelque chose ?

Rosalie continue à me montrer une robe après l'autre. Bien sûr, je les découvre pour la première fois. Arrivée à une housse crème, elle s'écrie :

— Ta robe de mariée !

Religieusement, elle fait glisser la fermeture Éclair et sort un fourreau en soie blanche que je reconnais pour l'avoir vu sur le DVD.

— Alors, ça te revient ?

Je fixe la robe, me concentre de toutes mes forces, mais rien n'arrive.

— Mon Dieu ! Eric et toi, vous devez renouveler votre serment de mariage. Je vais organiser une nouvelle cérémonie. Une cérémonie à la japonaise te plairait ? Tu serais en kimono…

— Pourquoi pas ? Mais c'est un peu tôt. Laisse-moi du temps pour réfléchir.

Elle traverse la pièce, ouvre un autre placard. J'en reste bouche bée. Je n'ai jamais vu autant de paires de chaussures. Bien alignées, la plupart à talons hauts. Pourquoi des talons hauts ?

— Incroyable, dis-je en me tournant vers Rosalie. Moi qui ne sais pas marcher avec des talons, j'en ai acheté des tonnes.

— Bien sûr que tu marches en talons hauts !

— Mais non ! Je n'ai jamais pu. Je vacille, je me tords les chevilles, j'ai l'air d'une bécasse…

— Chééérie, tu ne portes que ça. Tiens, tu avais ceux-là, la dernière fois qu'on a déjeuné ensemble, affirme Rosalie en me tendant une paire d'escarpins noirs avec des talons de quinze centimètres.

Le genre que je ne regarde même pas dans les magasins.

Ils ont été portés. L'étiquette n'est plus lisible. Quelqu'un les a mis souvent.

Qui ? Moi ?

— Essaye-les donc !

J'enlève mes mocassins et enfile prudemment ces instruments de torture. Je dois m'accrocher à Rosalie pour ne pas tomber.

— Tu vois ! Je perds l'équilibre.

— Allons, tu peux très bien marcher ! J'en suis témoin !

— Mais non.

Je me penche pour les enlever mais Rosalie me saisit le bras.

— Non, n'abandonne pas. Tu peux le faire. Tu dois retrouver tes automatismes !

Je fais un pas en avant mais ma cheville part en vrille comme un tire-bouchon.

— Inutile d'insister ! Je ne suis pas faite pour ça !

— Mais si ! Essaye encore ! Trouve ton équilibre ! Tu vas y arriver !

Rosalie a l'air de me préparer pour les jeux Olympiques.

Je titube jusqu'à l'autre bout du dressing et m'accroche au rideau :

— C'est mission impossible !

— Allons, ne réfléchis pas. Pense à autre chose ! Je sais, on va chanter ! *Il était un petit navire…* Allez, *chante* !

Je m'exécute à contrecœur. En espérant qu'Eric n'a pas installé une caméra cachée.

— Marche maintenant ! ordonne Rosalie en me poussant un peu. Vas-y !

— *Il était un petit…*

En songeant aux paroles de la chanson, je fais un pas. Puis un autre. Puis encore un autre.

Incroyable mais vrai ! J'y arrive. Je marche avec des talons hauts !

— Tu vois ! fait Rosalie triomphante. Je te l'avais dit. Tu es faite pour ça !

Je traverse la pièce, fais demi-tour sans y penser et repars, ravie. Comme un mannequin sur un podium !

— Facile ! je m'écrie.

— Ouais !

Rosalie lève son pouce en signe de victoire. Elle ouvre un tiroir, choisit des affaires de gym et les fourre dans un grand sac.

— Allons-y !

On prend la voiture de Rosalie : une somptueuse Range Rover avec une plaque ROS 1 et des paquets de grandes marques empilés sur la banquette arrière.

— Alors, tu travailles ? je demande, alors qu'elle se faufile dans les embouteillages.

— Je fais beaucoup de volontariat.

— Super !

Honte à moi. Jamais je n'aurais pensé que Rosalie puisse donner dans les bonnes œuvres, ce qui prouve que j'ai des tas de préjugés.

— Quel genre ?

— Organisation de manifestation, surtout.

— Pour des œuvres de bienfaisance ?

— Plutôt pour des copines. Si elles ont besoin d'un coup de main pour les fleurs ou pour une soirée, enfin tu vois…

Rosalie décroche un sourire radieux à un chauffeur de camion.

— Je vous en prie, laissez-moi passer, monsieur le camionneur… merci !

Elle le double en lui envoyant un baiser.

— Je fais aussi des petits trucs pour la société d'Eric, ajoute-t-elle. Il est tellement adorable, il m'engage pour des inaugurations. Oh, merde, des travaux !

Elle se rabat malgré un concert de klaxons et augmente le son de la radio.

— Tu aimes bien Eric ? je demande d'un ton décontracté alors que je meurs d'envie de savoir ce qu'elle pense de lui.

— Oh, quel mari parfait ! Vraiment parfait. Moi, j'ai épousé un *monstre*.

— Vraiment ? fais-je incrédule.

— Remarque, je suis un monstre, moi aussi.

Elle tourne la tête et me fixe de ses yeux bleus. Elle n'a pas l'air de plaisanter.

— On est tellement soupe au lait tous les deux. Un duo amour-haine. Ah, on y est !

Après une superbe queue-de-poisson, elle s'engage dans un petit parking et se range à côté d'une Porsche.

— Ne t'en fais pas, dit-elle en me guidant vers une double porte en verre, ça va être dur pour toi, alors laisse-moi parler. Bonjour tout le monde !

Un canapé en cuir fauve et une fontaine moderne occupent la réception en lui donnant un air d'intense sophistication.

— Bonjour, mesdames...

L'hôtesse prend un air ahuri en me reconnaissant.

— Oh, ma pauvre ! Nous sommes au courant pour l'accident. Vous allez bien ?

— Très bien, et merci pour les fleurs...

— Cette pauvre Lexi est amnésique, explique Rosalie d'une voix grave. Elle ne se souvient pas de cet endroit. En fait, elle ne se souvient de rien.

Et, regardant autour d'elle pour illustrer ses propos, elle ajoute :

— Elle ne reconnaît pas cette porte... ni cette plante verte.

— Mais c'est affreux !

— Je sais. Quelle *angoisse* pour elle !

Elle se tourne vers moi.

— Lexi ? Quelque chose te revient ?

— Euh… non.

Tout le monde me regarde, comme si je faisais partie du Cirque des Monstres amnésiques.

— Viens ! dit Rosalie en me tirant par la main, on va se changer. Quand tu seras en tenue, tu te rappelleras peut-être un truc.

Je n'ai jamais vu de ma vie des vestiaires aussi luxueux : boiseries aux murs, douches pavées de mosaïques, musique douce d'ambiance. Je disparais dans un box et j'enfile un caleçon. Puis mon maillot.

Et je me pétrifie d'horreur. Ce genre de tenue va faire ressortir mon gros derrière. Impossible de me montrer comme ça.

Mais je n'ai pas le choix. Je sors du box en fermant les yeux, compte jusqu'à cinq et me force à ouvrir un œil.

Je ne suis pas si mal, je dois l'avouer. J'ouvre grand les yeux et me regarde attentivement. Je suis grande et mince et… différente. Je plie un bras pour voir et un biceps se pointe. Première fois que je le remarque, celui-là !

— Alors ? demande Rosalie en caleçon et brassière… Par ici !

Elle me fait entrer dans un vaste gymnase où des femmes élégantes sont déjà en position sur leurs tapis de yoga.

— Désolées d'être en retard, fait-elle à la cantonade, mais Lexi est devenue amnésique. Elle ne se souvient de rien ni de personne.

J'ai l'impression que Rosalie s'amuse bien dans son rôle de mentor.

— Bonjour, fais-je d'une voix timide.

— J'ai appris que tu avais eu un accident, dit le professeur en s'avançant vers moi, un sourire gentil aux lèvres.

Elle est mince, a les cheveux blonds et courts, et porte des écouteurs !

— Aujourd'hui, vas-y tout doux. Assieds-toi où tu veux. On va commencer par des exercices au sol…

— D'accord, merci.

— Nous essayons de réactiver sa mémoire, précise Rosalie à haute voix. Alors, je vous demande de vous conduire *normalement*.

Pas très rassurée, je prends possession d'un tapis tandis que les autres lèvent les bras. La gym n'a jamais été mon fort. Je vais suivre comme je peux. J'étends mes jambes devant moi et tente de toucher mes pieds tout en sachant que je n'y arriverai…

Pas possible ! J'y arrive très bien. Je peux même poser la tête sur mes genoux. Que m'est-il arrivé ?

Sans vraiment y croire, je fais le mouvement suivant et… sans problème ! Je suis souple ! Mon corps bouge comme s'il se souvenait de toutes les positions !

— Et maintenant pour celles qui en sont capables, annonce la prof, la position de la danseuse étoile.

Prudemment, je tire sur ma cheville – qui m'obéit ! Et je monte ma jambe au-dessus de ma tête. J'ai envie de crier : « Regardez-moi toutes ! »

— N'en fais pas trop, me conseille la prof. Repose-toi un moment. On fera les grands écarts la semaine prochaine.

Certainement pas. Oh, et puis après tout, pourquoi pas ?

Revenue dans les vestiaires, je suis au septième ciel. Assise devant une glace pour sécher mes cheveux, je suis témoin de la transformation de ma coiffure : la tignasse humide devient une chevelure châtain brillant.

— Rosalie, je n'arrive pas à y croire. J'ai toujours détesté la gym !

— Chééérie, tu es faite pour ça, m'assure-t-elle en s'enduisant de lotion pour le corps. Tu es la meilleure du cours.

J'arrête le séchoir, je passe ma main dans mes cheveux et m'inspecte dans la glace. Pour la millième fois, je détaille mes dents blanches et mes lèvres pleines et roses. En 2004, je n'avais pas cette tête-là !

— Rosalie, je peux te poser une question personnelle ?

— Bien sûr, murmure-t-elle.

— Je me suis fait traficoter ? Le visage ? Du Botox ?

Je baisse la voix pour ajouter :

— De la chirurgie esthétique ?

— Chééérie, fait Rosalie scandalisée. Chut !

Elle pose un doigt sur ses lèvres.

— Mais...

— Chut ! Bien sûr qu'on ne s'est rien fait faire ! Tout est cent pour cent naturel !

Et elle me fait un clin d'œil appuyé.

Ce qui veut dire ?

— Écoute, tu dois me dire ce que j'ai fait...

Distraite par mon reflet dans la glace, je me tais. Machinalement, j'ai pris des épingles dans un petit pot sur la coiffeuse et je les ai plantées dans mes cheveux. En trente secondes, j'ai réussi un chignon parfait.

Comment diable y suis-je parvenue ?

En contemplant mes mains, je me sens légèrement parano. Aurais-je d'autres talents ? Comme celui de désamorcer une bombe ? D'assassiner quelqu'un du revers de la main ?

— Qu'est-ce qu'il y a ?

— Je viens de me faire un chignon ! Regarde. C'est incroyable. Je n'ai jamais fait ça de ma vie.

— Mais si. Chaque fois que tu vas à ton bureau.

— Première nouvelle. J'ai l'impression que Superwoman s'est emparée de mon corps. Je peux marcher en talons hauts, me faire un chignon, mettre un pied sur ma tête... Je ne suis pas cette créature. Ce n'est pas moi !

— Tu te trompes, chééérie. Autant t'y habituer !

On déjeune au salade-bar en discutant avec deux filles qui semblent me connaître, puis Rosalie me ramène chez moi. Dans l'ascenseur, j'ai soudain un coup de pompe.

— Alors, demande Rosalie en entrant dans l'appartement, tu as envie de voir d'autres fringues ? Tes maillots de bain, par exemple ?

— En fait, je suis assez crevée. Je préférerais me reposer un moment.

— Bien sûr, dit-elle en me tapotant le bras. Pendant ce temps, je vais lire dans le salon.

— Ne sois pas bête, dis-je en souriant. Je peux rester seule jusqu'au retour d'Eric. Et... merci. Tu as été tellement sympa.

— Chééérie ! fait-elle en m'embrassant et en prenant son sac. Je t'appelle. Ne fais pas de bêtises !

Elle s'apprête à passer la porte quand je pense à un truc.

— D'après toi, qu'est-ce que je devrais préparer à dîner pour Eric ?

Rosalie me regarde, ahurie. Bon, cette question hors de propos est sans doute une erreur.

— Je pensais que tu me dirais ce qu'il aime, j'ajoute, mal à l'aise.

— Enfin, fait-elle en cillant plusieurs fois, tu n'as rien à préparer. Gianna, tu sais, ta bonne, fait la cuisine. En ce moment, elle s'occupe des courses et quand elle reviendra, elle fera le dîner, préparera ton lit…

— Bien sûr ! Où ai-je la tête ?

Bon sang ! C'est vraiment une autre existence. Dire que je n'ai jamais eu de femme de ménage. Alors imaginer avoir une perle à plein temps !

— Bon, je vais m'allonger.

Rosalie m'envoie un baiser et ferme la porte derrière elle. Je me dirige vers la chambre, boiseries sombres et plafond crème avec un lit tapissé de daim. Eric a insisté pour que je m'installe dans la grande chambre, ce qui est généreux de sa part. J'avoue que la chambre d'amis n'est pas mal non plus. À vrai dire, comme elle a son propre jacuzzi, il ne perd pas au change.

Je fais valser mes chaussures, me glisse sous le duvet et, immédiatement, je me sens plus détendue. Ce lit est hyperconfortable. Quant à la douceur des draps et au moelleux des oreillers, miam, que c'est bon ! Je ferme les yeux, le temps d'une courte sieste…

Un bruit de couverts me tire de mon sommeil.

— Trésor ? fait Eric derrière la porte. Tu ne dors plus ?

— Euh… entre !

Je m'assieds dans mon lit et me frotte les yeux.

Eric fait son apparition, portant un plateau et un paquet.

— Tu dors depuis des heures. Tiens, voilà ton dîner.

Il s'approche, pose le plateau sur mon lit, allume la lampe de chevet.

— C'est de la soupe thaïe au poulet.

— J'adore ça ! Merci !

Eric me sourit et me tend une cuillère.

— Rosalie m'a dit que vous étiez allées à la gym.

— Oui, c'était formidable, dis-je en prenant une cuillerée de soupe qui se révèle absolument délicieuse.

Je m'aperçois que je meurs de faim.

— Pourrais-tu m'apporter un morceau de pain… pour saucer.

— Du pain ? répète Eric en fronçant les sourcils. Trésor, il n'y a pas de pain dans la maison. On est tous les deux au régime sans glucides.

Ah oui, j'avais oublié cette histoire de régime *low carb*.

— Ce n'est pas grave.

Je lui souris et j'avale une nouvelle cuillerée de soupe. Un régime sans glucides ? Pourquoi pas, après tout ?

— Ce qui m'amène à ce petit cadeau. En fait deux cadeaux. Voici le premier…

Il brandit avec une certaine emphase un petit livre sous plastique. La couverture est illustrée d'une photo de nous en tenue de mariage et le titre :

Eric et Lexi : Manuel conjugal

— Tu te souviens que le docteur m'a demandé de mettre par écrit tout ce qui concerne notre vie en commun. J'ai donc rédigé ce petit livre. Tu y trouveras toutes les réponses aux questions que tu te poses au sujet de notre mariage.

Je tourne la première page et lis le frontispice :

Eric et Lexi
Un meilleur mariage pour un meilleur monde

— Nous avons une mission à accomplir ? je demande étonnée.

— Je viens d'y penser, dit Eric en prenant un air modeste. Qu'en penses-tu ?

— Génial !

Je feuillette le livre. Il y a du texte entrecoupé de titres, de photos et même de graphiques. Vacances, famille, blanchisserie, week-ends sont traités dans différents chapitres…

— C'est classé par ordre alphabétique et il y a une table des matières. Ça devrait être pratique pour toi.

J'y jette un coup d'œil au hasard :

« Lait : pages 5, 23 »

« Laitue : voir Réfrigérateur »

« Langues : page 24 »

Langues ? Je me précipite à la page 24.

— Ne le lis pas maintenant, dit Eric en fermant le livre. Tu as besoin de manger et de dormir.

Je regarderai « Langues » plus tard. Quand Eric sera parti.

Je finis ma soupe et soupire de bonheur.

— Merci, Eric, c'était parfait.

— Pas de problème, trésor.

Il enlève le plateau et le pose sur la coiffeuse. Il s'aperçoit alors que j'ai laissé traîner mes chaussures :

— Lexi, les chaussures vont dans le dressing.

— Oh, excuse-moi.

— Ne t'en fais pas, tu as beaucoup à apprendre.

Il revient vers le lit et fouille dans sa poche.

— Voici mon autre cadeau…

Il sort un écrin en cuir.

J'en ai des frissons. Mon mari m'offre un bijou dans un superbe écrin. Comme au cinéma.

— J'aimerais t'offrir un cadeau dont tu te souviennes, dit Eric avec un sourire désabusé. Ouvre-le !

C'est un solitaire pris dans une chaîne en or.

— Ça te plaît ?

— Il est… superbe, je balbutie. Merci un million de fois !

Eric se penche et me caresse les cheveux.

— Pour fêter ton retour à la maison, trésor !

— Quel bonheur d'être chez soi, je réponds avec ferveur.

Ce qui est presque la vérité. En toute franchise, je ne me sens pas encore tout à fait chez moi. J'ai plutôt l'impression d'être dans un palace cinq étoiles, ce qui est *encore mieux*. Je sors le collier de son écrin et admire la pierre. Presque timidement. Pendant ce temps, Eric joue avec une mèche de mes cheveux, l'air attendri.

— Eric, quand nous nous sommes connus, pourquoi es-tu tombé amoureux de moi ? Qu'est-ce qui t'a plu en moi ?

L'évocation de notre première rencontre amène un grand sourire sur les lèvres de mon mari.

— D'abord ton dynamisme. Tu étais efficace. Comme moi, tu avais envie de réussir. Les gens trouvent que nous sommes durs, mais c'est faux. On veut seulement être dans le peloton de tête.

— Je vois, fais-je après un instant de réflexion.

En fait, j'ignorais tout à fait que j'avais l'esprit de compétition. Mais, c'est vrai, nous en sommes en 2007.

— Et je suis tombé amoureux de ta superbe bouche, continue Eric en effleurant mes lèvres. Et de tes longues jambes. Et de la façon dont tu balançais ta mallette.

Il trouve que je suis *belle* !

Je l'écoute, médusée. J'aimerais qu'il n'arrête jamais. Personne ne m'a jamais dit des choses pareilles.

— Je vais y aller, poursuit-il en m'embrassant sur le front. Passe une bonne nuit. À demain matin.

— À demain, je murmure. Eric, bonne nuit et… merci.

Il ferme la porte. Je suis seule avec mon collier, mon *Manuel conjugal* et mon état euphorique. J'ai un mari de rêve. Non, il est encore mieux. Il m'a apporté un délicieux consommé de poulet, m'a offert un diamant et il est tombé amoureux de la manière dont je balance ma mallette.

Pas possible : j'ai dû au moins être Gandhi dans une existence antérieure.

8

« Paiement : voir aussi budget, facture, page 19 »
« Pantalon : page 20 »
« Préliminaires : page 25 »

Incroyable ! Il a écrit un chapitre sur les *prélimi-naires* !

Depuis que je suis réveillée, je feuillette, totalement fascinée, le *Manuel conjugal*. J'ai l'impression d'espionner ma propre vie. Sans parler de celle d'Eric. Je sais tout : où il achète ses boutons de manchette, ce qu'il pense du gouvernement. J'apprends même qu'il fait régulièrement examiner son scrotum pour voir s'il n'a pas d'excroissances cancéreuses. (Quel besoin de mentionner son scrotum ? Je me serais passée de ce détail.)

Nous sommes installés à la table du petit déjeuner. Eric est plongé dans le *Financial Times* et je consulte mon *Manuel* pour savoir ce que j'aime manger. Mais comme le chapitre « Préliminaires » me semble plus passionnant que « Nourriture », je saute à la page 25.

Surprise, surprise ! Mon beau mari n'a pas hésité à écrire trois pages sur le sujet ! Sous le titre « règle générale » :

« … caresser d'un mouvement régulier, normalement dans le sens des aiguilles d'une montre… légers attouchements à l'intérieur des cuisses… »

Comme je manque de m'étrangler, Eric lève le nez en souriant.

— Ça va trésor ? Tu trouves le *Manuel* utile ?

— Mais oui, dis-je en passant vivement à un autre sujet, telle une enfant surprise à regarder des gros mots dans le dictionnaire. Je cherchais ce que je prends pour mon petit déjeuner.

— Gianna a laissé des œufs brouillés et du bacon dans le four. Et tu as ton jus vert.

Il me montre un pot plein d'un liquide marécageux qui trône sur le comptoir.

— C'est rempli de vitamines et c'est un coupe-faim naturel.

— Je le garde pour demain, dis-je en réprimant un frisson d'horreur.

Je prends les œufs et le bacon dans le four en luttant contre une envie dévorante de les accompagner de toasts de pain complet.

— On va te livrer ta nouvelle voiture un peu plus tard. En remplacement de celle qui a été accidentée. Mais j'imagine que tu n'es pas pressée de conduire à nouveau.

— Je n'y avais pas pensé, dis-je affolée.

— Enfin, on verra. De toute façon, tu ne peux pas t'en servir avant d'avoir repassé ton permis.

Il s'essuie la bouche avec une serviette en lin et se lève.

— Si ça ne t'ennuie pas, j'aimerais que tu organises un petit dîner pour la semaine prochaine. Entre amis.

— Un dîner ? je répète.

En dehors des dîners-télé à base de spaghettis devant un feuilleton, mes talents d'hôtesse sont à peu près nuls.

— Ne t'en fais pas, dit Eric en posant ses mains sur mes épaules. Gianna s'occupera de la cuisine. Et toi, il te suffira de te faire belle. Mais si tu ne te sens pas d'attaque, on va laisser tomber…

— Pas du tout ! J'en ai assez d'être traitée comme une handicapée. Je vais très bien.

— Parfait. Ce qui m'amène à un autre sujet. Ton travail, dit-il en enfilant sa veste. Il est évident que tu ne peux pas encore recommencer à bosser à temps complet. Mais Simon te propose d'aller faire un tour à ton bureau. Simon Johnson – tu te souviens de lui ?

— Simon Johnson ? Le directeur général ?

— Oui. Il a téléphoné hier soir. Nous avons eu une longue conversation. Il est plutôt sympa.

— Comme s'il savait qui je suis ! je m'exclame, incrédule.

— Lexi, tu fais partie de la direction générale, dit Eric patiemment. Évidemment qu'il te connaît !

— Ah bon ! Très bien.

Je mâchonne mon bacon en prenant un air décontracté, alors que je jubile. Ma nouvelle vie s'améliore de minute en minute. Je fais partie de la haute direction ! Simon Johnson me connaît !

— Nous avons estimé qu'il serait utile que tu fasses un tour à ton bureau, poursuit Eric. Ça peut raviver ta mémoire, tout en rassurant le personnel de ton département.

— Quelle idée extra ! J'aurai l'occasion de me familiariser avec mon nouveau boulot, voir les copines, déjeuner avec elles…

— Ton adjoint fait l'intérim, dit encore Eric en consultant un bloc-notes. Byron Foster. Jusqu'à ton retour, bien sûr.

— Byron est mon adjoint ? Mais c'était mon boss !

Le monde à l'envers ! Je ne reconnais plus rien. Je meurs d'envie de retourner au bureau pour me rendre compte de ce qui s'y passe.

Eric tape quelque chose sur son Blackberry avant de le ranger et de prendre sa mallette.

— Passe une bonne journée, trésor !

— Toi aussi… mon chéri !

Je me lève quand il se tourne vers moi et une sorte de frisson nous parcourt. Quelques centimètres nous séparent l'un de l'autre. Je sens son after-shave et remarque la petite coupure qu'il s'est faite en se rasant.

— Je n'ai pas encore fini de lire le *Manuel*, dis-je mal à l'aise. Normalement, je devrais t'embrasser.

— Normalement, oui, fait Eric, lui aussi gêné. Mais ne te crois pas obligée…

— Non, j'en ai envie… Je veux me conduire comme d'habitude, j'ajoute en rougissant un peu. Alors, je t'embrasse sur la joue, sur les lèvres…

— Les lèvres, fait Eric en se raclant la gorge.

— Bien.

Je le prends par la taille, m'efforçant d'être à l'aise.

— Comme ça ? Dis-moi si je suis dans la note…

— Tu m'enlaces d'une seule main, rectifie Eric après une seconde de réflexion. Et un peu plus haut.

— D'accord.

Je m'exécute : une main sur son épaule, l'autre baissée. Avec l'impression de participer à un championnat de danse ! Sans bouger mon corps, je lève la tête.

Eric a une sorte de petit nodule au bout de la langue ! Bon, Lexi, ne regarde pas ! Il se penche vers moi, sa bouche effleure rapidement la mienne – et je n'éprouve rien !

Moi qui espérais que ce baiser ramènerait une foule de souvenirs, notre voyage à Paris, notre mariage, notre premier câlin... Mais quand il s'éloigne, je ne sens qu'un grand vide. Pourtant, Eric s'attend à une réaction de ma part, c'est écrit sur son visage.

— C'était délicieux, j'invente pour ne pas le vexer. Très...

Je n'achève pas ma phrase car le seul mot qui me vienne à l'esprit est « rapide ». Ce qui n'est pas très aimable.

— Ça ne t'a rien rappelé ?

— Euh... non, je regrette. Mais ça ne veut rien dire... En fait, je suis assez excitée !

Quel besoin de lui raconter ce bobard ? Totalement faux.

— Vraiment ? demande Eric tout content en reposant son attaché-case.

Catastrophe de chez catastrophe !

Impossible de coucher avec lui. Primo, je le connais à peine. Deuzio, que se passe-t-il après les « légers attouchements à l'intérieur des cuisses » ? Je n'ai pas eu le temps de lire la suite.

— Non, pas excitée à ce point-là, dis-je pour rectifier le tir. Juste assez pour me rendre compte... nous avons dû prendre notre pied... enfin... tu vois...

Tais-toi ! N'en fais pas trop, Lexi !

— En tout cas, j'ajoute avec un grand sourire, passe une bonne journée.

— Toi aussi.

Eric me caresse la joue et sort. Quand la porte se referme, je me laisse tomber sur une chaise. Ouf ! Il s'en est fallu de peu ! Je prends le *Manuel conjugal* et tourne les pages jusqu'à la rubrique « Préliminaires ».

Je reviendrai ensuite à « Fellation » et à « Fréquence (sexuelle) ».

Je risque d'en avoir pour un moment.

Deux heures et trois tasses de café plus tard, je referme le *Manuel*. J'en ai plein la tête. Après l'avoir lu de la première à la dernière page, j'ai une idée assez complète du tableau.

Eric et moi passons souvent le week-end dans de luxueux « hôtels de charme ». Nous aimons regarder les documentaires consacrés au monde des affaires et les feuilletons genre *À la Maison Blanche*. Nous ne sommes pas du même avis au sujet de *Brokeback Mountain,* un film avec des cow-boys homos (Ça existe ?).

Nous aimons aussi le bordeaux. J'apprends que je suis une femme « ambitieuse » et « déterminée ». Que je suis prête à travailler sans relâche pour atteindre mes objectifs. Que je ne supporte pas les « plaisantins » ni les « bons à rien ». En revanche, j'apprécie les « plaisirs de la vie ».

Ce qui est nouveau pour moi.

Je me lève et me plante devant la fenêtre pour digérer cette masse d'informations. Plus j'en apprends sur la Lexi-de-vingt-huit-ans, plus elle m'est étrangère. Elle n'est pas seulement différente physiquement. Elle est différente tout court. Elle est chef. Elle porte des fringues griffées dans des tons de beige ainsi que de la lingerie La Perla. Elle s'y connaît en vin. Elle ne mange jamais de pain.

Elle est adulte. Totalement. Je me regarde dans la glace et je vois l'image de la Lexi actuelle.

Comment en est-elle arrivée là ?

Sans réfléchir, je vais dans ma chambre. J'y trouverai bien des indices. Je m'assieds à mon élégante petite coiffeuse et me regarde en silence.

Un exemple parfait. Ma vieille coiffeuse, peinturlurée en rose, était toujours en fouillis – écharpes et colliers passés autour du miroir, produits de maquillage partout. Ici, tout est immaculé. Les pots en argent sont alignés au cordeau, un vide-poche ne contient qu'une paire de boucles d'oreilles et un petit miroir Arts déco.

J'ouvre un tiroir au hasard : il contient une pile de foulards bien pliés et un DVD intitulé au marker *Ambition : EP1*. Intriguée, je m'en saisis et comprends soudain ce dont il s'agit. L'enregistrement de l'émission de télé dont Amy m'a parlé. Moi à la télé !

Mon Dieu ! Je ne peux pas manquer ça ! D'abord, je veux voir la tête que j'avais. Et puis, c'est une nouvelle pièce du puzzle. J'ai fait la connaissance d'Eric pendant ce reality show. Ça m'a fait mousser au bureau, même si, à l'époque, je n'en mesurais pas l'importance.

Je fonce dans le salon, réussis à trouver le lecteur de DVD derrière un panneau translucide et j'y glisse le disque. Le générique apparaît sur tous les écrans de la maison. J'appuie sur « accélérer » jusqu'à ce que j'aperçoive mon visage.

Si je suis trop horrible, j'irai me réfugier derrière le canapé. Mais en fait, je ne me trouve pas… si mal ! Mes dents sont refaites, avec des jaquettes ou des facettes – et ma bouche est plus fine qu'aujourd'hui. (Je me suis sûrement fait faire depuis des injections de collagène.) Mes cheveux châtain doré sont lisses et tirés en queue-de-cheval. Je porte un tailleur noir, un chemisier bleu clair. Bref, je fais très pro.

— J'ai envie de réussir, dis-je à la personne qui m'interviewe hors-champ. Je dois gagner ce concours.

Bon sang ! Je n'ai pas l'air de rigoler. C'est à n'y rien comprendre. Pourquoi aurais-je soudain envie de gagner un reality show ?

— Bonjour, Lexi !

Je saute au plafond, j'appuie sur le « Stop » de la télécommande et me retourne. Une femme d'une cinquantaine d'années est plantée là. Brune avec des mèches grises coiffées en arrière, elle a des écouteurs, un tablier et un seau en plastique rempli de produits d'entretien. Un iPod est accroché à la poche de son tablier et j'entends des bribes d'opéra.

— Vous êtes debout ! fait-elle d'une voix aiguë. Comment ça va ? Un peu mieux ?

Son accent, difficile à définir, est un mélange d'italien et de cockney.

— Vous vous appelez Gianna ? je demande par sécurité.

— Que Dieu me garde ! dit-elle en faisant le signe de croix et en s'embrassant le bout des doigts. Eric m'avait prévenue. Vous avez un peu perdu la boule, *poverina*.

— Ça va, je m'empresse de dire. J'ai juste perdu la mémoire. Je dois tout apprendre de ma vie.

— Bon, je m'appelle Gianna, dit-elle en se frappant la poitrine à la manière de Tarzan.

— Très bien… euh… merci.

Je m'écarte pour lui laisser le champ libre. Elle commence à dépoussiérer la table basse en verre tout en fredonnant l'air d'opéra qu'elle écoute.

— Vous regardez votre émission ? dit-elle en jetant un coup d'œil à l'écran géant.

— Oh, oui ! Pour me souvenir.

Gênée, je retire le DVD tandis que Gianna nettoie les cadres des photos.

Comment puis-je rester là, les bras ballants, tandis qu'une autre femme nettoie ma maison ? Je devrais peut-être l'aider ?

— Que voulez-vous que je prépare pour le dîner ? demande-t-elle en retapant les coussins du canapé.

— Oh ! fais-je horrifiée, rien du tout !

Je sais qu'Eric est riche. Mais quand même ! Je ne vais pas demander à quelqu'un de préparer mon dîner. Ce serait obscène.

— Rien ? Vous sortez ce soir ?

— Non… je pensais faire la cuisine.

— Je vois. Bon, comme vous voulez.

Le visage dur, elle boxe les coussins avec une vigueur accrue.

— En tout cas, j'espère que vous avez aimé ma soupe, hier soir, ajoute-t-elle sans me regarder.

— Elle était délicieuse ! Merci ! Très parfumée…

— C'est que j'essaye de faire de mon mieux, continue-t-elle, toujours aussi vexée.

Misère ! On dirait que je l'ai insultée.

— Dites-moi ce que vous voulez que j'achète pour *votre* dîner ! Si vous avez envie de quelque chose de nouveau, de différent…

Merde ! Elle le prend très mal.

— Euh…, en y repensant… vous pourriez nous préparer un petit quelque chose. Mais ne vous donnez pas trop de mal. Un sandwich, par exemple.

— Un sandwich ? répète-t-elle comme si c'était un gros mot. Pour dîner ?

— Enfin… ce que vous voulez. Une de vos spécialités !

En disant ça, je me sens bête. Je préfère ne pas insister. Je prends un magazine sur l'immobilier et tombe sur un article consacré aux fontaines.

Je n'ai jamais été servie. Jamais je ne pourrai m'habituer à cette existence.

— Mamma mìa ! Le canapé est abîmé ! s'écrie Gianna qui a retrouvé un fort accent italien.

Elle arrache ses écouteurs et pointe un doigt accusateur sur l'accroc.

— Regardez ! Il est déchiré ! Ça n'y était pas hier matin ! Je vous le répète, ajoute-t-elle d'un ton accusateur, hier il était en bon état, pas d'accroc, pas de marque…

Je rougis comme une collégienne :

— C'était… moi. C'est ma faute !

— *Vous ?*

— Je ne l'ai pas fait exprès. J'ai cassé le léopard en verre et… Enfin, je vais commander une nouvelle housse, promis. Mais je vous en prie, ne dites rien à Eric. Il n'est pas au courant.

— Il ne sait rien ? demande-t-elle, ahurie.

— J'ai posé le coussin sur des morceaux de verre, dis-je en ayant du mal à avaler ma salive. Pour les cacher.

Gianna, incrédule, me dévisage pendant un bon moment. Je la supplie du regard, incapable de respirer. Son visage se détend et elle éclate de rire. Elle repose le coussin et me tapote le bras.

— Je vais le recoudre. Des petits points. Il ne s'en apercevra jamais.

— Vraiment ? je demande soulagée. Oh ! merci. Ça serait formidable. Je vous en serais tellement reconnaissante.

Gianna continue à me fixer d'un air perplexe. Elle croise les bras sur sa poitrine et me demande :

— Vous êtes sûre qu'il ne vous est rien arrivé quand vous vous êtes cogné la tête ? On ne vous aurait pas greffé la personnalité de quelqu'un d'autre, par hasard ?

— Comment ? dis-je en riant à moitié. Je ne crois pas.

À ce moment, l'interphone sonne.

— Je vais répondre, dis-je en fonçant vers la porte.

— Allô ? fais-je en soulevant le combiné.

— Livraison d'une voiture pour les Gardiner, annonce une voix gutturale.

Ma nouvelle voiture est garée devant l'immeuble, à son emplacement réservé, m'indique le portier. D'après l'étoile sur le capot, c'est une Mercedes. Elle est décapotable et gris métallisé. J'imagine qu'elle coûte une fortune.

— Signez ici... et ici, me demande le livreur en me tendant un reçu.

— Très bien.

— Voici vos clés... la vignette et tous les papiers. Mes hommages, madame !

Le type reprend son stylo et disparaît, me laissant en tête-à-tête avec ma voiture, une liasse de papiers et un jeu de clés étincelantes que je balance avec un petit frisson d'excitation.

Je n'ai jamais été dingue de voitures.

Mais je ne suis jamais montée dans une Mercedes aussi neuve, aussi étincelante. Une Mercedes vraiment à *moi* !

Et si je montais dedans, juste pour voir ? Sans réfléchir, j'appuie sur la commande à distance et saute en l'air quand le klaxon et les clignotants se mettent en route. Instinctivement j'écrase le petit bouton vert et tout s'éteint. Ouf !

Bon. Ce n'est pas la première fois que ça m'arrive ! J'ouvre la portière, je me glisse derrière le volant et je respire un grand coup.

Waouh ! Quelle bagnole ! Dave le Loser peut aller se rhabiller avec sa vieille Renault pourrie. Je respire l'odeur enivrante du cuir neuf. Les sièges sont profonds et confortables. Le bois verni du tableau de bord scintille. J'hésite avant de poser mes mains sur le volant. Mais elles l'agrippent naturellement – en fait, elles s'y trouvent parfaitement à leur place. Je n'ai pas envie de les retirer.

Je reste immobile pendant quelques secondes à regarder la barrière s'ouvrir puis se refermer au passage d'une BMW.

Bon… je sais conduire. À une certaine époque j'ai passé mon permis, même si je ne m'en souviens pas.

Quel bijou ! Ce serait dommage de ne pas l'essayer.

J'enfonce la clé dans une fente sous le volant – et elle entre ! Je la tourne, comme j'ai vu plein de gens le faire et le moteur, mécontent, hurle. Pitié ! Qu'est-ce que j'ai fait de mal ? Tout doucement, je donne un quart de tour à la clé, et cette fois, pas de réaction. Seules quelques lumières s'allument sur le tableau de bord.

Et maintenant ? Je regarde les cadrans de contrôle en espérant une quelconque réponse, mais rien ne vient. La conduite est une chose de plus qui m'échappe.

Pourtant, j'ai su conduire. Mon corps doit se rappeler. Comme il s'est souvenu de la manière de marcher avec des talons hauts. Il faut que je lui laisse la bride sur le cou. Si je n'y pense plus, les automatismes devraient me revenir.

J'agrippe le volant fermement. Allez Lexi ! Pense à autre chose. Tra la la la. Laisse faire ton corps. Et si je chantais ? Ç'a déjà marché une fois.

— *God save our gracious queen, God save the queen...*

Mon Dieu ! Ça marche ! Mes mains et mes pieds bougent d'une manière parfaitement synchronisée. Je n'ose pas les regarder, je ne veux pas comprendre ce que je fais. Je sais seulement que le moteur tourne et j'appuie sur une pédale et j'entends un grondement et... Hourrah ! j'ai réussi !

Le moteur ronronne, prêt à rouler. Bon, du calme. Je respire de nouveau, mais, au fond, je suis plutôt paniquée. Je suis aux commandes d'une Mercedes dont le moteur tourne et je ne sais pas pourquoi.

Bon, ressaisis-toi, Lexi.

Frein à main. Je connais. Et voici le changement de vitesse. Prudemment, je les actionne tous les deux et la voiture bondit en avant.

Pour l'arrêter, j'appuie sur une des pédales. Elle se cabre, pas contente du tout. Merde ! J'ai tout faux. Je relâche mon pied et la voiture repart de plus belle. Ce n'est pas ce que voulais, n'est-ce pas ? Tout en m'efforçant de garder mon calme, j'enfonce à nouveau une des pédales. Mais de toutes mes forces ! Cette fois-ci, elle ne s'arrête même pas mais continue d'avancer. J'appuie encore, et une aiguille passe au rouge !

Mer-de ! J'en bégaye de trouille. Allez, arrête-toi ! Je tire sur le volant… rien ne se passe. Comment m'y prendre ? Ma Mercedes et moi, on se dirige tout droit vers une luxueuse voiture de sport garée en face. Avec l'énergie du désespoir, j'enfonce les deux pédales d'un coup et le moteur hurle de rage.

Pitié ! Je n'aurais jamais dû monter dans cette tire ! Si je la défonce, Eric va divorcer et je ne lui en voudrai même pas…

— Arrête-toi ! je crie encore.

Soudain, je remarque un type brun en jean qui passe la barrière. Il me voit aller droit dans la voiture de sport et secoue la tête.

— Le frein ! hurle-t-il, mais je l'entends à peine à travers la vitre.

— Je n'y arrive pas ! je réponds.

— Il faut tourner le volant ! fait-il en mimant le mouvement.

Le *volant* ! Bien sûr ! Je suis idiote. Je le tourne vers la droite de toutes mes forces, à m'en déboîter l'épaule et j'arrive à la faire dévier. Mais maintenant nous allons nous payer un mur en briques.

— Le frein ! s'époumone le type en courant à côté de la voiture. Le frein, Lexi !

— Mais je ne sais…

— Le frein, bon Dieu !

Le frein à main ! Je m'en souviens ! Vite ! Je le tire à deux mains et la voiture s'arrête après quelques secousses. Le moteur tourne toujours mais la voiture est stoppée. J'ai évité le pire !

J'ai des palpitations, mes mains sont toujours rivées au frein à main. Je ne conduirai plus jamais. Jamais.

— Ça va ? me demande le type en jean.

Au bout d'un moment, je réussis à détacher une de mes mains du frein. J'appuie sur des tas de boutons au hasard et finalement ma vitre se baisse.

— Qu'est-il arrivé ?

— J'ai… paniqué. En fait, je ne sais plus conduire. J'ai cru me souvenir mais j'ai eu une attaque de panique…

Soudain je sens une larme couler le long de ma joue.

— Désolée, j'ai flippé. Je suis amnésique…

Le type me regarde comme si je parlais chinois. Tiens, son visage est intéressant ! Des pommettes saillantes, des yeux gris foncés légèrement bridés, des cheveux ébouriffés. Il porte un tee-shirt gris uni et, à vue de nez, paraît avoir dans les trente ans.

Il a l'air totalement ahuri. Comment lui en vouloir ? Voilà un type qui entre tranquillement dans un parking et qui, tout à coup, rencontre une fille qui lui déclare qu'elle est amnésique après s'être presque farci une voiture !

Il croit peut-être que je raconte des histoires ? Ou que je suis ivre et que mon amnésie n'est qu'une excuse.

— J'ai eu un accident de voiture. C'est vrai. J'ai cogné ma tête. C'est encore visible !

Et je lui montre mes cicatrices.

— Je suis au courant de l'accident, fait-il au bout d'un instant. On me l'a dit.

Sa voix est particulière, à la fois dure et intense. Comme si chaque mot comptait.

— Attendez ! dis-je en me rendant compte soudain de la situation. Vous m'avez appelée par mon prénom. On se connaît ?

À voir sa tête, c'est sûr qu'il tombe des nues ! Il scrute mon visage comme s'il ne me croyait pas. Comme s'il cherchait la trace de quelque chose.

— Tu ne te rappelles pas de moi ? demande-t-il enfin.

— Euh, non, je réponds en haussant les épaules. Je suis navrée, je ne veux pas être mal élevée, mais je ne me souviens d'aucune personne rencontrée au cours des trois dernières années. Je ne reconnais ni mes amies, ni même mon mari. C'est un étranger ! Mon propre mari ! Vous vous rendez compte ?

Je souris – mais non seulement le type ne sourit pas mais il n'exprime pas non plus la moindre compassion. En fait, son expression me rend nerveuse.

— Tu veux que je gare ta voiture ?

— Oh, oui, avec plaisir !

Je regarde ma main gauche toujours agrippée au frein à main.

— Puis-je le lâcher ? Elle ne va pas avancer ?

— Non, fait-il avec un petit sourire, pas de danger.

— Merci mille fois, dis-je en sortant de la voiture. On vient de me la livrer. Si je l'avais abîmée, je courais à la cata… Mon mari me l'a offerte pour remplacer l'autre. Vous le connaissez ? Eric Gardiner ?

— Oui, acquiesce-t-il au bout d'un instant, je le connais.

Il se glisse derrière le volant et me fait signe de m'écarter. Puis il passe la marche arrière et exécute un créneau parfait.

— Encore merci, dis-je quand il sort de la voiture, je vous suis très reconnaissante.

J'attends qu'il me dise « de rien » ou « pas de quoi » mais il semble perdu dans ses pensées.

— Que m'as-tu dit sur ton amnésie ? Tu as perdu la mémoire à jamais ?

— Elle peut revenir n'importe quand. Ou bien jamais. Personne ne sait vraiment. J'essaye de réapprendre mon passé. Eric m'aide beaucoup en me parlant de notre mariage. Quel mari parfait !

Je souris dans l'espoir de détendre l'atmosphère.

— Et vous… où vous situez-vous ?

Le brun ténébreux ne répond pas. Il enfonce ses mains dans ses poches et regarde en l'air. Quel est son problème, bon sang ?

Il baisse enfin les yeux et me dévisage attentivement. Ses traits sont contractés, comme s'il souffrait. Il a peut-être mal quelque part. La migraine ?

— Je dois m'en aller, fait-il enfin.

— Bon, en tout cas merci. Et j'ai été ravie de faire votre connaissance. Même si, bien sûr, nous nous sommes connus dans ma vie précédente… enfin, vous voyez ce que je veux dire !

Je lui tends la main – mais il ne la serre pas. Comme s'il ne savait pas ce que ce geste signifie.

— Au revoir, Lexi, dit-il en tournant les talons.

— Au revoir…, je réponds.

Quel drôle de type. Il ne m'a même pas dit son nom.

9

Il n'y a pas plus directe que ma copine Fi. J'avais six ans quand je l'ai connue. J'étais la petite nouvelle dans la cour de récréation. Elle était sûre d'elle et avait déjà une tête de plus que moi, des couettes et une voix tonitruante. Elle m'a dit que ma corde à sauter ne valait rien et a énuméré ses défauts. Et puis, au moment où j'allais éclater en sanglots, elle m'a prêté la sienne.

Fi est comme ça. Son franc-parler fait des ravages et elle le sait. Quand elle sort des trucs affreux, elle roule des yeux et plaque sa main sur sa bouche. Mais, au fond, elle a bon cœur. Et elle est formidable dans les réunions. Quand les gens parlent pour ne rien dire, elle va droit au but, sans raconter de conneries.

C'est Fi qui m'a donné l'idée de poser ma candidature chez Deller. Elle y bossait depuis deux ans quand Frenshaws, la boîte où je travaillais, a été reprise par des Espagnols. J'en suis partie de mon propre gré. Il y avait un poste à pourvoir dans le département Revêtements de sol. Fi m'a suggéré de montrer mon CV à Gavin, son patron direct, et j'ai été engagée.

Du coup, on a été encore plus proches. On déjeune ensemble, on va au ciné le week-end, on s'envoie des

SMS quand Gavin nous régale de ses « engueulades générales ». J'aime bien Carolyn et Debs – mais c'est à Fi que j'annonce les grandes nouvelles en priorité. Elle à qui je pense quand il m'arrive un truc marrant.

C'est pour ça que je trouve bizarre qu'elle ne me réponde pas. Je lui ai envoyé plusieurs SMS depuis que je suis sortie de l'hôpital. J'ai laissé deux messages sur sa boîte vocale. Je lui ai mailé quelques blagues vaseuses et j'ai même écrit une carte de remerciement pour les fleurs. Mais rien en retour. Elle doit être débordée. Ou elle est partie à un séminaire ou bien elle a la grippe… Enfin, il y a des millions d'excuses.

Bon. Comme je vais au bureau aujourd'hui, je vais la voir. Et les autres par la même occasion.

Je me regarde dans l'immense miroir de mon dressing. La Lexi-2004 débarquait à son bureau vêtue d'un pantalon noir de chez Next, d'un chemisier de la Solderie et de mocassins aux talons usés.

Terminé ! J'ai un chemisier Prada divin avec des manchettes. Un tailleur noir avec jupe crayon et veste cintrée. Des collants brillants signés Charnos. Des escarpins vernis pointus. Et je porte mon chignon habituel. Bref, j'ai tout de « la patronne » sortie d'un livre illustré pour enfants !

Eric entre et je me retourne.

— Comment me trouves-tu ?

— Superbe !

Il approuve des yeux mais sans paraître surpris. Ce doit être ma tenue normale. Mais moi, j'ai l'impression d'être endimanchée.

— Prête ?

— Sans doute.

Je prends mon sac – un Bottega Veneta noir déniché dans un des placards.

Hier, j'ai posé des questions à Eric sur Fi mais il est tombé des nues. Pourtant, elle est ma plus vieille amie et assistait à notre mariage. De toutes mes copines il ne connaît que Rosalie parce qu'elle a épousé Clive.

Bon. Tant pis. Je vais voir Fi. On va avoir une explication et tout sera tiré au clair. On déjeunera sans doute ensemble et on échangera les dernières nouvelles.

— Ah, n'oublie pas ça ! dit Eric en ouvrant le placard du coin, dont il extrait une mallette noir. Je te l'ai offerte pour notre mariage.

— Oh ! Quelle splendeur !

Elle est en veau retourné et porte mes initiales gravées : *L.G.*

— Je sais que tu utilises toujours ton nom de jeune fille à ton bureau mais je voulais que tu aies toujours quelque chose de moi.

Comme c'est romantique ! Qu'il est parfait !

— Je dois partir. La voiture viendra te prendre dans cinq minutes. Amuse-toi bien !

Il m'embrasse et sort.

Je prends ma mallette en me demandant ce que je vais mettre dedans. Je n'en avais jamais dans ma vie d'autrefois, me contentant de tout fourrer dans mon sac. Finalement, j'y transfère un paquet de mouchoirs en papier et des bonbons à la menthe de mon sac. J'y ajoute un stylo. Avec l'impression de préparer mon cartable pour la rentrée dans une nouvelle école. En glissant le stylo dans une poche en soie, je trouve une carte que je sors.

Ce n'est pas une carte mais une vieille photo de moi avec Fi, Debs et Carolyn. Avant que je change de coiffure. Quand mes dents étaient encore de traviole. Nous sommes dans un bar, on a des tops scintillants, des joues roses et des serpentins pendent au-dessus de nos têtes. Fi me tient par le cou, j'ai un parasol de cocktail entre les lèvres et on rit comme des folles. Je souris en voyant la photo.

Je me souviens parfaitement de cette nuit-là. Debs avait viré son horrible banquier du nom de Mitchell et nous avions pour mission de lui changer les idées. Au milieu de la soirée, Mitchell a appelé Debs sur son portable. Carolyn a répondu en se faisant passer pour la call-girl russe à mille livres la nuit dont il avait loué les services. Carolyn, ayant fait du russe en classe, était très convaincante et Mitchell a été sacrément secoué, même s'il l'a nié plus tard. On écoutait sur le haut-parleur en mourant de rire.

Toujours souriante, je range le cliché dans la pochette et ferme la mallette. Je la prends et me regarde une dernière fois dans la glace. « La Patronne » va au boulot !

— Bonjour, dis-je à mon reflet d'un ton professionnel. Lexi Smart, directrice du département Revêtements de sol. Youpi ! Je suis chef !

Misère. Je ne me sens pas l'âme d'un chef. Bah, peut-être que ça me reviendra une fois là-bas.

Dans les années 80, Deller Moquettes a fait une campagne de pub à la télé dont tout le monde se souvient encore. Le premier spot montrait une femme couchée sur une moquette bleue à grands motifs dans un magasin : c'était si doux et si moelleux que ça lui donnait immédiatement envie de faire l'amour avec le vendeur, un connard. Dans le spot suivant, elle était à l'église pour épouser son vendeur et la nef était recouverte d'une moquette Deller à fleurs. Dans le troisième épisode, elle était nantie de jumeaux qui ne pouvaient s'endormir que si leurs berceaux étaient tapissés de moquette Deller bleu et rose.

Cette pub était ringarde mais la marque Deller Moquettes est devenue aussi célèbre que les Tampons Jex. D'où le problème, quand, il y a quelques années, la société a voulu s'appeler Deller tout court. Il y a eu un nouveau logo, une nouvelle image de marque, mais tout le monde s'en est fiché. Si tu dis que tu travailles pour Deller, les gens froncent les sourcils et rectifient : « Vous voulez dire Deller Moquettes ? »

C'est d'autant plus ironique que les moquettes ne représentent plus désormais qu'une fraction du chiffre d'affaires. Voilà dix ans, le département Entretien a sorti un détachant pour moquettes, vendu par correspondance, qui a eu un succès fou. Ainsi que divers produits de nettoyage et des gadgets. Résultat : une partie importante du chiffre se fait par catalogue. Deller vend aussi des tissus d'ameublement et toutes sortes de coussins et de rideaux. Les pauvres moquettes en ont pris un sacré coup. Elles ne sont plus à la mode. En revanche, dalles en ardoise et planchers lamifiés sont du dernier chic. On en vend peu car les gens continuent à croire qu'on s'appelle toujours Deller Moquettes. Un vrai cercle vicieux !

Je sais que les moquettes ne sont plus dans le coup. Et celles à motifs, encore moins. Pourtant, je les adore, même si je n'en parle à personne. Surtout celles des années 70 avec leurs dessins rétros. J'en ai tout un album que je feuillette pendant que je téléphone. Un jour, j'ai trouvé une liasse d'échantillons dans l'entrepôt. Comme personne n'en voulait, je les ai punaisés sur le mur de mon bureau.

Enfin, mon ancien bureau. On a dû me surclasser depuis le temps. En arrivant en vue de notre immeuble de Victoria Palace Road, j'ai le trac. Il est toujours pareil : façade gris pâle ornée de piliers en granit gris qui flanquent l'entrée. Je pousse les portes en verre et je me fige de surprise. Le hall est différent. Bien plus cool ! On a changé de place le comptoir de la réceptionniste et remplacé un mur par des cloisons en verre... et le sol est en lino gris métallisé. Un échantillon d'une nouvelle gamme !

— Lexi !

Une femme rondelette portant un chemisier rose et un fuseau noir fonce vers moi. Elle a des mèches claires, du rouge à lèvres rose fuchsia, des tennis et elle s'appelle... je la connais... elle dirige les Ressources humaines...

— Dana ! je m'exclame soulagée, bonjour !

— Lexi ! fait-elle en me serrant la main, soyez la bienvenue ! Ma pauvre ! On a eu tellement peur...

— Je vais bien mieux, merci.

Je la suis sur le lino brillant, prends le laissez-passer qu'elle me donne et franchit le tourniquet de la sécurité. C'est nouveau, les barrières. Dans le temps, nous n'avions qu'un gardien du nom de Reg.

— Bien, venez par ici, dit Dana en me précédant. J'ai pensé qu'on pourrait discuter dans mon bureau, assister à la réunion budgétaire et ensuite faire un tour dans votre département.

— Très bien, parfait !

Mon département ! Et dire que j'avais juste une table et une agrafeuse.

Nous prenons l'ascenseur jusqu'au second et Dana me fait entrer dans son bureau.

— Asseyez-vous ! Il nous faut, bien sûr, parler de votre… *état*.

Elle baisse la voix comme si elle abordait un sujet honteux.

— Vous êtes amnésique.

— Exact. Mais à part ça, je vais bien.

— Bon ! fait-elle en griffonnant sur un bloc. Est-ce permanent ou temporaire ?

— Euh… les docteurs pensent que je peux retrouver la mémoire n'importe quand.

— Merveilleux ! s'exclame-t-elle, tout sourire. Bien sûr, pour *nous*, ce serait parfait si ça pouvait se passer avant le 21. La date de notre réunion des ventes, ajoute-t-elle avec une lueur d'expectative dans le regard.

— Très bien, dis-je au bout d'un instant, je ferai de mon mieux.

— On ne peut pas vous en demander plus ! dit-elle en partant d'un rire aigu. Bon, allons saluer Simon et les autres, ajoute-t-elle en se levant. Vous n'avez pas oublié Simon Johnson, le D.G. ?

— Bien sûr que non !

Comment oublier le grand patron ? Je me souviens du speech qu'il a fait à la fête de Noël du personnel. Et de son apparition dans notre bureau où il a demandé nos noms à Gavin qui le suivait comme un toutou. Et maintenant, j'assiste aux mêmes réunions que lui !

M'efforçant de rester calme, je monte jusqu'au huitième, toujours flanquée de Dana. Elle frappe à la lourde porte de la salle du conseil et entre.

— Désolée de vous interrompre ! Mais Lexi nous rend une petite visite.

— Lexi ! Notre superstar ! s'exclame Simon Johnson en se levant de son siège en tête de table. Grand, large d'épaules, la silhouette d'un ancien officier, le cheveu brun et rare, il vient à ma rencontre, saisit mes deux mains comme si nous étions de vieux potes et m'embrasse sur la joue.

— Comment allez-vous, ma chère ?

Simon Johnson m'a embrassée. Le grand ponte m'a embrassée ! Je me ressaisis.

— Oh… très bien. Beaucoup mieux.

Je jette un coup d'œil autour de moi et ne reconnais pratiquement personne. Sauf Byron, mon ancien patron, pâle et maigrichon comme à l'accoutumée et arborant une de ses éternelles cravates rétro. Il me fait un sourire pincé auquel je réponds par un grand sourire, heureuse de voir un visage familier.

— Vous avez reçu un sacré coup sur la tête, avons-nous appris, dit Simon Johnson de sa voix à la fois distinguée et charmeuse.

— C'est exact.

— Bon, eh bien, revenez-nous vite ! dit-il comme s'il y avait urgence. Byron vous remplace très bien, ajoute-t-il en le regardant. Quant à savoir s'il défendra votre budget…

— Pourquoi ? Je devrais me faire du souci ?

Cette petite phrase est accueillie par des rires en cascade alors que Byron me foudroie du regard.

Alors que je ne faisais que plaisanter.

— Pour revenir aux choses sérieuses, poursuit Simon Johnson, nous avons à reprendre nos récentes…

discussions. Déjeunons ensemble quand vous reviendrez pour de bon.

Il me regarde d'un air entendu.

— Certainement.

J'imite son ton confidentiel alors que j'ignore de quoi il est question.

— Simon, fait Dana en s'avançant d'un pas, les médecins ignorent si l'amnésie de Lexi est temporaire ou définitive. Il est possible que sa mémoire lui pose des problèmes…

— Lexi, j'ai toute confiance en vous, affirme Simon d'un ton ferme.

Il se tourne vers un rouquin assis non loin de lui.

— Daniel, vous n'avez pas encore fait la connaissance de Lexi, n'est-ce pas ? Mais vous l'avez peut-être vue à la télévision. Lexi, Daniel est notre nouveau contrôleur financier.

— Absolument, fait-il en me serrant la main. Vous êtes donc la surdouée dont j'ai entendu parler.

Moi, une surdouée ?

— Oh… je ne crois pas.

Tout le monde rit.

— Ne soyez pas modeste ! intervient Simon avec un grand sourire. Daniel, l'ascension de cette jeune femme dans notre société a été météorique. En dix-huit mois, elle est passée d'un poste de junior à la direction de son département. Comme je le lui ai souvent répété, c'était un pari que de lui confier ce poste – mais je n'ai jamais regretté d'avoir pris ce risque. C'est un chef-né. Un modèle à suivre. Elle travaille des journées de vingt-quatre heures, elle a une stratégie lumineuse pour l'avenir… Elle a mille talents !

En terminant, Simon me regarde l'air radieux. Un chauve et deux autres types l'imitent.

Je suis en état de choc. Rouge de plaisir et la jambe flageolante. C'est la première fois qu'on me fait de tels compliments. La première fois.

— Oh… merci, je bégaye.

— Lexi…, dit Simon en me désignant un fauteuil vide, seriez-vous tentée par une discussion budgétaire ?

— Euh…, fais-je, appelant Dana au secours.

— Elle n'est ici que pour une courte visite, explique celle-ci, on va descendre dans son département.

— Je vois, dit Simon, les yeux pétillants de malice. Vous allez rater quelque chose. Tout le monde adore ce genre de discussion.

— Vous ne comprenez donc pas que j'ai fait tout ça pour échapper à cette discussion budgétaire ? je réplique en désignant ma tête.

Mon trait d'humour déclenche des rafales de rires.

— À bientôt, et remettez-vous vite, me souhaite Simon.

En quittant le conseil avec Dana, je suis euphorique. Je ne peux pas encore y croire. J'ai taquiné Simon Johnson. Je suis surdouée ! J'ai une stratégie lumineuse pour l'avenir !

Pourvu que j'aie pris des notes !

— Vous vous souvenez où se situe votre département ? demande Dana en sortant de l'ascenseur. Je sais qu'on vous attend avec impatience.

— Moi aussi, je réponds, gonflée à bloc.

Soudain le portable de Dana sonne et elle fait la grimace.

— Je vais vous retrouver à votre bureau, il faut que je réponde à cet appel.

— Pas de problème !

J'emprunte un grand couloir. Rien n'a changé : même moquette marron, mêmes consignes en cas d'incendie, mêmes plantes vertes en plastique. Le service des ventes est à gauche. Le bureau de Gavin, à droite.

Je veux dire *mon* bureau !

Mon bureau personnel. Mon job.

Je reste plantée devant la porte, avant de trouver la force de pousser la porte. Tout est tellement irréel.

Allez ! Je n'ai pas à avoir peur. Je peux faire ce boulot, Simon l'a affirmé. J'ai la main sur la poignée quand une fille d'une vingtaine d'années sort en courant du service des ventes.

— Oh ! Lexi ! Vous êtes de retour !

— Oui, dis-je en la regardant sans la reconnaître. Je suis désolée mais j'ai eu cet accident et j'ai perdu la mémoire…

— Oui, on me l'a dit, fait-elle en tremblant presque. Je suis Clare. Je suis votre assistante.

— Bonjour, donc ! Ravie de vous connaître ! C'est ici ? je demande en passant ma tête.

— Oui. Vous voudriez une tasse de café ?

— Avec plaisir ! Quelle bonne idée !

J'ai une assistante qui m'apporte des cafés. Ça veut dire que j'ai vraiment grimpé ! J'entre et la porte se referme avec un bruit sourd qui m'enchante.

Waouh ! J'ai oublié comme la pièce est grande, avec une immense table de travail, un canapé, une plante, tout quoi ! Je pose ma mallette sur la table et me poste à la fenêtre. Je dispose même d'une vue. Sur un autre immeuble, mais enfin… Tout ça m'appartient. C'est mon domaine ! Je suis chef ! J'éclate de rire et je saute de joie sur le canapé. Je suis toujours en train de faire du trampoline quand on frappe.

Merde ! Si quelqu'un entrait et me voyait… Reprenant mon souffle, je me dépêche de m'asseoir dans mon fauteuil, de prendre un dossier et de l'étudier d'un air très pro.

— Entrez !

— Lexi ! fait Dana. Alors, vous vous sentez de nouveau chez vous ? Clare m'a avoué que vous ne l'aviez pas reconnue. Ça risque de vous poser des problèmes, non ? Je ne m'étais pas rendu compte… Alors, fait-elle en fronçant les sourcils, vous ne vous rappelez rien ?

— Non, hélas… mais je suis sûre que ça va revenir d'un jour à l'autre.

— Espérons-le ! Bon, allons faire un tour dans le service, l'occasion de vous familiariser avec le personnel…

En sortant dans le couloir, j'aperçois Fi. Elle porte une courte jupe noire, un top sans manches et des bottes. Elle a changé : son visage est plus mince et de nouvelles mèches rouges ornent sa chevelure. Mais c'est elle. Et elle porte toujours ses bracelets favoris en écaille.

— Fi ! je m'écrie. C'est moi, Lexi ! Je suis de retour ! Bonjour !

Fi sursaute. Et, pendant quelques secondes, me regarde comme si j'étais folle. Ma voix est certainement surexcitée. Mais je suis tellement heureuse de la voir !

— Bonjour Lexi, dit-elle enfin en examinant ma tête. Comment ça va ?

— Très bien. Et toi ? T'as l'air en grande forme ! J'adore tes cheveux ! En tout cas, dis-je d'un ton plus calme, on pourrait peut-être papoter un peu plus tard. Avec la bande ?

— Euh, ouais ! répond-elle, les yeux ailleurs.

Pourquoi me bat-elle froid ? Qu'est-ce qui ne va pas ? Tout à coup, je comprends : si elle n'a pas répondu à mes messages, c'est qu'on a dû avoir une énorme engueulade. Et les autres ont pris son parti. Le problème est que je ne m'en rappelle pas…

— Lexi, après vous ! dit Dana en me propulsant au service des ventes. Quinze visages sont tournés vers moi tandis que j'essaye de ne pas broncher.

Comme c'est étrange !

Je remarque Carolyn, Debs, Melanie et quelques autres. Elles sont comme avant… mais avec trois ans de plus. Leurs coiffures, leurs maquillages, leurs fringues ont changé. Debs s'est musclée et elle est bronzée, une vraie pub pour des îles au soleil. Carolyn porte des lunettes sans monture et ses cheveux sont encore plus courts.

Voici mon ancien bureau. Une fille avec des nattes oxygénées l'occupe tranquillement.

— Vous savez tous que Lexi vient d'avoir un accident de voiture, annonce Dana à la cantonade. Nous sommes ravis qu'elle soit venue nous faire une visite. Elle n'a pas récupéré toutes ses facultés cognitives. Mais je suis sûre que vous l'aiderez à retrouver ses marques et que vous l'accueillerez avec plaisir.

Elle se tourne vers moi et me dit à voix basse :

— Voulez-vous dire quelques mots pour motiver votre équipe ?

— La motiver ?

— Juste pour l'encourager. Et la mener au combat !

Son portable l'interrompt :

— Désolée !

Elle sort dans le couloir, me laissant seule face à mon département.

Allez ! Simon prétend que je suis une meneuse d'hommes. Je peux le faire.

— Bonjour à toutes ! dis-je en faisant un petit salut de la main mais personne ne réagit. Je veux seulement vous dire que je serai bientôt de retour et je vous demande… de continuer à en mettre un coup.

Je cherche des mots qui les motivent.

— Qui est le meilleur département de la société ? Nous ! Qui marche à fond la caisse ? Les Revêtements de sol !

Je lève le bras comme si j'étais à la tribune :

— Vive Deller ! D.E.L.E.R.

— Il manque un L, intervient une fille dont le visage m'est inconnu.

Elle s'est levée et croise les bras sur sa poitrine sans montrer le moindre respect.

— Pardon ?

— Il faut deux L à Deller !

Deux filles à côté d'elle ricanent sous cape tandis que Carolyn et Debs me regardent bouche bée.

— Bien, dis-je décontenancée. En tout cas, bravo à toutes… Vous avez bien travaillé.

— Alors, vous êtes revenue ? demande une fille en rouge.

— Pas tout à fait…

— C'est qu'il faut que vous signiez mes notes de frais presto.

— Moi aussi, réclament six autres filles.

— Vous avez parlé à Johnson de nos objectifs ? demande Melanie en s'approchant de moi. Parce qu'ils sont totalement irréalisables…

— Et nos nouveaux ordinateurs alors ?

— Vous avez lu mon mail ?

— Vous vous êtes occupée de la commande du Thorne Group ?

Soudain, je suis noyée sous un déluge de questions. Je les entends à peine et ne les comprends pas du tout.

— Je ne sais pas ! dis-je, la tête sous l'eau. Désolée, je ne me souviens pas… À bientôt !

Le souffle court, je recule et me réfugie dans mon bureau dont je claque la porte.

Merde ! Qu'est-ce qui s'est passé ?

On frappe.

— Oui ?

— Je ne veux pas vous déranger, dit Clare en apportant une pile de dossiers, mais pendant que vous êtes ici, voudriez-vous jeter un coup d'œil à tout ça ? Il faut répondre à Tony Dukes de chez Bilton, approuver le paiement de Sixpack, signer ces contrats et un type du nom de Jeremy Northpool n'arrête pas d'appeler pour reprendre des négociations…

Elle me tend un stylo, comme si j'étais prête à entrer en action.

— Il m'est impossible de signer quoi que ce soit, dis-je, paniquée. Je n'ai jamais entendu parler de ce Tony Dukes. Je ne me souviens de rien !

— Ah !

Clare reprend la pile de dossiers tout en me regardant les yeux écarquillés.

— Mais alors, qui va diriger notre département ?

155

— Je ne sais pas. Moi… sans doute. C'est mon boulot. Je l'assumerai. Mais j'ai besoin d'un peu de temps… Soyez gentille, laissez-moi tout ça. Je vais lire les dossiers et ça me reviendra peut-être.

— D'accord !

Nettement soulagée, elle dépose la pile sur un coin de ma table.

— Je vais vous apporter un café.

J'ai la tête qui tourne mais je m'empare de la première lettre. Elle traite d'un conflit latent : « … une réponse rapide de votre part est essentielle… »

Je saisis le dossier suivant : les prévisions budgétaires mensuelles pour tous les départements de la société. Il contient six graphiques et une note manuscrite sur un Post-it. « J'aimerais votre opinion. »

— Votre café ! annonce Clare en entrant.

Je prends un air ultrapro :

— Très bien, merci. Intéressant, ce dossier… Je réserve ma réponse pour un peu plus tard.

Clare est à peine sortie que je pose ma tête dans mes mains. Je suis désespérée. Comment m'en sortir ? Ce boulot est terrifiant. J'ai vraiment les boules.

Alors que faire ? Que répondre et quelles décisions prendre ? On frappe à nouveau. Je me redresse et m'empare du premier papier qui me tombe sous la main.

— Tout va bien ? demande Byron, tenant une bouteille d'eau minérale et une liasse de papiers. Il s'appuie au chambranle de la porte. Ses poignets osseux dépassent de sa chemise. On ne voit qu'une énorme montre ultraperfectionnée qui a sûrement coûté une fortune mais qui est ridicule sur lui.

— Très bien ! Je vous croyais à la réunion budgétaire.

— On reprendra après le déjeuner.

Son élocution est lente et ironique, comme s'il s'adressait à une demeurée. En vérité, je ne me suis jamais entendue avec Byron. Il regarde la pile de dossiers.

— Vous n'avez pas perdu de temps, hein !

— Pas vraiment.

Je lui souris mais sa face de raie reste figée.

— Vous avez pris une décision pour Tony Dukes ? La comptabilité me harcèle depuis hier.

— À vrai dire… En fait, je ne…

En rougissant je tente de m'expliquer :

— À cause de l'accident, je suis amnésique…, dis-je en me tordant les mains.

Byron semble soudain comprendre.

— Doux Jésus, vous savez qui est Tony Dukes, au moins ?

Tony Dukes, Tony Dukes, je me répète, mais rien ne vient.

— Euh… non, mais si vous pouviez rafraîchir ma mémoire…

Byron fait semblant de ne pas avoir entendu. Il s'avance vers moi, le front ridé sous l'effort.

— Voyons les choses en face, vous ne vous souvenez de rien ?

Mes neurones fonctionnent à plein régime. Byron ressemble à un chat observant une souris, évaluant son état de faiblesse.

Quelle idiote de ne pas l'avoir deviné plus tôt ! C'est pourtant évident ! Je l'ai laissé sur place ! Sous son air de chattemite, il doit me haïr.

157

— Je n'ai pas *tout* oublié ! je m'exclame comme s'il se trompait dans les grandes largeurs, seulement les trois dernières années sont un peu floues.

— Les trois dernières années ? répète Byron en rejetant la tête en arrière et en éclatant de rire. Désolé, Lexi, mais vous le savez bien, dans ce métier, trois ans c'est une éternité !

— Oh, je vais me mettre à niveau rapidement. D'ailleurs, les médecins m'ont assuré que tout pourrait me revenir d'un moment à l'autre.

— Mais rien n'est moins sûr, fait-il en enfonçant le clou malgré son air compatissant. Je pense que vous vous faites beaucoup de souci, non ? Au cas où vos méninges seraient hors circuit à tout jamais.

Bien essayé ! Mais vous n'allez pas m'avoir aussi facilement !

— Je suis certaine de récupérer très vite. Je vais me remettre au boulot, reprendre la tête du département…

J'ajoute pour lui en mettre plein la vue :

— J'ai eu une discussion passionnante avec Simon Johnson.

— Parfait. Alors, que voulez-vous faire pour Tony Dukes ?

Merde et merde. Il m'a coincée. Il sait très bien que je suis incapable de prendre une décision. Je remue des papiers pour gagner du temps.

— Vous pourriez peut-être… vous en occuper.

— J'en serais ravi, fait-il avec un sourire supérieur. Je m'occuperai de tout. Soignez-vous bien, prenez vos aises. Et ne vous faites aucun souci !

— Merci beaucoup. C'est tellement gentil de votre part.

— Alors, fait Dana en passant la tête par la porte, vous avez pu bavarder un peu. Il vous a mis au courant ?

— Tout à fait, dis-je en grinçant des dents. Byron a été extrêmement serviable.

— Je suis prêt à tout, vous savez, dit-il en faisant le modeste. Je ne bouge pas d'ici. Et ma mémoire est intacte.

— Super ! dit Dana en consultant sa montre. Lexi, j'ai un déjeuner, mais je peux vous raccompagner si nous partons maintenant...

— Merci, mais je vais traîner un peu ici et parcourir quelques dossiers.

Pas question de quitter l'immeuble sans avoir parlé à Fi.

— D'ac, fait Dana. Bon, eh bien, j'ai été ravie de vous voir. On se téléphonera pour fixer votre date de retour.

— À bientôt !

Dana et Byron sortent ensemble et j'entends ce traître dire :

— Dana, il faut que nous parlions de la situation. Avec tout le respect que j'ai pour Lexi...

La porte de mon bureau se referme. Je traverse la pièce sur la pointe des pieds et passe ma tête dans le couloir.

— ... il est évident qu'elle est incapable de diriger le département...

Quel salaud ! Il n'a même pas attendu de s'être éloigné pour déblatérer sur moi. Je m'avachis dans mon fauteuil. Je suis effondrée. Comment ai-je pu dégotter un job pareil ? Je prends une lettre au hasard. Il s'agit de primes d'assurances. J'y connais quelque chose ? Sûrement, mais par quel miracle ? J'ai l'impression d'avoir escaladé l'Everest sans savoir ce qu'est un crampon !

Je repose la lettre sur la pile avec un gros soupir. Il faut que je parle à quelqu'un. À Fi. Je compose le 352 qui doit être son poste si on ne l'a pas changé.

— Revêtements de sol, Fiona Roper à l'appareil.

— Fi, c'est moi ! Dis, on peut se parler ?

— Bien sûr, dit-elle d'un ton compassé. Veux-tu que je vienne tout de suite ou dois-je prendre rendez-vous avec Clare ?

Elle semble tellement... distante. J'en ai mal au cœur.

— Je voulais juste bavarder ! Sauf si tu es occupée...

— J'allais justement sortir déjeuner.

— Extra, je t'accompagne ! Comme au bon vieux temps ! Je meurs d'envie d'un chocolat chaud. Et Morelli, il fait toujours ces délicieux paninis ?

— Lexi...

— Fi, il faut que je te parle, je répète en agrippant le combiné. Je ne me souviens de rien. Et j'ai les boules, j'ajoute en essayant de rire. Attends-moi, j'en ai pas pour longtemps...

Je raccroche en toute hâte et saisis une feuille de papier où j'écris : « Byron, occupez-vous de ces dossiers. Merci d'avance. Lexi. »

Je sais que je me jette dans la gueule du loup. Mais, pour le moment, je n'ai qu'une idée en tête : revoir les copines. Je saisis mon sac et ma mallette et fonce au service des ventes.

— Bonjour, Lexi, vous désirez quelque chose ? demande une fille près de l'entrée.

— Non merci, je dois déjeuner avec Fi...

Je me tais en ne voyant ni Fi, ni Carolyn, ni Debs.

— Je crois qu'elles sont déjà parties. Vous les avez ratées…

— Ah bon ! dis-je en dissimulant à quel point je suis déçue. Elles doivent m'attendre dans le hall.

Je pivote sur mes talons aiguilles, marche aussi vite que me le permettent mes chaussures et débouche devant l'ascenseur au moment où Debs s'engouffre dans la cabine.

— Debs ! Attends-moi ! je crie en me mettant à courir.

Mais les portes se referment.

Pourtant, elle m'a entendue. J'en suis certaine.

C'est tempête sous un crâne alors que je descends l'escalier quatre à quatre. Elles savaient que je venais. Elles m'évitent ? Il serait arrivé une couillonnade pendant ces trois ans ? On est copines, bon sang ! Bon, je suis leur chef… mais ça empêche quoi ?

Non ?

À bout de souffle, je déboule dans le hall. À l'instant où Carolyn et Debs se dirigent vers les portes en verre, précédées de Fi.

— Hé ! Attendez-moi ! je crie désespérément.

En fonçant, j'arrive à les rejoindre sur les marches de l'entrée.

— Ah ! bonjour, Lexi, dit Fi en reniflant ce qui, chez elle, veut dire qu'elle s'empêche de rire.

Il faut dire que je dois ressembler à un clown avec mon tailleur strict, mon chignon, mes joues rouges.

— Je croyais qu'on devait déjeuner ensemble, dis-je haletante. Je t'ai dit que je venais.

Silence. Elles évitent mon regard. Debs, les cheveux ébouriffés par le vent, tripote un long pendentif en argent. Carolyn enlève ses lunettes et les nettoie avec un pan de son chemisier blanc.

— Qu'est-ce qui se passe ? dis-je d'une voix aussi décontractée que possible alors que mon cœur bat à mille à l'heure. Fi, j'aimerais bien savoir pourquoi tu ne me rappelles pas. Il y aurait un… problème entre nous ?

Elles se taisent. Je peux presque « entendre » les conciliabules secrets qu'elles tiennent. Mais je ne sais plus les déchiffrer. Je ne suis plus dans le coup.

— Écoutez, les filles, je vous en prie, aidez-moi. Je suis amnésique. Je ne me rappelle rien. On s'est engueulées ou quoi ?

— Non, répond Fi en haussant les épaules.

— Je ne pige pas alors. Je me rappelle pourtant qu'on était les meilleures amies du monde ! On sortait le vendredi soir. On buvait des cocktails à la banane. Dave le Loser m'a posé un lapin, on faisait du karaoké… vous vous souvenez ?

Fi soupire bruyamment et fait un clin d'œil à Carolyn.

— Ça fait un bail !

— Et alors ?

— Oh, laisse tomber ! Tu as eu ton accident, t'es malade, on ne veut pas te faire de peine…

— C'est ça, allons manger un sandwich ensemble, propose Debs en regardant Fi comme pour lui dire : « Ça ne coûte rien de lui faire plaisir. »

— Je n'ai pas besoin de votre pitié ! je m'exclame d'un ton un peu trop acerbe. Ne parlons plus de l'accident. Je ne suis pas une handicapée ! Mais j'ai besoin de connaître la vérité !

Je les dévisage une à une :

162

— Si on n'a pas eu d'engueulade, alors quoi ?

— Il n'est rien arrivé, dit Fi, gênée. Voilà… on ne sort plus ensemble. On n'est plus copines.

— Mais pourquoi ? Parce que je suis votre chef ?

— Non, ça, on l'accepterait…

Elle se tait, fourre ses mains dans ses poches, évite de me regarder.

— Honnêtement, tu es devenue…

— Quoi ? j'insiste. Accouche !

— Une sale conne !

— Je dirais : une immonde garce, murmure Carolyn.

Une sorte de fluide glacial me parcourt des pieds à la tête. Moi, une immonde garce ?

— Je… je ne comprends pas, je bégaie. Je ne suis pas sympa ?

— Oh, t'es formidable ! se moque Carolyn. Tu nous décomptes nos heures de retard. Tu chronomètres nos heures de déjeuner. Tu vérifies nos notes de frais au centime près… Travailler pour toi, quel pied !

J'ai l'impression qu'elle m'a giflée !

— Mais je n'aurais… C'est pas mon genre de…

— Mais si ! me coupe Carolyn. T'es comme ça !

— Lexi, t'as voulu savoir, fait Fi en roulant des yeux, signe qu'elle est dans ses petits souliers. C'est pour ça qu'on sort plus ensemble. Tu fais ton boulot et nous on sort avec qui on veut.

— Mais je ne suis pas une garce, dis-je en tremblant. Je suis votre copine ! On s'amuse ensemble, on va danser ensemble, on s'éclate ensemble…

J'en ai les larmes aux yeux. Je les regarde toutes les trois et je ne les reconnais plus tout à fait. Et j'ai l'horrible impression qu'elles ne me reconnaissent pas non plus. *C'est moi ! Lexi ! Ratichiotte ! Vous vous souvenez ?*

Fi et Carolyn se regardent fixement.

— Écoute, dit Fi d'un ton plus gentil, tu es notre chef. On t'obéit. Mais on déjeune pas ensemble. Et on sort pas ensemble. Enfin, si tu veux déjeuner avec nous aujourd'hui…

— Non, merci bien.

Les jambes flageolantes, je fais demi-tour et m'éloigne.

10

Quel choc atroce ! Je suis transie de douleur, de désespoir. En rentrant, je réussis pourtant à discuter avec Gianna des préparatifs pour le dîner que nous donnons ce soir et à écouter au téléphone les dernières passes d'armes entre maman et le conseil municipal. C'est la fin de l'après-midi. Je marine dans ma baignoire. Mais, dans ma tête, la tempête ne s'est pas calmée.

Je suis une immonde garce. Mes copines me haïssent. Que m'est-il arrivé ?

En entendant pour la énième fois la voix cinglante de Carolyn, je frissonne. Bon Dieu, qu'est-ce que j'ai bien pu lui faire ? En tout cas, elle ne me le pardonne pas.

Comment ai-je pu devenir un tel monstre en trois ans ? Et pourquoi ?

Je sors de mon bain tiédasse et me sèche vigoureusement, histoire de me redonner du courage. Ce qu'elles m'ont sorti m'obsède. Il est déjà six heures et dans une heure je vais devoir jouer les maîtresses de maison parfaites.

Au moins, je n'ai pas à faire la tambouille. À la maison, j'ai trouvé Gianna flanquée de sa nièce reprenant en chœur un opéra que la stéréo diffusait. Le frigo débordait de sushis et d'amuse-gueules et un superbe rôti de bœuf attendait de passer au four. Quand j'ai fait mine de préparer des tartines aillées elles m'ont virée de la cuisine. J'ai donc été me réfugier dans ma baignoire.

Je me drape dans une serviette éponge et traverse ma chambre pour aller choisir une tenue pour la soirée. Waouh ! Je comprends pourquoi les riches sont si maigres : à force de faire du footing dans leurs immenses baraques. À Balham, de mon lit je pouvais atteindre mon placard, la télé et le grille-pain.

Je sélectionne une petite robe noire, des sous-vêtements noirs et de minuscules escarpins en satin noir. Dans ma garde-robe 2007, il n'y a pas de grande taille. Ni de survêt douillet. Ni de grosses godasses. Tout est ajusté, à ma taille.

En regagnant ma chambre, je laisse tomber ma serviette.

— Bonsoir, Lexi !

— Beurk ! je m'exclame en sautant au plafond.

Le visage d'Eric s'étale sur le grand écran au pied de mon lit. Je plaque mes mains sur mes seins et me cache derrière un fauteuil.

Je suis nue. Et il peut me voir.

Mais c'est ton mari, me dis-je fiévreusement. Il t'a déjà vue comme ça, tu peux te détendre.

Impossible.

— Eric ? tu me vois ? je demande d'une voix sourde.

— Non, pas en ce moment, répond-il en riant. Il faut que tu appuies sur la touche « Caméra ».

— Bon, une seconde alors…

J'enfile un peignoir, ramasse les fringues éparpillées dans la chambre. J'ai vite appris une chose : Eric déteste les affaires qui traînent par terre. Ou sur les chaises. Et le désordre en général. Je les planque sous le duvet et balance un coussin par-dessus. Je lisse le tout.

— Prête !

Je me rapproche de l'écran et branche la caméra.

— Recule-toi ! Voilà, maintenant je peux te voir ! J'ai encore une réunion et je rentre ensuite. Tout est paré pour le dîner ?

— Je crois.

— Parfait.

Sa bouche qui occupe un quart de l'écran se fend d'un sourire.

— Et au bureau, ça s'est bien passé ?

— Le rêve ! J'ai vu Simon Johnson, les gens de mon département, mes copines…

Je ne finis pas ma phrase. J'ai trop honte. Comment les traiter encore de copines ?

— Merveilleux, dit Eric sans rien avoir écouté de ce que j'ai dit. Tu devrais te préparer. À tout de suite, trésor.

— Eric, attends ! dis-je soudain.

Eric est mon mari. Je le connais à peine, mais lui me connaît bien. Il m'aime. À lui, je peux confier mes problèmes, à lui de me rassurer.

— Vas-y !

— Aujourd'hui, Fi m'a traitée de garce. C'est vrai ?

— Bien sûr que non.

— Vraiment ? j'insiste avec un peu d'espoir au cœur. Je ne suis pas une chef immonde ?

— En aucun cas.

Eric semble si sûr de lui que je me détends. On s'expliquera plus tard. Il y a sans doute eu des malentendus, mais les choses s'arrangeront.

— Je dirais que tu es… assez coriace.

Je me fige. Ma bonne humeur s'envole. Coriace ? Je n'aime pas ce mot.

— C'est une sorte de compliment ? je demande sans trop vouloir insister. Tu veux dire que je suis quand même sympa ?

— Trésor, tu sais ce que tu veux. Tu es ambitieuse. Au bureau, tu es une femme à poigne. Tu es une chef formidable. Bon, conclut-il avec un sourire, il faut que je te quitte. À plus tard.

Quand l'écran s'éteint, je ne me sens pas plus rassurée qu'avant.

Coriace, est-ce une autre façon de dire garce ?

Quoi qu'il en soit, je dois garder le moral. Et ne pas dramatiser. Une heure plus tard, c'est fait ! J'ai mis mon nouveau collier de diamants, je me suis aspergée d'un parfum hors de prix. Et j'ai bu en cachette un verre de vin, ce qui me fait voir la vie en rose ou presque.

Bon, la perfection n'existe pas. J'ai perdu mes copines, Byron guigne mon poste, j'ignore qui est Tony Dukes. Mais ça peut s'arranger. Je vais me former, trouver un compromis avec les copines, regarder dans Google qui est Tony Dukes.

L'important ? J'ai toujours la baraka : un mari superbe, un merveilleux mariage, un appartement fabuleux. Il suffit de le voir ! Ce soir, il est encore plus resplendissant que d'habitude. La fleuriste est venue faire des bouquets de lis et de roses. On a sorti l'argenterie et les verres en cristal. Le centre de table est digne d'un mariage. Les cartons sont calligraphiés.

Eric m'a parlé d'un « petit dîner décontracté ». Dieu sait à quoi ressemble un « grand » dîner ! Une dizaine de larbins en gants blancs, je suppose.

Je fais attention en mettant mon rouge à lèvres Lancôme. Quand j'ai fini, je me regarde dans la glace. J'ai relevé mes cheveux, ma robe me va à la perfection et j'ai des diamants aux oreilles. J'ai l'air de poser pour un spot télé ! Il ne manque que le slogan qui va apparaître en bas de l'écran.

Ferrero Rocher : les meilleures choses de la vie
British Gas : restez au chaud dans votre appartement de milliardaire

Je recule et l'éclairage change automatiquement. Les lampes qui entourent le miroir s'éteignent, remplacées par une lumière d'ambiance. On dirait de la magie alors que ce n'est qu'une preuve du progrès technologique. Des capteurs ajustent l'éclairage dès qu'on bouge.

J'adore leur faire la nique en courant dans la chambre et en criant : « Vous n'êtes pas aussi fufutes que ça ! »

Bien sûr, en l'absence d'Eric.

— Trésor ! Tu es superbe !

Je sursaute en le voyant apparaître à la porte, encore habillé comme au bureau.

— Je te plais ? je demande, ravie, en tapotant mes cheveux.

— Juste une chose. Ta mallette dans l'entrée. Une bonne idée ?

Merde. Je l'ai oubliée. J'étais si préoccupée en rentrant. Il continue à sourire mais je sais qu'il n'est pas content.

— Désolée, je vais la ranger.

— Parfait, mais d'abord, goûte ça, fait-il en me tendant un verre de vin rouge. Un Château Branaire-Ducru. Nous l'avons acheté pendant notre dernier voyage en France. Dis-moi ce que tu en penses.

— Avec plaisir, dis-je, sûre de moi.

Pitié ! Que vais-je lui raconter ? Je prends une gorgée du liquide rubis, la fait tournoyer dans ma bouche tout en me creusant la cervelle pour trouver les adjectifs appropriés. Tanné. Bouqueté. Grand cru.

Que des conneries, si on y réfléchit ! Bon, je vais dire qu'il est divin, long en bouche avec un accent de fraise. Non de cassis. J'avale le vin et regarde Eric dans les yeux.

— Je dirais qu'il est di…

— Une honte, non ! Bouchonné ! Vraiment imbuvable !

— Oh, oui, tu as raison. Totalement périmé. Beurk, j'ajoute en faisant la grimace.

Je l'ai échappé belle. Je pose le verre sur une desserte et les lumières se modulent toutes seules.

— Eric, fais-je sans paraître exaspérée, serait-il possible de régler l'éclairage une fois pour toutes…

— Tout est possible, répond-il légèrement vexé, on a un choix infini. C'est mon idée du confort. Va chercher la télécommande. Tu peux choisir le réglage que tu désires selon ton humeur. Je vais m'occuper du vin.

Je passe dans le salon et m'empare de la télécommande. J'appuie sur « Éclairage » et essaie différentes combinaisons. « Journée » est trop fort. « Cinéma » est trop faible. « Relaxation », trop triste. Plus loin se trouvent « Lecture » et « Disco »…

Tiens, « Disco » existe ? Je le sélectionne et j'éclate de rire quand la pièce se met à vibrer avec des lumières multicolores. Je passe à « Laser ». Des rayons noir et blanc strient le salon et je commence à danser autour de la table basse. On se croirait en boîte ! Pourquoi Eric ne m'en a jamais parlé ? On a peut-être de la neige carbonique et une boule magique…

— Doux Jésus, Lexi, qu'est-ce que tu fabriques ? demande Eric, furieux. Tout l'appartement est en programme « Laser ». Gianna a failli se couper un doigt.

— Oh, je suis navrée.

Je tripote la télécommande et retrouve le programme « Disco ».

— Tu ne m'as jamais dit qu'on pouvait faire boîte de nuit ! C'est formidable !

— On ne l'utilise jamais, réplique Eric dont le visage est multicolore. Cherche un réglage correct !

Il tourne les talons et disparaît.

Incroyable ! On dispose de lumières disco et on ne les utilise pas ! Il faut absolument que j'invite Fi et les autres pour faire la fête. On aura du vin, de quoi grignoter, on videra le salon et on mettra le son à fond la caisse…

Soudain, je me souviens et j'ai le cœur serré. Ça n'arrivera pas dans l'immédiat. Et sans doute jamais.

Déprimée, je choisis le programme « Réception 1 » qui n'est pas trop mal. Je repose la télécommande et, plantée devant la fenêtre, regarde le trafic sous mes pieds. Impossible d'abandonner la partie, me dis-je en moi-même, les poings serrés. Ce sont mes copines.

Je vais éclaircir le mystère. Ensuite, je me ferai pardonner.

J'ai projeté de retenir les noms et les visages de nos invités en utilisant un procédé de mémorisation visuelle. Mais mon plan s'effondre quand trois potes de golf d'Eric arrivent ensemble dans des costumes identiques, avec des têtes identiques et surtout des femmes identiques. Ils ont des prénoms comme Greg et Mick et Susi et Pooky et ils se mettent à discuter d'un séjour de ski auquel nous avons tous participé.

Je sirote mon verre, souris beaucoup et quand dix invités débarquent en même temps, je ne reconnais personne sauf Rosalie. Elle fonce sur moi, me présente Clive, son mari (qui, sans avoir rien d'un monstre, ressemble juste à un brave type en costume rayé), et s'éloigne.

Au bout d'un moment, j'en ai plein les oreilles et suis sur le point de me trouver mal. Gianna sert l'apéritif et sa nièce les amuse-gueules. Tout baigne. Je raconte n'importe quoi à un mec chauve qui me parle de la guitare électrique de Mick Jagger qu'il vient d'acheter à une vente de charité et je vais me réfugier sur la terrasse.

J'ai la tête qui tourne malgré de profondes bouffées d'air pur. Le ciel devient gris-bleu à l'approche du crépuscule et les réverbères s'allument. En regardant Londres, j'ai l'impression de rêver. Cette fille en robe noire appuyée sur la balustrade d'un élégant balcon, une flûte de champagne à la main, c'est vraiment moi ?

— Trésor ! Je te cherchais !

Eric ouvre les portes-fenêtres.

— Viens ! J'étais juste en train de prendre un bol d'air frais.

— Je veux te présenter Jon, mon architecte, dit-il en entraînant un type brun vêtu d'un jean noir et d'une veste en lin anthracite.

— Bonsoir, dis-je sans faire attention à lui.

Une pause et je reprends gaiement, toute heureuse de reconnaître quelqu'un :

— Mais on s'est déjà vus ! Vous êtes le type de la voiture.

Ce Jon semble faire grise mine avant d'acquiescer :

— Oui, c'est bien moi.

— Jon est notre génie créateur, intervient Eric en lui donnant une tape dans le dos. Il est bourré de talent. J'ai peut-être la bosse des finances mais c'est lui qui *apporte* au monde… les privilèges du luxe.

— Formidable ! dis-je en prenant un ton enthousiaste.

Je sais que c'est le métier d'Eric mais cette expression « les privilèges du luxe » commence à me pomper l'air.

— Encore merci pour l'autre fois, dis-je poliment. Vous m'avez sauvé la vie.

Je me tourne vers Eric.

— Je ne te l'ai pas dit, chéri, mais l'autre jour, quand j'ai essayé de conduire, j'ai failli percuter un mur. Jon m'a sauvé la mise.

— Oh, ce n'était rien, réplique Jon en buvant une gorgée de champagne. Alors, ta mémoire n'est toujours pas revenue ?

— Non.

— Ça doit faire bizarre.

— Je... je commence à m'habituer. Eric m'aide beaucoup. Il a concocté un petit livre qui m'est très utile. Une sorte de manuel conjugal. Avec différents chapitres.

— Un manuel ? s'étonne Jon. C'est une blague, non ?

— Pas du tout !

— Ah, Graham est arrivé, intervient Eric qui ne prête pas attention à notre conversation. Veuillez m'excuser, je dois lui dire un mot...

Il s'éloigne, me laissant seule avec cet architecte.

J'avoue que Jon est un drôle de type. Je le connais à peine mais il me prend la tête.

— Ça vous dérange, ce manuel ? je demande sans le vouloir.

— Pas du tout, dit-il en secouant la tête d'un air grave. C'est sûrement très utile. Sans lui, j'imagine que vous ne sauriez pas à quel moment vous embrasser !

— Absolument. Eric a écrit tout un chapitre sur...

Je n'achève pas ma phrase, voyant Jon se retenir pour ne pas éclater de rire. Il trouve ça *amusant* ?

— Le manuel traite de tas de sujets, je reprends d'un ton glacial. Il nous aide beaucoup. Vous savez, ce n'est pas facile non plus pour Eric d'avoir une femme qui ne se souvient pas de lui. Ou bien ça vous dépasse ?

Silence. Jon n'a plus envie de rire.

— Crois-moi, je comprends très bien.

Il vide son verre et regarde au fond. Puis il relève la tête, semble prêt à dire quelque chose mais change d'avis quand la porte de la terrasse s'ouvre.

— Lexi ! crie Rosalie en vacillant vers nous. Ces amuse-gueules sont divins !

— Merci, dis-je, gênée d'être félicitée alors que je n'y suis pour rien. Je n'ai encore rien avalé. Ils sont bons ?

Rosalie semble perplexe.

— Mais chééérie, je n'en sais rien. Ils ont l'air divin. Et Eric a annoncé que le dîner allait être servi.

— Mon Dieu, dis-je, je le laisse s'occuper de tout. Il vaut mieux rentrer. Vous vous connaissez tous les deux ?

— Bien sûr, fait Jon.

— Jon et moi sommes de vieux amis, ajoute Rosalie d'une voix charmeuse. N'est-ce pas, mon chéri ?

— À tout à l'heure, dit-il avec un hochement de tête avant de disparaître.

— Quel horrible type, commente Rosalie en faisant la grimace.

— Pourtant, Eric l'aime beaucoup.

— Je sais, mais Clive trouve qu'il a la grosse tête. C'est un visionnaire qui a décroché des tas de prix, blabla-bla… Mais je n'ai jamais vu un homme aussi mal élevé. L'année dernière, quand je lui ai demandé de contribuer à mon œuvre de charité, il a refusé. Pire, il a éclaté de rire.

— Mais c'est affreux ! je m'exclame, choquée. C'était pour quel genre d'œuvre ?

— Une Pomme par Jour, répond-elle fièrement. C'était mon idée. Une fois par an, on offrirait une pomme à tous les écoliers du quartier. Un fruit plein de vitamines ! Une idée aussi simple que brillante, non ?

— Euh… oui. Et alors, le résultat ?

— Au début, on a eu un succès fou. On a distribué des milliers de pommes, on a fait imprimer des tee-shirts, on avait une camionnette avec notre logo.

175

C'était vraiment amusant ! Et puis la mairie s'est mise à nous envoyer des lettres idiotes pour se plaindre que les pommes abandonnées sur les trottoirs attiraient les rats.

— Ma pauvre !

Je me mords la lèvre pour ne pas hurler de rire.

— C'est le problème avec les œuvres de bienfaisance, reprend Rosalie en baissant la voix. Les autorités locales refusent de nous aider.

Je m'arrête à l'entrée du salon. Vingt inconnus rient, bavardent, se congratulent ! Les bijoux étincellent, les hommes s'esclaffent.

— Ne t'en fais pas, dit Rosalie en me prenant le bras. Eric et moi avons un plan. Tous les invités vont se lever et se présenter.

Elle fronce les sourcils.

— Chééérie, tu as l'air perdu !

— Mais non, je t'assure !

En fait, je suis complètement paumée. En gagnant ma place autour de l'immense table, et en souriant aux invités qui me saluent, j'ai l'impression d'être dans un rêve. Ces gens sont donc mes amis ? Ils me connaissent alors que, moi, je les vois pour la première fois !

— Dis-moi, Lexi, je peux te dire un mot ? demande une brune en me tirant par la manche. On ne s'est pas quittées les 15 et 21, d'accord ?

— Vraiment ?

— Oui, si Christian te pose la question. C'est mon mari.

Elle me désigne du menton le chauve, celui à la guitare de Mick Jagger.

— D'accord, dis-je en comprenant enfin. Nous étions donc ensemble.

— Absolument !

Elle me serre la main et va s'asseoir.

— Chers amis, attaque Eric en se levant au bout de la table ; tout le monde se tait. Bienvenue à tous. Lexi et moi sommes ravis de vous avoir ici.

Tous les regards se tournent vers moi et je souris, mal à l'aise.

— Comme vous le savez, Lexi souffre des suites de son accident, ce qui signifie que sa mémoire est vacillante.

Un type assis en face de moi se met à rire, stoppé net par un coup de coude de sa femme.

— Je vous demande donc, poursuit Eric, de vous lever, de vous présenter et de raconter une anecdote qui pourrait vous lier à Lexi.

— La Faculté pense que ça pourrait l'aider ? demande un type à la mine sympa assis près de moi.

— Personne ne le sait, mais il faut tout essayer. Qui… veut commencer ?

— Moi ! Je me lance ! fait Rosalie qui bondit sur ses pieds. Je m'appelle Rosalie et, comme tu le sais, je suis ta meilleure amie. Un jour, on s'est fait épiler et la fille s'est emballée et…

Elle se met à ricaner puis continue :

— Ta tête…

— Qu'est-ce qui s'est passé ? demande une femme en noir.

— Je refuse de le dire en public ! Mais, croyez-moi, ça valait son pesant de cire.

Elle se rassied en souriant à la ronde.

— Bien, fait Eric quelque peu étonné. Au suivant… Charlie ?

— Je m'appelle Charlie Mancroft.

177

Un type à la voix bourrue se lève et me fait un signe de tête.

— C'était inoubliable ! On était à Wentworth pour un week-end clients. Montgomerie a fait un *birdie* au 18. Un coup magistral !

Il guette ma réaction.

— Bien sûr !

En vérité, de quoi il parle ce type ? De golf ? De billard ?

Il se rassied et sa voisine, une fille très mince, se lève.

— Bonsoir, Lexi, dit-elle en me faisant un petit signe de la main. Je suis Natalie. Pour moi, le fait le plus marquant a eu lieu au cours de ton mariage.

— Vraiment ! je m'exclame à la fois surprise et touchée.

— Quelle journée merveilleuse ! Tu étais ravissante et je me suis dit : « Je veux lui ressembler le jour de mon mariage à moi. » Je pensais que Mathew se déciderait ce jour-là… mais non.

— Bon sang, Natalie, s'exclame un type de l'autre côté de la table, tu ne vas pas remettre ça !

— Non ! Tout va bien ! On est fiancés maintenant ! Il lui a fallu trois ans ! ajoute-t-elle en me montrant son diamant. J'ai commandé ta robe, la même Vera Wang, en blanc…

— Bien joué, Natalie, l'interrompt Eric. Continuons. Jon ? C'est ton tour.

Celui-ci se lève.

— Bonsoir, fait-il sèchement. Je m'appelle Jon. On s'est vus sur la terrasse.

Il se tait.

— Allons, Jon, intervient Eric. Tu n'as pas un souvenir inoubliable qui concerne Lexi ?

Jon me dévisage longuement de ses yeux gris intenses et je me demande ce qu'il va sortir. Il se gratte le cou, avale une gorgée de vin et semble réfléchir intensément. Enfin il sort :

— Je ne vois rien.

— Rien ? dis-je, un peu vexée.

— N'importe quoi ! insiste Eric. Vous avez bien dû passer un moment ensemble…

Jon devient le point de mire du dîner. Il fronce les sourcils, hausse les épaules, embarrassé.

— Je ne me rappelle rien, rien que je pourrais décrire.

— Il doit bien exister un truc, s'exclame une fille énervée. C'est important !

— J'en doute, dit Jon avec un petit sourire.

— Bon, passons au suivant, fait Eric avec une pointe d'exaspération.

Quand les derniers convives racontent leurs petites anecdotes, j'ai déjà oublié ce qu'ont dit les premiers. Mais c'est un début, sans doute ! Gianna et son assistante passent un carpaccio de thon, une salade de roquette et des poires cuites. Je bavarde avec Ralph des clauses de son divorce. Puis Gianna débarrasse les assiettes et propose du café.

— Je vais le faire, dis-je en bondissant. Vous avez assez travaillé, Gianna, reposez-vous un peu !

Au cours du dîner, la voir passer des plats qui pesaient une tonne m'a mise vraiment mal à l'aise. Personne ne semblait faire attention à elle. Et, à un moment donné, Charlie lui a crié dessus en lui demandant de l'eau ! C'était d'un grossier !

— Lexi ! intervient Eric. C'est superflu.

— Mais, si, je le souhaite. Gianna, allez vous asseoir. Mangez un peu de gâteau. Je peux facilement m'occuper du café. Vraiment, j'insiste.

Gianna semble perdue.

— Je vais aller préparer votre chambre, dit-elle avant de se diriger vers ma chambre, suivie de sa nièce.

Ce n'est pas exactement ce que j'appelle se reposer. Enfin…

— Bon, dis-je en gratifiant nos invités d'un grand sourire, qui veut du café ? Levez la main… Et qui préfère du thé à la menthe ?

— Je vais t'aider, propose Jon en repoussant sa chaise.

— Oh ! Merci… si vous voulez !

Dans la cuisine, je remplis la bouilloire électrique et la branche. Puis j'ouvre les placards à la recherche des tasses. Y aurait-il un service spécial-dîner chic ? Je me plonge dans le *Manuel* mais le sujet n'est pas mentionné.

Pendant ce temps-là, Jon arpente la cuisine, perdu dans de sombres pensées. Il n'est d'aucune utilité.

— Ça va ? je demande enfin, exaspérée. Vous ne sauriez pas par hasard où est caché le service à café ?

Il ne semble pas avoir entendu.

— Hou-hou, dis-je en agitant la main, je croyais que vous veniez m'aider ?

Il s'arrête de déambuler et me regarde d'une drôle de façon.

— Je ne sais pas comment te le dire, alors je vais y aller carrément.

Il respire à fond, semble changer d'avis, s'approche de moi, étudie mon visage.

— Tu ne te souviens vraiment pas ? Tu ne t'amuses pas à un petit jeu avec moi ?

— Me rappeler quoi ? fais-je, totalement perdue.

— Bon, bon.

Il fait demi-tour, reprend sa marche de long en large, se passe les mains dans les cheveux. Finalement, il se plante devant moi, tout ébouriffé.

— Voilà. Je t'aime !

— Quoi ?

— Et tu m'aimes ! continue-t-il sans me laisser le temps de placer un mot. Nous sommes amants !

— Chééérie !

La porte s'ouvre avec fracas et Rosalie apparaît.

— Encore deux thés à la menthe et un déca pour Clive !

— C'est parti ! j'arrive à articuler.

Rosalie disparaît et la porte se referme. Nous nous taisons. Il y a de l'électricité dans l'air. Je ne peux ni bouger ni parler. Je n'arrête pas de fixer le *Manuel* comme si une explication allait en jaillir.

Jon suit mon regard.

— Ça m'étonnerait que je sois dans le bouquin !

Bon, il faut que je reprenne mes esprits.

— Je... ne comprends pas. Vous dites qu'on est amants ? On a une liaison ?

— Elle dure même depuis huit mois, insiste-t-il en me regardant droit dans les yeux. Tu as l'intention de quitter Eric pour moi.

Sans le vouloir, j'éclate de rire. Je mets vite ma main devant ma bouche.

— Excusez-moi, je ne voulais vous sembler gros-sière mais... quitter Eric ? Pour *vous* ?

La porte s'ouvre sans laisser à Jon le temps de répondre.

181

— Ah ! Lexi, dit un type rougeaud, je peux prendre de l'eau minérale ?

— Tenez !

Je lui fourre deux bouteilles dans les mains et il s'en va. Jon enfonce ses mains dans ses poches :

— Tu étais sur le point de dire à Eric que tu ne le supportais plus, se hâte-t-il de poursuivre. Tu le quittais, nous avions fait des plans… Et puis tu as eu ton accident, achève-t-il en soupirant.

À voir sa tête, je comprends qu'il ne rigole pas. Il n'a pas l'air d'inventer.

— Mais… c'est ridicule !

Jon semble K.-O.

— Ridicule ?

— Oui ! Je suis une femme fidèle. De plus, on est un couple heureux, mon mari est formidable, je suis heureuse…

— Mais non, intervient Jon, tu n'es pas heureuse avec Eric. Crois-moi !

— Bien sûr que si ! j'insiste, tout étonnée. Il est merveilleux. Parfait.

— Parfait ?

Jon est sur le point d'ajouter quelque chose mais il se contente de dire :

— Non, il n'est pas parfait.

— En tout cas, il n'en est pas loin, je rétorque, légèrement ébranlée.

Ce mec interrompt mon dîner pour me dire qu'on couche ensemble. Non mais, il se prend pour qui ?

— Écoutez, Jon… Je ne vous crois pas. Impossible que j'aie eu une liaison, vu ? J'ai un mariage de rêve. J'ai une vie de rêve !

— Une vie de rêve ? répète Jon en se massant le front comme pour mieux réfléchir. Tu le penses vraiment ?

Ce mec commence à me courir.

— Bien sûr ! Regardez cette cuisine ! Regardez Eric. Tout ça est fantastique. Pourquoi j'abandonnerais tout pour…

Je me tais en entendant la porte s'ouvrir.

— Trésor, fait Eric en restant sur le seuil, où en sont les cafés ?

— Ils arrivent. Excuse-moi !

Je me retourne pour lui cacher mes joues en feu et m'agite avec la cafetière. Si seulement ce mec s'en allait !

— Eric, je suis désolé mais il faut que je parte, dit Jon comme s'il avait lu dans mes pensées. Merci pour cette superbe soirée.

— Merci, Jon, fait Eric en lui donnant une tape dans le dos. Appelons-nous demain pour mettre au point notre prochaine réunion.

— D'accord. Au revoir, Lexi. Ravi d'avoir renoué avec toi.

— Au revoir, Jon, dis-je en me forçant à sourire telle une bonne maîtresse de maison. Ravie de vous avoir vu.

Il se penche et m'embrasse légèrement sur la joue.

— Tu ne sais rien de ta vie, me murmure-t-il à l'oreille.

Puis il sort sans se retourner.

11

C'est une histoire de fou !

Le jour filtre à travers les stores, je suis réveillée depuis un bout de temps, mais reste couchée. Je contemple le plafond en respirant doucement. Peut-être qu'en demeurant allongée, sans bouger, la tempête qui fait rage dans ma tête se calmera-t-elle et que tout rentrera dans l'ordre.

Mais ça ne marche pas.

Repenser à ce qui s'est passé hier me donne le tournis. Résumons : alors que je commençais à m'habituer à ma nouvelle vie, alors que les éléments se mettaient en place, voilà que soudain tout part en quenouille. Fi me traite d'immonde garce. Un mec m'assure que je couche avec lui. Quelle va être la prochaine révélation ? Que je suis un agent du FBI ?

Vraiment, c'est une histoire à dormir debout. Franchement, pourquoi je tromperais Eric ? Il est beau, attentionné, millionnaire et il sait piloter un hors-bord. Alors que Jon est du genre débraillé. Et sacrément susceptible.

En plus, il a le culot de prétendre que « je ne sais rien de ma vie » ! Alors que j'en connais un bout. Je connais l'adresse de mon coiffeur, la forme de mon gâteau de mariage, la cadence hebdomadaire de mes parties de jambes en l'air avec Eric... Tout ça est dans le *Manuel*.

Quel grossier personnage ! On n'entre pas chez les gens pour annoncer : « On a une liaison », en pleine soirée mondaine. On attend un autre moment. Ou alors on envoie un mot.

Non, on n'écrit pas. On...

Et puis la barbe ! J'arrête d'y penser.

Je me redresse, déclenche l'ouverture des stores et me passe les doigts dans les cheveux. Dieu qu'ils sont emmêlés ! L'écran est éteint et la chambre plongée dans un silence de mort. Après ma chambre de Balham envahie par les courants d'air, j'ai encore du mal à m'habituer à cette boîte hermétiquement close. D'après le *Manuel*, on doit éviter d'ouvrir les fenêtres afin de ne pas perturber la climatisation.

Ce Jon est sans doute dingue. Il jette son dévolu sur les femmes amnésiques et leur assène : « Je suis ton amant. » Je n'ai aucune preuve de ce qu'il avance. *Nada*, *nichts*, *nothing* ! Il n'est mentionné nulle part, et je n'ai trouvé ni lettre, ni photo de lui.

Mais... « je te vois mal laisser traîner ce genre de choses sous le nez d'Eric », me souffle une vilaine petite voix.

Je reste immobile encore un moment, le temps de gamberger un peu. Soudain, je bondis hors de mon lit et fonce dans le dressing. J'inspecte le premier tiroir de ma coiffeuse. Mon maquillage Chanel est parfaitement aligné, grâce à l'impeccable Gianna. Le tiroir suivant contient des écharpes bien pliées. Dans le dernier se trouve un étui à bijoux et un album photos en daim. Rien d'autre.

Je le referme lentement. Même ici, dans mon sanctuaire personnel, tout est parfaitement en ordre, presque aseptisé. Où est mon petit bazar ? Où sont les lettres et les photos ? Où sont mes ceintures cloutées et mes échantillons de rouge à lèvres détachés des magazines ? Où suis-je dans tout ça ?

Je prends ma tête dans mes mains et me mordille les ongles. Eurêka ! Le tiroir de mon petit linge. Si j'avais à cacher un truc, ce serait là. Plongeant ma main parmi mes slips, je m'enfonce dans une mer soyeuse signée La Perla, mais je ne sens rien d'autre. Pareil dans le tiroir des soutiens-gorge.

— Tu cherches quelque chose ?

La voix d'Eric me fait sursauter. Je me retourne : il se tient à l'entrée et me regarde fouiller. Du coup, je rougis des pieds à la tête.

Il est au courant.

Mais non. Lexi, ne sois pas bête. Il n'y a rien à savoir.

— Bonjour, Eric, dis-je en retirant lentement ma main. Je cherchais des soutiens-gorge.

Je suis une piètre menteuse. Voilà pourquoi je suis incapable d'avoir une liaison. Car, franchement, avoir besoin de plusieurs soutiens-gorge, c'est vraiment un prétexte archinul.

— Au fait, j'ai d'autres affaires ailleurs ?

— Quel genre d'affaires ?

— Des lettres, des agendas, enfin tu vois…

— Tu as un bureau dans le studio. C'est là que tu mets tes dossiers professionnels.

— Bien sûr !

J'avais oublié le studio, ou plutôt je pensais que c'était le domaine réservé d'Eric.

— La soirée d'hier était un triomphe, fait Eric en se rapprochant de moi. Bravo ! Ça n'a pas dû être facile pour toi.

— Je me suis bien amusée, je réponds en jouant avec mon bracelet-montre. Il y avait des gens… intéressants.

— Tu n'as pas été trop submergée ?

— Un peu, dis-je avec un sourire. J'ai encore beaucoup à apprendre.

— Tu sais que tu peux me poser toutes les questions que tu veux au sujet de ta vie. Je suis là pour ça.

Je le regarde, incapable de parler.

Sais-tu par hasard si je couche avec ton architecte ?

— Bon, puisque tu me le demandes, dis-moi : nous sommes heureux ensemble ? Heureux et fidèles ?

J'ai l'impression de ne pas avoir insisté sur le mot fidèle, mais Eric réagit au quart de tour.

— Fidèle ? répète-t-il en fronçant les sourcils. Lexi, je ne t'ai jamais trompée. On s'est juré fidélité. Un serment important.

— Comme tu as raison !

— Qu'est-ce qui t'est passé par la tête ? On t'a dit quelque chose ? Un de nos invités ? Enfin, ne va pas croire…

— Non, personne ! Mais tout est si nouveau, si étrange… J'ai voulu te demander. Par simple curiosité.

Bon, notre mariage ne bat pas de l'aile ! J'en ai maintenant la confirmation.

Je referme le tiroir, en ouvre un autre au hasard et découvre trois rangées de collants parfaitement roulés. Pourtant, je ne suis toujours pas convaincue. Je devrais changer de sujet mais je n'y arrive pas.

— Tu sais, un type…

Je fronce les sourcils comme si je ne retrouvais pas son nom.

— Cet architecte…

— Jon.

— Exactement. Il a l'air plutôt sympa ?

— La crème de la crème ! Notre succès lui doit beaucoup. Personne n'a autant d'imagination que lui.

— Imagination ? dis-je avec un rayon d'espoir. N'en aurait-il pas un peu trop parfois ? Genre assez fantaisiste ?

— Non, en aucun cas. Il est mon bras droit. Tu peux lui faire une confiance aveugle.

Le téléphone sonne au moment où Eric aurait pu me demander pourquoi je m'intéressais tant à Jon. Sauvée par le gong !

Eric disparaît dans la chambre pour répondre et je referme le tiroir aux collants. Je suis sur le point d'abandonner mes recherches quand je découvre un truc nouveau. En bas du placard, un tiroir fermé par une petite serrure.

Un compartiment secret ?

Mon cœur s'emballe. Je m'agenouille lentement et compose le code que j'utilise toujours : 4591. Léger déclic et le tiroir se débloque. Je jette un coup d'œil par-dessus mon épaule pour voir si Eric est dans les parages. Rassurée, je plonge ma main au fond et ne rencontre qu'un objet dur. On dirait une poignée…

C'est un fouet !

La surprise me paralyse. Finalement, j'examine ce petit fouet aux lanières de cuir noir, tout droit sorti d'un sex-shop. Incroyable ! Les questions se bousculent dans ma tête. Est-ce que je l'utilise quand je trompe mon mari ? Suis-je devenue une autre personne ? Une fétichiste qui drague dans les bars sado-maso vêtue d'un bustier clouté...

Soudain, je sens le regard d'Eric sur moi. Il voit le fouet et lève les sourcils d'un air étonné.

— Oh ! je m'exclame paniquée, je l'ai trouvé ici. Je ne savais pas...

— Range-le, inutile que Gianna tombe dessus.

Il semble amusé.

Mon cerveau passe en *overdrive*. Eric est au courant pour le fouet ! Ce qui voudrait dire...

Pas possible.

Absolument et totalement impossible.

— Ce n'est pas dans le *Manuel*, je remarque en essayant de prendre ça à la légère.

— Je n'ai pas tout mis dans le *Manuel*, rétorque-t-il avec un regard malicieux.

Ce fouet, qu'est-ce que j'en fais ? Je fouette Eric ? Ou c'est lui qui...

Non. Je refuse d'y croire. Je le fourre dans le tiroir et le ferme d'un coup sec. J'en ai les mains moites.

— Tu as raison, commente Eric en me faisant un clin d'œil coquin, garde-le au chaud. À plus tard.

Il sort et, quelques secondes plus tard, la porte d'entrée se referme. Un petit coup de vodka serait le bienvenu.

Finalement, je me verse une tasse de café et j'avale deux biscuits que Gianna sort de sa réserve personnelle. Incroyable ce qu'ils ont pu me manquer. Ainsi que le pain. Et surtout les toasts. Je donnerais ma vie pour un toast bien moelleux, bien doré, imbibé de beurre...

Tant pis. Lexi, arrête de fantasmer sur les calories. Et cesse de penser au fouet. Après tout, c'est un tout petit modèle. Pas de quoi... fouetter un chat !

Maman vient me faire une visite à onze heures, mais, en attendant, je n'ai rien à faire. Je me rends dans le salon, m'assieds sur un des bras du canapé immaculé et ouvre un magazine. Au bout de deux minutes, je le referme. Je suis bien trop nerveuse. Comme si mon existence de rêve se fissurait quelque peu. Que penser ? Que faire ?

Je repose ma tasse de café et contemple mes ongles parfaits. J'étais une fille normale avec des cheveux crépus, des dents en bataille et un boy-friend nul. Un boulot pas terrible, des copines pour la rigolade et un petit appart douillet.

Et maintenant... Je marque un temps d'arrêt chaque fois que je me vois dans la glace. Je ne me reconnais pas. L'émission de télé... les talons hauts... mes copines qui me tournent le dos... un type qui prétend être mon amant... Qui suis-je ? Je n'y comprends plus rien.

Soudain, je pose le magazine et me dirige vers le studio. Mon bureau m'attend, bien propre et net avec ma chaise à sa place. Une petite merveille qui ne ressemble en rien à mes tables de travail précédentes. Je m'assieds et j'ouvre le premier tiroir. Il est plein de lettres bien agrafées et rangées dans des chemises en plastique. Le deuxième est rempli de relevés de banque retenus par une ficelle bleue. C'est fou ce que je suis devenue Madame Parfaite !

Je sors les relevés bancaires, tique en voyant mon salaire – trois fois ce que je gagnais auparavant. La plus grande partie de mon argent va dans un compte commun que je partage avec Eric, sauf pour une somme importante qui part chaque mois dans un compte intitulé « Unito Acc ». Il faut que je sache de quoi il retourne.

Je plonge enfin dans le tiroir du bas, le plus grand de tous, m'attendant à trouver des bouteilles de Tipex alignées en rang d'oignon ! Il ne contient que deux bouts de papier. Je reconnais mon écriture sur l'un – mais il comporte tellement d'abréviations que je ne réussis pas à le déchiffrer. Comme une sorte de code secret. L'autre, également écrit de ma main au crayon, est un fragment de lettre sur papier ministre. Je ne déchiffre que trois mots :

J'espère seulement

Je suis comme hypnotisée. Qu'est-ce que je souhaitais ?
En relisant ces mots, j'essaie de m'imaginer en train de les écrire. Quand était-ce ? Il y a six mois ? Trois semaines ? Je parlais de quoi ?
On sonne et j'arrête de gamberger. Je plie soigneusement le fragment de lettre et le glisse dans ma poche.

Maman est flanquée de trois de ses chiens. Trois whippets qui ne manquent pas d'énergie. Dans un appartement impeccable et plein de choses immaculées !
— Bonjour, maman !
Je lui retire sa veste matelassée et miteuse quand deux des chiens lui échappent et foncent vers le canapé.

— Quelle idée d'amener les chiens !

— Les pauvres chéris étaient tristes, dit-elle en frottant sa joue contre le museau de celui qui reste avec elle. En ce moment, Agnes n'est pas dans son assiette.

— Je comprends, dis-je d'une voix compatissante. Pauvre vieille Agnes. Elle aurait pu rester dans ta voiture, non ?

— Chérie, impossible de l'abandonner, réplique maman en levant les yeux au ciel telle une martyre. Tu sais, quitter la maison aujourd'hui n'était pas très pratique.

Bon Dieu ! Je savais bien que ça ne l'arrangeait pas de venir aujourd'hui. Le résultat d'un malentendu. Au téléphone, je lui ai simplement dit que je me sentais un peu seule, entourée d'inconnus. Du coup elle s'est sentie coupable et m'a promis de me rendre visite. Et on a choisi le jour.

Maintenant, c'est l'horreur ! Un des clebs a posé ses pattes sur la table basse en verre tandis que l'autre mordille un des coussins du canapé.

Si le canapé coûte dix mille livres, un coussin doit en valoir mille. Pitié !

— Maman, tu pourrais dire à ton chien de descendre du canapé ?

— Raphael ne va pas l'abîmer, réplique-t-elle.

Elle lâche Agnes qui va rejoindre Raphael et le troisième dont j'ignore le nom.

Et voilà, j'ai trois affreux clébards qui s'ébattent gaiement sur le canapé d'Eric. Je vais éviter de brancher les caméras !

— Lexi, tu as du Coca light ? demande Amy qui, mains dans les poches, est arrivée sans se presser derrière maman.

— Essaye dans la cuisine, je réponds vaguement, trop occupée à faire descendre du canapé les chiens qui font la sourde oreille.

— Venez mes chéris ! dit maman en extirpant des biscuits de la poche de son cardigan.

Comme par magie, les chiens arrêtent de mordiller les coussins. L'un s'étend à ses pieds, les deux autres se lovent contre elle, la gueule posée sur sa jupe délavée.

— Tu vois, pas de bobo !

Un des coussins n'est plus qu'une ruine, mais à quoi bon me plaindre ?

— Y a pas de Coca light, râle Amy en revenant de la cuisine, une Chupa Chups dans la bouche.

Ses jambes longues et minces serrées dans un jean blanc émergent d'une paire de bottes.

— Tu as des Sprite ?

— Peut-être… Mais tu ne devrais pas être en classe ?

— Non, rétorque-t-elle en enfonçant sa sucette dans sa bouche d'un air provocateur.

— Ah bon ! et pourquoi ?

Je regarde maman puis Amy et je sens qu'il y a de l'orage dans l'air.

Pas de réponse. Maman s'empresse d'ajuster son serre-tête comme s'il y avait le feu. Elle refuse de me regarder en face.

— Amy a quelques ennuis, répond-elle enfin. N'est-ce pas, Raphael ?

— J'ai été virée temporairement, explique Amy.

En crânant, elle se laisse tomber dans un fauteuil et balance ses pieds sur la table basse.

— Virée ? Mais pour quelle raison ?

Silence. Maman fait semblant de n'avoir rien entendu.

— Maman, pourquoi ? j'insiste.

— Amy a recommencé à jouer des tours.

— Comment ça ?

Les seuls tours dont je me souvienne sont des tours de cartes qu'Amy faisait quand elle a reçu un jeu magique pour Noël. Je la revois, pyjama en vichy rose et pantoufles à tête de lapin, devant la cheminée, nous demandant de tirer une carte. On faisait comme si on n'avait pas remarqué la carte cachée dans sa manche.

Je ressens un coup de nostalgie. Elle était tellement adorable.

— Amy, qu'est-ce que tu as inventé ?

— Que dalle ! Mais à l'école ils en ont fait tout un fromage.

Elle retire sa sucette de sa bouche et soupire d'un air exaspéré.

— J'ai seulement amené cette spirite en classe.

— Une spirite ?

— Une bonne femme que j'ai rencontrée en boîte. Je ne sais pas si elle était vraiment douée. Mais tout le monde nous a crues. J'ai fait payer dix livres aux filles et elle leur a prédit qu'elles rencontreraient un garçon le lendemain. Tout le monde était content. Il a fallu qu'un prof s'en mêle.

— Dix livres ? je répète. Je comprends que tu aies eu des ennuis.

— À la prochaine incartade, on me vire pour de bon. Et elle en est fière !

— Tu as eu d'autres ennuis ?

— Oh ! rien de rien ! Sauf que, pendant les vacances, j'ai fait une collecte pour Mme Winters,

194

notre prof de math qui était hospitalisée. J'ai raconté qu'elle allait sortir et tout le monde y est allé de sa poche. J'ai récolté cinq cents livres ! C'était supercool !

— Chérie, c'est de l'extorsion, dit maman en jouant d'une main avec son collier d'ambre et de l'autre en caressant un des chiens. Mme Winters était très fâchée.

— Mais je lui ai offert des chocolats, non ? D'ailleurs, je ne mentais pas. On peut mourir d'une liposuccion.

Je cherche à dire quelque chose mais je suis trop estomaquée. Comment mon adorable et naïve petite sœur est-elle devenue cette… ?

— J'ai besoin de baume pour les lèvres, ajoute Amy en se levant. Je peux en prendre sur ta coiffeuse ?

— Bien sûr.

Dès qu'elle est sortie, je me tourne vers maman.

— Qu'est-ce qui se passe ? Il y a longtemps qu'Amy se met dans des situations pareilles ?

— Oh… deux ans.

Maman ne me regarde pas mais parle à son chien.

— C'est une bonne petite fille, n'est-ce pas Agnès ? Seulement, elle se laisse influencer. Des filles plus âgées l'ont encouragée à voler, ce n'est vraiment pas de sa faute…

— Voler ? je m'exclame, horrifiée.

— Eh oui ! Un incident malheureux. Elle s'est approprié la veste d'une élève et a cousu son nom à l'intérieur. Mais elle s'est beaucoup excusée.

— Mais, qu'est-ce qui lui a pris ?

— Chérie, personne ne sait. Elle a mal réagi à la mort de son père et depuis… ç'a été une histoire après l'autre.

Que dire ? Tous les ados qui perdent leur père déraillent sans doute un peu.

— Au fait, j'ai quelque chose pour toi, Lexi.

Maman fouille dans son sac en tapisserie et en retire un étui de DVD sans étiquette.

— C'est le dernier message de votre père. Il a fait cet enregistrement juste avant d'être opéré, au cas où. On l'a montré à l'enterrement. Si tu ne t'en souviens pas, tu devrais le regarder.

Elle le tient entre deux doigts comme s'il sentait mauvais.

Je suis émue. Les dernières pensées de papa. J'ai toujours du mal à admettre qu'il est mort depuis plus de trois ans.

— C'est comme si je le revoyais, dis-je en prenant le disque. Incroyable qu'il ait fait cet enregistrement.

— Oh, tu connais ton père, fait maman, il a toujours voulu être la vedette.

— M'man ! T'es vache ! Normal qu'il soit la vedette de son propre enterrement.

Une fois de plus, maman fait semblant d'être sourde. Elle fait le coup chaque fois qu'on parle d'un sujet qui lui déplaît. Regard vide et changement de conversation aussi sec. Et comme d'habitude, elle se lance :

— Chérie, tu pourrais peut-être aider Amy. Tu devais lui trouver un stage dans ta boîte.

— Un stage ? Tu m'étonnes.

J'ai suffisamment de problèmes au bureau sans avoir à m'occuper en plus des histoires de mon incorrigible sœur.

— Juste pendant une ou deux semaines, insiste maman. Tu m'as dit que tu en avais parlé aux gens qu'il fallait et que tout était organisé…

— Possible, mais tout est changé. Je n'ai pas encore recommencé à travailler, je dois me mettre dans le bain…

— Tu as tellement bien réussi.

Ouais, on peut le dire. De débutante à garce immonde, en un seul bond.

Silence. On entend seulement les chiens qui s'ébattent dans la cuisine. Je préfère ne pas penser à ce qu'ils fabriquent.

— Maman, à ce sujet, j'essaye de reconstituer ma vie, et je m'y perds. Pourquoi est-ce que j'ai participé à cette émission de télé ? Pourquoi suis-je devenue exigeante et ambitieuse du jour au lendemain ?

— Je n'en ai aucune idée. Un plan de carrière, sans doute.

Elle fouille dans son sac, préoccupée.

— Mais ce n'est pas normal, j'insiste en me penchant vers elle pour retenir son attention. Faire une carrière brillante n'était pas dans mes projets, tu le sais bien. Alors, pourquoi j'ai changé ?

— Chérie, c'était il y a si longtemps, je ne m'en souviens plus… Oh la gentille fille ! Tu es la plus jolie fille du monde !

Soudain je me rends compte que maman parle à un de ses chiens. Elle ne m'écoute même pas ! Typique de sa part !

Je relève la tête : Amy s'avance, sa sucette à la bouche.

— Amy, dit maman, Lexi me disait justement que tu allais faire un stage à son bureau. Ça te plairait ?

— Peut-être ! j'interviens rapidement. Quand j'y serai retournée depuis un certain temps.

— Ouais, p'têt, concède Amy qui s'en fout.

— Il y aurait certaines règles de base à respecter. Tu ne pourras pas arnaquer mes collègues. Ou les voler.

— Je ne suis pas une voleuse ! Ce n'était qu'une malheureuse veste et je me suis trompée. On va pas en faire un fromage.

— Chérie, il n'y a pas eu que la veste. Tu oublies le maquillage.

— Tout le monde m'en veut. Dès qu'il manque un truc, on m'accuse. Je suis le bouc émissaire.

Amy est pâlotte. Je remarque d'autant plus ses yeux qui étincellent. Elle se voûte et soudain j'ai des remords. Elle a raison. Je l'ai jugée sans connaître tous les faits.

— Excuse-moi. Je suis certaine que tu n'es pas une voleuse.

— Qu'importe ! Fais comme tout le monde, accuse-moi à tort et à travers.

— Mais non.

Je m'avance vers la fenêtre où elle se tient.

— Amy, je veux te demander pardon, je sais que les choses n'ont pas été faciles depuis la mort de papa… Viens ici.

J'ouvre les bras pour qu'elle m'embrasse.

— Fiche-moi la paix ! crie-t-elle, furieuse.

— Mais Amy…

— Tire-toi !

Elle se recule d'un bond, lève les bras comme pour se protéger.

— Mais tu es ma petite sœur !

Je m'approche d'elle pour l'embrasser mais bats en retraite en me massant les côtes.

— Mais qu'est-ce qui se passe ! Tu as des bosses partout !

— Mais non !

— Mais si ! Qu'est-ce que tu as mis dans tes poches ? je demande en remarquant sa veste en jean toute boursouflée.

— Des boîtes de conserve, répond Amy sans ciller. Du thon et du maïs en grains.

— Du maïs ?

— Tu n'as pas recommencé ? s'insurge maman. Amy, qu'as-tu pris d'autres dans les affaires de Lexi ?

— Laisse tomber ! J'ai rien piqué !

Au moment où elle lève les mains, deux tubes de rouge à lèvres Chanel ainsi qu'un poudrier s'envolent de ses manches pour atterrir sur le tapis. Un spectacle peu commun.

— Ils m'appartiennent ? je demande au bout d'un moment.

— Non ! répond Amy du tac au tac mais elle rougit.

— Bien sûr que si !

— T'aurais jamais vu la différence ! T'en as des milliers !

— Allons, Amy, demande maman d'une voix sépulcrale, retourne tes poches !

Si les regards pouvaient tuer, maman serait morte. Quoi qu'il en soit, Amy étale son butin sur la table basse : deux lotions hydratantes neuves. Une bougie Jo Malone. Un maquillage complet. Du parfum Dior et son lait pour le corps.

L'œil exorbité, je la dévisage sans un mot.

— Bon, enlève ton tee-shirt, ordonne maman du ton que prendrait un douanier.

— C'est trop injuste, rouspète Amy.

Elle s'extirpe de son tee-shirt et je reste bouche bée. Elle porte une robe Armani qu'elle a piquée dans mon placard. Ainsi que cinq soutiens-gorge La Perla accrochés autour de sa taille comme les breloques d'un bracelet. Et deux sacs du soir en perles.

— Tu as pris une robe et des soutiens-gorge ! dis-je en me retenant pour ne pas rire.

— Très bien. Je vais te la rendre, ta robe !

Elle enlève tout son larcin et le jette sur la table.

— Contente ?

Elle voit mon expression.

— Ce n'est pas ma faute ! Maman ne me donne pas de fric pour acheter des fringues.

— Ne dis pas de bêtises ! s'insurge maman. Tu as des tas de vêtements.

À les entendre, ce n'est pas la première fois qu'elles ont ce genre d'engueulade

— Tout est démodé ! hurle-t-elle. Je ne vis pas comme toi dans le passé ! On est au XXIe siècle, tu sais. Regarde-toi ! Tu es pathétique !

— Amy, arrête ! dis-je pour m'interposer. Ce n'est pas la question. D'ailleurs, ces soutiens-gorge ne sont pas à ta taille.

— Je peux les revendre sur eBay ! De la marchandise de luxe, c'est du bon business.

Elle remet son tee-shirt et, s'asseyant par terre, commence à envoyer un SMS.

Je n'en crois pas mes yeux.

— Amy, il faut qu'on ait une petite conversation. Maman, aurais-tu la gentillesse d'aller nous faire du café ?

Maman est tellement troublée qu'elle semble ravie de sortir de la pièce. Quand elle a disparu dans la cuisine, je m'assieds par terre en face d'Amy. Elle est tendue et fait la gueule.

Bon. Je dois être compréhensive et pleine d'attentions. Nous avons une grande différence d'âge. Même si j'ai oublié une partie de ma vie, nous devrions avoir des liens privilégiés.

— Amy, dis-je de ma voix de gentille-grande-sœur-à-la-page, il faut que tu arrêtes de voler, d'accord ? Et que tu n'extorques pas d'argent.

— Va te faire foutre !

— Tu risques de gros ennuis. Tu seras virée de ton école.

— Va te faire foutre ! Encore et encore !

— Écoute, dis-je en essayant de rester patiente, je sais que les choses ne sont pas faciles pour toi. Tu te sens seule, juste avec maman. Mais si tu veux me parler, si tu as des ennuis, je suis là. Téléphone-moi, envoie-moi un texto ou un mail. On pourra aller prendre un café, se faire un ciné...

Amy continue à envoyer son SMS.

— Eh bien, va te faire foutre toi aussi ! j'explose.

Quelle petite conne ! Si maman croit que je vais lui trouver un stage, elle se trompe complètement !

Pendant un moment, on reste assises en chiens de faïence. Puis je prends le DVD de l'enterrement de papa et le glisse dans le lecteur. L'immense écran s'allume et le visage paternel apparaît.

J'en ai le souffle coupé. Papa est assis dans un fauteuil, vêtu d'une somptueuse robe de chambre rouge. Je ne reconnais pas la pièce – mais j'ai rarement été chez lui. Son visage est décharné, il était comme ça quand il est tombé malade. Un peu comme s'il n'avait plus que la peau sur les os. Mais ses yeux verts pétillent et il tient un cigare.

« Bonjour, dit-il d'une voix enrouée. C'est moi. Comme vous pouvez le voir. »

Son petit rire se transforme en toux qu'il soigne en tirant sur son cigare et en buvant un peu d'eau.

« Nous savons tous que l'opération a une chance sur deux de réussir. Je suis puni d'avoir malmené mon corps. J'ai donc décidé d'enregistrer ce message, au cas où… »

Suit une pause qu'il occupe à avaler quelques gorgées de ce qui semble être du whisky. Je remarque que sa main tremble quand il repose le verre sur la table. Sait-il qu'il va mourir ? La gorge serrée, je jette un coup d'œil à Amy. Elle a laissé tomber son portable et regarde l'écran avec intensité.

« Profitez de la vie. Soyez heureuses. Aimez-vous les unes les autres. Barbara, arrête de vivre avec tes satanés chiens. Ils ne sont pas humains. Ils ne te donneront jamais l'amour ou le soutien que tu recherches. Et ils ne coucheront pas avec toi. À moins que tu sois au comble du désespoir. »

Je porte ma main à ma bouche :

— Il n'a pas osé !

— Mais si, fait Amy avec un petit rire. Et Maman est sortie de la pièce.

« On ne dispose que d'une vie, mes chéries. Ne la gaspillez pas. »

Il fixe la caméra de ses yeux verts et je me rappelle soudain qu'il venait me chercher à l'école au volant de sa voiture de sport. Je le montrais du doigt en disant à tout le monde : « C'est mon père ! » Les gosses admiraient la voiture et les mères lui jetaient des regards en coin. Il était si beau dans sa veste de lin et son teint bronzé…

« Je sais que j'ai déconné de temps en temps. Je n'ai pas été le meilleur des pères. Mais, je le jure, j'ai fait de mon mieux. Haut les cœurs ! Je vous reverrai de l'autre côté ! »

Il lève son verre et boit. L'écran s'éteint.

Ni Amy ni moi ne bougeons. Trois ans qu'il est mort. Je ne lui parlerai jamais plus. Je ne lui offrirai plus de cadeau d'anniversaire. Je ne lui demanderai plus de conseil. Même, comme par le passé, pour avoir l'adresse d'un magasin de lingerie coquine. Je croise le regard d'Amy. Elle hausse vaguement les épaules.

— C'était un joli speech, fais-je en retenant mes larmes. Papa était formidable.

— Ouais, je suis d'accord.

La glace a fondu entre nous, dirait-on. Ma sœur fourrage dans son sac et en extirpe un poudrier avec « Babe » écrit en lettres de diamant. Elle sort le pinceau et d'une main experte souligne le contour de ses lèvres. C'est la première fois que je la voit se maquiller, sauf pour jouer.

Amy est sur le point de devenir adulte. Aujourd'hui, nous nous sommes engueulées, mais avant, elle était mon amie.

Et même ma confidente.

— Hé, Amy, avant l'accident, on se parlait beaucoup. En tête-à-tête. À propos de… enfin, tu vois.

Je vérifie que maman ne peut pas nous entendre.

— Un peu. Tu parles de quoi ?

— Je me demande, par curiosité, si j'ai mentionné… Jon ?

— Jon ? réfléchit Amy, le rouge à lèvres à la main. Le mec avec qui tu couchais ?

— Comment ? T'es sûre ?

203

Mon Dieu ! C'est donc vrai !

— Ouais, insiste Amy, étonnée de ma réaction. Tu m'en as parlé à la Saint-Sylvestre. T'étais en pétard.

— Qu'est-ce que je t'ai confié d'autre ? je demande le cœur battant. Raconte-moi tout ce que tu sais.

— Tu m'as tout dit, tous les détails sordides. C'était la première fois que tu couchais, il a perdu la capote et tu te gelais les fesses sur les tribunes de l'école…

— Les tribunes de l'école ? je répète en dévisageant Amy, cherchant à y voir clair. Tu veux parler de James ?

— Ouais ! fait-elle en claquant la langue. C'est lui dont je parlais. James. Le type de l'orchestre quand tu étais au lycée. Tu pensais à qui ?

Son remaquillage terminé, elle me regarde, l'air intéressé.

— Jon, c'est qui ?

— Oh, personne. Juste un type.

Vous voyez. Il n'existe aucune preuve. Si j'avais une liaison, il y aurait des traces : une note, une photo, un rendez-vous dans un agenda. Ou bien Amy serait au courant ou quelqu'un d'autre…

En tout cas, je suis mariée avec Eric et heureuse de l'être. C'est le principal.

La nuit est tombée. Maman et Amy sont parties il y a un petit moment, après une bataille rangée pour faire sortir un des whippets du balcon et un autre du jacuzzi d'Eric où il déchirait une serviette à belles dents. Me voici en voiture avec mon mari sur l'Embankment. Comme il a rendez-vous avec Ava, sa décoratrice, il m'a proposé de venir voir l'appartement témoin de son nouvel immeuble de super-luxe, « Blue 42 ».

Tous les immeubles d'Eric s'appellent Blue suivi d'un chiffre. C'est le logo de la société, un élément essentiel pour vendre des appartements hors de prix, tout comme la musique douce qui vous accueille dans le hall ou la perfection de l'argenterie sur la table de la salle à manger. Il paraît qu'Ava est géniale pour choisir le style de couteaux qui convient.

Le *Manuel conjugal* m'a renseignée sur le parcours d'Ava : quarante-huit ans, divorcée, a travaillé vingt ans à Los Angeles, a écrit des livres pratiques comme *Tout sur les pompons* ou *Bien choisir une fourchette* et a décoré la totalité des appartements témoins de mon mari.

— Au fait, dis-je à Eric, j'ai regardé mes relevés bancaires aujourd'hui. Je verse tous les mois de l'argent à un truc qui s'appelle Unito. J'ai appelé la banque et ils m'ont dit qu'il s'agissait d'un compte aux Caraïbes.

— Ouais, répond-il comme si ça ne l'intéressait pas.

Au lieu de m'expliquer, il allume la radio.

— Tu n'es pas au courant ? j'insiste en criant un peu pour me faire entendre.

— Non, fait-il en haussant les épaules. Mais ça me semble être une bonne idée d'avoir de l'argent là-bas.

— O.K.

Sa réponse ne me plaît pas. J'aimerais bien entamer une petite bagarre à ce sujet. Sans savoir pourquoi.

— Il faut que je prenne de l'essence, annonce Eric en s'arrêtant dans une station BP. J'en ai pour une minute.

— Ah ! Eric ! Peux-tu m'acheter des chips ? Au sel et au vinaigre si possible.

— Des chips ?

Il se retourne et me regarde comme si je lui avais demandé de me rapporter une dose de coke.

— Oui, des chips !

— Trésor, fait Eric, un peu perdu, tu ne manges pas de chips. C'est écrit dans le *Manuel*. Notre nutritionniste nous a recommandé un régime hautement protéiné mais faible en glucides.

— Je sais. Mais on a bien droit à une petite gâterie de temps en temps, non ? Et j'ai une folle envie de chips.

Eric ne sait plus quoi me répondre. Il se contente de marmonner :

— Les médecins m'ont averti que tu pourrais te montrer illogique et prendre des décisions bizarres ou contraires à ta nature.

— Ça n'a rien d'illogique de vouloir un paquet de chips ! je proteste. Ce n'est pas du poison !

— Trésor, je cherche à veiller sur toi. Je sais que tu as bataillé pour perdre deux tailles. On a dépensé beaucoup d'argent pour engager le meilleur coach. Si tu veux tout gâcher pour des malheureuses chips, libre à toi ! Tu les veux toujours ?

— Oui, dis-je, le défiant sans vraiment savoir ce que je veux.

Eric a l'air mécontent mais il se domine et me sourit.

— Très bien !

Il claque la portière. Un peu plus tard, il revient de la boutique, un paquet de chips à la main.

— Tiens, fait-il en le laissant tomber sur mes genoux.

— Merci, dis-je avec un sourire.

J'essaye d'ouvrir le paquet mais ma main gauche est toujours un peu engourdie et je n'y arrive pas. Finalement, je mords dans le plastique tandis que je tire dessus de ma main droite. Résultat ? Le paquet explose.

Oh, merde ! Il y a des chips partout. Sur les sièges, sur le levier de vitesse, sur Eric.

— Quelle barbe ! J'en ai aussi dans les cheveux !

— Pardon, dis-je en brossant sa veste. Je suis vraiment navrée…

L'odeur du vinaigre est omniprésente. Miam-miam ! J'adore ça.

— Il va falloir que je fasse nettoyer la voiture, gémit Eric en fronçant le nez. Et ma veste est toute graisseuse.

— Eric, je suis désolée, dis-je en époussetant ses épaules. Je paierai le pressing.

Je m'enfonce dans mon siège, prends une chips intacte et la fourre dans ma bouche.

— Tu manges cette chips dégoûtante ? s'étonne Eric au bord de l'apoplexie.

— Elle est tombée sur mes genoux.

On continue la route en se taisant. En cachette, je croque encore quelques chips, m'efforçant de ne pas faire de bruit.

— Ce n'est pas de ta faute, raisonne Eric tout haut. Tu as une bosse sur la tête. Je ne peux pas m'attendre à ce que tu sois tout à fait normale.

— Mais je me sens parfaitement normale.

— Bien sûr, dit-il en me caressant gentiment la main.

Je me raidis. D'accord, je ne suis pas entièrement rétablie. Suffisamment, pourtant, pour savoir qu'un paquet de chips ne fait pas de moi une malade mentale. J'ouvre la bouche pour le dire à Eric quand il tourne à

207

gauche. Une grille électrique s'ouvre devant nous. Eric s'arrête dans une petite cour et coupe le moteur.

— Nous y sommes, dit-il avec une certaine fierté. Regarde, notre dernier nouveau-né !

Subjuguée, j'en oublie les chips. Un immeuble tout blanc se dresse devant moi. Des balcons cintrés, une marquise, un escalier en granit noir qui mène à d'immenses portes encadrées de tubes d'argent.

— C'est toi qui l'as construit ?

— Pas de mes mains, dit Eric en riant. Viens !

Il sort, fait tomber de son pantalon les dernières miettes et je le suis, toujours émerveillée. Un portier en uniforme nous ouvre. Le foyer est en marbre clair, flanqué de piliers blancs. Un vrai palace !

— Magnifique ! Quelle splendeur !

Je passe en revue les détails raffinés, comme le plafond peint en trompe l'œil ou les appliques en verre.

— Le penthouse a son ascenseur privé.

Eric fait un petit signe de tête au portier et me conduit au fond du hall jusqu'à un ascenseur ultraluxueux.

— Il y a une piscine au sous-sol, un gymnase et une salle de cinéma réservée aux propriétaires. Quoique la plupart des appartements disposent de leur propre salle de gymnastique et de leur cinéma.

Je le regarde pour voir s'il me mène en bateau, mais il a son air sérieux. Je rêve !

— Ah, nous sommes arrivés…

Les portes de l'ascenseur glissent en silence et nous débouchons sur un vestibule circulaire aux murs couverts de miroirs. Eric appuie doucement sur un des miroirs qui pivote : c'est une porte. Elle s'ouvre et je pousse un cri de surprise.

Ce n'est pas une pièce, mais un immense espace ! Un des murs est occupé par des fenêtres qui vont du sol au plafond, un autre par une immense plaque en acier, d'où coule de l'eau en cascades.

— C'est de la vraie eau ?

— Nos clients aiment les choses originales. Amusant, non ?

Il prend une télécommande et il lui suffit d'appuyer sur une touche pour que l'eau soit baignée de lumière bleue.

— On peut choisir entre dix couleurs. Ava ?

Un instant plus tard apparaît par une porte dérobée une blonde maigrelette portant des lunettes sans monture, un pantalon gris et une chemise blanche.

— Bonsoir ! dit-elle avec un fort accent américain. Lexi, tu es debout ! Je suis au courant de tout ! Ma pauvre !

De ses deux mains, elle prend une des miennes.

— Ça va maintenant, fais-je en souriant. Il faut seulement que je reconstitue ma vie. Cet endroit est fantastique ! Toute cette eau...

— L'eau est le thème central de l'appartement, précise Eric. Nous avons suivi de près les préceptes du feng shui, n'est-ce pas, Ava ? Essentiel pour nos ultra-vertigineux revenus.

— Tes ultra-quoi ?

— Nos superfriqués, traduit Eric. Nos clients potentiels.

— Le feng shui est primordial pour les ultravertigineux, reprend Ava d'un ton de maîtresse d'école. Eric, nous venons de recevoir les poissons pour la chambre principale. Ils sont incroyables ! Ils valent trois cents livres pièce, m'explique-t-elle. On les a loués tout exprès.

Des ultra-je-ne-sais-quoi. Des poissons de location. C'est un autre monde. Incapable de parler, je me contente de regarder autour de moi et de noter : le bar incurvé, les sièges coulés dans le sol, la sculpture en verre descendant du plafond. Qu'est-ce que cet appart peut valoir ? Je préfère ne pas le savoir !

— Tiens !

Ava me tend une maquette en volume faite de papier et de petits morceaux de bois :

— Tu vas te faire une idée de l'immeuble. Note que j'ai prévu d'avoir des oreillers qui évoqueront les coquilles des balcons. La rencontre des Arts déco et de Jean Paul Gaultier.

Je me creuse les méninges pour dire quelque chose de pertinent sur cette rencontre peu commune, mais ne trouve rien.

— Comment fais-tu pour avoir de telles idées ? je demande en montrant les cascades qui ont viré à l'orange. L'eau par exemple ?

— Oh, ce n'est pas de moi, fait Ava en remuant la tête. Je m'occupe des tissus, de l'ameublement, des petits détails sensuels. Les gros trucs sont l'œuvre de Jon.

J'ai comme un coup à l'estomac.

— Jon ? je répète en penchant la tête pour montrer que ce nom ne m'évoque vraiment rien.

— Jon Blythe, intervient Eric rapidement. Tu sais bien, l'architecte. Tu l'as vu à notre dîner. En fait tu m'as posé des questions à son sujet un peu plus tôt.

— Vraiment… Je ne m'en souviens plus.

Je manipule le modèle réduit pour oublier la rougeur qui envahit mes joues.

C'est ridicule. Je me conduis comme une femme adultère.

— Jon, te voici ! crie Ava. On parlait justement de toi !

Il est là ? Je serre la maquette de l'immeuble sans m'en rendre compte. Je ne veux pas le voir. Je refuse qu'il me voie. Il faut que je trouve un prétexte pour partir...

Trop tard. Il avance en grandes enjambées, vêtu d'un jean, d'un pull bleu marine en V. Il semble plongé dans des papiers.

Bon. Du calme. Tout va bien. Tu es une épouse heureuse et rien ne prouve que tu entretiens une liaison secrète avec ce type.

— Salut Eric, Lexi !

Il me fait un signe de tête poli puis regarde mes mains.

Je baisse les yeux. Horreur ! J'ai écrasé le modèle ! Le toit est brisé et un des balcons s'est détaché.

— Lexi ! s'exclame Eric qui vient de remarquer le désastre, qu'est-ce que tu as fabriqué ?

— Jon, s'écrie Ava en écarquillant les yeux, ta maquette !

— Pas de problème ! Il ne m'a fallu qu'un mois pour l'achever.

— Un mois, je répète hébétée. Écoutez, si vous me donnez du matériel, je vais l'arranger...

Tout en parlant, j'essaie désespérément de remettre le toit en place.

— Peut-être pas un mois, dit Jon sans me quitter des yeux, mais deux bonnes heures.

— Oh ! fais-je, je suis navrée.

— Tu peux te faire pardonner ! dit Eric.

Comment ça ? Sans en avoir conscience, je glisse mon bras sous celui d'Eric. J'ai besoin d'être rassurée. J'ai besoin d'un contrepoids. J'ai besoin d'un mari solide à mes côtés.

— Jon, l'appartement est génial, dis-je en prenant le ton de l'épouse de l'homme d'affaires qui a réussi. Toutes mes félicitations.

— Merci, j'en suis assez satisfait. La mémoire te revient ?

— Non, j'ai fait peu de progrès.

— Tu ne te rappelles rien de nouveau ?

— Non. Rien.

— Quel dommage !

— Ouais.

Je m'efforce de rester naturelle mais il y a de l'électricité entre nous. Ma respiration s'accélère. Je regarde Eric, persuadée qu'il a remarqué quelque chose, mais il ne bouge pas. Il ne sent rien ? Il ne voit rien ?

— Eric, il faut qu'on parle du projet de Bayswater, dit Ava qui fouille dans son sac de cuir souple. Hier, j'ai vu le terrain et j'ai pris quelques notes…

Eric l'interrompt :

— Lexi, visite donc l'appartement pendant que je discute avec Ava. Jon va te guider.

— Mais non, je peux y arriver toute seule.

— Je serai ravi de faire le guide, dit Jon d'une voix sèche et un peu blasée. Si ça t'intéresse.

— Vraiment, inutile…

— Trésor, Jon a dessiné tout l'immeuble. C'est une occasion unique d'assimiler la philosophie de notre entreprise.

— Viens par ici, je vais te montrer le concept de base.

Impossible de m'en sortir.

— Avec plaisir, dis-je enfin.

Très bien. S'il veut parler, parlons ! Je le suis à travers « l'espace » et nous nous arrêtons près des chutes d'eau. Qui peut vivre avec un boucan pareil ?

— Alors, je demande poliment, comment vous viennent toutes ces idées ?

Au moment où Jon fronce les sourcils, je m'en veux d'avoir posé la question. Pourvu qu'il ne me sorte pas un paquet de sornettes sur son génie artistique. Je ne suis pas d'humeur pour ce genre d'âneries.

— J'essaie d'imaginer ce qu'un connard friqué aimerait et je l'inclus, répond-il.

Sous le choc, je ne peux m'empêcher de rire.

— Si j'étais un connard friqué, j'adorerais cet endroit.

— Tu vois !

Il se rapproche de moi et à voix basse me demande :

— Alors, tu ne te souviens vraiment de rien ?

— Non. De rien du tout.

— Bon. Il faut absolument qu'on discute. Prenons rendez-vous. Il y a un endroit où nous allons toujours, la Old Canal House dans Islington. Tu verras, il y a de hauts plafonds. Lexi, ajoute-t-il à haute voix, ceci est le symbole de nos réalisations.

Il s'aperçoit que j'ai changé d'expression.

— Qu'est-ce qu'il y a ?

— Vous êtes fou ? je dis à voix basse en me retournant pour vérifier qu'Eric n'est pas dans les parages. Je ne viendrai pas ! Pour votre gouverne, je n'ai rien trouvé qui montre que nous ayons une liaison. Rien de rien. Quel sens inné de l'espace, je rajoute en criant presque.

— Rien trouvé à quel sujet ? répète Jon comme s'il ne comprenait pas.

— Je… ne sais pas, moi. Une lettre d'amour.

— On ne s'est jamais écrit de lettres d'amour.

— Ou des babioles.

— On n'était pas du genre à s'offrir des babioles.

— Dans ce cas, je doute que nous ayons eu une grande histoire d'amour ! J'ai fouillé ma coiffeuse, rien ! J'ai regardé dans mon agenda, rien ! J'ai demandé à ma sœur, elle n'a jamais entendu parler de vous !

— Lexi, comment t'expliquer la situation ? Notre liaison était secrète. Ce qui veut dire que tu as gardé le secret.

— Vous n'avez donc aucune preuve ! Je le savais bien !

Je fais demi-tour et m'avance vers la cheminée, Jon me suivant comme un toutou.

— Tu veux une preuve ? murmure-t-il dans sa barbe. Comme quoi ? Comme une marque sur ta fesse gauche ?

— Je n'ai pas…

Je pivote, triomphante, quand je vois Eric qui nous observe du fond de la pièce.

— Je ne sais pas comment vous avez réussi à utiliser la lumière si parfaitement ! dis-je en faisant un petit signe à Eric qui me le rend et continue sa conversation.

— Bien sûr que tu n'as pas de marque sur la fesse, dit Jon en levant les yeux au ciel. Tu n'as aucune marque de naissance. Juste un grain de beauté sur le bras.

Ça m'en bouche un coin. Il a raison. Mais enfin, qu'est-ce que ça prouve ?

— Vous auriez pu deviner !

— Je sais, mais ce n'est pas le cas. Lexi, je n'invente rien. Nous avons une liaison. Nous nous aimons. Je te jure que c'est sérieux.

— Écoutez, dis-je en me passant les mains dans les cheveux, c'est de la… folie. Impossible que j'aie eu un amant ! Je n'ai jamais trompé personne…

— Nous avons fait l'amour à cet étage, il y a un mois, m'interrompt-il. Ici même.

Il me désigne du menton une épaisse peau de mouton blanche.

Je la regarde sans pouvoir parler.

— Tu étais au-dessus, ajoute-t-il.

— Arrêtez !

Paniquée, je m'éloigne et vais me réfugier à l'autre bout de la pièce, près d'un escalier dernier cri en Plexiglas qui mène à une mezzanine.

— Allons voir le spa, propose Jon en haussant la voix. Il devrait te plaire…

— Certainement pas, je crie sans me retourner, fichez-moi la paix !

Nous montons l'escalier et nous nous arrêtons sur un petit palier fermé par une balustrade en acier. Sous mes pieds, je vois Eric et tout Londres. Je dois l'admettre, l'appartement est à couper le souffle.

Jon hume l'air à côté de moi.

— Alors, tu as mangé des chips au sel et au vinaigre ?

— Peut-être.

Je lui jette un regard méfiant.

Jon écarquille les yeux.

— Bien joué ! Comment as-tu réussi à cacher ce méfait à ton fasciste alimentaire ?

— Il n'a rien d'un fasciste, je m'indigne. Il fait seulement attention à la nourriture.

— Un vrai Hitler ! S'il pouvait rassembler tous les différents pains et les enfermer dans un camp, il le ferait.

— Arrêtez !

— Il les passerait au four crématoire ! D'abord les petits pains. Puis les croissants.

— Arrêtez !

J'ai du mal à ne pas pouffer de rire. Je préfère lui tourner le dos.

Ce type est plus drôle que je ne pensais à première vue. Et puis, de près, il est plutôt sexy avec ses cheveux bruns ébouriffés.

Mais, après tout, il y a des tas de choses qui sont drôles et sexy. Les types de *Friends* sont drôles et sexy. Pourtant, je ne couche pas avec eux.

— Que me voulez-vous ? je demande enfin en faisant face à Jon. Qu'attendez-vous de moi ?

— Ce que je veux ?

Jon réfléchit intensément.

— Tu dois dire à ton mari que tu ne l'aimes pas, que tu le quittes pour moi et que nous commençons une nouvelle vie ensemble.

Il est sérieux, moi, j'ai envie de rire.

— Vous voulez que je vienne vivre avec vous, je répète pour que les choses soient claires. Tout de suite. Tout simplement.

— Disons dans cinq minutes, précise-t-il en regardant sa montre. J'ai encore quelques petites choses à régler.

— Vous êtes tombé sur la tête !

— Absolument pas. Je t'aime. Tu m'aimes. Tu dois me croire sur parole.

— En aucun cas ! je m'exclame, furieuse qu'il soit si sûr de lui. Je suis mariée, voyez-vous ! J'ai un mari que j'aime et à qui j'ai juré fidélité. En voici la preuve !

Je lui balance mon alliance sous le nez.

— Parfaitement, la preuve !

— Tu l'aimes ? demande Jon sans regarder la bague. Tu es vraiment amoureuse de lui ? Profondément ? ajoute-t-il, la main sur le cœur.

J'ai envie de répliquer du tac au tac : « Oui, je l'aime plus que tout » pour le faire taire une fois pour toutes. Mais, pour une raison inconnue, je suis incapable de proférer un tel mensonge.

— Je n'en suis peut-être pas là… mais ça va sûrement venir, dis-je d'un ton de défi. Eric est un type fantastique, entre nous tout marche à merveille…

— Ouais, fait Jon en hochant la tête. Tu n'as pas fait l'amour avec lui depuis l'accident, n'est-ce pas ?

Je lui jette un regard méfiant.

— Réponds ! insiste-t-il.

Ses yeux pétillent de malice.

— Je… nous… Peut-être que oui, peut-être que non ! Je n'ai pas l'habitude de discuter de ma vie sexuelle avec vous.

— Mais si ! Absolument. C'est bien le problème.

Soudain, il me saisit la main et la regarde. Puis, très lentement, il effleure la surface de la peau avec son pouce.

Je suis paralysée. Une sensation délicieuse m'envahit. J'en ai des frissons dans la nuque.

— Alors qu'en penses-tu ?

La voix d'Eric monte de l'étage inférieur et je fais un violent bond en arrière tout en arrachant ma main de celle de Jon. Je suis folle ou quoi ?

— C'est merveilleux, chéri ! je crie au-dessus de la balustrade, en forçant ma voix. Nous descendons dans deux secondes...

Je me recule pour qu'il ne puisse plus me voir et fais signe à Jon de me suivre.

— Écoutez, j'en ai assez. Laissez-moi tranquille. Je ne vous connais pas. Je ne vous aime pas. Les choses sont suffisamment difficiles comme ça. Je veux simplement continuer à vivre avec mon mari. D'accord ?

Je me dirige vers l'escalier.

— Non ! Pas d'accord ! crie Jon en me tirant par le bras. Lexi, tu n'es pas au courant de tout. Tu es malheureuse avec Eric. Il ne t'aime pas. Il ne te comprend pas...

— Bien sûr qu'Eric m'aime ! Il est resté jour et nuit à mon chevet à l'hôpital, il m'a apporté des roses beiges extraordinaires...

— Tu crois que je n'avais pas envie de rester auprès de toi nuit et jour ? J'en crevais !

— Lâchez-moi ! fais-je en essayant de me détacher de son emprise.

— Tu ne peux pas tout rejeter, supplie Jon. Je sais que c'est inscrit là... Je le sais !

— Vous vous trompez !

D'un coup sec, je réussis à me libérer.

— Il n'y a rien !

Je descends l'escalier quatre à quatre et me précipite dans les bras d'Eric.

— Salut ! dit-il en riant. Tu m'as l'air bien pressé ! Tout va bien ?

— Euh... je ne suis pas dans mon assiette. J'ai une sorte de migraine. On peut partir ?

— Bien sûr, trésor.

Il me prend par les épaules et regarde vers la mezzanine.

— Tu as dit au revoir à Jon ?

— Oui, allons-nous-en !

Tandis qu'on se dirige vers la porte, je me cramponne à la veste d'Eric et retrouve peu à peu mon calme. C'est mon mari, il est l'homme que j'aime. Simple, non ?

12

Bon. Je veux retrouver la mémoire. J'en ai marre d'être amnésique. J'en ai marre des gens qui prétendent connaître ma vie mieux que moi.

C'est ma mémoire. Elle m'appartient.

Je regarde fixement mes yeux dans le miroir de la penderie. C'est ma nouvelle habitude : je me tiens tout près de la glace afin de ne voir que mes yeux. C'est bon pour mon moral. J'ai l'impression de me voir comme avant.

— Espèce de crétine, souviens-toi ! dis-je à mon reflet d'une voix furieuse. *Souviens-toi !*

Mes yeux me renvoient mon regard comme s'ils se rappelaient tout mais refusaient de me dire quoi que ce soit.

Depuis que nous sommes revenus de l'appartement témoin, je ne fais rien d'autre que m'immerger dans mes trois dernières années. Je parcours les albums de photos, regarde les films que j'ai déjà vus, écoute les chansons que l'ancienne Lexi a repassées mille fois… Mais rien ne marche. Comme si ma mémoire était enfermée dans des placards bouclés à double tour. Et il ne suffit pas qu'ils entendent *You're Beautiful* par un certain James… Tartempion pour qu'ils s'ouvrent.

Espèce de stupide cervelle, qui commande, toi ou moi ?

Hier, je suis allée consulter Neil, le neurologue. Il a gentiment écouté mes doléances et pris des tonnes de notes. Tout ça pour me dire finalement que j'étais un cas passionnant et qu'il aimerait en faire le sujet d'une communication. Quand j'ai insisté pour savoir ce qui m'attendait, il m'a conseillé d'aller voir éventuellement un analyste.

Mais je n'ai pas besoin d'une analyse. J'ai besoin de ma mémoire. Peu à peu la buée de mon haleine recouvre le miroir. Je plaque mon front contre la glace, comme si elle contenait les réponses à mes questions, comme si, à force de concentration de ma part, elle allait les livrer…

— Lexi, je m'en vais, dit Eric en entrant dans la chambre.

Il tient à la main un DVD sans son boîtier.

— Trésor, tu l'as laissé sur le tapis. Tu crois que c'est le lieu adéquat pour un DVD ?

Je prends le disque. Il s'agit d'*Ambition EP1* que j'ai commencé à regarder l'autre jour.

— Désolée, Eric. Je ne sais pas comment il a atterri là.

C'est un vilain mensonge. En l'absence d'Eric, j'ai étalé une cinquantaine de DVD sur la moquette ainsi que des magazines, des albums de photos et des papiers de bonbons. S'il m'avait surprise, il aurait eu une crise cardiaque.

— Je t'ai commandé un taxi pour dix heures. Bon, je m'en vais.

221

— Merci ! Passe une bonne journée !

Je l'embrasse comme je le fais tous les matins. Ça commence à devenir naturel.

— Toi aussi. J'espère que tout ira bien.

— Certainement, dis-je, sûre de moi.

Je recommence à travailler à temps complet. Non pas pour reprendre la direction de mon département – je n'en suis pas encore capable. Mais pour réapprendre mon boulot et rattraper le temps perdu. Mon accident date de cinq semaines. Je ne peux plus rester enfermée chez moi. Il faut que je m'active. Je veux retrouver ma vie, mes copines.

J'ai posé sur le lit trois cadeaux pour Fi, Debs et Carolyn que je vais leur apporter. J'ai passé des heures à les choisir et j'ai adoré ça.

Tout en chantonnant, je glisse le DVD *Ambition EP1* dans le lecteur. Car je n'ai jamais vu la fin de l'émission. Ça m'aidera peut-être à retrouver l'ambiance du bureau. Je saute le début pour arriver au moment où je suis dans une limousine avec deux types en costumes foncés.

« … Lexi et son équipe n'auront pas la tâche facile ce soir », dit un homme en voix off.

Tandis que la caméra zoome sur moi, je retiens mon souffle.

« Nous allons gagner, je déclare d'une voix perçante. Même si on doit bosser jour et nuit, on va gagner. C'est bien compris ! »

J'en reste bouche bée. C'est moi cette tigresse en tailleur ? Et cette voix, c'est la mienne ?

« Comme toujours, Lexi mène son équipe d'une main de fer, continue la voix off. Mais le Cobra est-il allé trop loin cette fois-ci ? »

Je ne comprends rien à ce qu'il raconte. Quel cobra ?

Maintenant, un des types de la limousine est assis à son bureau. Il fait nuit comme on peut le voir par la fenêtre.

« Elle n'est pas humaine, murmure-t-il. Nos vacheries de journées n'ont que vingt-quatre heures. On fait le max, mais elle s'en fout, cette garce ! »

Tandis qu'il parle, on me voit parcourir un entrepôt. Je suis atterrée. Il parle de moi ? La caméra nous filme en train de nous quereller en pleine rue de Londres. Il tente de se défendre mais je ne lui laisse pas placer un mot !

« T'es viré ! je hurle, le visage crispé. T'es viré de mon équipe ! »

« Le Cobra a encore frappé, reprend la voix off. Revoyons cette scène ! »

Minute ! Veut-il insinuer que je serais… le cobra ?

Une musique dramatique accompagne le gros plan de mon visage.

« T'es ffffiré ! je siffle. T'es fffiré de mon équipe ! »

Je suis horrifiée. Qu'est-ce qu'ils ont fabriqué, merde ? Ils ont trafiqué ma voix pour que je ressemble à un serpent.

« Lexi a craché son venin cette semaine, reprend la voix off. Mais passons à une autre équipe… »

Un autre groupe emplit l'écran et se met à négocier un contrat. Encore sous le choc, je n'arrive pas à me lever.

Pourquoi ? Comment ?

Pourquoi personne ne m'a rien dit ? Pourquoi ne m'a-t-on pas prévenue ? Comme une automate, je compose le numéro d'Eric.

— Oui, trésor ?

— Eric, je viens de regarder le DVD de mon émission de télé. Ils m'ont traitée de cobra ! Je me suis conduite comme une garce ! Tu aurais pu m'en parler !

— Trésor, tu étais fantastique, dit-il pour me calmer. Tu as vraiment crevé l'écran.

— Mais ils m'ont donné un nom de serpent !

— Et alors ?

— Mais je refuse d'être un serpent ! je crie, hystérique. Tout le monde déteste les serpents. Je serais plutôt comme un… écureuil. Ou un koala.

Les koalas sont gentils et ressemblent à des peluches.

— Un koala ? répète Eric en riant. Trésor, tu es un cobra. Tu attends ton heure pour attaquer. C'est ce qui fait de toi une formidable femme d'affaires.

— Mais je ne veux pas…

Je m'interromps en entendant la sonnerie de l'interphone.

— Mon taxi est là, je dois partir.

Je regagne ma chambre, prends les trois cadeaux dans leurs emballages dorés tout en essayant de retrouver ma bonne humeur et mon optimisme. Mais ma belle confiance en moi s'est envolée.

Je suis venimeuse. Normal qu'on me déteste.

En route vers Victoria Palace Road, assise bien droite au fond du taxi, je m'adresse un petit discours d'encouragement. D'abord, ils savent tous que l'émission de télé était truquée. Personne ne croit que je suis un serpent. De plus, l'émission a eu lieu il y a longtemps et elle est oubliée…

Misère ! Ce discours est totalement bidon, je le sais. C'est bien ça le problème.

Le chauffeur me dépose devant l'immeuble. Je respire à fond, ajuste la veste de mon tailleur beige Armani. Puis, je monte au troisième dans un état de grande agitation. En sortant de l'ascenseur, je tombe sur Fi, Carolyn et Debs qui se tiennent autour de la machine à café. Fi fait de grands moulinets en montrant ses cheveux tout en parlant à Carolyn. Mais dès que j'apparais, la conversation stoppe net, comme si j'avais débranché une radio.

— Salut les filles ! dis-je avec mon sourire le plus séduisant. Je suis de retour !

— Bonjour, Lexi…

Elles grognent un vague salut et Fi hausse les épaules. Bon, c'est loin d'être un sourire mais au moins elle a réagi.

— T'es superbe, Fi. Ton top te va à merveille, dis-je en montrant son chemisier crème. Toi aussi, Debs, t'as l'air extra. Et Carolyn, ta coiffure est vraiment cool, relevée comme ça… et tes bottes sont fantastiques.

— Celles-là ? fait Carolyn. Je les ai depuis des siècles !

— Eh bien, elles sont encore… dans le coup.

Les nerfs en pelote, je bredouille des âneries. Normal qu'elles soient glaciales. Fi a croisé les bras et Debs est prête à éclater de rire.

— Bon, en tout cas, dis-je plus posément, je vous ai apporté un petit quelque chose. Fi, c'est pour toi, et Debs…

Mes cadeaux me semblent soudain vulgaires.

— En quel honneur ? demande Debs tout à trac.

— Oh, tu sais… Juste pour…, dis-je en bégayant. Vous êtes mes copines et… Allez, ouvrez-les !

Hésitantes, échangeant des regards gênés, elles déchirent les emballages.

— Gucci ? s'exclame Fi en découvrant un écrin vert. Lexi, je ne peux pas accepter…

Elle se tait et ouvre l'écrin d'une montre en or.

— Tu te souviens ? je m'empresse de dire, on l'admirait dans la vitrine. Tous les week-ends. Voilà, maintenant, tu en as une !

— En fait, soupire Fi mal à l'aise, je l'ai achetée il y a deux ans.

Elle remonte sa manche et me fait voir la même. Juste un peu moins brillante et un peu plus vieille.

— Oh ! fais-je, navrée, tant pis. Je peux la rapporter et l'échanger, nous trouverons autre chose…

— Lexi, je ne peux pas l'utiliser, dit Carolyn en me rendant le parfum et le sac en cuir qui va avec. L'odeur me fait gerber.

— Mais c'est ton favori…

— Avant ! Avant d'être enceinte.

— Tu es enceinte ? Mon Dieu, Carolyn, toutes mes félicitations ! C'est merveilleux ! Je suis tellement heureuse pour vous. Matt sera le meilleur papa…

— Ce n'est pas l'enfant de Matt, fait-elle sèchement.

— Vraiment ? dis-je bêtement. Vous avez donc rompu ?

Impossible ! Tout le monde pensait que Carolyn et Matt étaient liés à jamais.

— Je ne veux pas en parler, murmure-t-elle, compris ?

Horrifiée, je m'aperçois qu'elle est au bord des larmes.

— Bon, salut !

Elle me balance le paquet, papier et ruban inclus, et fonce vers son bureau.

— Bravo, Lexi, ironise Fi. Tu as mis les pieds dans le plat. Juste au moment où on espérait qu'elle l'avait oublié, son Matt.

— Je n'étais pas au courant ! Mille excuses…, fais-je en rougissant. Debs, ouvre ton cadeau !

Je lui ai acheté une petite croix sertie de diamants. Pour une dingue de bijoux comme elle, c'est parfait, non ?

Sans un mot, Debs déballe son paquet.

— C'est un peu extravagant, dis-je nerveusement, mais je voulais t'offrir quelque chose qui sorte de l'ordinaire…

— Mais c'est un crucifix ! s'exclame Debs alors qu'elle me rend l'écrin et fronce le nez comme si celui-ci sentait le rance. Je ne peux pas le porter ! Je suis juive !

— Tu es juive ? Depuis quand ?

— Depuis mes fiançailles avec Jacob, répond-elle comme si c'était l'évidence même. Je suis juive ou tout comme.

— Waouh ! Tu es fiancée !

Je découvre enfin sa bague en platine surmontée d'un diamant. Debs en porte tellement que je ne l'avais pas remarqué.

— Le mariage est pour quand ? je demande tout excitée. Où ça ?

— Le mois prochain, fait-elle en détournant la tête. Dans le Wiltshire.

— Le mois prochain ! Mon Dieu ! Mais je n'ai pas…

Je me tais, rouge comme un coq. J'allais dire :
« Mais je n'ai pas reçu d'invitation. »

Et pour cause : je n'ai pas été invitée.

— Je veux dire… toutes mes félicitations, dis-je en
m'efforçant de sourire. Et ne vous en faites pas, je peux
rendre la croix… la montre… et le parfum.

Je commence à tout remettre dans le sac
d'emballage.

— Ouais, dit Fi d'une voix sourde. À plus tard !

— Au revoir, fait Debs sans me regarder.

Elles retournent dans leur service. J'ai tellement
envie de pleurer que j'ai le menton qui tremble.

Du beau travail, Lexi ! Tu n'as pas récupéré tes
copines. Au contraire, tu t'es enfoncée encore plus.

— Un cadeau pour moi ? Quelle gentille attention !

Je pivote sur mes talons en entendant la voix sarcastique de Byron qui avance dans le couloir, une tasse de
café à la main.

Ce mec me donne la chair de poule. C'est lui le
serpent !

— Salut Byron, fais-je sèchement. Quel plaisir de te
voir.

Je rassemble mes forces, relève le menton, arrange
une mèche. Tout pour ne pas m'effondrer.

— Tu es courageuse de revenir, dit-il. Vraiment
admirable.

— Pas vraiment. J'en avais très envie.

— Bien, si tu as des questions, tu sais où me trouver.
Mais je vais passer la majeure partie de la journée avec
James Garrison. Tu te souviens de lui ?

Quel abruti ! Quelle vermine ! Pourquoi choisit-il
toujours des gens dont je n'ai jamais entendu parler ?

— Rafraîchis-moi donc la mémoire, je demande à contrecœur.

— Il est à la direction de Southeys, notre distributeur. Ils couvrent tout le pays avec leurs camions. Pour les moquettes, les revêtements de sol, bref les trucs qu'on vend, tu vois.

Tout ça d'un ton poli mais accompagné d'un sourire narquois.

— Oui, vu ! Merci. Pourquoi as-tu rendez-vous avec eux ?

— Écoute, fait-il après un instant, ils sont complètement désorganisés. Or nous sommes dans une période cruciale. S'ils ne peuvent pas améliorer leur système, il faudra qu'on cherche ailleurs.

— Très bien, dis-je d'un ton supérieur. Tiens-moi au courant.

J'ouvre la porte de mon bureau.

— À plus tard.

Je balance mes cadeaux sur le canapé, ouvre le grand classeur métallique et en extirpe une pile de dossiers. Avec énergie, j'ouvre la première chemise qui contient les comptes-rendus des réunions département par département.

Trois ans ! J'ai trois ans à rattraper ! Facile de chez facile !

Vingt minutes plus tard, j'ai la tête dans un étau. Depuis des mois, je n'ai rien lu de sérieux ou de technique et je pédale dans la semoule. Des contrats à renouveler. Des évaluations de rentabilité. J'ai l'impression d'être revenue sur un banc d'école avec six matières à ingurgiter en même temps.

J'ai commencé une liste de questions à poser qui remplit déjà deux grandes feuilles de papier.

— Ça boume ? demande Byron en entrant sur la pointe des pieds.

On ne lui pas appris à frapper ?

— Très bien, dis-je sur la défensive. Seulement une ou deux petites questions…

— Je t'écoute.

— Bon, d'abord que veut dire QAS ?

— Notre nouveau système comptable informatisé. Tout le personnel a été formé pour l'utiliser.

— Très bien, j'apprendrai aussi, dis-je en gribouillant un pense-bête. Et Service.com ?

— Notre service clientèle en ligne.

— Comment ? fais-je déroutée. Qu'est devenu l'ancien service clientèle ?

— Oh, il a été supprimé il y a des années, fait-il d'un ton las. Il faisait double emploi. Notre société s'est restructurée et beaucoup de boulots sont donnés à l'extérieur.

— Bien, j'acquiesce, en essayant de digérer ses explications.

Je consulte ma liste.

— Et BD Brooks ?

— Notre agence de pub, répond Byron, excédé. Ils font nos spots radio et télé…

— Je sais ce que fait une agence ! je m'exclame en criant un peu trop fort. Alors, Pinkham Smith ? On s'entendait si bien avec eux…

— Ils ont disparu de la circulation, rétorque Byron en roulant des yeux. Ils ont fait faillite. Bon Dieu, Lexi, tu ne sais donc rien ?

J'ouvre la bouche pour lui répondre mais rien ne sort. Il a raison. Je suis en terrain totalement inconnu.

— Tu es incapable de rattraper le temps perdu, constate Byron en faisant semblant d'avoir pitié de moi.

— Mais si !

— Allons, Lexi, tu es une malade mentale. Tu ne devrais pas t'obliger à...

— Je ne suis pas une malade mentale ! fais-je furieuse.

Je bondis sur mes pieds, sors du bureau en écrasant les pieds de Byron. Clare, effrayée, lève la tête et referme son portable d'un geste sec.

— Lexi, vous désirez quelque chose ? Un café ?

Elle semble terrifiée, comme si j'allais la mordre ou la virer. Bon, voici l'occasion de lui montrer que je ne suis pas une immonde garce. Que je suis *moi* !

— Bonjour, Clare, dis-je de ma voix la plus aimable. Tout va bien ?

Je m'assieds sur le coin de son bureau.

— Euh... oui, fait-elle les yeux ronds.

— Vous aimeriez que je vous apporte un café ?

— Vous ? fait-elle méfiante. Vous voulez m'apporter un café ?

— Oui ! Pourquoi pas ?

— C'est... d'accord, accepte-t-elle enfin.

Elle se lève sans me quitter des yeux comme si j'étais un cobra.

— Je vais en chercher un, se reprend-elle.

— Attendez ! Clare, j'aimerais apprendre à vous connaître. Un jour, on pourrait déjeuner ensemble... sortir... faire du shopping...

Clare semble de plus en plus abasourdie.

— Bon, si vous insistez, marmonne-t-elle en se précipitant dans le couloir.

Je me retourne : Byron a observé toute la scène et se tord de rire.

— Et alors ? j'aboie.

— Tu as vraiment changé, dit-il en levant les yeux au ciel.

— J'ai juste envie de faire amie-amie avec le personnel et de le traiter avec un certain respect. Ça te déplaît ?

— Non ! dit-il en levant les mains. Quelle bonne idée !

Il me détaille des pieds à la tête, son vilain sourire aux lèvres, et claque la langue comme s'il se souvenait d'un truc.

— Au fait, avant de partir, je t'ai laissé une décision à prendre en tant que directrice du département. J'ai pensé que c'était plus convenable.

Enfin, il se souvient que je suis sa chef !

— Très bien. De quoi s'agit-il ?

— La haute direction nous a envoyé un mail au sujet du personnel qui ne respectait pas les heures de déjeuner, dit-il en sortant un papier de sa poche. S. J. veut que les têtes de département engueulent leurs équipes.

Il arbore une expression de totale innocence.

— Je peux te faire confiance, non ?

Espèce de salaud ! Saloperie vivante !

J'arpente mon bureau en buvant mon café et j'ai l'estomac noué. Je n'ai jamais engueulé personne. Encore moins un département entier. Surtout quand je veux faire amie-amie avec le personnel pour prouver que je ne suis pas une immonde garce.

Je relis le mail de Natasha, la secrétaire particulière de Simon Johnson.

Chers collègues,

Simon a remarqué que certains membres du personnel prennent plus de temps que prévu pour déjeuner. C'est inadmissible. Il aimerait que vous le fassiez savoir le plus tôt possible à vos équipes afin qu'elles respectent des horaires plus stricts.

Merci d'avance,

Natasha.

Bon. Je prends note qu'il n'est pas question « d'engueuler les gens ». Je n'ai pas besoin d'être particulièrement agressive. Je peux me faire comprendre tout en restant aimable.

Pourquoi ne pas aborder la question sur le ton de la plaisanterie ! Et commencer par : « Salut les filles, vous avez suffisamment de temps pour déjeuner ? » Je roulerai des yeux pour montrer que ma question est ironique, elles rigoleront et quelqu'un me demandera : « Pourquoi, ça pose un problème ? » Je répondrai alors : « Je n'y suis pour rien, ça vient d'en haut. Alors, essayons de respecter les horaires, d'ac ? » Certaines filles hocheront la tête et penseront : « C'est normal. » Et tout rentrera dans l'ordre.

Oui, c'est parfait. Je respire à fond, fourre le mail dans ma poche et je me dirige vers le service des ventes.

Entre les filles qui tapent, celles qui téléphonent ou bavardent entre elles, le bruit est intense. Pendant une minute, personne ne me remarque. Puis Fi lève la tête, pousse Carolyn du coude qui à son tour tapote sur l'épaule d'une fille que je ne reconnais pas et qui arrête de parler dans son portable. Peu à peu, elles raccrochent, regardent par-dessus leurs écrans, pivotent sur leurs chaises et tout le bureau s'immobilise.

— Bonjour tout le monde, dis-je en rougissant... Je veux dire, salut les filles ? Ça boume ?

Aucune réponse, personne ne semble m'avoir entendue. Elles me fixent avec cette expression muette qui dit : « Allez, accouche ! »

— Bon, fais-je gaiement, je voulais vous dire... Vous avez assez de temps pour déjeuner ?

— Comment ? demande une fille du tac au tac, on peut rester plus longtemps ?

— Non ! Vos heures de table sont trop... longues !

— Elles me conviennent, rétorque-t-elle avec un haussement d'épaules. En une heure, on peut faire un peu de shopping.

— Oui, admet une autre fille, on a juste le temps d'aller sur King's Road et de revenir.

Bon, je crois que je ne me fais pas comprendre. Et voilà que deux filles, assises dans un coin, se mettent à discuter entre elles.

— Écoutez-moi, je vous prie, dis-je, un peu plus fort. J'ai quelque chose à vous dire au sujet des horaires de déjeuner. Certains membres du personnel de la société, pas vous forcément...

— Lexi, m'interrompt Carolyn, c'est quoi tout ce foutu bla-bla-bla ?

Fi et Debs éclatent de rire et je deviens écarlate.

— Écoutez, fais-je en essayant de reprendre mes esprits, je suis sérieuse.

234

— Sssssérieussse, reprend quelqu'un en sifflant les s.

— Très drôle, dis-je, mais sérieusement...

— Sssssérieusssement...

Soudain, toutes les filles sifflent entre leurs dents ou éclatent de rire, ou font les deux. Un avion en papier me frôle l'oreille et retombe par terre. L'étonnement me fait sauter en l'air. Je n'entends plus que des rires en rafales.

— Bon, ne prenez pas trop longtemps pour déjeuner voilà tout ! je m'écrie, désespérée.

Plus personne ne m'écoute. Un autre avion m'atteint au milieu de la figure, suivi d'un élastique. Malgré moi, j'ai les larmes aux yeux.

— Bon, à plus tard les filles, j'articule vaguement. Merci... pour vos efforts.

Poursuivie par des cascades de rire, je sors du bureau. Je croise Dana au moment où je pousse la porte des toilettes.

— C'est là que vous allez ? me demande-t-elle surprise. Il y a des lavabos pour la direction qui sont bien plus confortables.

— Je serai aussi bien ici, je réponds en m'obligeant à sourire.

Je m'enferme dans les W.-C. les plus éloignés, prends ma tête à deux mains et commence seulement à me détendre. Je n'ai jamais été aussi humiliée de toute ma vie.

Pourquoi ai-je voulu devenir chef ? *Pourquoi ?* On perd ses copines, on doit engueuler ses subalternes et on est haïe. Et tout ça pour quoi ? Un canapé dans son bureau ? De gros frais de représentation ?

Tristement, je relève la tête et regarde les graffitis qui couvrent la porte. On utilisait ce moyen pour râler, raconter des blagues ou dire des bêtises. Quand la porte était pleine, quelqu'un l'effaçait et l'on recommençait. Les femmes de ménage n'ont jamais cafté et les membres de la direction ne viennent jamais ici. Aucun risque donc !

Je parcours tous les messages, m'arrêtant à une histoire pas jolie-jolie sur Simon Johnson quand mon œil est attiré par un message récent. Je reconnais l'écriture de Debs. Elle a inscrit au Marker bleu : « Le Cobra est de retour ! »

Juste en dessous, au feutre noir : « Ne vous en faites pas, j'ai craché dans son café ! »

Un seul remède pour oublier : me saouler ! Une heure plus tard, je suis effondrée au bar du Bathgate Hotel, à deux pas du bureau, et je termine mon troisième mojito, un de mes cocktails favoris à base de rhum et de menthe. Ma vision a perdu de son acuité, ce qui me convient parfaitement. En fait, plus le reste du monde est flou, plus je suis contente. Du moment que je ne tombe pas de mon tabouret…

— Hé ! Un autre, s'il vous plaît !

Je lève la main pour attirer l'attention du barman.

Il ne manifeste qu'un vague étonnement puis hoche la tête en disant :

— Tout de suite !

Tandis qu'il dispose les feuilles de menthe dans un verre, j'aimerais qu'il réagisse un peu. Il pourrait me demander pourquoi j'en commande encore un. Ou me faire part de quelques pensées philosophiques propres à sa profession.

Il avance un sous-verre et me présente un bol de cacahuètes que je repousse. Je veux demeurer à jeun pour que l'alcool pénètre directement dans mon sang.

— Vous désirez autre chose ? Un petit en-cas ?

Il me tend une carte que je refuse. Je suis trop occupée à ingurgiter mon cocktail. Il est glacé, piquant, acidulé. En un mot : parfait.

— Vous trouvez que j'ai l'air d'une garce ? je lui demande. Franchement ?

— Non, répond-il en souriant.

— Il paraît que si. C'est ce que mes copines prétendent.

— Sacrées copines que vous avez !

— Elles étaient géniales dans le temps.

Je repose mon verre vide et le contemple tristement.

— Je ne sais pas quand j'ai foutu ma vie en l'air.

J'ai la voix traînante d'une ivrogne.

— Vous n'êtes pas la seule à me dire ça !

Un type assis un peu plus loin lève la tête de son journal. Il a l'air américain et ses cheveux noirs sont clairsemés.

— Personne ne sait comment ça arrive !

— Mais moi, c'est cent pour cent vrai ! J'ai un accident de voiture... et boum ! Je me réveille dans la peau d'une garce !

— À mon avis, vous avez plutôt la peau d'une belle nénette ! Je n'en changerais pour rien au monde, dit-il en s'installant sur le tabouret à côté du mien.

Je le regarde... et je comprends enfin.

— Mais vous me draguez ! Désolée, je suis mariée. Avec un mec. Mon mari.

Je lève la main pour lui montrer mon alliance.

— Vous voyez ? Mariée ?

Je réfléchis très fort pendant une seconde.

— J'ai peut-être aussi un amant !

Ce qui fait pouffer de rire le barman. Pourtant, son visage ne bouge pas. Je prends une grande gorgée de mojito : l'alcool commence à faire son effet. Ça bourdonne dans mes oreilles, le bar se met à danser.

Une excellente chose. Les bars sont faits pour danser.

— Vous savez, je déclare au barman pour poursuivre la conversation, je ne bois pas pour oublier. J'ai déjà tout oublié.

C'est hilarant ce que je viens de dire. Je pars d'un fou rire impossible à maîtriser.

— J'ai reçu un coup sur la tête et j'ai tout oublié !

Je me tiens le ventre, les larmes aux yeux.

— J'ai même oublié que j'avais un mari. Pourtant, j'en ai un !

— Sûr ! dit le barman en faisant des petits signes à l'Américain.

— Et on m'a dit que c'était incurable. Mais les médecins peuvent se gourer, non ?

J'observe les autres consommateurs. La plupart m'écoutent et certains hochent même la tête.

— Les toubibs se trompent tout le temps, reprend l'Américain. Tous des connards !

— Absolument ! j'approuve en me tournant vers lui. Vous avez tout à fait raison.

Je sirote encore un peu et m'adresse au barman :

— Vous pouvez me rendre un service ? Soyez gentil de me donner un coup sur la tête avec le shaker ! Il paraît que ça ne sert à rien, mais qui sait ?

Il sourit comme si je blaguais.

— Très bien, dis-je impatiente, alors je vais le faire moi-même.

Sans lui laisser le temps d'intervenir, je saisis le shaker et m'en flanque un coup sur le ciboulot.

— Aïe ! dis-je en laissant tomber le shaker, je me suis fait mal !

— Vous avez vu ? s'exclame quelqu'un, elle est vraiment zinzin !

— Mademoiselle, ça va ? Vous voulez que j'appelle un…

— Minute !

Je lève la main. Pendant quelques secondes je demeure immobile, dans l'espoir de retrouver la mémoire. Mais que dalle !

— Nul, fais-je déçue. Pas un seul souvenir. Merde !

— Barman, vous devriez lui faire un café très fort, murmure l'Américain.

De quoi je me mêle ? Je ne veux pas de café ! Je suis sur le point de le lui dire, quand mon portable sonne. Je me bagarre un peu avec la fermeture Éclair de mon sac avant de découvrir un message d'Eric :

Je rentre à la maison. E

— C'était mon mari, dis-je au barman. Vous savez, il sait conduire un hors-bord.

— Extraordinaire !

— Oui, je répète en opinant du bonnet sept fois de suite. Il est formidable, parfait, parfait époux… Sauf qu'on n'a pas fait l'amour…

— Vous n'avez jamais fait l'amour avec lui ? insiste l'Américain, éberlué.

— Oh, on a fait l'amour, dis-je sur le ton de la confidence et en reprenant du mojito, mais je ne m'en souviens pas.

— C'était si bien que ça ? se moque-t-il. Le pied, hein ? La grande secousse !

La grande secousse ? Ces mots m'électrisent. *La grande secousse !*

— Vous savez quoi ? Vous ne vous en rendez pas compte, mais c'est très signi... sifigni... significatif.

J'ai du mal à le dire mais je me comprends. La grande secousse d'une bonne partie de jambes en l'air va me faire retrouver ma mémoire. Je dois faire l'amour ! C'est le remède de mère Nature contre l'amnésie ! Amy a peut-être raison, après tout.

— J'y vais ! dis-je en reposant bruyamment mon verre ! Je vais aller faire l'amour avec mon mari !

— Bonne chance, ma jolie, rigole l'Américain. Amusez-vous bien !

Forniquer ! C'est ma mission. Dans le taxi qui me ramène chez moi, je suis follement excitée. En arrivant, je lui sauterai dessus. On va faire l'amour comme des dieux, je serai toute secouée et ma mémoire va revenir.

Un problème pourtant : je n'ai pas le *Manuel conjugal* sur moi. Impossible de me souvenir de l'ordre des préliminaires.

Les yeux fermés, je lutte contre le vertige tout en essayant de me souvenir des instructions d'Eric. Voyons : il y avait un truc dans le sens des aiguilles d'une montre. Et une histoire de « coups de langue tendres puis rapides ». Sur les cuisses ? Sur la poitrine ? J'aurais dû l'apprendre par cœur. Ou l'écrire sur un Post-it que j'aurais collé derrière le lit.

Ça me revient ! D'abord les fesses, puis l'intérieur des cuisses, puis le scrotum…

— Pardon ? fait le chauffeur.

Pitié ! Sans le vouloir, je pense à haute voix !

— Rien ! je m'empresse de dire.

Les lobes d'oreilles interviennent quelque part. Les coups de langue rapides leur sont destinés ? Peu importe. J'improviserai. Ce n'est pas comme si on était un vieux couple qui fait ça toujours de la même manière, hein ?

Un vague pressentiment m'étreint mais je le chasse. Tout ira très bien, madame la marquise… Et puis j'ai des dessous tellement affriolants. En soie, assortis et tout… Je n'ai plus rien de moche dans mes tiroirs.

En prenant l'ascenseur, j'enlève le chewing-gum que je mâchonnais pour me donner bonne haleine et je déboutonne mon chemisier.

Hop, c'est trop ! On voit mon soutien-gorge.

Je me reboutonne et j'entre.

— Eric !

Pas de réponse. Je me dirige vers le studio. À vrai dire, je suis bourrée. J'ai comme un coup de roulis et les murs du couloir avancent et reculent. Mieux vaut ne pas faire ça debout.

Je m'arrête sur le seuil du studio pour observer Eric qui travaille. Sur l'écran, les projets de Blue 42, le futur immeuble. Le lancement a lieu dans quelques jours et il prépare la présentation.

Bon, il devrait sentir les vibrations sexuelles que j'émets et se tourner vers moi, haletant de désir. Mais rien du tout.

— Eric ! j'appelle de ma voix la plus sexy.

Il ne bouge pas. Je me rends compte qu'il a des écouteurs.

— Eric ! je hurle.

Il se retourne enfin. Il enlève ses écouteurs et me sourit.

— Bonsoir. Tu as passé une bonne journée ?

— Eric… prends-moi, dis-je en glissant une main dans mes cheveux. Allons-y ! Je veux être secouée !

Il m'observe quelques secondes.

— Trésor, tu as bu ?

— Juste deux ou trois cocktails, je réponds tout en me retenant au chambranle. Et avec ça, je sais maintenant ce que je veux. Je veux faire l'amour.

— Si ça peut te faire plaisir. Mais tu devrais dessoûler d'abord, manger quelque chose, Gianna a préparé une délicieuse bouillabaisse…

— Je n'en veux pas ! On doit faire l'amour ! Ma seule façon pour récupérer ma mémoire !

Il ne tourne pas rond ou quoi ? Alors qu'il devrait me sauter dessus, il se masse le front avec son poing.

— Lexi, ne précipitons pas les choses. C'est une grande décision. Le médecin de l'hôpital nous a conseillé d'y aller par paliers, quand ça te conviendrait…

— Eh bien, c'est le moment.

Je défais deux boutons et découvre mon soutien-gorge pigeonnant La Perla. Mon Dieu que mes seins sont beaux ainsi présentés. Encore heureux, vu ce que coûte ce morceau de tissu !

— Allez ! dis-je comme si je lui lançais un défi, je suis ta femme !

Eric continue à réfléchir.

— Bon, d'accord.

Il ferme son ordinateur, vient vers moi, m'enlace et m'embrasse. C'est… agréable – même délicieux.

Ses lèvres sont molles. Je l'avais remarqué. Étrange chez un homme. On peut pas dire que ça soit terrible…

— Ça va ? me murmure Eric à l'oreille.

— Très bien.

— On va dans la chambre ?

— D'accord !

Eric me précède et je titube un peu en sortant du studio. Il me semble un peu coincé, comme s'il me faisait visiter son appartement.

Arrivés dans la chambre, on recommence à s'embrasser. Eric a l'air de savoir ce qu'il veut, mais moi, je suis dans le cirage. Le *Manuel* traîne sur le canapé. Ah, si je pouvais l'ouvrir avec mon doigt de pied à la page des Préliminaires ! Sauf qu'Eric s'en rendrait compte.

Il m'entraîne vers le lit. Je dois agir, mais comment ? Am, stram, gram, bourre et bourre et ratatam… Lexi, arrête. Bon, attaquer le torse. Déboutonner sa chemise. Grands coups de langue. Dans le sens des aiguilles d'une montre.

Il a un beau torse, je l'admets volontiers. Ferme, musclé, grâce à sa gym quotidienne.

— Ça te convient si je te caresse les seins ? demande-t-il en dégrafant mon soutien-gorge.

— Sans doute.

Pourquoi les soupèse-t-il ? Comme s'il achetait des melons. S'il continue, je vais avoir un bleu. Bon, arrête de te plaindre ! Tout va très bien. J'ai un mari formidable qui a un corps formidable et nous sommes couchés…

Aïe ! C'était mon mamelon.

— Désolé, s'excuse Eric. Écoute trésor, ça te convient si je te caresse l'abdomen ?

— Euh… sans doute.

Drôle de question. Pourquoi serais-je d'accord pour les seins et pas pour le ventre ? Ça n'a pas de sens. Franchement, je ne sais pas si « convient » est le mot juste. D'ailleurs, tout est surréaliste. On bouge, on halète, on fait tout ce qui est prescrit mais je ne décolle pas.

Eric me souffle dans le cou. Il est temps que je passe à l'action. Les fesses ou peut-être… Bon. À la façon dont Eric bouge ses mains, « il semblerait que nous passons directement à l'intérieur des cuisses ».

— Tu es chaude, dit-il d'une voix précipitée, bon Dieu comme t'es chaude. C'est chaud !

Je n'en crois pas mes oreilles. Il ne cesse de répéter « chaud » ! Il devrait se taper Debs.

Non. Vilaine pensée. Il ne doit pas coucher avec Debs. Oublie ça !

Pas de doute, par rapport à Eric, j'ai trois métros de retard pour les préliminaires. Mais ça ne semble pas le déranger. Le voilà déjà bien excité, marmonnant des « cochonneries ».

— Trésor chérie, murmure-t-il.

— Oui ? je fais en me demandant s'il va me dire « je t'aime ».

— Ça te convient si j'enfonce mon pénis dans ton…

Berk !

Sans réfléchir, je le repousse et roule de l'autre côté du lit.

— Ça ne va pas ? demande Eric en se redressant. Trésor, qu'est-ce qui s'est passé ? Tu as eu un flash-back ?

— Non, dis-je en me mordant les lèvres. Excuse-moi. Tout d'un coup, je me suis sentie un peu…

— Je savais qu'on brûlait les étapes, soupire Eric en me prenant les deux mains. Lexi, parle-moi ! Qu'est-ce qui ne te convenait pas ? As-tu été traumatisée dans le passé ?

Mon Dieu, il a l'air tellement concerné. Il faut que je lui raconte un bobard.

Non, je ne dois pas mentir. Entre époux, il faut se dire la vérité.

— Non, ce n'était pas une question de traumatisme, dis-je en regardant les draps. Mais tu as dit « pénis ».

— Et alors ? insiste Eric, éberlué. Tu as un problème avec les pénis ?

— En fait, c'est ce mot. Il n'est pas très sexy !

Eric se cale contre le dosseret du lit.

— Moi, c'est le contraire, je trouve « pénis » ultra-sexy !

— Bon, d'accord, j'avoue en battant en retraite.

Il est dingue ou quoi ?

— Enfin, ce n'est pas tout, j'ajoute pour changer de sujet. Pourquoi me demandais-tu toutes les deux secondes si ça me convenait ? C'était un peu trop guindé, tu ne trouves pas ?

— J'essayais d'être plein d'égards pour toi, fait-il sèchement. La situation est délicate pour nous deux.

Il se tourne et remet sa chemise. À l'évidence il n'est pas ravi-ravi !

— Je sais, dis-je vivement en posant ma main sur son épaule, et je t'en remercie. Et si on était plus relax ? Tu vois, plus spontanés…

Eric se tait, comme pour peser le pour et le contre.

— Alors… je peux dormir ici ce soir ?

— Oh non !

Ça va pas ma tête ? Je suis mariée à Eric. Il y a cinq minutes je voulais faire l'amour avec lui. Et pourtant, l'idée qu'il dorme à côté de moi toute la nuit me paraît trop… intime !

— Attendons encore un peu. Je suis désolée, mais…

— Bien, je comprends. Je vais prendre une douche.

Sans me regarder, il se lève.

— Bien.

Seule, j'enfouis ma tête sous les oreillers. C'est vraiment réussi ! Je n'ai pas couché avec mon mari, ma mémoire n'est pas revenue : bilan archinul.

Je trouve pénis ultra-sexy !

En y repensant, je glousse et mets ma main sur ma bouche. Le téléphone sonne sur la table de chevet, mais je ne bouge pas, c'est sûrement pour Eric. Puis je me souviens qu'il est sous la douche. Je me penche et saisis le combiné dernier cri de Bang & Olufsen.

— Allô ?

— Bonsoir, fait une voix sèche et familière. Jon à l'appareil.

— Jon ?

Par précaution, je vais m'enfermer dans l'autre salle de bains et ferme la porte à clé.

— Vous êtes fou ? dis-je, furieuse. Pourquoi m'appelez-vous ? C'est trop risqué ! Et si Eric avait décroché ?

— Je m'y attendais, dit-il d'un ton surpris. J'ai besoin de lui parler.

Quelle idiote je suis !

— Oh ! Bien sûr !

D'une voix plus normale, plus conjugale, j'ajoute :

— Une seconde, je l'appelle…

— Mais il faut qu'on parle tous les deux, m'interrompt Jon. Prenons rendez-vous.

— Impossible ! Arrêtez ! Cessez tout ce cirque. Au téléphone. Et pas seulement au téléphone.

— Fâchée ?

— Non. Enfin, un peu.

Au bout du fil, il y a une sorte de reniflement. Ça l'amuse ?

— Je t'aime, dit-il.

— Vous ne me connaissez pas.

— J'aime celle que tu étais… que tu es.

— Vous aimez le Cobra ? Vous aimez l'immonde garce ? Alors, vous êtes dingue !

— Tu n'es pas une immonde garce.

Je l'entends rire franchement.

— Tout le monde pense que je le suis. Ou l'étais. Enfin, peu importe.

— Tu étais malheureuse. Tu as fais de grosses erreurs. Mais tu n'as rien d'une garce.

Malgré mon état d'ivresse, j'absorbe chacune de ses paroles. Comme s'il mettait du baume sur une plaie à vif. Je veux qu'il me parle encore.

— Quel… quel genre d'erreurs ?

— Je te le dirai quand on se verra. On parlera de tout. Lexi, tu me manques tellement…

Soudain, son ton intime me met mal à l'aise. Après tout, je suis dans ma salle de bains en train de dire des choses très privées à un inconnu. Ça va me mener où ?

— Arrêtez ! Tout de suite ! Je dois réfléchir.

Je fais quelques pas en passant ma main dans mes cheveux. Il faut que j'arrive à raisonner clairement malgré mon état. On pourrait se voir, bavarder…

Non. Non ! Je ne vais pas voir un type en cachette. Je ne veux pas ficher en l'air mon mariage.

— Eric et moi, on vient de faire l'amour.

Pourquoi j'ai dit ça ? Aucune idée.

Silence au bout du fil. Jon est-il tellement furieux qu'il a raccroché ? Si c'est le cas, tant mieux !

— Tu cherches à me dire quoi ? demande-t-il enfin.

— Vous savez – ça change tout, non ?

— Je ne te suis pas. Tu crois que je vais cesser de t'aimer parce que tu couches avec ton mari ?

— Euh… Peut-être.

— Ou tu crois que faire l'amour avec Eric prouve que tu l'aimes ?

— Je ne sais pas ! je rétorque, paniquée.

Je ne devrais même pas parler à Jon. Je devrais aller chercher Eric et lui dire : « Chéri, tu as Jon au bout du fil ! »

Mais quelque chose me retient dans la salle de bains, le combiné collé à l'oreille.

— J'ai pensé que ça réactiverait ma mémoire, j'avoue enfin en m'asseyant sur le bord de la baignoire. J'ai l'impression que ma mémoire n'a pas disparu mais qu'elle se tient tapie au fond de ma cervelle et j'ignore comment la faire sortir… c'est tellement frustrant…

— Merci, je suis au courant ! dit-il d'un ton désabusé.

Soudain, je l'imagine vêtu d'un tee-shirt gris et d'un jean, faisant sa grimace habituelle. Il tient le téléphone d'une main, l'autre posée derrière sa tête, révélant son aisselle…

L'image est si nette que je cille.

— Alors, c'était comment, de faire l'amour ?

Son ton a changé, il semble plus décontracté.

— Oh… vous savez comment les choses se passent.

— Oui, je suis au courant. Je sais également comment ça se passe avec Eric. Il est prévenant, connaît son affaire, ne manque pas d'imagination…

— Arrêtez ! On dirait que vous tournez tout en dérision.

— Alors, on se voit quand ? m'interrompt-il. Je suis sérieux.

— Impossible.

J'ai peur. Comme si j'allais franchir le pas. Comme s'il fallait que je m'arrête.

— Tu me manques tellement, reprend Jon d'une voix douce. Lexi, tu n'as pas idée du vide. Ne pas être avec toi me déchire…

J'ai la main moite. Je refuse d'en entendre plus. Il me fait perdre la tête. Il me secoue trop. Car si c'est vrai, si tout le reste est vrai…

— Écoutez, il faut que je vous quitte, je vais chercher Eric.

Les jambes flageolantes, je sors de la salle de bains tenant le téléphone à bout de bras, comme s'il était contaminé.

— Lexi, attends ! hurle Jon, mais je fais semblant de ne pas l'avoir entendu.

— Eric ! j'appelle gaiement.

Il sort, une serviette autour des reins.

— Chéri, c'est Jon. Jon l'architecte.

13

J'ai essayé. J'ai vraiment essayé. J'ai fait tout ce qui était en mon pouvoir pour montrer à mon département que je n'étais pas une garce.

J'ai proposé que l'équipe prenne une journée pour aller pique-niquer mais personne ne s'est inscrit. J'ai mis des fleurs aux fenêtres, mais j'attends toujours les remerciements. Aujourd'hui, j'ai posé sur la photocopieuse un panier plein de muffins aux myrtilles, à la vanille et au chocolat avec un mot : « Servez-vous ! De la part de Lexi. »

Je viens de faire un tour dans le service, mais personne n'y a touché. Bon, il est encore trop tôt. Je vérifierai dans dix minutes.

Je tourne une page du dossier que je compulse et vérifie les données sur mon ordinateur. Je consulte en même temps les documents papier et les données informatiques pour ne rien laisser passer. Je bâille à m'en décrocher la mâchoire et pose ma tête sur le bureau. Je suis fatiguée. Vraiment *crevée*. J'arrive tous les matins à sept heures pour attaquer la pile de dossiers. Résultat : j'ai les yeux rouges à force de lire.

J'ai failli ne plus jamais revenir. Le lendemain du soir où Eric et moi avons presque fait l'amour, je me suis réveillée le visage livide, avec une migraine démente et aucune envie de travailler. J'ai titubé jusqu'à la cuisine, préparé une tasse de thé avec trois cuillerées de sucre avant de m'asseoir pour écrire difficilement :

OPTIONS
1. Abandonne
2. N'abandonne pas

Il m'a fallu des heures avant de biffer la première option.

Si j'abandonnais, je ne saurais jamais le résultat final. Et j'en ai marre de ne rien savoir de ma vie. Me voici donc à ma table de travail, parcourant un rapport datant de 2005 sur les coûts des moquettes végétales. Au cas où ça serait important.

Tu parles, Charles ! Je referme le dossier, me lève, secoue mes jambes et marche sur la pointe des pieds jusqu'à la porte. Je l'entrouvre et jette un coup d'œil au service des ventes. Le panier de muffins est intact !

Je suis anéantie. Qu'est-ce qui ne va pas ? Pourquoi personne n'y touche ? Je n'ai pas été claire ? J'aurais dû spécifier que les muffins étaient pour tout le monde. Je vais leur parler.

— Bonjour ! Je veux juste vous dire que les muffins vous sont destinés. Sortis tout droit de la boulangerie ce matin. Alors… servez-vous !

Pas de réponse. Elles font semblant de ne pas me voir. Suis-je devenue transparente ?

251

— Bon, en tout cas, dis-je en me forçant à sourire, bon appétit !

Je tourne les talons et rentre dans mon bureau.

J'ai fait de mon mieux. Si elles en veulent, elles n'ont qu'à se servir. Sinon, tant pis. Le sujet est clos. De toute façon, je m'en fiche. J'ouvre un dossier financier et je consulte les colonnes de chiffres. Au bout d'un moment, je me penche en arrière et me frotte les yeux. Les chiffres confirment ce que je pensais : les résultats du département sont abominables.

L'année dernière, les ventes ont légèrement augmenté, mais on est loin de nos objectifs. On va avoir de sacrés ennuis si on ne redresse pas la situation. J'en ai parlé l'autre jour à Byron, mais il n'a pas eu l'air concerné. Comment peut-il être aussi indifférent ? Je fais un pense-bête : « Discuter des ventes avec Byron » et je repose mon stylo.

Pourquoi ne veulent-elles pas de mes muffins ?

En les apportant ce matin, j'étais ultra-optimiste. J'imaginais leurs visages réjouis et tout le monde me disant : « Merci, Lexi, comme c'est gentil ! » Je suis découragée. Elles me haïssent. Il faut vraiment détester quelqu'un pour refuser un muffin, non ? Surtout des muffins de cette qualité ! Bien épais, bien frais, avec un glaçage au sucre.

Une petite voix me dit de laisser tomber. D'oublier tout. Il ne s'agit que d'un panier de muffins, bon sang !

Mais je n'y arrive pas. Impossible de rester assise. Sans réfléchir, je bondis sur mes pieds et fonce au service des ventes. Le panier est toujours intact. Les filles sont sur leurs ordinateurs ou discutent au téléphone et m'ignorent.

— Alors ! dis-je d'un ton décontracté, personne ne veut de muffins. Ils sont vraiment délicieux !

— Des muffins ? demande enfin Fi en fronçant les sourcils. Je ne vois pas de muffins. Quelqu'un voit des muffins ?

Tout le monde hausse les épaules, l'air perplexe.

— Tu veux parler d'un muffin anglais ? reprend Carolyn. Ou d'un muffin français ?

— Ils vendent des muffins chez Starbucks, tu veux que j'en fasse chercher ? demande Debs qui se retient pour ne pas pouffer de rire.

Très drôle !

— Parfait, dis-je sans montrer ma déception, si vous voulez vous conduire comme des gosses, ne vous gênez pas. Laissez tomber. Je voulais juste être sympa.

Le souffle court, je sors en vitesse. Pour ne pas les entendre ricaner et se moquer de moi, je me bouche les oreilles. Je dois rester digne, calme, montrer que je suis toujours le boss. Je ne dois pas réagir…

Mon Dieu ! Je ne peux pas m'en empêcher. Je me sens submergée par la colère et le chagrin. Pourquoi sont-elles aussi odieuses ?

— Non, ce n'est pas parfait, je crie en revenant sur mes pas, le visage en feu. Je me suis donné beaucoup de mal pour acheter ces muffins car je pensais vous faire plaisir et vous faites semblant de ne pas les voir…

— Navrée, Lexi, dit Fi comme si elle s'excusait vraiment, mais je ne sais pas de quoi tu parles.

Carolyn pouffe de rire et j'explose :

— Je parle de ça ! je hurle en brandissant un muffin au chocolat devant Fi qui recule. C'est un muffin, un putain de muffin ! Bon, si tu n'en veux pas, je vais le manger !

Furieusement, j'en croque un gros morceau, puis j'en prends une autre bouchée. De grosses miettes tombent par terre, mais c'est le cadet de mes soucis.

— D'ailleurs, je vais tous les manger ! Pourquoi pas ? Miam-miam ! Que c'est bon !

— Lexi ?

Je me retourne et me ratatine. Simon Johnson et Byron se tiennent sur le seuil.

Byron a l'air de se marrer. Simon me dévisage comme si j'étais une guenon prise de démence qui jette sa nourriture au public.

— Simon ! je bredouille, horrifiée. Bonjour ! Comment allez-vous ?

— Je voulais juste vous dire un mot, si vous n'êtes pas trop... occupée ?

— Bien sûr que non ! dis-je en avalant ce que j'ai dans la bouche. Venez dans mon bureau.

En voyant mon reflet dans la porte en verre, je m'aperçois que j'ai les yeux rouges. Mes cheveux sont en bataille. J'aurais dû me faire un chignon, mais c'est trop tard maintenant.

— Alors, Lexi, commence Simon tandis que je pose le reste du muffin sur ma table. Je viens d'avoir une bonne discussion avec Byron au sujet de Juin 07. Je suis sûr qu'il vous a tenu au courant des derniers développements.

— Bien sûr, dis-je d'une voix ferme alors que j'ignore totalement ce que Juin 07 représente.

Il se passerait quelque chose ?

— J'ai l'intention de tenir une réunion lundi prochain afin de prendre une décision finale. Je n'en dirai pas plus, le secret est de rigueur...

Simon se tait. Il fronce les sourcils avant d'ajouter :

— Lexi, je sais que vous avez des objections. Nous en avons tous. Mais je crois qu'il n'y a pas d'autres options.

De quoi parle-t-il ?

— Oh, Simon, je suis certaine que nous trouverons une solution, dis-je en bluffant.

Pourvu qu'il ne me demande pas d'en dire plus.

— Bravo, Lexi, j'étais sûr de vous convaincre, dit-il plus légèrement. Bien, je dois voir James Garrison un peu plus tard, le nouveau type de Southeys. Qu'en pensez-vous ?

Dieu merci, j'ai entendu parler de lui.

— Ah oui, je réponds vivement. Malheureusement, Southeys n'est plus dans le coup. Il nous faut chercher un nouveau distributeur.

— Je ne suis pas d'accord, Lexi ! me coupe Byron en riant. Southeys vient de nous proposer un tarif plus intéressant et un service plus étendu.

Il se tourne vers Simon.

— J'ai passé une journée avec eux, la semaine dernière. James Garrison a transformé la boîte. Du très beau boulot !

Quel salaud !

— Lexi, vous n'êtes pas d'accord avec Byron ? demande Simon, surpris. Vous connaissez Garrison ?

— Euh... non. Byron a sûrement raison.

Ce salaud m'a vraiment eue.

Un horrible silence s'ensuit. Simon me regarde, l'air déçu.

— Bon, dit-il enfin, il faut que je vous laisse. Ravi de vous avoir revue, Lexi.

— Au revoir, Simon.

Je l'escorte jusqu'à la porte, m'efforçant de prendre un ton confiant et directorial.

— Je serai ravie de vous parler plus longuement. Peut-être pourrions-nous déjeuner…

— Hé, Lexi ! s'exclame soudain Byron en pointant son doigt vers mes fesses, tu as un truc sur ta jupe.

Je tâte mon derrière et décolle un Post-it. Je le lis et j'ai l'impression de m'enfoncer dans des sables mouvants. Quelqu'un a écrit au stylo rose :

Je veux me taper Simon Johnson !

Je n'ose pas le regarder. Ma tête va exploser.
Byron se tord de rire.

— Il y en a un autre !

Effectivement je détache un second Post-it :

Simon, prends-moi !

— Quelle farce idiote, dis-je en les froissant. Le personnel a eu envie de s'amuser…

Mais Simon Johnson n'a pas l'air de trouver ça drôle.

— Bien, Lexi, à bientôt.

Il sort en compagnie de Byron. Quelques instants plus tard, alors qu'ils n'ont fait que quelques pas dans le couloir, j'entends Byron dire :

— Simon, vous comprenez maintenant. Elle est…

Je les regarde s'éloigner, encore sous le choc. Et voilà. Ma carrière est terminée et je n'ai pas eu le temps de me rétablir. Je me laisse tomber dans mon fauteuil. Je suis incapable de faire ce boulot. Je suis lessivée. Byron m'a joué un tour de salaud. Personne ne veut de mes muffins.

En repensant aux muffins, je ressens une énorme douleur et des larmes coulent le long de mes joues. Je me cache la tête dans mes bras, secouée de sanglots. Moi qui croyais qu'être chef serait amusant et excitant. Je me suis trompée. Je ne pensais pas…

— Salut !

En entendant une voix, je relève la tête. Fi se tient sur le seuil du bureau.

— Oh, salut, je réplique en m'essuyant les yeux. Désolée. J'étais juste…

— Ça va ? demande-t-elle, gênée.

— Très bien.

Je cherche un mouchoir en papier dans un de mes tiroirs et m'essuie le nez.

— Que puis-je faire pour toi ?

— Pardon pour les Post-it, fait-elle en se mordant la lèvre. On n'imaginait pas que Simon allait descendre. Ce devait juste être une blague.

— Oui, dis-je d'une voix tremblante, vous ne pouviez pas savoir.

— Qu'est-ce qu'il a dit ?

— Il ne s'est pas tordu de rire. Mais, de toute façon, je ne le fais plus rire, alors quelle différence ?

J'avale un morceau de muffin au chocolat et je me sens mille fois mieux. Pendant une fraction de seconde.

Fi me dévisage.

— Je croyais que tu ne mangeais plus de pâtisseries.

— Exact. Mais tu m'imagines ne pas manger de chocolat ? Les femmes ont besoin de chocolat. C'est prouvé scientifiquement.

Silence. Fi, mal à l'aise, danse d'un pied sur l'autre.

— C'est bizarre, tu es comme l'ancienne Lexi.

— Je suis l'ancienne Lexi !

J'en ai un peu marre de répéter mon histoire, mais j'y vais quand même.

— Imagine que tu te réveilles un matin et qu'on soit en 2010. Et tu dois te glisser dans la peau d'une nouvelle personne pour mener une nouvelle vie. C'est plus ou moins ce qui m'arrive.

Je prends un morceau de muffin, le regarde et le repose.

— Et je ne me reconnais pas dans cette nouvelle personne. Je ne sais pas pourquoi elle se comporte de cette façon. Tu vois, c'est… plutôt dur.

Long silence. Je contemple le bureau tout en émiettant les restes du muffin. Je n'ose pas lever la tête. Si Fi se moque de moi ou ricane, je sais que je vais me mettre à pleurer.

— Lexi, je suis désolée, murmure-t-elle. Je ne… on ne s'est pas rendu compte. Tu sais, physiquement tu n'as pas tellement changé.

— Sauf que je ressemble à une Barbie brune.

Je relève une mèche de cheveux et la laisse retomber.

— J'ai failli mourir à l'hôpital quand je me suis vue dans une glace. Quel choc ! Je ne me reconnaissais pas.

— Écoute…, dit-elle en se mordant les lèvres et en tripotant ses bracelets, je suis navrée. Pardon pour les muffins, pour les Post-it… pour tout. Viens déjeuner avec nous aujourd'hui !

Elle s'approche de moi, le visage illuminé.

— Recommençons à zéro ?

— C'est gentil, je réponds en lui souriant, mais je ne peux pas. J'ai rendez-vous avec Dave le Loser.

— Lui ?

Elle semble tellement surprise que j'éclate de rire.

— Pourquoi tu le vois ? Tu ne penses quand même pas…

— Mais non ! J'essaie seulement de reconstituer ce qui s'est passé pendant ces trois dernières années. Comme un puzzle.

J'hésite puis je me rends compte que Fi détient toutes les réponses à mes questions.

— Tu sais pourquoi j'ai rompu avec lui ?

— Aucune idée. Tu ne nous en as jamais parlé. Tu ne nous faisais plus tes confidences. Même à moi. Comme si tu ne t'intéressais plus qu'à ta carrière. À la fin, on a laissé tomber.

Je vois sur son visage que ça lui a fait de la peine.

— Fi, je te demande pardon. Je ne l'ai pas fait exprès… enfin, je ne le crois pas.

C'est dingue de s'excuser de quelque chose qu'on a oublié ! Comme si j'étais un loup-garou !

— Ne t'en fais ! Ce n'était pas toi. Enfin, ce n'était pas tout à fait toi…

Elle est aussi embrouillée que moi.

— Il faut que j'y aille, dis-je en consultant ma montre. Dave le Loser va peut-être éclairer ma lanterne.

— Attends, Lexi ! s'exclame Fi, gênée. Tu en as oublié un !

Elle se penche vers ma jupe et détache un autre Post-it :

Simon Johnson : je suis pour.

— Sûrement pas ! fais-je en le chiffonnant.

— Vraiment ? insiste Fi, l'air cochon. Moi si !

— Mais non ! dis-je en riant.

— Il doit encore être bon !

— C'est un ancêtre ! Il ne peut sans doute même plus…

Je croise le regard de Fi et, soudain, nous éclatons de rire comme au bon vieux temps. J'enlève ma veste et m'assieds sur l'accoudoir du divan en me tenant les côtes. Je n'ai pas autant ri depuis mon accident. Je me libère enfin de la tension et de la fatigue accumulées.

— Seigneur, tu m'as manqué, avoue Fi.

— Toi aussi.

Je respire à fond, le temps de recouvrer mes esprits.

— Fi, pardon pour ce que j'étais, ou ce que j'ai fait…

— Ne sois pas bête ! dit Fi d'un ton ferme en me tendant ma veste. Allez, cours voir Dave le Loser.

On dirait qu'il a réussi dans la vie. Il travaille maintenant au siège de Réparations Automobiles en tant qu'adjoint aux ventes. Il est beau comme un astre : costume rayé, cheveux longs (il avait la boule à zéro), lunettes sans monture. Quand il sort de l'ascenseur, je ne peux m'empêcher de m'exclamer en bondissant de mon siège :

— Dave le Loser ! Tu es une vraie gravure de mode !

Il se crispe et, après un coup d'œil autour de lui, m'annonce :

— Plus personne ne m'appelle ainsi. Maintenant, c'est David, compris ?

— Pardon. Alors, c'est David, pas Butch ? je ne peux m'empêcher d'ajouter.

Il me jette un sale coup d'œil.

Il a perdu ses poignées d'amour. J'imagine qu'il fait de la gym régulièrement alors que dans le temps il soulevait vaguement quelques haltères avant de se taper des bières en regardant le foot à la télé.

En y repensant, comment ai-je pu le supporter ? Ses slips cradingues éparpillés dans son appartement. Ses petites histoires crues de macho. Et son attitude totalement parano quand il se mettait dans la tête que j'allais le forcer à m'épouser, lui faire trois gosses et le réduire en esclavage.

Il aurait pu tomber sur pire !

— T'es superbe, Lexi ! dit-il en me reluquant des pieds à la tête. Ça fait un bail ! Je t'ai vue à la télé, bien sûr. Dans *Ambition*. À une certaine époque, j'aurais bien aimé participer à ce genre d'émission. Mais j'ai sauté les étapes. Je suis dans le peloton de tête maintenant. On y va ?

Dave le Loser dans le « peloton de tête » ? Pardon, mais j'ai du mal à ne pas rigoler. Nous nous dirigeons vers ce qu'il appelle « une bonne cantine ». En chemin, collé à son portable, il parle de « contrats et d'usines » en me jetant des regards en biais.

— Tu as grimpé des échelons, dis-je quand il raccroche enfin.

— J'ai une Ford Focus, une carte American Express Business et le droit d'utiliser le chalet à la montagne de la boîte.

— Génial !

Arrivés dans un petit restaurant italien, je m'installe en face de lui et le dévisage. Il est mal à l'aise, ne cesse de consulter le menu et son portable.

— David, tu as eu mon message où je t'expliquais pourquoi je voulais te voir ?

— Ma secrétaire m'a dit que tu voulais discuter du bon vieux temps.

— Ouais, tu vois, j'ai eu un accident de voiture. Je veux reconstituer ma vie, apprendre ce que je faisais dans le passé, parler de notre rupture…

Il pousse un gros soupir.

— Chérie, tu crois que c'est utile de ranimer les vieux souvenirs ?

— Quels souvenirs ?

— Oh, tu sais…

Il attire l'attention d'un serveur désœuvré.

— On peut être servi ? Du vin. Une bouteille de rouge de la maison, je vous prie.

— Je ne sais pas ce qui est arrivé ! dis-je en me penchant plus près de lui. Je suis amnésique. Ta secrétaire ne t'a rien expliqué ? Je ne me rappelle rien.

Dave le Loser me jette un regard méfiant, comme si je lui faisais une blague.

— Tu es vraiment amnésique ?

— Oui, j'ai été à l'hôpital.

— Oh, merde !

Il hoche la tête et goûte le vin comme s'il s'agissait d'un très grand cru.

— Je ne me rappelle rien des trois dernières années. Je veux savoir pourquoi on a rompu. Ça s'est fait brutalement, petit à petit… ou quoi ?

Il refuse de me répondre tout de go. Il m'observe par-dessus son verre.

— Tu te souviens au moins d'un truc précis ?

— La nuit qui précédait l'enterrement de papa. J'étais dans une boîte et je t'ai maudit parce que tu m'as posé un lapin… puis je suis tombée sous la pluie… et voilà tout.

— Ouais, ouais, ça me revient. En fait… c'est à cause de ça qu'on a rompu.

— Pourquoi donc ?

— Parce que je ne suis pas venu. Tu m'as viré. Finito !

Soudain détendu, il avale une gorgée de vin.

— Vraiment ? Je t'ai viré ?

— Le lendemain matin. Tu en as eu marre. On a rompu.

Je fronce les sourcils en tentant d'imaginer la scène.

— On s'est engueulés ?

— Pas tellement. On a plutôt causé comme des adultes. On a convenu que c'était mieux ainsi. Tu as dit que tu faisais peut-être ta plus grosse bêtise mais que tu étais jalouse et que tu ne pouvais pas changer.

— C'est vrai ?

— Ouais. Je t'ai proposé de t'accompagner à l'enterrement de ton père mais tu as refusé. Tu ne pouvais plus me voir en peinture.

Il avale une gorgée de vin.

— Je ne t'en veux pas, Lexi. Je t'ai dit : « Tu auras toujours une place dans mon cœur. On est sur la même longueur d'onde. » Je t'ai donné une rose et un dernier baiser. Puis je suis parti. C'était beau.

Je pose mon verre et je le regarde attentivement.

Il a cette expression de sainte-nitouche qu'il prenait quand il arnaquait ses clients en leur vendant une assurance supplémentaire pour leur électroménager.

— Ça s'est vraiment passé comme ça ?

— Mot pour mot, dit-il en prenant le menu. Ça te dit, du pain à l'ail ?

Je me fais peut-être du cinéma mais j'ai comme l'impression qu'il est plus aimable depuis qu'il sait que je suis amnésique. En le regardant droit dans les yeux, je demande :

— Sincèrement, Dave le Loser, c'est vraiment ce qui s'est passé ?

— Absolument, fait-il, vexé. Et arrête de m'appeler comme ça.

— Pardon.

Je sors un gressin de son emballage. Et s'il disait la vérité ? Ou, tout au moins, sa version « loseresque » des choses ? Sûr que j'étais furax contre lui. Il est possible que je l'aie viré.

— Il y a eu d'autres choses à l'époque dont tu te rappelles ? Tu sais pourquoi ma carrière m'a soudain complètement obsédée ? Pourquoi j'ai arrêté de voir les copines ? Qu'est-ce que j'avais dans la tête ?

— Aucune idée. Tu veux qu'on partage des lasagnes ?

— Je suis tellement paumée... Comme si on m'avait plantée au milieu d'une carte avec une flèche indiquant : « Vous êtes ici ! » J'aimerais savoir comment je suis arrivée là.

Dave le Loser lève enfin sa tête du menu.

— T'as besoin d'un GPS, m'assure-t-il d'un ton prophétique.

— Tout juste. Je me sens perdue. Si je retrouvais le chemin que j'ai suivi, j'arriverais à naviguer...

— Je peux t'avoir une affaire.

— Comment ?

— Je peux t'avoir un prix sur un GPS. Auto Réparations ouvre un département spécial.

Pendant un court instant, je crois que je vais exploser. Il n'a rien compris !

— J'ai pas besoin d'un GPS, dis-je, exaspérée. C'était une métaphore. Une mé-ta-phore !

— Oui, bien sûr, fait Dave le Loser en digérant l'information. C'est un système intégré ?

Je n'en crois pas mes oreilles. Comment j'ai pu sortir avec ce mec ?

— T'as raison, c'est fabriqué par Honda. Commande du pain à l'ail !

En rentrant à la maison, j'ai l'intention de demander à Eric s'il est au courant de ma rupture avec Dave le Loser. On a certainement parlé de mes anciennes histoires. Pourtant, en pénétrant dans l'appartement, je sens que le moment est mal choisi. Il arpente la pièce, le téléphone à l'oreille, l'air stressé.

— Dépêche-toi, Lexi, on est en retard.

— Pour quoi faire ?

— Pour *quoi* ? répète-t-il comme si j'avais demandé si la terre était ronde. Pour le lancement !

Merde ! La soirée de lancement de Blue 42 a lieu ce soir. Je l'avais oublié.

— Bien sûr, je vais me préparer.

— Tu ne te fais pas un chignon ? dit-il avec un regard critique. Ça ne fait pas très professionnel.

— Euh… oui, tu as raison.

Troublée, j'enfile un tailleur en soie noire, mes escarpins noirs à très hauts talons et je me fais un chignon. Je mets mes diamants et m'inspecte dans la glace.

Bof. J'ai le look d'une femme de notaire. J'ai besoin… de quelque chose pour pimenter ma tenue. Une broche ? Une fleur en soie, une écharpe ou des barrettes brillantes ? Un truc fun, quoi ! Je fouille dans mes tiroirs mais ne trouve qu'un serre-tête beige en tissu matelassé. Comme accessoires fashion, ça se pose là !

— Prête ? demande Eric depuis la porte. Tu es très bien. Allons-y !

Bon sang ! Je ne l'ai jamais vu aussi tendu ni aussi excité. En route, il n'arrête pas de téléphoner et quand il raccroche enfin, il ne cesse de tapoter son portable tout en regardant par la fenêtre.

— Tout va très bien se passer, dis-je pour le calmer.

— Je n'ai pas le choix. C'est notre grand lancement. Il y aura beaucoup de gens importants. Et des journalistes. On va faire de Blue 42 la coqueluche de la ville.

En tournant dans la cour d'honneur, j'ai le souffle coupé. Des torches enflammées mènent aux portes d'entrée. Des faisceaux laser sillonnent le ciel. On a déroulé le tapis rouge et deux photographes attendent l'apparition des personnalités. On se croirait à la première d'un film.

— C'est extraordinaire ! dis-je à Eric en lui saisissant la main. Tu vas faire un malheur !

— Espérons-le !

Pour la première fois, il m'adresse un bref sourire. Le chauffeur ouvre ma portière et je prends mon sac.

— En fait, Lexi, fait Eric, sa main sur mon genou, j'ai oublié de te donner ça.

Il me tend une feuille de papier.

— C'est quoi ?

Mon sourire se désintègre en découvrant la facture. Adressée à Eric dont le nom est rayé. À la place il a noté : *À régler par Lexi Gardiner*.

Je n'en crois pas mes yeux :

Verrerie de Chelsea Bridge
1 Grand Léopard brun
Total : 3 200 livres

— J'en ai commandé un autre, explique Eric. Tu me rembourseras à ta convenance. Par chèque ou par virement sur mon compte…

Il me le facture ?

— Tu veux me faire payer le léopard ? dis-je avec un petit rire forcé, comme si c'était une plaisanterie. De ma poche ?

— C'est toi qui l'as cassé, non ? fait Eric, surpris. Ça ne te convient pas ?

— Si, si. Je te ferai un chèque en rentrant à la maison.

— Rien ne presse. Allons-y, maintenant.

Il a raison de me le facturer. Où est le problème ? Notre mariage doit respecter certaines règles.

Faux et archifaux !

Non. Lexi, Arrête ! Tout va bien. C'est le bonheur.

Je fourre la facture dans mon sac, souris au chauffeur qui continue à me tenir la portière et suis Eric sur le tapis rouge.

14

Plus bling-bling tu meurs ! Dans le genre poudre aux yeux, on ne fait pas mieux. Tout l'immeuble vibre de jeux de lumières et de musique assourdissante. Le penthouse a l'air encore plus grandiose qu'auparavant : des fleurs partout, des serveurs passant des plateaux de champagne, des piles de cadeaux destinés aux invités. Ava et Jon se tiennent près d'une fenêtre au milieu d'un petit groupe. Eric fonce vers eux.

— Alors, on sait qui vient ? Sally, tu as la liste de la presse ? Tout roule ?

— Ils sont ici, annonce une fille en fourreau rouge qui trébuche sur ses hauts talons. Les Van Gogen sont en avance. Ils ont amené des amis. Et d'autres gens sont arrivés juste derrière eux.

— Bonne chance tout le monde ! fait Eric en levant le pouce. On va vendre cet immeuble !

Apparaît un couple superchic et Eric, tout charme, bondit à leur rencontre, les présente à Ava, leur offre du champagne, les invite à admirer la vue. Les gens ne cessent de débarquer, bavardent, feuillettent les brochures, admirent le mur d'eau.

Jon, en costume sombre, se tient à dix mètres de moi. Il parle aux Van Gogen d'un air concentré. Je ne l'ai pas encore salué. M'a-t-il remarquée ? De temps en temps, je lui jette un coup d'œil, puis je détourne vite les yeux. Comme si j'avais treize ans et le béguin pour lui. À vrai dire, dans cette pièce bondée, je ne regarde que lui. J'observe ses allées et venues. Un autre coup d'œil et finalement nos regards se croisent. Les joues en feu, je détourne la tête et avale une énorme gorgée de vin. Bravo, Lexi ! C'était vraiment discret.

Je me force à rester le dos tourné et à observer les autres invités quand Eric me rejoint.

— Trésor, bougonne-t-il, tu as l'air emprunté, plantée là toute seule. Viens avec moi.

Je n'ai pas le temps de dire ouf qu'il m'emmène vers Jon qui bavarde avec un couple à l'élégance m'as-tu-vu. La femme, vêtue d'un pantalon imprimé Dior, a les cheveux teints en roux vif et le contour des lèvres largement surligné. En guise de sourire elle découvre ses belles dents en porcelaine. Son mari grisonnant, une main de propriétaire posée sur son épaule, me gratifie d'un grognement inintelligible.

— J'aimerais vous présenter ma femme, Lexi, dit Eric avec un grand sourire. Elle est la première à apprécier les…

Avant même qu'il termine sa phrase, je me crispe. Si j'entends encore une fois « les privilèges du luxe », promis, je me flingue.

— Bonsoir, Lexi, dit Jon tandis qu'Eric s'éloigne. Comment vas-tu ?

— Très bien, merci.

J'essaie de paraître décontractée, comme si je m'adressais à n'importe quel invité. Comme s'il ne m'obsédait pas, mais alors pas du tout.

— Le loft vous plaît ? je demande à la femme en Dior.

Le couple échange des regards indécis.

— Une chose nous inquiète, explique le mari avec un fort accent étranger que je n'arrive pas à situer. La superficie. Est-ce assez grand ?

J'en reste comme deux ronds de flan. Cet appart a la taille d'un hangar d'avions. Comment peut-il le trouver trop petit ?

— À nos yeux, cinq cents mètres carrés représentent une surface très confortable, répond Jon. Mais rien ne vous empêche d'acheter tout l'étage si vous en avez envie.

— Autre chose, reprend le mari. Le design !

— Le design ? répète Jon poliment. Qu'est-ce qui ne vous plaît pas ?

— Chez nous, nous avons des touches d'or un peu partout. Des tableaux avec de l'or. Des lampes dorées. De l'or…

Il semble à bout d'inspiration.

— Des tapis dorés, ajoute sa femme en roulant les r.

Le mari désigne la brochure.

— Ici, je vois beaucoup d'argent, de chrome.

— Je vous comprends, dit Jon sérieux comme un pape. On pourrait décorer le loft selon vos goûts personnels. Installer, par exemple, une cheminée en or.

— Une cheminée en or ? répète la femme en hésitant. Ça ne serait pas trop ?

— En matière d'or, il n'y en a jamais trop, réplique Jon aimablement. On pourrait également ajouter des lustres et des appliques en or massif. Et Lexi pourrait vous conseiller pour les moquettes dorées. N'est-ce pas, Lexi ?

— Bien sûr, dis-je en priant le ciel de ne pas éclater de rire.

— On va réfléchir, dit le mari. Il entraîne sa femme et commence à baragouiner dans une langue impossible à identifier.

Jon prend une gorgée de champagne.

— Pas assez grand ! Je t'en fouterais ! Il entrerait dix appartements de Ridgeway dans cet espace.

— Ridgeway ?

— Une réalisation bon marché. Le genre d'immeubles qui nous permet de construire Blue 42.

— Je vois. Eric ne m'en a jamais parlé.

Un léger sourire égaye le visage de Jon.

— Cet aspect du business n'est pas ce qu'il préfère.

Eric monte sur un petit podium situé devant la cheminée. La salle est plongée dans une semi-obscurité tandis qu'un projecteur est braqué sur Eric. Les conversations s'arrêtent.

— Bienvenue ! Bienvenue à Blue 42, le dernier-né des projets voués aux…

Je retiens mon souffle. *Je t'en prie : ne le dis pas, Pitié, non...*

— ... privilèges du luxe !

Le personnel de la société applaudit à tout rompre.

Après m'avoir jeté un coup d'œil, Jon s'écarte de la foule. Au bout d'un instant, je l'imite tout en regardant droit devant moi. J'appréhende la suite tout en la désirant violemment.

— Tu ne te souviens toujours de rien ? demande-t-il d'un ton décontracté.

271

— Non.

Derrière Eric, un écran diffuse des vues des lofts photographiés sous divers angles. De la musique syncopée remplit la pièce, désormais plongée dans l'obscurité. En matière de promotion je dois avouer qu'Eric connaît son affaire.

— On a fait connaissance pendant un lancement du même genre, poursuit Jon. J'ai su dès que je t'ai vue.

— Vous avez su quoi ?

— Que tu me plaisais.

Au bout d'un moment, la curiosité l'emporte.

— Qu'est-ce que je vous ai dit ?

— « Si j'entends encore une fois l'expression "les privilèges du luxe", je me tire une balle dans la peau ! »

— *Non !*

Je le regarde et j'éclate de rire. Devant moi, un type se retourne en fronçant les sourcils et Jon et moi reculons ensemble de quelques pas.

— Vous ne devriez pas jouer les discrets, Jon. C'est votre moment de gloire. Votre conception.

— Oh, je laisse volontiers la place à Eric.

Pendant un moment nous observons l'écran où Eric, un casque sur la tête, inspecte l'immeuble en construction.

— Je ne vous comprends pas. Si vous trouvez que ces lofts sont conçus pour les connards pleins de fric, pourquoi les créez-vous ?

— Bonne question ! En vérité, je devrais passer à autre chose. Mais j'aime bien Eric. Il croit en moi, il m'a donné ma première chance, il dirige une société florissante…

— Vous l'aimez bien ? dis-je en secouant la tête. Bien sûr. C'est pour ça que vous me dites de le quitter !

— Mais oui ! C'est un type formidable. Honnête, franc…

Il se tait un instant et je vois ses yeux briller dans l'obscurité.

— Je n'ai pas envie de foutre en l'air la vie d'Eric. Ce n'était pas prévu au départ.

— Mais…

— Il ne te comprend pas. Il ignore qui tu es.

— Tandis que vous, vous me comprenez, je suppose ? je réplique tandis que la lumière revient et que la foule applaudit. Sans réfléchir, je m'écarte de Jon et nous regardons Eric remonter sur le podium. À cet instant, il a le monde à sa portée, argent et succès inclus.

— Alors, tu as déjà fait la connaissance du Mont-Blanc ? demande Jon, plus détendu et en applaudissant de toutes ses forces.

— C'est quoi ?

— Tu verras.

— Dites-moi.

— Non, non, fait-il en s'efforçant de garder son sérieux. Je te réserve la surprise.

— Dites-moi !

— Ah Jon, te voilà ! Au secours !

Nous sursautons tous les deux en voyant Ava apparaître derrière nous, un sac en jute dans les mains. Elle semble très énervée.

— Les pierres décoratives pour l'aquarium de la chambre principale viennent seulement d'arriver d'Italie. Mais je dois surveiller le placement des invités dans la cuisine. Une idiote a tout chamboulé. Tu peux t'en occuper ?

Elle lui fourre dans les mains le sac en jute.

— Arrange-les ! Tu as le temps avant la fin de la présentation.

— Pas de problème, dit-il.

Il me dévisage de son regard impénétrable et ajoute à mon intention :

— Lexi, tu veux me donner un coup de main ?

J'ai la gorge tellement serrée que je suis incapable de parler. C'est une invitation. Un défi !

Que je dois refuser.

— Oui…, fais-je en avalant ma salive. Bien sûr.

D'un pas léger, je suis Jon à travers la foule, monte à la mezzanine et gagne la chambre. Personne ne nous remarque. Le public est galvanisé par la présentation.

Jon referme la porte.

— Alors ?

— Écoutez, dis-je très énervée, ça ne peut pas durer. Toutes ces messes basses, ces cachotteries, vous essayez de détruire mon mariage. Je suis heureuse avec Eric !

— Non, réplique-t-il en secouant la tête, tu ne tiendras pas le coup un an.

Son petit ton sûr de lui me fiche hors de moi.

— Faux ! Notre mariage va durer cinquante ans !

— Tu feras de ton mieux, tu tenteras de te couler dans le moule, mais tu es trop libre. Un jour, tu ne le supporteras plus.

Il respire à fond et conclut :

— J'en ai été témoin une fois. Je ne veux pas recommencer.

— Merci de me prévenir. Quand ça sera sur le point d'arriver, je vous préviendrai, d'accord ? Occupons-nous des pierres !

Mais Jon ne l'entend pas ainsi. Il pose le sac de jute par terre et s'approche de moi, le regard interrogateur.

— Tu ne te souviens vraiment, vraiment de rien ?

— Non, pour la millième fois, non et non.

Il n'est plus qu'à quelques centimètres de moi et il détaille chaque trait de mon visage. À la recherche de quelque chose.

— Tout le temps qu'on a passé ensemble, toutes les choses qu'on s'est dites… il doit bien y avoir quelque chose qui ranime ta mémoire.

Il se frotte le front.

— Les tournesols te disent quelque chose ?

Malgré moi, je me creuse la cervelle. Des tournesols ? Une fois, j'ai…

Non, je n'arrive pas.

— Rien, dis-je enfin, j'aime les tournesols, mais…

— Un poème d'E. E. Cummings ? De la moutarde avec les frites ?

— C'est du chinois pour moi ! Tout ça ne me dit rien.

Jon est si près de moi que je sens son souffle sur ma peau. Ses yeux ne me quittent pas.

— Et ça alors ?

Il me caresse tout doucement la joue avec son pouce.

— Non, je murmure.

— Et ça ?

Il se penche et effleure mon cou de ses lèvres.

— Arrêtez !

J'ai du mal à articuler. D'ailleurs, j'ai envie qu'il continue. Le souffle de plus en plus court, j'oublie tout ce qui m'entoure. Je veux l'embrasser. Bien plus qu'Eric.

Soudain, sa bouche est sur ma bouche et tout mon être le supplie de continuer. Il sent bon. Il a bon goût. Son corps est agréable. Ses bras m'enserrent de plus en plus. Je sens sa barbe naissante. Je ferme les yeux, je me perds, tout est parfait...

— Jon ?

C'est Ava, de l'autre côté de la porte. Je saute en l'air, m'échappe des bras de Jon, manque de tomber tellement mes genoux s'entrechoquent.

— Chut..., fait Jon, lui aussi décontenancé. Reste calme. Ava ? Que se passe-t-il ?

Les pierres. Oui. Voilà ce qu'on est supposé faire. J'attrape le sac à toute vitesse et jette les cailloux dans l'aquarium. Affolés, les pauvres poissons nagent dans tous les sens, mais tant pis.

— Tout va bien ? demande Ava en passant la tête par la porte. Je fais faire le tour à un groupe...

— Pas de problème, la rassure Jon, on a presque fini.

Dès qu'Ava a disparu, il claque la porte avec sa jambe et revient vers moi.

— Lexi, dit-il en étreignant mon visage comme s'il voulait le dévorer ou l'étouffer, ou les deux, si tu savais. J'ai vécu une véritable torture...

— Arrêtez ! je crie en reculant, je suis mariée ! On ne peut pas...

Je me tais, horrifiée.

— Merde et merde, je réussis à murmurer enfin.

Ce n'est plus Jon que je regarde, mais l'aquarium.

— Quoi ? fait Jon.

Puis il suit mon regard et comprend le drame.

L'aquarium a retrouvé son calme. Les poissons nagent tranquillement entre les cailloux de marbre. Sauf un ! Un rayé bleu qui flotte à la surface.

— Je l'ai tué ! dis-je entre les larmes et le fou rire. Je lui ai écrasé la tête !

— Effectivement. Bien visé !

— Mais il coûte trois cents livres ! Que faire ? Les invités vont débarquer d'un moment à l'autre.

— Comme feng shui, c'est raté, dit Jon en souriant. Bon, je vais m'arranger pour retarder Ava. Jette-le dans les toilettes.

Il prend ma main et la garde un instant dans la sienne.

— Nous n'en avons pas fini.

Il embrasse le bout de mes doigts et sort, me laissant seule.

Je plonge ma main dans l'aquarium et attrape le poisson par l'extrémité de sa nageoire.

— Désolée, je murmure.

En faisant attention que des gouttes d'eau ne tombent pas sur le sol, je me dépêche de me rendre à la salle de bains ultra-moderne. Je laisse tomber ma victime dans la cuvette des toilettes et cherche la chasse. Il n'y en a pas. Elle doit fonctionner par un tour de magie !

— Chasse d'eau ! je dis tout fort en remuant la main afin de déclencher les capteurs électroniques.

Rien ne se passe.

— Chasse d'eau ! Allez, active !

Sans succès. Le poisson flotte paisiblement à la surface de l'eau, aussi visible que le nez au milieu de la figure.

Cette situation grotesque ne peut pas durer. Que vont penser les riches clients potentiels devant un tel spectacle ? Ils vont prendre leurs jambes à leur cou ! Je sors mon portable et cherche le numéro de Jon. Il répond immédiatement.

— Jon à l'appareil.

— Le poisson est toujours dans les toilettes. Je ne trouve pas la chasse d'eau.

— Les capteurs devraient s'en charger automatiquement...

— Je sais ! Mais il ne se passe rien ! Le poisson me regarde de son œil mort. Qu'est-ce que je fais ?

— Relax ! Il y a un panneau près du lit. Tu peux annuler les capteurs et déclencher toi-même la chasse d'eau. Salut, Eric ! Comment ça se passe ?

Jon raccroche brutalement. Je fonce vers le lit, ouvre le panneau. Un écran clignote et je ne peux m'empêcher de pousser un petit gémissement. Comment peut-on vivre dans un appartement plus compliqué que la NASA ? Pourquoi une maison serait-elle intelligente ? Et non pas, tout simplement, gentille et bête ?

D'une main tremblante, j'appuie sur Menu, Annulation et Options. Je parcours la liste : Température... Éclairage... Où est Salle de Bains ? Et Chasse d'Eau ? Ai-je trouvé le bon panneau ?

Soudain, je remarque un autre panneau de l'autre côté du lit. Serait-ce celui-là ? Je me précipite et commence à enfoncer des touches n'importe comment. Si ça continue, je vais devoir repêcher ce satané poisson...

Un bruit étrange m'interrompt. Une sorte de plainte. Qu'est-ce qui arrive ?

Je me penche pour mieux voir le nom des touches. L'écran est passé au rouge ! *Alarme ! Bloquer les issues !* Mon attention est attirée par un mouvement près de la fenêtre. Effectivement, une grille métallique descend lentement à l'extérieur.

Quelle horreur !

Comme une folle, j'appuie à nouveau sur toutes les touches, mais *Interdit* apparaît à l'écran.

Mon Dieu, qu'est-ce que j'ai fabriqué ?

Je fonce sur la mezzanine et regarde en bas.

C'est le chaos total !

La sirène hurle. Des grilles en métal recouvrent peu à peu les fenêtres, les tableaux, le mur d'eau. Les riches invités se sont regroupés comme lors d'une prise d'otages à l'exception d'un pauvre mec qui reste bloqué près du mur d'eau.

— C'est un cambriolage ? Ils sont armés ? demande une femme en pantalon blanc proche de l'hystérie. George, avale mes bagues !

— J'entends un hélicoptère, dit un homme aux cheveux gris. Ils sont sur le toit. On est des cibles faciles !

J'observe la scène, le cœur battant à mille à l'heure, totalement paniquée. Incapable de bouger.

— Ça vient de la chambre principale ! crie un employé d'Eric. La police est en route !

J'ai fichu en l'air la réception. Eric va me tuer…

Mais soudain le bruit cesse. On dirait que le soleil est de retour après un terrible orage.

— Mesdames et messieurs, dit une voix dans l'escalier.

Celle de Jon. Il tient une télécommande et me jette un bref coup d'œil avant de s'adresser à la foule :

— Nous espérons que vous avez apprécié la démonstration de notre système de sécurité. Soyez rassurés, personne ne nous a attaqués.

Il fait une pause et j'entends quelques rires nerveux. Déjà, les grilles se lèvent.

— Cependant, continue-t-il, comme vous le savez, la sécurité est un sujet d'une intense préoccupation. De nombreux constructeurs parlent sécurité. Nous voulions vous montrer ce que nous avions conçu. Notre système a été approuvé par Scotland Yard et mis en place pour votre protection.

Je suis tellement soulagée que mes jambes me portent à peine. Jon m'a sauvé la vie. Tandis qu'il continue à parler, je trottine jusqu'à la salle de bains : le satané poisson n'a pas bougé de place. Je compte jusqu'à trois, plonge ma main dans la toilette, saisis la créature et, en frissonnant, la fourre dans mon sac. Je me lave les mains et retourne sur la mezzanine. Eric a pris le relais.

— … cette péripétie vous a montré que nous, à Blue Immobilier, comprenons mieux vos soucis que vous-mêmes. Vous n'êtes pas nos clients… mais nos associés. Vous partagez notre défi : trouver un mode de vie toujours à la pointe du progrès et de l'élégance.

Il lève son verre avant de conclure :

— J'espère que cette visite vous donnera satisfaction.

Dès son speech terminé, les conversations et les rires reprennent. La femme en pantalon blanc récupère trois énormes bagues ornées de diamant dans la poche de son mari et les remet à ses doigts.

Je patiente quelques minutes avant de redescendre le plus discrètement possible. J'attrape une coupe de champagne sur le plateau d'un serveur qui passe et j'en avale une grande gorgée. Je ne toucherai plus jamais à un panneau électronique. Ni à un poisson. Ni à des toilettes.

— Chééérie !

Je sursaute en entendant la voix de Rosalie. Elle porte un fourreau turquoise tout emperlouzé et des escarpins emplumés.

— Mon Dieu, tu n'as pas trouvé ça génial ? Tout Londres va en parler demain. Les gens ne discutent plus que de ce système de sécurité ultra-perfectionné. Tu sais qu'il coûte un paquet d'argent ?

Et dire que la chasse d'eau ne fonctionne même pas !

— Ouais ! Formidable !

— Lexi, fait-elle en me regardant d'une façon bizarre, je peux te dire un mot ? Au sujet de Jon. J'ai vu tout à l'heure qu'il te parlait.

J'en frissonne de terreur. Aurait-elle surpris quelque chose ?

— Ah oui, fais-je naïvement. C'est l'architecte d'Eric, n'est-ce pas ? On discutait design, comme toi…

— Lexi !

Me prenant par le bras, Rosalie m'emmène dans un coin plus tranquille.

— Je sais que tu as eu une bosse sur la tête, mais te rappelles-tu quelque chose au sujet de Jon, d'avant ton accident ?

— Euh… pas vraiment.

Rosalie se rapproche de moi.

— Chééérie, ça va te faire un choc, m'annonce-t-elle. Il y a quelque temps, tu m'as fait une confidence. Entre amies. Je n'ai rien dit à Eric…

Rosalie est au courant ? Je me fige. Mes doigts, crispés sur ma flûte de champagne, sont glacés.

— Tu vas avoir du mal à me croire, mais il se passait un truc entre Jon et toi, derrière le dos d'Eric.

— Tu plaisantes, je réplique, le visage en feu. Quoi… exactement ?

— Écoute, ça m'embête de te le dire, fait-elle en regardant autour d'elle. Bon, voilà : Jon n'arrêtait pas de t'embêter. J'ai cru bon de te prévenir au cas où il recommencerait.

Je suis trop abasourdie pour lui répondre. Il *m'embêtait* ?

— Que veux-tu dire ? je bégaie enfin.

— Qu'est-ce que tu crois ? Il nous a toutes fait le coup, fait-elle en plissant son nez.

— Tu veux dire… À toi aussi ?

— Et comment ! Il m'a dit que Clive ne me comprenait pas. Ce qui est vrai, commente-t-elle après un instant. Clive est un imbécile. Ce qui ne signifie pas que je vais me jeter dans les bras de Jon et faire partie de son tableau de chasse. Il a aussi dragué Margo, dit-elle en adressant un petit salut à une femme en vert. Quel culot ! Il lui a dit qu'il la connaissait mieux que son propre mari, qu'elle valait mieux que lui, qu'elle était une femme sensuelle… enfin tout un baratin ridicule. D'après Margo, Jon vise les femmes mariées et leur dit ce qu'elles ont envie d'entendre. Ça doit l'exciter, ce pervers…

Rosalie se tait un instant en voyant mon air glacé.

— Chééérie, pas de panique ! Il est comme une mouche qui vous tourne autour, il suffit de lui donner un coup de tapette. Avec toi, il a beaucoup insisté. Séduire la femme du patron, quel challenge ! Ça ne te rappelle rien ?

Ava passe à côté de nous, flanquée d'un groupe d'invités. Rosalie lui décoche un grand sourire. Moi, je suis incapable de bouger un cil.

— Non, je ne vois pas. Alors… qu'est-ce que j'ai fait ?

— Tu lui as répété de te laisser tranquille. La situation était délicate. Tu ne voulais pas détruire ses bonnes relations avec Eric, ni faire de vagues. Tu as été très digne. Moi, je lui aurais jeté un verre à la figure.

Tout à coup, elle regarde par-dessus mon épaule :

— Bon, il faut que je te quitte pour dire un mot à Clive. Il a retenu une mauvaise table pour le dîner, un vrai cauchemar…

Elle me dévisage, soudain inquiète.

— Tu vas bien ? Il fallait que je te prévienne…

— Et je t'en remercie.

— Je sais bien que tu n'écoutes jamais ce genre d'âneries…

— Évidemment que non !

Rosalie se mêle à la foule mais je reste plantée comme un piquet. Ce que je suis conne ! Tellement crédule, tellement naïve !

J'ai tout avalé. Je suis tombée dans le panneau.

Nous avons eu une liaison. Je te connais mieux qu'Eric…

Foutaises oui ! Il a profité de mon amnésie. Il m'a fait des tas de compliments, m'a tourné la tête. Tout ce qu'il voulait c'était coucher avec moi, me compter parmi ses conquêtes. Je rougis de honte. Je savais bien que je n'avais jamais eu d'histoire extra-conjugale ! Je suis du genre fidèle. À cent pour cent. J'ai un excellent mari qui m'aime. Et je me suis laissé avoir. Quand je pense que j'ai failli détruire mon ménage !

Eh bien, c'est terminé. Je connais mes priorités. Après plusieurs gorgées de champagne, je redresse la tête, fends la foule, trouve Eric et prends son bras.

— Chéri, la réception est formidable. Tu as été brillant.

Il a l'air plus relax qu'au début de la soirée.

— Je crois qu'on a réussi. On s'en est tiré de justesse avec l'alarme. Mais je peux faire confiance à Jon pour sauver une situation. Tiens, le voici ! Jon !

Tandis qu'il s'approche de nous, je serre le bras d'Eric encore plus fort. L'idée de le regarder m'est insupportable. Eric lui donne une tape dans le dos et lui tend une flûte de champagne.

— À ta santé, dit-il. À Jon !

— À Jon, je répète d'une voix sourde, en prenant une minuscule gorgée de champagne.

Je vais faire comme s'il n'existait pas. L'effacer de ma vue.

Un bip dans mon sac dérange mes pensées et je sors mon portable. J'ai reçu un nouveau SMS.

De la part de Jon.

Je ne peux pas y croire. Il a le culot de m'envoyer un message sous le nez d'Eric ! Je l'affiche à l'écran :

Old Canal House à Islington n'importe quel soir après 6 heures. On a tellement de choses à se dire. Je t'aime. J. PS Efface ce message PPS Qu'as-tu fait du poisson ?

J'étouffe de rage. Ce que Rosalie m'a dit résonne dans ma tête : *Il suffit de lui donner un coup de tapette.*

— Un message d'Amy, dis-je à Eric. Je vais vite lui répondre.

Sans regarder Jon, je commence à taper à toute vitesse.

> *Bon, j'imagine que ça vous amuse de profiter*
> *de mon amnésie. Je sais maintenant à quoi*
> *vous jouez. Je suis mariée. Fichez-moi la*
> *paix.*

Je l'envoie et range mon portable. Un instant plus tard, Jon fronce les sourcils en regardant sa montre et demande :

— C'est l'heure exacte. Je crois que j'avance.

Il sort son portable, fait semblant de vérifier l'écran, mais son pouce enfonce des touches. Quand il lit mon message, il tressaille sous le choc.

Bien fait ! Je l'ai eu !

Il se remet lentement.

— J'ai six minutes d'avance, dit-il, il faut que je remette l'horloge à l'heure…

Pourquoi se cherche-t-il une excuse ? Eric ne lui prête aucune attention. Trois secondes plus tard, mon portable sonne à son tour.

— Encore un message d'Amy, fais-je, excédée. Quelle barbe !

Sans lire le message, j'appuie sur la touche « effacer » en regardant Jon bien en face. Quelle mine consternée ! Tiens donc – désormais, je sais la vérité, tout n'est que comédie de sa part !

— Drôle d'idée d'effacer les messages sans les lire, commente-t-il.

— Ils ne m'intéressent pas.

— Mais comment le sais-tu si tu ne les as pas lus ?

— Je vous le répète, dis-je avec un sourire mielleux, je ne suis pas intéressée.

— Eh ! les enfants, s'écrie Eric en se tournant vers nous, la mine réjouie, les Clarkson veulent revenir demain pour une nouvelle visite. Je crois qu'ils sont acheteurs. Ce qui fait six appartements ce soir.

— Bravo, chéri, je suis ultra-fière de toi, dis-je en l'enlaçant. Je t'aime encore plus que le jour de notre mariage.

Eric, étonné, fronce les sourcils.

— Mais tu ne t'en souviens pas ! Comment sais-tu que tu m'aimes davantage ?

Bon Dieu ! Faut-il qu'il prenne tout au mot ?

— En tout cas, fais-je, légèrement impatiente, c'est comme ça !

Je pose mon verre de champagne, et, avec un regard de défi pour Jon, j'attire Eric vers moi pour l'embrasser. Un énorme baiser sur la bouche pour montrer comme je l'aime, passionnément, à la folie, plus que tout. Eric essaye bien de se dégager, mais je le tiens serré contre moi. Finalement, sur le point d'étouffer, je le libère. Ensuite, j'essuie ma bouche du revers de ma main en regardant le salon qui se vide.

Jon a disparu.

15

Mon mariage ! Ma nouvelle priorité. Dorénavant, je vais me concentrer sur mes rapports avec Eric et rien d'autre.

Le lendemain de la présentation, je suis encore secouée. Hier soir, je devais être folle. J'ai un mari de rêve qu'on m'a servi sur un plateau. Et je risque de tout compromettre en embrassant un type qui me raconte des bobards !

Je verse un tout petit peu de jus vert dans un verre et le fais tournoyer pour faire comme si j'en avais déjà bu la majeure partie. Une comédie que je répète chaque matin. (Impossible d'avaler ce breuvage au goût d'eau croupie. Mais je refuse de décevoir Eric qui pense que ça fait partie des privilèges du luxe.) Je sors un œuf de la casserole et m'octroie une tasse de thé que Gianna a déjà préparé. Je suis en plein régime sans hydrates de carbone. Mon petit déjeuner se compose invariablement d'un œuf dur ou d'une omelette confectionnée avec seulement les blancs. Ou de deux tranches de bacon.

Et parfois d'un bagel sur le chemin de mon bureau. Quand j'ai encore faim.

Tout est calme dans la cuisine. Pourtant, je suis encore nerveuse. Et si j'avais poussé les choses plus loin avec Jon ? Si Eric s'en était aperçu ? J'aurais pu tout détruire. Ce mariage ne dure que depuis quelques semaines et j'ai pris des risques énormes. Alors que je dois le chouchouter, comme un yucca.

— Bonjour, tu as bien dormi ?

Eric entre, en chemise bleue et la mine réjouie. Ce qui ne me surprend pas. Apparemment, la présentation a été un immense succès.

— Très bien, merci.

On ne dort toujours pas dans la même chambre et on n'a toujours pas essayé de faire l'amour. Mais si je veux chouchouter mon mariage, je dois me montrer plus sensuelle. En me levant pour prendre le poivre, je fais exprès d'effleurer Eric.

— Tu as l'air en pleine forme, dis-je en lui souriant.

— Toi aussi !

Je lui caresse la joue. Eric me lance un regard inquisiteur et me prend la main. Je regarde la pendule. Je n'ai pas le temps, Dieu merci.

Non, je dois penser autrement.

Et positiver. Faire l'amour avec Eric sera merveilleux, je le sais. Il suffira d'éteindre les lumières. Et de ne pas se parler.

— Comment te sens-tu ? demande Eric avec un petit sourire coquin.

— Très bien, mais je dois me dépêcher.

Je lui lance un sourire, m'écarte de lui, finis mon thé avant qu'il n'ait envie d'un petit coup rapide contre la cuisinière. Mais il a compris le message. Il se verse une tasse de thé et répond à son Blackberry.

— Ah, fait-il ravi, j'ai remporté une caisse de Lafite-Rothschild 88 à une vente aux enchères.

— Bravo, chéri, bien joué !

— Onze cents livres ! Un vrai cadeau !

Vraiment ?

— Pour… combien de bouteilles ?

— Une caisse, répond-il comme si c'était évident. Douze bouteilles.

J'en reste muette. Onze cents livres pour douze bouteilles ? C'est trop injuste. Sait-il ce qu'une telle somme représente ? Pour ce prix, je pourrais acheter une centaine de bouteilles. Et du bon. Et il me resterait de l'argent.

— Lexi, ça va ?

— Oui, je pensais juste… que tu as fait une bonne affaire.

Après une dernière gorgée de thé, j'enfile ma veste et prends ma mallette.

— Au revoir, chéri.

— Au revoir, trésor.

Eric se rapproche et nous nous embrassons. Je commence à en prendre l'habitude. J'atteins la porte quand je songe à quelque chose.

— Eric… Mont-Blanc, c'est quoi ?

— Mont-Blanc, répète-t-il en scrutant mon visage. Pas possible, tu te souviens de Mont-Blanc ?

Bon, je me suis piégée. Je ne peux pas vraiment avouer : « Non, Jon m'en a parlé ! »

— Je ne sais plus exactement, dis-je en improvisant. Mais ce nom m'est revenu et il doit représenter quelque chose… d'important ?

— Tu verras, trésor ! dit Eric tout joyeux. Ça te reviendra. Je ne t'en dit pas plus. Mais c'est bon signe.

— Sans doute. Bon, à ce soir.

En sortant, je me creuse les méninges. Mont-Blanc ? Une station de ski ? Des stylos hors de prix ? Une haute montagne enneigée ?

Je n'ai aucune idée.

Je descends du métro à Victoria et j'achète un bagel que je grignote en route. Mais en me rapprochant du bureau, j'ai perdu mon appétit. J'ai des crampes à l'estomac, comme quand je ne voulais pas aller à l'école.

Fi a beau être de nouveau mon amie, elle est bien la seule. Je me suis ridiculisée devant Simon Johnson et je ne me sens pas au mieux de ma forme. Devant l'immeuble, je cale.

Allez, ça va être amusant.

Pas du tout.

Peut-être pas, mais je n'ai pas le choix.

Rassemblant mes forces, je jette le reste de mon bagel dans une poubelle et pousse les portes vitrées. Je me rends directement à mon bureau sans rencontrer personne. Je me plonge immédiatement dans une pile de dossiers. À ce moment, je remarque un Post-it que j'ai rédigé hier : *Discuter des ventes avec Byron*. Je vais m'en occuper tout de suite. Je décroche le téléphone pour l'appeler quand on frappe deux petits coups.

— Entrez !

— Bonjour, Lexi, dit Debs en entrouvrant la porte.

Elle porte un cardigan turquoise rehaussé de perles, une jupe en jean et tient à la main une enveloppe.

— Oh, bonjour Debs !

— Comment vas-tu ? demande-t-elle, gênée.

— Mais... bien.

290

La porte s'ouvre en grand et apparaissent Fi et Carolyn, pas très à l'aise non plus.

— Salut ! je m'exclame. Il y a un problème ?

— Je leur ai raconté notre conversation, fait Fi. Hier soir, en buvant un pot.

— On ne s'était pas rendu compte que tu avais changé, dit Debs. On pensait que tu étais toujours…

— … une affreuse arriviste, continue Carolyn.

— On en est malades.

Debs se mord les lèvres en regardant les autres :

— Pas vrai ?

— Ne vous en faites pas, dis-je.

Je me force à sourire, mais, soudain, face à ces trois filles, je me sens plus seule que jamais. Elles étaient mes amies. Nous formions la bande des quatre. Mais depuis trois ans, elles sont sorties ensemble, ont papoté, se sont amusées sans moi. Elles sont toujours copines intimes alors que moi je suis comme une étrangère.

— Je voulais te donner ça, dit Debs en rougissant.

Elle me tend une enveloppe que j'ouvre immédiatement. Elle contient une invitation. Un faire-part de mariage.

— J'espère que tu viendras. Ainsi qu'Eric.

Je me sens à nouveau humiliée. Il suffit de voir sa tête pour se rendre compte qu'elle n'a aucune envie que j'assiste à son mariage.

— Écoute, tu n'as pas besoin de m'inviter. C'est gentil de ta part…

— Mais j'insiste.

Elle pose sa main sur la mienne pour m'interrompre. Je la regarde. Ses yeux n'ont pas changé, ils sont toujours bleus avec des cils copieusement enduits de Rimmel.

— Tu étais une de mes meilleures amies, Lexi. Je sais que bien des choses ont changé. Mais je compte sur toi.

— Alors, merci. Je serai ravie de venir.

Je palpe l'invitation et remarque qu'elle est gravée.

— Pour faire accepter à ta mère des invités de dernière heure, tu as dû avoir du boulot.

— Elle a failli m'étriper, avoue Debs calmement.

— Elle t'a menacée de te couper les vivres ?

— Absolument ! s'exclame Debs, et nous éclatons de rire.

Depuis que je connais Debs, sa mère l'a menacée mille fois de lui couper les vivres. Pourtant, ça fait dix ans que Debs est indépendante financièrement.

— Nous aussi, nous avons acheté des muffins, annonce Fi. Afin de nous faire pardonner pour hier...

Soudain, on frappe à la porte. Simon Johnson se tient sur le seuil.

— Simon ! je m'exclame, je ne vous ai pas entendu !

— Vous permettez que je vous dise un mot ?

— Nous sortions, s'empresse de dire Fi en faisant signe aux autres. Lexi, merci pour ces renseignements. Ils vont nous être très utiles.

— Je n'en ai pas pour longtemps, dit Simon en refermant la porte derrière elles. Je désire seulement vous mettre au courant des dernières décisions pour notre réunion de lundi. Tout ça est, bien sûr, confidentiel. Dans votre département, seuls Byron et vous êtes dans le secret.

Il s'avance et me remet un dossier.

— Tout à fait, dis-je d'un ton directorial. Merci.

En haut à droite du dossier, on a tapé « Juin 07 » en petits caractères. J'y vois un sombre pressentiment. D'autant que j'ignore toujours ce que « Juin 07 » signifie. J'ai eu beau chercher hier après-midi dans tous les dossiers, je n'ai rien trouvé. Rien en mémoire, aucune trace écrite.

J'aurais dû interroger Byron. Mais je suis trop orgueilleuse. Je voulais me débrouiller comme une grande.

— Je suis ravie d'y assister, dis-je d'un ton aussi convaincant que possible.

— Parfait, midi pile dans la salle du conseil. Deux sous-directeurs doivent partir de bonne heure.

— Je vous y retrouve, dis-je souriante. Merci, Simon.

À peine a-t-il passé la porte que je me plonge dans le dossier. Un sommaire figure en première page. Je le consulte : *Juin 07... restructuration majeure... réaménagement des marchés... réflexion globale...*

Au bout de quelques secondes, je m'enfonce dans mon fauteuil, totalement effondrée. Je comprends la nécessité du secret. La société va changer de cap. Nous rachetons une firme technologique... nous fusionnons plusieurs départements... Je continue à lire :

... dans le contexte des ventes actuelles... projets de dissoudre...

Quoi ?

Je relis et je relis cette phrase.

Je suis transie, incapable de bouger. Je ne peux pas y croire...

Soudain, dans un sursaut d'énergie, je me précipite dans le couloir. Simon se tient près des ascenseurs, en conversation avec Byron.

— Lexi ! s'écrie-t-il avec irritation en me voyant.

— Simon, dis-je paniquée, puis-je vous dire un mot ?

Je regarde par-dessus mon épaule pour vérifier que personne ne peut nous entendre.

— J'aimerais éclaircir un ou deux points. Ce projet de dissoudre mon département. Il n'est quand même pas question…

— Elle a enfin pigé, intervient Byron.

Il est donc au courant ? J'ai envie de lui balancer une bonne claque en plein sur sa face réjouie.

— Lexi, dit Simon en soupirant, on en a discuté à plusieurs reprises. Le marché est devenu difficile. Vous avez fait des prouesses avec votre équipe, nous le savons. Et vous en serez récompensée personnellement. Mais le département n'est pas viable.

— Mais c'est impossible de fermer mon département. Deller Moquettes a commencé avec lui !

— Baissez la voix ! fait Simon d'un ton qui manque de civilité. Lexi, je ne supporte pas ce genre de conduite. Ce n'est pas professionnel.

— Mais…

— Vous n'avez pas de souci à vous faire. Byron et vous aurez votre place à la direction générale. Tout a été planifié. Je n'ai pas de temps pour vos jérémiades.

L'ascenseur arrive et il pénètre dans la cabine.

— Mais Simon, fais-je d'une voix désespérée, vous ne pouvez pas virer toute mon équipe…

Trop tard. Les portes de l'ascenseur se sont refermées.

— Ça ne s'appelle pas « virer », reprend Byron de sa voix sarcastique. Mais « un licenciement économique ». Apprends à t'exprimer correctement !

— Comment peux-tu rester sans réagir ? Et pourquoi n'ai-je pas été mise au courant ?

— Oh ! j'ai probablement oublié de t'en parler. Mille excuses ! C'est difficile de savoir ce que tu as oublié… Voyons…

— Où sont les dossiers ? Pourquoi n'ai-je rien vu plus tôt ?

— J'ai dû te les emprunter. Ciao !

Il hausse les épaules en s'éloignant vers son bureau.

— Attends une minute !

Je me faufile derrière lui et ferme la porte.

— Je ne comprends pas. Pourquoi est-ce qu'ils suppriment mon département ?

— T'as vu les derniers chiffres des ventes ?

— Ils grimpent ! dis-je tout en sachant que ce n'est pas un bon argument.

— Oui, de trois pour cent ! Lexi, les moquettes sont vieux jeu. On n'a pas réussi à conquérir les autres marchés des revêtements de sol. Regarde la situation en face. La fête est finie.

— Mais on ne peut pas perdre le département. Les motifs de nos moquettes sont devenus des classiques ! Et les tapis ?

Byron me dévisage comme s'il n'en croyait pas ses yeux et pouffe de rire.

— Tu sais que t'es comique !

— Quoi ?

— Tu sais que tu te répètes ? Tu as dit ça lors de la première réunion de crise. « On pourrait transformer les moquettes en tapis ! » dit-il en imitant ma voix haut perchée. Laisse donc tomber !

— Mais elles vont toutes perdre leur boulot.

— Ouais, quel dommage…

Byron s'assied à son bureau et me montre la porte.

— J'ai du travail.

— Tu es un salaud, dis-je d'une voix tremblante.

Toujours accrochée à mon dossier et le souffle court, je claque la porte en sortant. Il faut que je lise tout, réfléchir…

— Lexi !

Je sursaute et serre le dossier encore plus fort. Fi se tient à l'entrée du bureau des ventes et me fait signe.

— Entre ! Viens manger un muffin !

Je la regarde, bouche bée.

— Allez, dit-elle en riant, entre ! Simon Johnson est parti, non ?

— Euh… oui !

— Mais viens ! On t'attend toutes !

Je ne peux refuser. Je dois paraître normale, amicale alors que je suis effondrée…

Fi me prend par le bras et nous entrons dans la grande salle. Surprise ! Une banderole déployée entre deux fenêtres proclame : BIENVENUE À LEXI !

Une assiette de muffins est posée sur un classeur, à côté d'un cadeau de chez Aveda.

— On n'a jamais fêté ton retour, dit Fi. Et on voulait te dire que nous sommes heureuses que tu te sois bien tirée de ton accident de voiture. Maintenant, je m'adresse à celles qui n'ont pas connu Lexi avant : les filles, sachez que cet accident a tout changé. Lexi va être un chef formidable et nous la soutiendrons. À toi, Lexi !

Elle lève sa tasse de café et toute l'équipe l'applaudit.

— Merci à toutes, j'arrive à articuler, le visage en feu. Vous aussi, vous êtes formidables.

Elles ne se doutent pas qu'elles sont sur le point de perdre leur job. Et dire qu'elles m'ont acheté des muffins et un cadeau !

— Prends un café, dit Fi en me tendant une tasse. Je vais te débarrasser de ton dossier...

— Non ! fais-je en l'agrippant de plus belle, c'est assez confidentiel...

— Il contient nos primes ? demande Debs en riant. J'espère qu'elles seront bien grasses. Je veux m'acheter un nouveau sac !

J'arrive à lui sourire. Pourtant, je vis un vrai cauchemar.

En quittant mon bureau à six heures et demie, le cauchemar continue. J'ai le week-end pour trouver les arguments qui sauveront mon département. Une mission impossible dans la mesure où je connais mal le problème et où je ne vois aucune solution. Je suis à peine entrée dans l'ascenseur que Byron se faufile à côté de moi.

— Tu apportes du travail à la maison ? demande-t-il en me voyant ployer sous ma mallette.

— Il faut que je sauve mon département. Je vais bosser jusqu'à ce que je trouve une solution.

— Tu plaisantes ! Tu as lu le projet ? On va profiter tous les deux des changements ! Ils créent une nouvelle équipe chargée de la stratégie, nous aurons plus de pouvoir, plus de responsabilités...

— Ce n'est pas le problème ! je crie folle de rage. Et toutes nos copines qui se retrouvent à la rue ?

— Pleure, pleure, âme tendre, se moque-t-il. Bof, elles retrouveront des opportunités.

Puis, me dévisageant attentivement, il ajoute :

— Dans le temps, ça ne te dérangeait pas.

Il me faut une ou deux secondes pour réagir.

— Explique-toi !

— Avant ton accident, tu étais à fond pour te débarrasser des Revêtements de sol. Nous aurions plus de pouvoir, plus de fric… le pied, non ?

Je me fige.

— Je ne te crois pas. Je n'aurais jamais trahi mes copines.

Byron me regarde avec compassion.

— Mais si ! Qu'est-ce que tu crois ? Tu n'es pas une sainte. D'ailleurs, pourquoi le serais-tu ?

La cabine s'arrête au rez-de-chaussée et nous sortons.

Je suis encore sonnée quand j'arrive chez Langridge, un des grands magasins les plus chics de Londres. J'ai rendez-vous avec Ann, ma conseillère de mode. D'après le *Manuel*, tous les trois mois elle choisit pour moi ce qui est à la pointe de la mode.

— Lexi, comment allez-vous ? dit-elle quand j'arrive à la section « club ».

Ann est un tout petit gabarit, avec des cheveux châtains, courts, et un pantalon cigarette noir. Son parfum me soulève immédiatement le cœur.

— Très bien, merci. Je récupère.

Qu'est-ce que je fabrique ici ? J'aurais mieux fait d'annuler.

— Très bien. J'ai des choses sensationnelles à vous montrer, annonce-t-elle en m'entraînant dans un salon privé où m'attend un portique plein de fringues. Des formes très « style », mais vous n'aurez aucun mal à les porter…

Qu'est-ce qu'elle me chante ? Je ne vois qu'une armada de tailleurs fadasses comme j'en ai déjà plein mes placards.

Ann me présente une veste après l'autre, en jacassant sur les détails des poches ou les nouvelles longueurs, mais je n'écoute rien. Quelque chose grésille dans ma tête et devient de plus en plus bruyant.

— Vous auriez quelque chose de différent ? je demande. Des vêtements plus vivants…

— Vivants ? répète-t-elle en hésitant.

Puis elle prend une autre veste beige.

— Celle-là a un chic fou…

Atteinte de soudaine claustrophobie, je m'échappe du salon privé et me rends directement au rayon « femmes ». Pour être honnête, avec ce bourdonnement, je ne me sens pas dans mon assiette.

— Tenez ! dis-je en attrapant une minirobe mauve avec de grandes taches de couleurs. Elle est géniale. Je pourrais la mettre pour sortir en boîte.

Ann semble au bord de l'apoplexie.

— Lexi, ce n'est pas du tout votre genre.

— Mais si ! Et celle-ci aussi, j'ajoute en brandissant une minijupe argentée.

Je choisirais les mêmes à New Look, sauf qu'elles me coûteraient mille fois moins cher.

— Lexi, fait Ann, je suis votre styliste. Je sais ce qui vous convient. Vous avez un look très professionnel, très séduisant que nous avons passé pas mal de temps à affûter…

— Quel ennui ! C'est mortel ! Je n'ai pas envie de cette robe beige sans manches que vous tenez. Pas du tout mon style.

— Mais si !

— Sûrement pas. Je veux des tenues amusantes et de la couleur !

— Vous avez parfaitement vécu pendant des années en beige et en noir, dit Ann les traits tendus. Lors de notre première rencontre, vous m'avez précisé que vous vouliez des couleurs neutres pour votre cellule de travail…

— C'était le passé. Aujourd'hui, les choses ont changé. Et moi aussi, sans doute.

Je tente de me calmer mais les événements de la journée me montent à la tête.

— Tenez ! Ça, c'est tout vous !

Elle me montre un tailleur beige dans un tissu plissé.

— Non !

— Si, je vous assure !

— Ce n'est pas moi ! Je ne suis pas cette femme-là ! Je refuse d'être elle !

Les larmes me montent aux yeux.

J'arrache les épingles de mon chignon, pour m'en débarrasser au plus vite.

— Je ne suis pas le genre à porter des tailleurs beiges, je sanglote. Ni à porter un chignon tous les jours. Ni à claquer mille livres pour du vin. Ni à… trahir mes amies…

Je me mets à sangloter. Avec mes cheveux en l'air j'ai l'air d'un épouvantail trempé de larmes. Comme je m'essuie les yeux du revers de ma main, Ann m'arrache la robe des mains, horrifiée.

— Attention ! C'est une Armani !

— Vous pouvez la garder, dis-je avant de tourner les talons.

Je m'assieds au café du rez-de-chaussée et commande un chocolat chaud, tout en enlevant le reste de mes épingles. Puis j'en commande un second avec un beignet. Peu après, le sucre fait son effet et je me sens revivre. Il doit y avoir une solution. Je travaillerai tout le week-end et je sauverai mon département…

Mon portable sonne : un message d'Eric.

Ça va ? Tu travailles tard ?

Eric pense à moi ! Ça me touche terriblement.
Je lui réponds :

Je rentre. Tu m'as manqué !

Ce n'est pas l'exacte vérité, mais ça sonne bien.

Tu m'as manqué aussi !

Je savais que notre mariage était une réussite. J'en ai la preuve. Quelqu'un qui se préoccupe de vous quand tout part à vau-l'eau. Quelqu'un pour vous remonter le moral. Envoyer un SMS me réchauffe le cœur mille fois plus qu'une tasse de chocolat. Je cherche à lui répondre quand mon portable sonne à nouveau.

— Tu as envie d'un Mont-Blanc ?? :)

Tiens, le Mont-Blanc revient sur le tapis. C'est quoi ? Un cocktail ?

En tout cas, Eric y tient. Et je n'ai qu'une façon d'avoir la réponse :

Parfait ! Je suis tellement impatiente !

Je prends mon sac, sort de chez Langridge et hèle un taxi.

Pendant les vingt minutes de trajet, je relis trois fois les documents du dossier, tous plus déprimants les uns que les autres. Les ventes des tapis n'ont jamais aussi mal marché depuis la création de la société, alors que les autres départements sont en pleine expansion. Je referme le dossier, regarde par la vitre, la cervelle en ébullition. Si seulement je trouvais un plan de sauvetage… Je sais que la marque Deller Moquettes a encore de la valeur.

— Miss ? Vous êtes arrivée ! annonce le chauffeur en me sortant de ma rêverie.

— Merci.

Je cherche mon porte-monnaie quand le portable sonne à nouveau :

Je suis prêt !

Prêt ? Le mystère s'épaissit !

Suis en bas. À tout de suite !

Dans l'appartement, les lumières sont tamisées, selon le programme « Séduction ». Les hauts-parleurs diffusent une musique douce. En dehors de ça, tout est calme.

— Bonsoir ! je lance en accrochant mon manteau.

— Bonsoir !

La voix d'Eric semble venir de la chambre. Ma chambre.

En fait, officiellement notre chambre.

Un bref coup d'œil dans la glace, histoire de vérifier mes cheveux, et je traverse l'appartement. La porte de la chambre est entrouverte. Que se passe-t-il à l'intérieur ? Après un instant d'hésitation, je pousse la porte en grand et… je suis à deux doigts de hurler.

C'est ça, un Mont-Blanc ?

Eric est couché à travers du lit. Totalement nu. À part la montagne de crème fouettée qui recouvre ses parties.

— Ah, trésor !

Il me fait un clin d'œil et baisse les yeux.

— Plonge !

Moi, plonger ?

Je suis pétrifiée en voyant cette montagne de crème. Mon corps tout entier se refuse à cet exercice.

Mais je peux difficilement tourner les talons et m'enfuir. Je ne peux pas le repousser. Eric est mon mari. C'est ce que… nous avons l'habitude de faire.

Pitié… Pitié…

Presque sur la pointe de pieds, je m'avance vers cette cime neigeuse. Sans savoir très bien ce que je fais, je tends un doigt et prends un peu de crème au sommet de l'édifice. Je la mets dans ma bouche.

— Elle est sucrée !

— Du faux sucre ! précise Eric, radieux.

Misère, non. Je n'y arrive pas. Plutôt mourir. Il faut que je trouve une excuse…

— J'ai le vertige !

Je plaque ma main contre mes yeux et m'écarte du lit.

— Mon Dieu, j'ai un flash-back.

— Un flash-back ? répète Eric qui se redresse.

— Oui, je viens de me rappeler… notre mariage, dis-je en improvisant. C'était juste une brève image de toi et moi. Mais elle était tellement précise qu'elle m'a surprise…

— Assieds-toi, trésor, fait Eric, soudain inquiet. Détends-toi. D'autres souvenirs vont peut-être te revenir.

Il a l'air si optimiste que j'ai honte de lui mentir. Mais c'est mieux que de lui dire la vérité, non ?

— Je vais m'allonger dans l'autre chambre, si ça ne t'ennuie pas.

J'avance vers la porte, ma main recouvrant mes yeux afin d'éviter de voir la montagne de crème.

— Eric, je te demande pardon, alors que tu t'es donné tant de mal...

— Trésor, ce n'est pas grave. Je vais te rejoindre, dit Eric en faisant mine de se lever.

— Non, surtout pas ! Ne te dérange pas, je vais me débrouiller.

Sans lui laisser le temps de répliquer, je fonce me jeter dans le grand canapé crème. J'ai la tête qui tourne. Suis-je sous le choc du Mont-Blanc ou des mauvaises nouvelles qui me sont tombées dessus au bureau ? En tout cas, je n'ai qu'un désir : m'enfouir sous un duvet et tout oublier. Il m'est impossible de m'adapter à cette vie. À ma nouvelle vie.

16

Je ne peux plus regarder Eric sans voir une montagne de crème fouettée. Hier soir, j'ai rêvé qu'il était fait en crème Chantilly. Sacré rêve !

Heureusement, on s'est à peine vus pendant le week-end. Eric était occupé avec des clients. Quant à moi, je cherchais désespérément un plan de sauvetage. J'ai passé au crible les contrats des trois dernières années. Épluché chaque information commerciale. Analysé les réactions de la clientèle. Pour être franche, la situation est merdique.

Non seulement les ventes sont médiocres, mais personne ne semble plus intéressé par mon département. On ne fait pas de publicité. Et lors des réunions hebdomadaires de la Direction, Revêtements de sol passe en dernier. Comme si nous étions la Cendrillon de la société.

Mais tout va changer, si j'ai mon mot à dire. Pendant le week-end, j'ai mis au point une campagne pour relancer nos produits. Avec un financement modéré et une sensible réduction de coûts, ça devrait pouvoir marcher. J'ai surtout besoin qu'on me fasse confiance – je suis persuadée de pouvoir ranimer les ventes. Cendrillon est allée au bal, n'est-ce pas ? Eh bien, je vais être la bonne marraine. Car je n'ai pas le choix. Je ne veux pas que mes copines perdent leur boulot.

Mon Dieu ! Mon estomac fait encore des siennes. Je suis assise dans un taxi qui m'emmène au bureau, mon chignon bien en place. Je tiens mon dossier de présentation fermement contre moi. La réunion a lieu dans une heure. Tous les autres directeurs vont voter pour la dissolution de mon département. Il va falloir que je bataille sec. Ou alors…

Non, je préfère ne pas y penser. Je dois réussir. Mon portable sonne et je manque de tomber à la renverse, tellement je suis tendue.

— Allô ?

— Lexi ? C'est Amy. Tu es libre ?

— Amy ! je m'exclame. En fait je suis en route pour…

— J'ai des emmerdes, me coupe-t-elle. Il faut que tu viennes. S'il te plaît.

— Tu as des ennuis ? Quel genre ?

— Arrive ! Je suis à Notting Hill.

Sa voix chevrote.

— À Notting Hill ? Tu n'es pas en classe ?

— Une minute.

J'entends Amy dire : « Je parle à ma grande sœur, oui, elle vient. » Puis elle me reprend :

— Lexi, je t'en prie. Arrive ! Je suis dans un sale pétrin.

Je ne l'ai jamais entendue comme ça : absolument désespérée.

— Qu'est-ce que tu as encore fait ?

Une histoire de drogue ? D'argent emprunté ?

— Je suis au coin de Ladbroke Grove et de Kensington Gardens. Ça va te prendre longtemps ?

— Amy… il m'est impossible de venir maintenant. J'ai une réunion très importante. Tu as appelé maman ?

— Non ! crie-t-elle, paniquée. Lexi, tu m'as dit que je pouvais te téléphoner quand je voulais, que tu étais ma grande sœur, que tu serais toujours là pour moi.

— Mais j'ai… cette présentation à faire…

Je me rends compte que ce n'est pas une bonne excuse. J'ajoute donc :

— Une autre fois…

— Pas grave, fait Amy d'une voix de gamine de dix ans. Va à ta réunion. Ne t'en fais pas.

Le remords m'envahit. Et la frustration. Elle aurait pu appeler hier, non ? Pourquoi choisir juste le moment où je ne suis pas disponible ?

— Amy, dis-moi, qu'est-ce qui se passe ?

— T'inquiète ! Pardon de t'avoir dérangée.

— Arrête, laisse-moi réfléchir deux secondes.

Je regarde par la vitre, incapable de me décider. Je dispose de quarante-cinq minutes avant la réunion. Je n'ai sûrement pas le temps.

Peut-être que si, en y allant directement. Notting Hill n'est qu'à dix minutes d'ici.

Mais je ne peux pas prendre le risque d'être en retard à la réunion.

Soudain, à l'autre bout de la ligne, une voix d'homme se met à crier. Quelle angoisse ! Je ne peux pas laisser ma petite sœur dans un pétrin pareil. Et si elle avait affaire à une bande de voyous ? Et si on allait lui massacrer la figure ?

— Amy, tiens bon, j'arrive !

Je me penche et frappe à la vitre de séparation.

— On va finalement à Notting Hill. Faites au plus vite !

En montant Ladbroke Grove, je me penche à la fenêtre pour essayer d'apercevoir Amy... Soudain, je vois une voiture de police. Au coin de Kensington Gardens.

Voilà. Je suis arrivée trop tard. Amy a reçu une balle. Ou un coup de couteau.

Je paie le taxi et sors de la voiture, les jambes tremblantes. Une petite foule entoure la voiture de police. Les gens gesticulent et m'empêchent de voir. Maudits badauds !

— Pardon !

J'ai la gorge serrée en m'approchant de la foule.

— C'est ma sœur, laissez-moi passer.

Je réussis à me faufiler entre les anoraks et les vestes en jean, prête au pire...

Enfin, j'aperçois Amy. Ni abattue ni poignardée. Mais assise sur un muret, un casque de policeman sur la tête, l'air hilare.

— Lexi !

Amy se tourne vers le policier à côté d'elle.

— Elle est là ! Je vous avais dit qu'elle viendrait.

— Qu'est-ce qui se passe ? Je croyais que tu avais des ennuis !

— C'est votre sœur ? demande le policier, un type trapu, avec des avant-bras couverts de taches de rousseur.

Il prend des notes dans un carnet.

— Euh... oui.

Je manque défaillir. Amy a-t-elle volé dans un magasin ? Qu'a-t-elle fait comme horreur ?

— Cette jeune demoiselle a de graves ennuis. Elle exploite les touristes. Vous voyez tous ces gens furieux ? Est-ce que par hasard vous aussi êtes dans le coup ?

— Non ! Certainement pas ! Je ne sais même pas de quoi vous parlez !

— La tournée des stars ! Tu parles !

Il me tend un prospectus en levant les yeux au ciel.

Imprimé sur du papier jaune fluo, composé sur un ordinateur vieillot, c'est un vrai poème :

DÉCOUVREZ LA VIE SECRÈTE DES STARS

De nombreuses stars de Hollywood vivent à Londres. Grâce à ce tour unique vous verrez :
— Madonna sortant sa lessive
— Gwyneth dans son jardin
— Elton John se reposant chez lui
Brillez auprès de vos amis avec les derniers cancans ! 10 livres par personne, un souvenir inclus.
Important : ne posez pas de questions aux stars, car elles pourraient tout nier.
Ne vous laissez pas avoir ! Ça fait partie de leur vie secrète.

— C'est du sérieux ? je demande abasourdie.

— Oui, fait le policier en hochant la tête, votre sœur guide des touristes dans Londres en leur disant qu'ils vont voir des célébrités.

— Qu'est-ce qu'ils voient en fait ?

— Des gens comme elle.

Il me montre du doigt une femme blonde de l'autre côté de la rue. Elle se tient sur les marches de son perron, habillée d'un jean et d'une blouse paysanne et porte une gamine de deux ans sur sa hanche.

— Je ne suis pas Gwyneth Paltrow ! crie-t-elle à deux touristes en imper Burberry. Et non, je ne signerai pas d'autographes !

J'avoue qu'elle ressemble un peu à la star de cinéma. Elle a les mêmes cheveux blonds et raides et son visage a quelque chose de Gwyneth. En plus âgée et plus maigre. Visiblement, elle m'a repérée.

— Vous êtes ensemble ? demande-t-elle en descendant du perron. Je veux porter plainte. Toute la semaine des gens ont photographié ma maison et m'ont dérangée.

Tout d'un coup, elle se tourne vers une jeune Japonaise qui crie : « Apple ! Apple » en espérant prendre la gamine en photo.

— C'est la dernière fois que je vous le dis : ma fille ne s'appelle pas Apple !

La fausse Gwyneth est hors d'elle. Ce qui est compréhensible.

— Plus j'explique aux gens que je ne suis pas Gwyneth et moins ils me croient, dit-elle au policier. Impossible de les convaincre ! Il va falloir que je déménage.

— Vous devriez être flattée, claironne Amy. Ils vous prennent pour une star qui a gagné un Oscar !

— On devrait vous jeter en prison !

Cette blonde a visiblement envie de rentrer dans le chou d'Amy. Et moi, je ne détesterais pas lui donner un coup de main.

— Je vais devoir verbaliser, me déclare le policier. Votre sœur peut rester sous votre surveillance, à condition que vous remplissiez ces formulaires et que vous vous engagiez à passer au commissariat avec elle.

— Très bien, dis-je avec un coup d'œil meurtrier à Amy. Comme vous voulez.

Pendant ce temps-là, une femme-policier a reconduit la fausse Gwyneth chez elle.

— Dégage ! crie celle-ci à l'adresse d'un jeune imbécile qui l'a suivie en tenant un CD. Non, je ne peux pas le transmettre à Chris Martin ! D'ailleurs, je déteste Coldplay !

Amy se mord les joues comme pour s'empêcher de pouffer.

Ouais, très drôle ! On est vraiment à la fête ! Et c'est vrai que je n'ai rien de plus important à faire.

Je remplis les formulaires à toute vitesse, arrachant presque une feuille en signant.

— On peut s'en aller ?

— Oui, mais gardez-la à l'œil, précise le policier en me donnant un double des papiers et une brochure intitulée « Ce que vous devez savoir au sujet des réprimandes officielles ».

Garder Amy à l'œil ? Pourquoi est-ce à moi de le faire ?

— Bien sûr. Je ferai de mon mieux. Amy, en route !

Je consulte ma montre et je panique. Il est déjà midi moins dix.

— Vite, trouvons un taxi.

— Mais je veux aller à Portobello…

— Je veux trouver un taxi tout de suite ! j'aboie. Je dois assister à une réunion.

Elle écarquille les yeux sans piper. Enfin, je trouve une voiture et pousse Amy à l'intérieur.

— Victoria Palace Road, s'il vous plaît. Aussi vite que possible !

Je vais rater le début de la réunion. Mais je peux encore y assister. Et plaider ma cause.

— Lexi… merci, dit Amy avec sa petite voix.

— OK !

Tandis que le taxi descend Ladbroke Grove, j'ai les yeux rivés sur la circulation, priant pour que les feux passent au vert, pour que le trafic s'accélère. Mais rien ne bouge. Je n'y arriverai jamais.

Tout d'un coup, je sors mon portable et compose le numéro de Simon Johnson, pour prévenir sa secrétaire personnelle.

— Allo, Natasha ? dis-je d'une voix calme et professionnelle. Lexi à l'appareil. Je suis dans un embouteillage, mais il est vital que je puisse parler à la réunion. Pouvez-vous leur demander de m'attendre ? Je suis dans un taxi.

— Bien sûr, je vais leur transmettre le message. À tout à l'heure.

— Merci !

Je me cale sur la banquette, un peu plus relax.

— Je te demande pardon, répète Amy.

— Oh, laisse tomber.

— Si, vraiment.

Je soupire et regarde Amy pour la première fois que nous sommes dans le taxi.

— Pourquoi tu as fait ça ? je demande.

— Pour gagner de l'argent. Pourquoi pas ?

— Parce que ça peut te causer beaucoup d'ennuis. Si tu as besoin d'argent, tu n'as qu'à travailler. Ou demander à maman ?

— Elle n'a pas un sou !

— D'accord, elle n'a peut-être pas une fortune, mais...

— Elle n'a rien ! Pourquoi crois-tu que la maison tombe en ruine ? Que le chauffage est toujours éteint ? J'ai passé la moitié de l'hiver dernier chez Rachel. Au moins, ils allument les radiateurs. On est fauchées.

— Bizarre, non ? Papa n'a pas laissé d'argent à maman ?

Je sais que les affaires paternelles n'étaient pas florissantes. Mais il en avait plusieurs et ma mère, sans jamais l'avouer, s'attendait à toucher un gros héritage à la mort de papa.

— Je ne sais pas. Pas lourd en tout cas.

— Mais tu ne peux pas continuer ainsi. Un de ces jours, tu vas te retrouver en prison.

— Tant mieux ! s'exclame Amy en ramenant en arrière une de ses mèches bleues. La prison, c'est cool.

— Pas du tout ! Où as-tu lu ça ? C'est horrible, cradingue. Les filles ont des cheveux atroces et on ne peut pas se raser les jambes ni utiliser de démaquillant.

Pure invention de ma part. Il est probable qu'à l'heure actuelle les prisons fournissent soins de beauté et séchoirs à cheveux.

— Et il n'y a pas de garçons, j'ajoute pour faire bonne mesure. Et les iPod sont interdits ainsi que le chocolat et les DVD. Et tu es obligée de marcher en rond, avec des chaînes aux pieds.

— Y a plus de chaînes ! s'indigne Amy.

— Si, ils les ont remises. Surtout pour les ados. C'est une nouvelle expérience du gouvernement. Amy, tu ne lis donc pas les journaux ?

Amy semble avoir les boules.

— Ça doit être dans mes gènes, d'être du mauvais côté de la loi.

— Ce n'est pas dans tes gènes…

— Papa a fait de la prison ! réplique-t-elle, toute fière d'elle.

— Papa ? Qu'est-ce que tu racontes ?

L'idée me paraît tellement absurde que j'en rirais presque.

— Absolument. À l'enterrement, j'ai entendu deux types en parler. Tu vois, c'est mon destin.

Elle hausse les épaules et sort un paquet de cigarettes.

— Ne fume pas !

Je lui arrache son paquet et le jette par la fenêtre.

— Papa n'a jamais fait de prison. Et tu n'iras pas en prison. Ça n'a rien de cool, c'est nul !

Je me tais une seconde et réfléchis :

— Amy, viens faire un stage à mon bureau. Ça sera sympa. Tu vas acquérir de l'expérience et tu seras payée.

— Combien ?

Mais quelle emmerdeuse, ma sœur !

— Pas mal. Et dans ce cas, je ne dirai rien à maman. D'accord ?

Et j'agite le prospectus d'Amy, sous son nez.

Long silence. Amy épluche son vernis à ongles comme si rien au monde n'était plus urgent.

— D'accord, lâche-t-elle enfin.

Le taxi stoppe à un feu rouge. Quelle heure ? Pour la millième fois je consulte ma montre : midi vingt. J'espère qu'ils ont commencé en retard. Mon regard tombe sur le prospectus et je ne peux m'empêcher de sourire. Pas mal comme magouille !

— Alors, qui étaient tes autres célébrités ? Tu n'as jamais eu Madonna, hein ?

Le visage d'Amy s'illumine.

— Mais si ! Une bonne femme à Kensington qui lui ressemblait, en plus grosse. Tout le monde m'a crue, surtout quand je disais que toutes les photos étaient retouchées. J'avais aussi un Sting, une Judi Dench et un gentil laitier de Highgate qui était le portrait craché d'Elton John.

— Elton John ? En laitier ? je répète en éclatant de rire.

— Je racontais qu'il faisait du bénévolat de façon anonyme.

— Comment tu les as trouvés ?

— En me promenant. Gwyneth a été ma première, elle m'a donné l'idée. Elle me déteste vraiment.

— Normal ! Je parie que la vraie Gwyneth doit être moins embêtée qu'elle !

Nous nous approchons de Victoria Palace Road. J'ouvre mon dossier, je parcours mes notes pour me rappeler les points essentiels.

— Tu sais, ils ont vraiment dit que papa a été en prison, je ne l'ai pas inventé.

Je ne sais que dire. J'ai du mal à l'admettre. Notre père, en prison ?

— Tu en as parlé à maman ? je demande enfin.

— Non.

Elle hausse les épaules.

— Bon, ce ne devait pas être pour quelque chose de très grave.

— Tu te souviens qu'il nous appelait ses filles ? dit Amy, sa mauvaise humeur disparue. Ses trois filles. Toi, maman et moi.

— Et il dansait avec chacune de nous.

— Oui, et il apportait d'énormes boîtes de chocolat…

— Et tu avais des indigestions…

— Deller Moquettes, mesdemoiselles ! annonce le chauffeur.

Je n'avais pas remarqué que nous étions arrivées.

— Bien, merci.

Je le paye et préviens Amy :

— Il faut que je me dépêche. Désolée, mais c'est très très important.

— Ah bon ?

Je suis surprise de voir que ça l'intéresse.

— Je dois sauver mon département. Je dois parler à onze directeurs et les persuader de ne pas faire ce qu'ils ont projeté. Je suis en retard. Je ne sais même plus quoi faire.

— Waouh ! dit Amy en faisant une grimace. En tout cas, bonne chance.

— Merci, et on se parlera plus tard.

Je lui fais la bise et fonce dans l'immeuble. Je n'ai qu'une demi-heure de retard. Ça pourrait être pire.

— Bonjour, je dis à la réceptionniste en passant. Pouvez-vous leur annoncer que je suis là ?

— Lexi…

Jenny commence à me dire quelque chose mais je n'ai pas le temps de m'arrêter. Je m'engouffre dans un ascenseur, appuie sur le huitième et agonise pendant les trente secondes de la montée. On aurait besoin d'un ascenseur express… de secours… pour les réunions…

Enfin, je fonce vers la salle du conseil… et pile net.

Simon Johnson se tient dans le couloir et parle gaiement à trois directeurs en costumes sombres. Un type

316

en bleu enfile son imperméable. Natasha propose des cafés à la ronde. Tout le monde bavarde.

— Qu'est-ce qui se passe ? je demande à bout de souffle.

Onze visages se tournent vers moi.

— Ne vous en faites pas, Lexi, dit Simon la mine renfrognée. Nous faisons une pause. La partie cruciale de la réunion est terminée et Angus doit s'en aller.

Il me désigne le type à l'imperméable.

— Terminée ? je m'exclame horrifiée. Vous voulez dire…

— Nous avons voté. En faveur de la réorganisation.

— Mais ce n'est pas possible ! J'ai trouvé la façon de sauver le département ! Il suffit de réduire certains coûts, et j'ai des idées de marketing…

— Lexi, la décision est prise, me coupe Simon d'un ton impérial.

— Mais c'est une mauvaise décision ! La marque a de la valeur, je le sais. Je vous en prie, je supplie en me tournant vers le dénommé Angus. Ne partez pas déjà. Écoutez-moi. Ensuite, vous pourrez voter à nouveau…

— Simon, dit Angus, gêné, en me tournant le dos, j'ai été ravi de vous voir, mais je dois me sauver.

— Bien sûr.

Personne ne me salue. Personne ne veut savoir. Je tremble, tandis que les directeurs regagnent la salle du conseil.

— Lexi, dit Simon, j'admire votre loyauté envers votre département. Mais vous ne pouvez pas vous comporter ainsi lors d'un conseil.

Sa voix est de velours, mais sa détermination est d'acier. Je le sens bouillir de colère.

— Simon, je suis désolée…

— Allons, nous savons que les choses ont été difficiles depuis votre accident. Je suggère que vous preniez trois mois de congé payé. Et quand vous reviendrez, nous vous trouverons un poste plus… adéquat. D'accord ?

Je deviens pâle comme une morte. Il me rétrograde.

— Mais je vais très bien, je n'ai pas besoin de vacances…

— Je pense que si. Lexi, je regrette la façon dont les choses se sont passées. Si vous aviez recouvré la mémoire, tout aurait été différent. Mais Byron m'a tenu au courant de votre état. Vous n'êtes pas en mesure d'occuper des fonctions directoriales.

Le ton est définitif.

— Bien, fais-je enfin, je comprends.

— Vous voulez sans doute descendre dans votre département. Étant donné que vous étiez absente, j'ai confié à Byron la tâche délicate d'annoncer notre décision à votre équipe…

À Byron ?

Après m'avoir saluée sèchement, Simon disparaît dans la salle. Clouée au sol, je regarde la porte se refermer. Puis, prise de panique, je cours jusqu'aux ascenseurs. Je ne peux pas laisser Byron les mettre au courant. Je dois le faire moi-même.

Dans la cabine, je compose le numéro de Byron et tombe sur sa boîte vocale.

— Byron ! Ne parle pas aux filles des licenciements. Je veux m'en occuper moi-même. Compris ? Je répète : ne leur dis rien !

Sans regarder ni à droite ni à gauche, je fonce m'enfermer dans mon bureau. Je tremble de tout mon corps. De trouille, d'appréhension, de malaise. Comment les avertir ? Que leur dire ? Comment annoncer à des copines qu'elles sont virées ?

J'arpente mon bureau, les mains nouées, sur le point d'être malade. C'est pire qu'un examen, qu'un test, que tout ce que j'ai fait.

Un bruit dans le couloir attire mon attention. Quelqu'un s'inquiète :

— Elle est là ?

— Où est Lexi ? demande quelqu'un d'autre.

— Elle se cache, cette garce !

Un instant, j'envisage de plonger derrière le divan et de ne plus jamais ressortir.

— Elle est en haut ?

Les voix se multiplient et se rapprochent.

— Non, je l'ai aperçue ! Elle est là ! Lexi, sors de ton bureau !

Je tressaille en entendant des coups de poing contre ma porte. Je me force à me lever et à ouvrir.

Elles sont au courant.

Elles se tiennent toutes dans le couloir. Toutes les quinze, muettes, le regard chargé de reproches. Fi est au premier rang, les yeux durs comme le roc.

— Ce… ce n'est pas moi, je bégaye. Écoutez-moi, je vous en supplie. Comprenez-moi. J'étais contre cette décision. J'ai essayé… J'allais…

Je suis leur chef. En dernière instance, c'était à moi de sauver le département. Mais j'ai échoué.

— Pardon, je murmure les larmes aux yeux, en les regardant l'une après l'autre. Je suis navrée…

Silence. En cet instant, elles me haïssent tellement que je pourrais en mourir. Puis, sans s'être donné le mot, elles font demi-tour et s'éloignent. Les jambes en compote, je m'écroule dans mon fauteuil. Comment Byron leur a-t-il annoncé ? Que leur a-t-il dit ?

Soudain, je regarde la messagerie de mon ordinateur. Un mail collectif a pour titre : COLLÈGUES – DE MAUVAISES NOUVELLES

Je plonge dans le mail et je pousse un gémissement en lisant le texte. Qui porte, en plus, ma signature !

> *À toutes nos collègues du département,*
>
> *Comme vous le savez, les ventes sont en chute libre depuis un certain temps. La direction a donc décidé de fermer le département Revêtements de sol.*
>
> *Vous serez toutes licenciées au mois de juin. En attendant, Lexi et moi comptons sur vous pour améliorer vos quotas. Souvenez-vous que vos certificats de travail dépendent de nous, alors pas d'histoires et de mauvais esprit !*
>
> *Bien à vous,*
>
> *Byron et Lexi*

Ça y est ! Je veux me flinguer.

À la maison, Eric se prélasse sur la terrasse en profitant des derniers rayons du soleil. Il lit le *Evening Standard* en dégustant un gin-fizz.

— Bonne journée ? demande-t-il en levant la tête de son journal.

— Franchement… pas du tout, dis-je en tremblant. J'ai eu une journée affreuse. Tout mon département a été licencié.

En disant ça, je ne peux m'empêcher d'éclater en sanglots.

— Toutes mes copines, je continue. Elles vont perdre leur job. Elles me haïssent... et elles ont raison...

— Trésor, fait Eric en reposant son journal, c'est ça le business. Ce genre de choses arrive.

— Je sais. Mais il s'agit de mes copines. Fi est mon amie depuis mes six ans.

Eric semble réfléchir tout en buvant son verre. Finalement, il hausse les épaules et reprend son journal.

— Je le répète, ces choses arrivent.

— Pas d'accord, je m'insurge violemment. On les stoppe. On se bat.

— Trésor, tu as gardé ton job, non ?

— Oui.

— La société n'est pas en faillite ?

— Non.

— Alors, prépare-toi un gin-fizz.

Comment ose-t-il réagir ainsi ? Ce type est sans cœur. J'explose :

— Je ne veux pas de gin-fizz, tu comprends ! Je ne veux pas d'un sacré bordel de gin-fizz !

— Tu préfères un peu de vin ?

— Eric, tu ne saisis pas la situation ? Tu ne vois pas comme c'est terrible ?

Ma rage accumulée contre Simon Johnson et les directeurs tombe sur Eric telle une tornade. Eric, avec sa jolie terrasse si tranquille, Eric avec son verre en cristal et sa vie plan-plan !

— Lexi...

— Ces filles ont besoin de gagner leur vie. Elles ne sont pas toutes... de satanées milliardaires ! Elles ont des emprunts à rembourser. Des loyers à payer. Des mariages à financer.

— Tu dramatises un peu trop !

— Et toi, tu minimises la situation. Je ne comprends pas. Pire, je ne te comprends pas.

Je voudrais qu'il s'exprime, qu'il m'explique son point de vue, que nous en discutions.

Mais il se dérobe. Comme s'il n'avait rien entendu.

La frustration me fait trembler. J'ai envie de jeter son foutu gin-fizz par-dessus la balustrade.

— Bon, dis-je enfin, n'en parlons plus. Faisons semblant que tout va bien, que nous sommes d'accord alors que nous ne le sommes pas…

Je me retourne et j'ai le souffle coupé.

Jon, tee-shirt blanc et jean noir, se tient à l'entrée de la terrasse. Ses lunettes de soleil dissimulent son expression.

— Salut ! fait-il en s'avançant. Gianna m'a ouvert. J'espère que je ne vous dérange pas ?

— Non, dis-je en pivotant pour lui cacher ma tête. Bien sûr que non. Tout va bien. Très bien.

C'est le bouquet ! Il ne manquait que lui ! Eh bien, je vais faire comme s'il n'était pas là.

— Lexi est un peu fâchée, dit Eric sur le ton d'une conversation entre hommes. Une poignée d'employées de son bureau vont perdre leur travail.

— Pas une poignée ! Tout mon département ! Et je n'ai rien fait pour les sauver. Je suis leur chef et j'ai foiré lamentablement.

Une larme coule sur ma joue que j'essuie vivement.

— Jon, tu bois quoi ? demande Eric sans faire attention à moi. J'ai les plans de Bayswater et il faut qu'on discute de pas mal de points…

Il se lève et rentre dans le salon.

— Gianna ? Gianna ?

— Lexi ! dit Jon à voix basse en traversant la terrasse et en s'approchant de moi.

Il remet ça ! Je ne peux pas le croire.

— Laissez-moi tranquille ! Vous n'avez pas compris ? Vous ne m'intéressez pas. Vous draguez toutes les femmes mariées en leur racontant des conneries. Et même si j'étais intéressée, le moment est mal choisi. Mon département a été anéanti. Alors si vous n'avez pas de solution de sauvetage à me proposer, barrez-vous !

Silence. Jon va-t-il me sortir de nouvelles fadaises ? Non, il enlève ses lunettes noires et se masse le front, la mine perplexe.

— Je ne saisis pas. Qu'est-ce qui est arrivé à ton plan ?

— Un plan ? Quel bon dieu de plan ?

— Un plan en rapport avec un nouveau marché pour des moquettes ?

— Quoi ?

Jon semble perdu. Il me regarde comme si je plaisantais.

— Tu plaisantes ou quoi ? Tu ne sais donc pas de quoi je parle ?

— Non et non ! dis-je épuisée. Je n'en ai pas la moindre idée !

— Oh, merde ! Bon, écoute-moi. Tu avais préparé un projet important dans le plus grand secret, tu voyais un énorme marché. D'après toi, tout allait changer, tu allais engranger des millions, transformer le département… Quelle vue, hein ! ajoute-t-il sans se démonter en voyant Eric revenir avec un gin-tonic à la main.

Un énorme marché ?

Mon cœur bat à toute allure en voyant Eric disposer des chaises sous l'auvent.

T'occupe pas de lui, dit une petite voix intérieure. *Il vient d'inventer cette histoire. Il fait joujou avec toi...*

Et si c'était vrai ?

— Eric, mon chéri, je te demande pardon pour tout à l'heure, dis-je d'une voix égale. J'ai eu une journée difficile. Pourrais-tu m'apporter un verre de vin ?

Je ne regarde même pas Jon.

— Avec plaisir, trésor.

Eric disparaît et je me tourne vers Jon.

— Racontez-moi cette histoire et tâchez que ce ne soit pas du pipeau !

En croisant son regard, je suis mal à l'aise. Comment savoir si je peux lui faire confiance ? Mais je dois l'écouter. Au cas où il y existerait une chance sur mille qu'il dise la vérité.

— Ce n'est pas du pipeau. Si seulement je m'étais rendu compte plus tôt... Tu y as travaillé pendant des semaines. Tu ne te séparais jamais d'un gros dossier bleu. Tu étais tellement excitée que tu n'en dormais plus...

— C'était quoi exactement ?

— J'ignore les détails. Tu étais trop superstitieuse pour tout me dire. Tu croyais que j'allais te porter la guigne.

Jon se tord la bouche comme si c'était une plaisanterie.

— Je sais seulement que tu voulais utiliser d'anciens motifs de moquette que tu avais trouvés dans un vieux catalogue. Je sais aussi que c'était un coup énorme.

— Mais je ne suis pas au courant ! Pourquoi personne n'est au courant ?

— Tu voulais tout garder secret jusqu'au dernier moment. Tu ne faisais confiance à personne à ton bureau et il était plus sûr de… Ah, Eric ! Tout va bien ? ajoute-t-il en haussant la voix.

J'ai l'impression d'avoir reçu une gifle. Jon ne peut pas s'arrêter là.

— Tiens, Lexi, voici ton verre ! fait Eric gaiement.

Il va s'asseoir à la table, fait signe à Jon de le rejoindre.

— Regarde les derniers plans. J'ai parlé aux autorités…

Figée sur place, envahie par le doute, je réfléchis à toute allure. Jon pourrait me bourrer le mou. Pourquoi continuer à l'écouter si je suis prête à tout avaler ?

Mais comment connaît-il l'existence du catalogue des motifs ? Est-ce vrai ? Au fond de moi, je ressens une lueur d'espoir. S'il y a une chance, même minime…

— Lexi, ça va ? demande Eric en me voyant plantée au milieu de la terrasse, la tête dans les mains.

— Très bien.

Je vais m'asseoir sur la balancelle à l'autre bout de la terrasse. Sans prêter attention au brouhaha du trafic, je me chauffe au soleil tandis que Jon et Eric discutent.

— Il faut que nous repensions le parking, dit Jon en faisant un croquis. Ce n'est pas le bout du monde.

— D'accord, approuve Eric, si tu crois que c'est possible. Je te fais confiance.

J'avale une grande gorgée de vin, sors mon portable pour pianoter le numéro de Jon. Quand je pense que je suis en train de lui envoyer un message !

Prenons rendez-vous ? L

Je fourre le téléphone dans mon sac et regarde droit devant moi.

Quelques instants plus tard, tout en continuant à dessiner, Jon sort son portable de sa poche. Il lit ce qui apparaît à l'écran et répond. Eric ne s'est aperçu de rien.

Je me force à compter jusqu'à cinquante avant de regarder :

Bien sûr. J

17

Nous sommes convenus de nous retrouver au Fabian, dans Holland Park. Un café intime aux murs ocre, recouverts de vues de Toscane avec des étagères remplies de livres italiens. En voyant le bar en granit, la machine à café, un vieux canapé, j'ai une drôle d'impression : comme si j'étais déjà venue.

Du déjà-vu ? Un rayon d'espoir ?

Jon est assis à une table de coin. Avant même de l'apercevoir, je suis sur mes gardes. Malgré mes scrupules et contre toute logique, j'ai accepté ce rendez-vous clandestin. Je me sens piégée… mais dans quel genre de piège ?

Allez, Lexi, pas de panique ! Tu es là pour affaires. Tant que je m'en souviendrai, je serai hors de danger.

— Bonjour, dis-je en posant mon attaché-case sur une chaise. Nous sommes tous les deux très occupés. Alors abordons tout de suite notre sujet.

Jon me dévisage avec perplexité.

— Vous avez des éclaircissements à m'apporter ? je demande sans m'occuper de la tête qu'il fait. Je prendrai un cappuccino.

— Lexi, ça veut dire quoi ? Et dis-moi ce que signi-fiait ce foutoir à la soirée ?

— Je ne sais pas de quoi vous parlez !

Je fais semblant d'étudier le menu.

— Non, ça sera plutôt un café au lait.

— Arrête, dit-il en abaissant le menu qui dissimule mon visage. Tu ne peux pas te cacher. Qu'est-ce qui s'est passé ?

Son ton de voix est rigolard. Blessée dans mon orgueil, je flanque le menu sur la table et explose :

— Si vous voulez tout savoir, Rosalie et moi, nous avons bavardé pendant la réception. Elle m'a fait part de votre… petit jeu favori. Ce que vous m'avez raconté n'était que du baratin. Et je n'aime pas être baratinée !

— Lexi…

— Vous n'allez pas prétendre le contraire ? Je sais que vous avez essayé avec elle et avec Margo. Vous êtes un dragueur patenté qui s'attaque aux femmes mariées en leur disant ce qu'elles ont envie d'entendre. Ou qui croient le savoir.

Jon reste impassible.

— Oui, j'ai essayé avec Rosalie et Margo. J'ai peut-être été un peu loin. Mais on en était d'accord. C'était notre couverture.

Évidemment qu'il n'allait pas dire autre chose !

Je suis dans un état de rage noire. Et, en même temps, dans l'incapacité de contre-attaquer. Au fond, il peut me raconter n'importe quoi. Comment saurais-je s'il ment ou pas ?

— Lexi, tu dois comprendre que c'était du bidon. On avait mis au point ce scénario pour tromper notre monde, au cas où on nous surprendrait ensemble.

Rosalie est tombée dans le panneau, comme nous l'avions prévu.

— Tu voulais passer pour un dragueur ?

— Bien sûr que non ! se défend-il violemment. Mais on l'a échappé belle une ou deux fois. Surtout avec Rosalie qui est maligne. Elle nous aurait piégés.

— Alors vous l'avez baratinée ! dis-je d'un ton sarcastique. Vraiment classe !

Jon me regarde droit dans les yeux.

— Tu as raison, tout n'a pas été joli-joli. La situation n'était pas parfaite et on a fait des erreurs… Tu dois me faire confiance, Lexi, je t'en supplie. Laisse-moi t'expliquer.

Il fait mine de me prendre la main.

— Arrêtez ! dis-je en retirant mon bras. Compris ? D'ailleurs, nous ne sommes pas là pour en parler, ce n'est pas la question. Revenons à nos moutons.

Une serveuse s'approche.

— Un cappuccino, s'il vous plaît.

Dès qu'elle s'éloigne, je reprends :

— Ce plan de redressement, il n'existe pas ! J'ai fouillé partout. Au bureau, j'ai regardé dans tous les coins, interrogé l'ordinateur. Rien. À la maison, rien non plus ! Je n'ai trouvé que ça !

J'extirpe de ma mallette un morceau de papier sur lequel est griffonné un code.

— Il était dans un tiroir de mon bureau, un tiroir vide.

J'ai le vague espoir que Jon va s'exclamer, l'œil brillant : « Ah, voici la clé du mystère » comme dans le *Da Vinci Code*. Mais il le regarde et hausse les épaules.

— C'est ton écriture.

— Évidemment, fais-je en perdant un peu patience. Mais qu'est-ce que ça veut dire ? J'aurais dû garder des notes sur mon ordinateur au bureau !

— Il y a un type là-bas qui s'appelle Byron, non ?

— Oui, et alors ?

— Tu te méfiais de lui. À ton avis, il voulait dissoudre le département et te causer de sérieux ennuis. Une fois ton affaire bouclée, tu devais la présenter au conseil.

La porte du bistrot s'ouvre et, croyant voir Eric, je sursaute comme une gamine prise en faute. J'ai même une excuse toute prête *: Je faisais du shopping et je suis tombée sur Jon ! Sacrée coïncidence !* Ce n'est pas Eric mais une meute d'adolescents français.

La culpabilité me rend agressive.

— Vous ne savez donc rien d'autre ? Autrement dit, vous êtes incapable de m'aider !

— Mais non, rétorque Jon calmement. En y repensant, une chose m'est revenue. Tu étais en contact avec un Jeremy Northam. Ou Northwick. Un nom de ce genre.

— Jeremy Northpool ?

Ce nom surgit dans ma tête. Clare m'a donné un Post-it avec ce nom écrit dessus. En même temps que trente-cinq autres Post-it.

— Oui, Northpool, c'est possible.

— Il m'a appelée plusieurs fois à l'hôpital.

— Eh bien, tu pourrais lui passer un coup de fil.

— Impossible, fais-je en me tordant les mains. Je ne me vois pas lui dire : « Bonjour, Lexi Smart à l'appareil. Alors, on traite une affaire ensemble. Au fait, c'est quoi votre métier ? » Il faut que j'en sache plus. Mais où chercher ?

— Tu as dû déplacer le dossier. Tu l'as caché… ou donné à garder…

— Mais où ?

La serveuse m'apporte mon cappuccino et je grignote machinalement le petit biscuit servi avec. Où ai-je mis mon dossier ? Où l'ai-je caché ? À quoi est-ce que je pensais ?

— Autre chose me revient. Tu es allée dans le Kent. Voir ta mère.

— Vraiment ? Quand ?

— Juste avant ton accident. Tu as peut-être emporté ton dossier là-bas ?

— Chez ma mère ? je répète, l'air sceptique.

— Ça vaut le coup d'essayer. Téléphone-lui.

Je contemple mon café de mauvaise humeur. Appeler ma mère ? Pas question. C'est mauvais pour ma santé.

— Allez, Lexi, appelle-la ! T'es une femme ou une baleine ?

Ébahie, je relève la tête. Je me demande même si j'ai bien entendu.

— C'est une des expressions de Fi, dis-je enfin.

— Je sais, tu m'as parlé d'elle.

— Qu'est-ce que je vous ai raconté ?

— Vous vous êtes connues dans la classe de Mme Brady. Tu as fumé ta première et dernière cigarette avec elle. Vous avez été ensemble à Ibiza trois fois. Tu as été traumatisée quand elle a cessé d'être ta copine. C'est pour ça que tu dois téléphoner, ajoute-t-il en pointant son doigt vers le portable qui dépasse de mon sac.

C'est dingue ! Qu'est-ce qu'il sait d'autre ? En lui décochant des coups d'œil en coin, je compose le

331

numéro maternel. Visiblement il réprime une envie de rire.

— Lexi, je ne suis pas un magicien, dit-il. Nous couchions ensemble et nous parlions.

— Allô ! fait maman.

— Ah, maman, c'est Lexi ! Est-ce que j'ai apporté des papiers chez toi récemment ? Oui… un dossier.

— Tu parles d'un dossier bleu ?

Je n'arrive pas à y croire ! Il existe vraiment ! Je me sens tout excitée. Et pleine d'espoir.

— Il est dans ta chambre, là où tu l'as laissé. Euh, un coin est un peu humide…, ajoute-t-elle sur la défensive.

Incroyable. Un des chiens a pissé dessus !

— Mais il est encore utilisable ? Lisible ?

— Évidemment !

— Formidable ! N'y touche pas ! Garde-le bien, je vais venir le chercher.

Je coupe la communication et me tourne vers Jon.

— Vous aviez raison ! Il est là-bas. Bon, il faut que j'y aille immédiatement. Je vais prendre le train à Victoria, il y en a toutes les heures…

— Lexi, calme-toi. Je vais t'emmener si tu veux.

— Comment ?

— Je ne suis pas très occupé aujourd'hui. Mais il faudra prendre ta voiture, je n'en ai pas.

— Vraiment ?

— Je suis entre deux voitures. J'utilise ma bicyclette ou je prends des taxis. Mais je sais conduire une belle Mercedes décapotable.

Une fois encore, il a l'air de plaisanter.

J'ouvre la bouche pour parler, mais j'ai la tête dans la semoule. Trop de pensées l'agitent.

— Merci, j'accepte... avec plaisir.

J'ai une histoire toute prête. Si quelqu'un s'inter-roge, Jon me donne une leçon de conduite. J'étais montée par hasard dans ma voiture quand il m'a pro-posé de me donner quelques conseils.

Mais on ne nous demande rien.

Le soleil brille et, tout en faisant marche arrière pour sortir du parking, il décapote. Puis il sort de sa poche un élastique noir.

— Tu vas en avoir besoin. Avec le vent.

— Ah ! Vous en avez dans vos poches ! je remarque, estomaquée.

— J'en ai partout. Ils sont tous à toi. À ton avis, je dois les jeter ?

Sans répondre, je tire mes cheveux et fais une queue-de-cheval.

Jon tourne en direction d'un croisement.

— C'est dans le Kent, dis-je quand nous stoppons au feu rouge. Il faut sortir de Londres par...

— Je connais l'endroit.

— Quoi, la maison de maman ? fais-je, incrédule.

— J'y suis déjà allé.

Le feu passe au vert et nous redémarrons. Une foule de pensées tourbillonne dans ma tête. Il a été chez maman. Il sait qui est Fi. Il a un de mes élastiques dans sa poche. Il a eu raison pour le dossier bleu. Soit il connaît à fond son affaire, soit...

— Ainsi – et je parle théoriquement – nous serions amants.

— Théoriquement, répète-t-il sans tourner la tête.

— Comment est-ce arrivé ? Comment avons-nous...

— Je te l'ai dit, nous étions à une présentation. On n'arrêtait pas de se rencontrer dans les bureaux de la société. Je venais de plus en plus souvent chez Eric et toi. J'arrivais de bonne heure, alors qu'Eric était encore occupé. On bavardait sur la terrasse… C'était innocent.

Il se tait, le temps de manœuvrer pour changer de file.

— Et puis Eric est parti un week-end. Je suis venu. Après ça… ce n'était plus aussi innocent.

Je commence à le croire. Comme si un store coulissait, comme si le monde changeait. Les couleurs apparaissent tout d'un coup plus vives, plus claires.

— Et puis ?

— On se voyait autant que possible.

— Évidemment. Dites-moi comment c'était. De quoi on parlait. Qu'est-ce qu'on faisait ? Raconte-moi !

— Tu me tues ! fait Jon en éclatant de rire. Tu me disais toujours ça quand on était couchés : Raconte-moi !

— J'aime qu'on me raconte des histoires, fais-je, sur la défensive. N'importe quoi.

— Je le sais bien. N'importe quoi.

Jon conduit en silence pendant un moment, mais il sourit tout en réfléchissant.

— Partout où nous sommes allés ensemble, on a fini par t'acheter des chaussettes. Toujours le même cinéma : tu enlèves tes chaussures pour être pieds nus dans le sable ou dans l'herbe, puis tu attrapes froid et il faut t'acheter des chaussettes. Quoi d'autre ? Je devais étaler de la moutarde sur tes frites.

— De la moutarde de Dijon ?

— Absolument. Au début, je trouvais que c'était dégoûtant. Maintenant, je suis accro.

Jon emprunte une route à quatre voies. La circulation s'accélère. Il est plus difficile de s'entendre.

— Un week-end, il a plu. Eric était parti jouer au golf. Nous sommes restés collés devant la télé à regarder des épisodes de *Dr Who*. Tu veux que je continue ?

Ce que Jon me raconte résonne comme un écho. Mon cerveau se met au diapason. Je ne me rappelle pas ce dont il parle, mais je crois m'y reconnaître. C'est bien moi. Ma vie.

— Continue.

— Bon, on a joué au ping-pong ce jour-là. D'une façon féroce. Tu menais par deux jeux à zéro mais je te sentais sur le point de craquer.

— Je ne suis pas du genre à craquer.

— Mais si !

— Jamais de la vie, fais-je en riant.

— Je t'ai présentée à ma mère. Elle a tout de suite deviné. Elle me connaît trop bien pour gober mes bobards. Mais ça ne fait rien, elle est cool, elle ne répétera jamais rien.

Jon change de file.

— Tu dors toujours à gauche. En huit mois, nous avons passé cinq nuits entières ensemble.

Il se tait un instant pour calculer :

— Eric en a eu cent fois plus.

Que lui répondre ? Il surveille la route, regardant droit devant lui.

— Tu veux que je continue ?

— Oui, dis-je à voix basse.

En traversant le Kent, Jon a épuisé tous les détails qu'il peut me fournir sur notre histoire. Comme je n'ai rien à lui raconter, c'est en silence que nous regardons défiler les champs et les séchoirs de houblon. Non pas que je les remarque. J'ai grandi dans le Kent et le jardin de l'Angleterre n'a plus de secret pour moi. J'observe plutôt le GPS et suit la flèche qui marque notre position.

Ce qui me rappelle soudain ma conversation avec Dave le Loser et je pousse un soupir.

— Un problème ? s'inquiète Jon.

— Non, mais je me demande encore comment je suis arrivée là où je suis. Pourquoi ai-je voulu réussir à tout prix, faire rectifier mes dents, devenir… cette autre personne ?

— Eh bien, je crois que tout a commencé avec ce qui s'est passé à l'enterrement.

— Comment ça ?

— Tu sais, le truc avec ton père.

— Quoi donc ? De quoi parles-tu ?

Jon freine sec et s'arrête à côté d'un pré rempli de vaches.

— Ta mère ne t'a pas parlé de l'enterrement ?

— Bien sûr que si. Papa a été incinéré, voilà tout.

— Rien d'autre ?

Je me creuse la cervelle. Maman ne m'a donné aucun détail. En fait, elle a changé de sujet quand j'ai voulu en discuter. Mais c'est normal chez maman. Elle change tout le temps de sujet.

Jon redémarre doucement.

— C'est vraiment surréaliste, dit-il en remuant la tête. Mais, bon sang, que sais-tu de ta vie ?

— Sans doute rien. Mets-moi au courant si c'est tellement important.

— Ah non ! Ce n'est pas à moi de le faire mais à ta mère.

Il tourne dans une allée en gravier.

— Nous sommes arrivés !

Effectivement. Je ne l'avais même pas remarqué. La maison est telle que dans mon souvenir : un cottage en briques rouges des années 1900, flanqué par une véranda. Comme toujours, la vieille Volvo de maman est garée devant la porte. À dire vrai, la maison n'a pas changé depuis qu'on s'y est installés voilà vingt ans. Elle est juste plus défraîchie. Un morceau de gouttière pend du toit et la vigne vierge a envahi les murs. À l'entrée de l'allée, sous une bâche, se trouve encore un tas de pavés que papa a déversés là. Il devait les vendre et commencer un commerce, enfin je crois. C'était... il y a huit ou dix ans ?

À travers la grille, j'aperçois le jardin qui était assez joli avec ses plates-bandes fleuries et ses carrés d'herbe... avant l'invasion des chiens.

— Alors... tu dis que maman m'a menti ?

Jon secoue la tête.

— Non, pas menti. Mais elle a censuré la vérité.

Il m'ouvre la portière.

— Viens !

Les whippets ont un problème : quand ils se tiennent à quatre pattes, ils paraissent petits, mais dès qu'ils se dressent sur leurs pattes de derrière, ils deviennent immenses. Et quand ils se mettent à dix pour vous sauter dessus, c'est une vraie agression.

— Ophelia ! Raphael ! crie maman par-dessus les aboiements de la meute en folie.

Elle porte une vieille chemise bleue à rayures sur une jupe en velours côtelé.

— Couchez ! ordonne-t-elle. Lexi chérie ! Tu as vraiment fait vite pour venir. J'ai dit : Arrêtez !

— Bonjour, maman, dis-je en écartant de force un des chiens. Je suis venue avec Jon, un ami.

L'ami en question est en train d'essayer de se débarrasser d'un whippet trop affectueux.

— Bas les pattes ! Va jouer avec tes copains.

— Eh bien, fait maman, si j'avais été prévenue, j'aurais préparé à déjeuner. Mais avec si peu de temps…

— Maman, on n'est pas venus pour déjeuner. Je veux seulement récupérer mon dossier. Il est toujours là ?

— Bien sûr. En parfait état.

Je grimpe en vitesse dans ma chambre qui a conservé son papier peint de chez Laura Ashley.

Amy a raison, l'endroit pue ! Les chiens, l'humidité, le moisi ? En tout cas, c'est intenable. Le dossier se trouve sur la commode. Je comprends maintenant les réticences de maman. Il sent le pipi de chien à plein nez. C'est tout simplement atroce.

En me pinçant les narines, je l'ouvre du bout des doigts.

J'ai rédigé ce dossier de ma blanche main. Ligne après ligne, aussi clair que de l'eau de roche. Comme un long message dont je suis la destinataire. Je parcours la première page, cherchant à déterminer au plus vite le but de l'opération… C'est une proposition, mais quoi exactement ? Je tourne une page et encore une autre. Et je découvre enfin un nom.

Waouh !

Je pige immédiatement. Je vois les contours du projet. Je lève la tête, le cœur battant à mille à l'heure. Quelle idée géniale ! Vraiment ! Le potentiel est énorme, il pourrait tout changer...

Gonflée à bloc, je saisis le dossier à pleines mains sans plus me préoccuper de l'odeur et redescends l'escalier quatre à quatre.

— Tu l'as ? demande Jon au pied des marches.

— Oui ! fais-je, tout sourire. C'est brillant ! Une idée brillante !

— C'était ton idée !

— Qu'est-ce que tu crois ? fais-je avec un accent de fierté. On avait besoin de ça depuis longtemps. C'est ce qu'on aurait dû faire. Si tout marche, ils ne devraient pas abandonner les moquettes. Ou alors ils seraient dingues !

Un chien me saute dessus et tente de mordiller mes cheveux, mais pour une fois je m'en fiche. J'ai du mal à croire que j'ai mis au point ce marché. Moi ! Lexi ! Vite, que j'en parle à tout le monde...

— Tenez ! fait maman en apportant un plateau avec des tasses. Je peux au moins vous offrir un café et des petits biscuits.

— Inutile, maman, on doit se dépêcher...

— J'aimerais bien un peu de café, interrompt Jon en souriant.

Quoi ? Je lui lance un coup d'œil assassin. Installé au fond d'un vieux canapé, Jon prend ses aises, comme s'il était chez lui. Peut-être qu'il l'est !

— Lexi m'a confié qu'elle essayait de reconstituer des périodes de sa vie, dit-il en grignotant un biscuit. Elle devrait être au courant de ce qui s'est passé pendant l'enterrement de son père, vous ne trouvez pas ?

339

— Bien sûr, la perte d'un parent est toujours traumatisante, commence maman, très occupée à casser un biscuit en deux. Tiens, Ophelia, c'est pour toi !

Elle donne la seconde moitié à un autre chien.

— Je ne parle pas de ça, insiste Jon. Mais des autres événements.

— Quels autres ? fait maman, le regard vague. Allons, Raphael, un peu de tenue ! Lexi, du café ?

Les chiens ont plongé dans l'assiette de biscuits qu'ils lèchent et croquent avec bonheur. Charmant pour nous !

— J'ai l'impression que Lexi ne sait pas tout, reprend Jon.

— Smoky, ce n'est pas ton tour...

— Arrêtez de parler à ces maudits clebs !

La voix de Jon me fait sauter au plafond.

Quant à Maman, elle est tellement sous le choc qu'elle en reste muette. Et paralysée.

— Il est question de votre fille, dit Jon en me désignant. Pas de votre chien !

Maman et moi le regardons, pétrifiées. Il se dirige vers la cheminée en ébouriffant ses cheveux, sans se préoccuper des chiens qui s'agglutinent autour de lui.

— Je tiens à votre fille, même si elle ne s'en rend pas compte. Quant à vous, madame, si vous désirez vivre en vous voilant la face, c'est votre affaire. Mais vous n'aidez pas Lexi.

— De quoi parles-tu ? je demande, perdue. Qu'est-ce qui s'est passé à l'enterrement ?

Maman porte les mains à son visage, comme pour se protéger.

— Ce n'était pas... plaisant.

— La vie n'est pas plaisante, reprend Jon. Surtout si on refuse de voir les choses en face. Et si vous ne dites rien à Lexi, je vais le faire. Car elle m'en a parlé, voyez-vous !

Il écrase le dernier biscuit.

— D'accord ! Voilà ce qui est arrivé…, murmure maman.

— Mais quoi donc ?

— Les huissiers ont débarqué, avoue-t-elle en rougissant. Au milieu de la cérémonie.

— Des huissiers ! Mais…

— Ils sont entrés sans prévenir. Ils étaient cinq, précise-t-elle, le regard dans le vide, en caressant un chien couché sur ses genoux. Ils voulaient saisir la maison. Prendre le mobilier, enfin tout. Il s'est avéré que ton père n'a pas été très honnête avec moi. Ni avec personne.

— Montrez-lui le second DVD, ordonne Jon. Et ne me dites pas que vous ne savez pas où il se trouve.

Maman reste immobile pendant quelques instants puis elle se lève, fouille dans un tiroir et en sort un DVD. Elle le glisse dans le lecteur et nous nous calons tous les trois dans un canapé.

« Mes chéries. »

Papa apparaît dans le même salon que sur le DVD précédent, vêtu de la même robe de chambre molletonnée. Face à la caméra, il arbore le même sourire charmeur.

« Si vous me regardez, c'est que j'ai claqué. Et vous devez savoir une chose. Mais ne la diffusez pas. (Il tire sur son cigare comme à regret.) Il y a eu une catastrophe financière. Je n'avais pas l'intention de vous faire porter le chapeau. Mais vous êtes malignes et vous devriez vous en sortir. (Il réfléchit un instant.) Si vous êtes dans la mouise, vous pouvez taper ce vieux Dickie Hawford, il devrait vous dépanner. Allez, haut les cœurs ! » Il lève son verre et l'écran devient noir.

— Que voulait-il dire en parlant de catastrophe ?

— Il a hypothéqué la maison, dit maman d'une voix tremblante. C'était ce qu'il désirait nous dire. Le DVD est arrivé par la poste une semaine après son enterrement. Trop tard ! Les huissiers étaient passés par là ! Que pouvions-nous faire ?

Elle caresse le whippet tellement fort qu'il s'en va.

— Alors, on a fait quoi ?

— On aurait dû vendre. Déménager ailleurs. Amy aurait dû changer d'école…

Elle agite à nouveau ses mains devant son visage.

— Heureusement, mon frère est intervenu. Ainsi que ma sœur. Et toi aussi. Tu m'as promis de rembourser les emprunts. Enfin, dans la mesure de tes moyens.

— Moi ?

Je me recroqueville sous le choc. En essayant de comprendre. J'ai accepté de rembourser les dettes de papa ?

— Il a fait ses emprunts dans une banque des Caraïbes ? dis-je soudain. Du nom de Uni… quelque chose ?

— La plupart des affaires de ton père étaient dans les Caraïbes. Pour déjouer le fisc. Il aurait pu être un peu plus honnête…

— De la part d'une mère qui a tout caché à sa fille, j'avoue que c'est particulièrement malvenu, intervient Jon. Vous n'avez pas honte ?

À mon tour, la moutarde me monte au nez.

— Maman, tu savais que je ne me rappelais pas l'enterrement. Tu ne m'as jamais rien raconté. Pourtant, ça m'aurait aidée. J'ignorais totalement où cet argent allait.

— J'ai passé un moment très difficile, gémit-elle en regardant de droite à gauche. J'ai voulu épargner Amy...

— Mais, dis-je soudain en pensant à un autre drame, j'ai une autre question à te poser. Papa a fait de la prison ?

Maman grimace comme si je lui avais marché sur les pieds.

— Pas très longtemps. Il y a des années... à la suite d'un malentendu. Oublions ça ! Je vais refaire du thé...

— Non ! je hurle en bondissant sur mes pieds et en lui barrant le chemin. Maman, écoute ! Tu ne peux plus vivre dans une bulle, en prétendant qu'il n'est rien arrivé. Amy a raison. Il faut que tu cesses de vivre en fermant les yeux.

— Lexi ! s'écrie-t-elle comme pour me rappeler à l'ordre.

Je fais comme si je n'avais pas entendu.

— Amy savait parfaitement que papa avait fait de la taule. Du coup, elle croit que c'est cool. Normal, alors, qu'elle s'attire autant d'ennuis...

Soudain, les pièces du puzzle se mettent en place.

— Voilà pourquoi je suis devenue aussi ambitieuse ! Aussi déterminée ! L'enterrement a tout changé !

— Tu m'as raconté comment les choses se sont passées, précise Jon. Quand les huissiers sont venus, ta mère s'est effondrée. Tu as dû leur tenir tête, prendre les décisions... Tu as tout assumé.

343

— Cesse de me regarder comme si j'étais coupable, se plaint maman en tremblant. Comme si tout était de ma faute ! Tu n'as pas idée de ce qu'a été ma vie. Ton père, cet homme…

Elle se tait, laissant le reste en suspens. Je retiens mon souffle quand nos regards se croisent. Pour la première fois de ma vie, maman me semble sincère.

Personne ne bouge. J'ose à peine parler car même à voix basse chaque mot éclate comme un coup de tonnerre dans le silence ambiant.

— Et alors ? Parle-moi de lui.

Mais c'est trop tard. L'instant de vérité est passé. Maman évite à nouveau mon regard. J'ai un coup au cœur en m'apercevant que je la vois pour la première fois telle qu'elle est : avec son bandeau de petite fille, avec ses mains fripées et l'alliance de papa au doigt. Elle recommence à caresser une des chiennes.

— Agnes, c'est l'heure du déjeuner. Voyons ce que je vais te trouver…

— Maman, je t'en supplie, tu ne peux pas t'arrêter ainsi. Qu'est-ce que tu allais me dire ?

Je ne sais pas ce que j'espérais, mais je vais être déçue. Elle a son air lointain, imperméable.

— J'allais juste te dire…, fait-elle avec son air de martyr. Avant de tout me mettre sur le dos, ton petit copain de l'époque n'est pas innocent. Tu sais, ton petit ami à l'enterrement. Dave ? David ? Tu devrais lui demander des comptes à lui.

— Dave le Loser ? dis-je, ébahie. Mais il n'était pas présent à l'enterrement. Il m'a juré qu'il m'avait proposé de venir mais que j'avais refusé. Il m'a dit…

Je me tais en voyant Jon secouer la tête et lever les yeux au ciel.

— Qu'est-ce qu'il t'a dit d'autre ?

— Qu'on avait rompu ce matin-là, en très bons termes. Et qu'il m'avait offert une rose…

Mon Dieu, comment ai-je pu croire, même à moitié, à ces boniments ?

— Excusez-moi !

Je sors dans l'allée, furieuse contre maman, contre papa, contre moi-même pour être aussi crédule. Je sors mon portable et appelle Dave le Loser sur la ligne directe de son bureau.

— Auto Repair, fait une voix très business, Dave Lewis à votre service.

— Dave le Loser ! c'est moi, Lexi, dis-je d'une voix glaciale. Raconte-moi encore notre rupture. Et cette fois, je veux entendre la vérité !

— Baby, je t'ai dit la vérité, fait-il, très sûr de lui. Il faut que tu me fasses confiance.

J'ai envie de lui coller une beigne !

— Écoute, espèce de taré, je suis chez mon neurologue. D'après lui, on m'a fourni de faux renseignements, ce qui a détruit les synapses de ma mémoire. Si ces informations ne sont pas rectifiées, mon cerveau risque d'être détérioré à jamais.

— Seigneur ! Vraiment ?

Ce mec est encore plus bête que les whippets de ma mère !

— Absolument. Je suis avec ce spécialiste qui tente de rétablir mes circuits. Tu veux essayer de me dire la vérité ? Ou tu préfères lui parler ?

— Non ! D'accord !

Je le vois en train de respirer à fond et passer un doigt dans son col de chemise.

— OK, ce n'est pas exactement ce que je t'ai dit. J'étais venu à l'enterrement. Mais c'était pour t'aider. Pour te soutenir.

— Bon, et ensuite ?

— Ensuite…

— Quoi ?

— J'ai sauté une des serveuses. Sous le coup de l'émotion ! ajoute-t-il pour sa défense. Tu sais, on fait parfois n'importe quoi. Je croyais avoir fermé la porte à clé…

— Et je suis entrée et je t'ai surpris, dis-je sans y croire.

— Oui. On n'était même pas nus. Enfin, à peine…

— Laisse tomber !

J'ai besoin d'un peu de calme pour digérer tout ça. Empruntant un chemin de gravier, je vais m'asseoir sur un petit mur de pierre et regarde les moutons dans un pré sans faire attention aux « Lexi ! Lexi ! » qui sortent du portable.

Ainsi j'ai piqué Dave le Loser en train de me tromper. Évidemment. Je n'en suis pas surprise.

Finalement, je plaque mon portable contre mon oreille.

— Alors, j'ai réagi comment ? Et ne me dis pas que je t'ai offert une rose et que tout a été magnifique.

— Franchement, tu as piqué une crise ! Tu en voulais à ta vie. Elle devait changer, elle était merdique, tu me détestais, tu détestais tout… T'as vraiment pété les plombs. J'ai essayé de te calmer, de te donner un sandwich aux crevettes. Mais tu n'en as pas voulu. Tu t'es tirée à la vitesse grand V.

— Ensuite ?

346

— Je ne t'ai plus revue. La fois suivante, c'était à la télé et tu avais changé de look.

— Je vois, dis-je en observant deux oiseaux dans le ciel. Tu aurais pu me dire la vérité la première fois.

— Je sais. Excuse-moi.

— Ben tiens !

— Non, sans blague.

Il ne m'a jamais paru aussi sincère que lorsqu'il ajoute :

— C'était nul de ma part d'avoir sauté cette serveuse. Et la façon dont elle t'a insultée, c'était glauque.

Je me redresse, à nouveau en pleine possession de mes moyens.

— Elle m'a dit quoi ?

— Ah ! Tu ne t'en souviens pas ? Euh… rien. J'ai oublié aussi.

— Dis-moi ! fais-je en me relevant. Allez, Dave le Loser !

— Je dois filer. Bonne chance avec ton médecin !

Il raccroche. Quand je le rappelle, son numéro est occupé. Petit con !

Je reviens dans le salon où Jon est sur le canapé en train de lire un numéro du *Monde des Whippets*.

— Alors, fait-il en souriant, comment ça s'est passé ?

— Qu'est-ce que la serveuse m'a dit ? Elle m'a insultée, non ?

Jon semble gêné.

— Je ne vois pas… Dis donc, tu as déjà lu le *Monde des Whippets* ? Il y a une excellente histoire…

— Tu sais très bien de quoi je parle !

Je m'assieds à côté de lui et tourne sa tête vers moi pour le forcer à me regarder.

— Je sais que je te l'ai raconté. Alors, dis-le-moi !

— Lexi, ce n'est qu'un détail. Pourquoi y attaches-tu une telle importance ?

— Parce que… c'est comme ça. Écoute, Jon, tu ne peux pas engueuler maman parce qu'elle refuse la vérité et me priver d'éléments de ma propre vie. Allez, raconte !

— D'accord, fait-il en levant les mains en signe de reddition. Si tu veux tout savoir, elle t'a traitée de… Dracula !

Dracula ? Malgré moi, malgré le fait que mes dents soient désormais parfaites, je rougis de honte.

— Lexi…

— Non, dis-je en écartant sa main. Ça va !

Le visage en feu, je me lève et vais me poster devant la fenêtre pour imaginer la scène. Je porte mes vieilles chaussures plates tout éculées. Nous sommes en 2004. Ma prime m'est passée sous le nez. C'est l'enterrement de mon père. Les huissiers sont venus dans l'intention de saisir nos biens. Je surprends mon petit ami en train de baiser la serveuse qui me traite de Dracula.

Bon. Le passé commence à prendre tournure.

18

Pendant le trajet de retour, je reste silencieuse un long moment. Je tiens le dossier bleu serré contre ma poitrine comme s'il risquait de m'échapper. Le paysage défile à toute allure. Jon me jette un coup d'œil de temps en temps mais se tait lui aussi.

Tout ce que je viens d'apprendre fait des ronds dans ma tête. J'ai l'impression d'avoir passé un examen dont le sujet était Lexi Smart.

— Je n'arrive pas à croire que papa nous ait laissées dans une telle mouise, dis-je enfin. Sans nous prévenir ni rien.

— Vraiment ?

Je balance mes chaussures, pose mes pieds sur le siège et, la tête sur mes genoux repliés, je regarde la campagne.

— Tu sais, tout le monde aimait mon père. Il était beau, amusant, pétillant et il nous adorait. Malgré toutes ses conneries, il nous adorait. Il nous appelait ses trois filles.

— Ses trois filles ! répète-t-il sèchement. Eh bien, s'il vous voyait maintenant, il ne serait pas déçu : une toquée de chiens qui refuse la réalité, une ado arnaqueuse et une amnésique barjo. Et toutes dans le rouge grâce à lui. Bravo, Michael ! Du beau travail !

— Tu n'as pas une haute opinion de mon père, n'est-ce pas ?

— Lui a bien vécu mais il vous a laissées ramasser les morceaux. Un sacré égoïste, oui ! Mais je ne le connaissais pas.

Soudain, il met son clignotant et change de file en agrippant le volant de toutes ses forces. Il semble très en colère.

— Au moins, je réussis un peu mieux à me comprendre, dis-je en mordillant mon pouce. Je t'ai parlé de l'enterrement ?

— Une ou deux fois !

— Je vois. En fait, je n'ai pas arrêté. Ça devait te casser les pieds.

— Ne sois pas idiote.

Il me prend la main et la serre brièvement.

— Un jour, au début, alors que nous n'étions encore que des amis, tu as tout déballé. L'histoire complète. Comment cette journée avait changé ta vie : tu as décidé de prendre en charge les dettes familiales, tu as été voir un dentiste dès le lendemain, tu as commencé un régime d'enfer, tu as changé totalement de look. Ensuite, tu es passée à la télé et ta vie a été transformée. Tu as grimpé les échelons professionnels telle une fusée, tu as rencontré Eric qui semblait être la solution rêvée : il était riche, solide, tenace. À des années-lumière de…

— … mon père, je complète.

— Je ne suis pas psy. Mais c'est probable.

Silence. Je suis des yeux la trace blanche d'un petit avion qui évolue dans le ciel.

— Quand je me suis réveillée, j'ai cru vivre un rêve. Une nouvelle Cendrillon. Mieux que Cendrillon. Je me disais que j'avais tout pour être la fille la plus heureuse au monde…

Je me tais tandis que Jon hoche la tête.

— Tu vivais constamment sous pression. Tu as grimpé trop vite, tu ne savais pas comment contrôler ta nouvelle existence, tu as commis des erreurs… Tu t'es coupée de tes amies. Ç'a été le plus dur.

— Mais je ne comprends pas ! Pourquoi est-ce que je suis devenue une garce ?

— Tu ne l'as pas fait exprès, c'est certain. Tu as été projetée chef. Tu avais un gros département à administrer, tu voulais impressionner tes supérieurs, ne pas être accusée de favoritisme… et tu t'es pris les pieds dans le tapis ! Tu as pris des trucs par le mauvais bout. Tu t'es sentie piégée. Tu avais voulu te fabriquer cette carapace d'acier. Ça faisait partie de ta réussite.

— Le Cobra ! Je n'arrive pas à croire que les gens me voyaient comme un serpent.

— Le Cobra ! répète Jon en souriant. C'est venu des producteurs de l'émission, pas de toi. Quoiqu'ils n'aient pas eu totalement tort. Tu as quelque chose du cobra quand il s'agit de business.

— Faux ! je crie, horrifiée.

— Mais dans le bon sens.

Il se fiche de moi. Comment un cobra peut-il avoir de bons côtés ?

Nous roulons en silence au milieu des champs dorés. Puis Jon allume la radio. Les Eagles interprètent *Hotel California*. Soudain, alors que le soleil se reflète sur le pare-brise, j'ai l'impression d'être dans un autre pays. Dans une autre vie.

— Une fois, tu m'as dit que, si tu pouvais remonter le temps et faire d'autres choix, tu ne t'en priverais pas, dit Jon d'une voix très douce. Tu changerais de personnalité... de boulot... Eric... Les choses sont différentes quand elles perdent leur éclat.

En l'entendant prononcer le nom d'Eric, je suis piquée à vif. Jon parle du passé comme s'il était révolu, mais il s'agit du présent. Je suis mariée. Et je n'aime pas son sous-entendu.

— Écoute, je ne suis pas une croqueuse de diamants, compris ? J'ai dû à un moment être amoureuse d'Eric, je ne l'aurais pas épousé juste pour son fric.

— Au début, Eric t'a semblé être un bon parti. Il est charmant, il répond à tous les critères... En fait, il est parfaitement programmé, à la manière de la climatisation ou de l'ouverture des stores. Appuie sur la touche « Mari » et il se met en route.

— Arrête !

— Sur le plan technique, on ne fait pas mieux ! Il est équipé de toute une gamme de comportements. Sensible, dynamique...

— Arrête, je répète en m'efforçant de ne pas rire.

J'augmente le son de la radio, comme pour ne pas entendre Jon. Quelques instants plus tard, ayant réfléchi à ce que je veux dire, je le baisse.

— D'accord. On a peut-être eu une liaison. Dans le passé. Ce qui ne veut pas dire... Ce qui n'empêche pas que j'aie envie de réussir mon mariage, cette fois-ci.

— Ça ne marchera pas, dit Jon sans hésiter. Eric ne t'aime pas.

Cette façon d'être monsieur-je-sais-tout ! Non mais je rêve !

— C'est faux ! Il me l'a dit. En fait, c'était très romantique, si tu veux tout savoir.

— Pas possible ! fait-il sans ciller. Qu'est-ce qu'il t'a sorti ?

— Il est tombé amoureux de ma belle bouche, de mes longues jambes et de la façon dont je balance ma mallette, dis-je en rougissant.

Je m'en souviens parfaitement. En fait, je l'ai appris par cœur.

— Il est d'une bêtise rare !

— Pas du tout ! Il est romantique.

— Vraiment ? Il t'aimerait autant si tu ne balançais pas ta mallette ?

J'en reste bouche bée.

— Je ne sais pas. Là n'est pas le sujet.

— Comment ça ? On est au cœur du problème. Il t'aimerait autant si tes jambes étaient plus courtes ?

— Je n'en sais rien ! Et puis tais-toi ! C'était un moment merveilleux !

— Un ramassis d'âneries, oui !

— Et toi ? Tu aimes quoi chez moi ?

— Je ne sais pas. Ton essence même. Je ne peux pas faire une liste.

Long silence. Je regarde droit devant moi. Jon se concentre sur la route, comme s'il avait oublié notre conversation. Maintenant qu'on se rapproche de Londres, la circulation devient intense.

— Bon voilà, dit-il enfin alors que nous sommes pris dans un embouteillage. J'aime la façon dont tu couines en dormant.

— Je fais ça ?

— Comme un écureuil !

J'ai du mal à ne pas sourire.

On roule désormais au pas. Mon portable sonne et je le sors de mon sac.

— Un message d'Eric. Il est bien arrivé à Manchester. Il va regarder plusieurs terrains dans les jours qui viennent.

— Je suis au courant.

Nous avons atteint les faubourgs de Londres. L'atmosphère est plus triste et une goutte de pluie me frappe le visage. Je frissonne et Jon recapote. Il semble impassible.

— Tu sais, Eric aurait pu régler les dettes de ton père d'un trait de plume. Mais il t'a laissée te débrouiller. Il n'en a jamais parlé.

Je me sens perdue. Que rétorquer ? Que penser ?

— C'est son argent, dis-je enfin. Pourquoi l'aurait-il fait ? D'ailleurs, je n'ai besoin de l'aide de personne.

— Je sais. Je t'ai proposé mon aide. Mais tu n'as voulu de rien. Tu es du genre têtu.

Nous atteignons un grand carrefour et il se glisse derrière un bus. Il me regarde enfin.

— Je ne sais pas quels sont tes projets maintenant.

— Maintenant ?

— Pour le reste de la journée. Étant donné qu'Eric n'est pas là.

Quelque chose remue en moi. Une légère palpitation que je ne veux pas avouer. Même à moi-même.

— En fait, dis-je d'une voix sèche, je n'ai rien prévu. Je vais rentrer chez moi, dîner, lire ce dossier…

Je reprends mon souffle avant d'ajouter d'un ton aussi naturel que possible :

— Pourquoi ?

— Pour rien.

Jon se tait un instant en regardant le trafic, puis reprend, très décontracté :

— Tu as des affaires chez moi. Tu veux peut-être les récupérer.

— D'accord ! dis-je sans m'engager.

— Très bien.

Il fait demi-tour et n'ajoute pas un mot pendant le reste du parcours.

Jon habite le plus bel appartement du monde.

Sauf qu'il est situé dans une rue moche de Hammersmith. Et il faut faire abstraction des graffitis sur le mur d'en face. Mais la maison est en briques roses avec de grandes fenêtres. Son appartement se continue dans l'immeuble voisin et paraît donc mille fois plus grand vu de l'intérieur.

— Absolument incroyable !

Le souffle coupé, je me tiens au milieu de son atelier : haut de plafond, il a des murs tout blancs. Sa table à dessin est couverte de plans. Il dispose également d'un énorme Mac graphique. Dans un coin se trouve un chevalet et un des murs est occupé par des étagères de livres. Une vieille échelle à roulettes permet d'accéder aux rayonnages supérieurs.

— À l'origine, ces maisons ont été conçues pour être des ateliers d'artistes, dit Jon en récupérant une dizaine de tasses à café sales qu'il emporte dans la minuscule cuisine.

Le soleil a refait son apparition et brille sur les parquets fraîchement cirés. Le sol est jonché de feuilles de papier comportant toutes sortes de croquis, dessins et esquisses. Au milieu des plans trône une bouteille de tequila avec un sachet d'amandes salées.

Jon se tient maintenant sur le seuil de la cuisine d'où il m'observe en silence. Il ébouriffe ses cheveux comme pour se détendre et me dit :

— Tes affaires sont par ici.

Je m'avance dans la direction qu'il m'indique et, passant sous une arche, débouche dans un salon confortable. De grands canapés recouverts d'un tissu bleu, un gros sacco en cuir et une vieille télé en équilibre sur une chaise composent le mobilier. Derrière les canapés, des étagères en bois sont remplies de livres, de magazines, de plantes et de...

— C'est à moi ! je crie en voyant une tasse en faïence rouge peinte à la main que Fi m'a donnée pour un anniversaire.

J'avoue qu'elle fait très bien dans le décor.

— Oui, je te l'ai dit. Tu as laissé des affaires ici.

Il prend la tasse et me la tend.

— Et... c'est mon pull !

Un de mes cols roulés est jeté sur un des canapés. Je l'ai depuis mes seize ans. Comment se fait-il...

Je regarde autour de moi et je découvre bien d'autres choses : une écharpe en imitation loup que je portais souvent. Des photos de mes années d'université dans des cadres ornés de perles. Et mon toaster rétro rose, que fait-il là ?

— Tu venais ici manger des toasts, dit Jon en suivant mon regard effaré. Tu t'en bourrais comme si tu mourais de faim.

Soudain, je découvre une autre facette de moi. Une facette qui, je le croyais, avait disparu. Pour la première fois depuis mon réveil à l'hôpital, je me sens chez moi. Il y a même une guirlande lumineuse enroulée autour d'une plante verte. La même guirlande que j'avais dans mon appartement de Balham.

Ainsi, toutes mes anciennes affaires sont ici. Je me souviens soudain de ce qu'Eric m'avait dit quand je lui ai parlé de Jon : *Tu pourrais lui confier ta vie.*

C'est peut-être ce que j'ai fait.

— Tu te rappelles quelque chose ?

Jon a dit ça sans insister mais je sens qu'il est plein d'espoir.

— Non, seulement des affaires qui proviennent de ma vie d'avant…

Je m'interromps en remarquant une photo dans un cadre tarabiscoté. Je m'en approche et sursaute. Une photo de moi. Et de Jon. Nous sommes assis sur un tronc d'arbre, il a passé son bras autour de ma taille, je porte un vieux jean et des tennis. Mes cheveux volent au vent, ma tête est rejetée en arrière. Je ris comme si j'étais la femme la plus heureuse au monde.

C'était vrai. Vraiment vrai.

J'ai le tournis en voyant nos visages délavés par le soleil. Pendant tout ce temps, Jon possédait la preuve !

— Tu aurais pu me montrer ce cliché plus tôt, dis-je en l'accusant presque. Tu n'avais qu'à l'apporter lors notre première rencontre.

— Tu m'aurais cru ? Tu aurais été disposée à me croire ?

Touchée ! Il a peut-être raison. J'aurais trouvé une explication rationnelle, je me serais accrochée à mon mari idéal. À ma vie de rêve.

Pour détendre l'atmosphère, je m'approche d'une table couverte de livres qui m'appartiennent et d'un bol de graines.

— Des graines de tournesol, dis-je en en prenant une poignée. Je les adore.

— Je le sais bien, laisse tomber Jon d'un air bizarre.

— Comment ? Qu'est-ce qui ne va pas ? Elles ne sont pas bonnes ?

— Mais si. Il y avait quelque chose…

Il se tait en se souriant à lui-même.

— Non. Ça n'a pas d'importance. Laisse tomber.

— Quoi donc ? Au sujet de notre relation ? Dis-moi.

— Juste une bêtise. Mais nous avions ce rite. La première fois que nous avons fait l'amour, tu as mangé des graines de tournesol. Tu en as planté une dans un pot de yaourt et je l'ai apportée ici. C'était notre petite plaisanterie. On a recommencé à chaque fois. On les appelait nos enfants.

— On a planté des tournesols ?

Voilà qui me dit vaguement quelque chose.

— Ouais, fait Jon en hochant la tête comme s'il voulait changer de sujet. Que veux-tu boire ?

— Où sont-ils ? je demande alors qu'il remplit deux verres de vin. Tu les as gardés ?

Je regarde autour de moi.

— Ça n'a pas d'importance.

— Tu les as jetés ?

— Non, je ne les ai pas jetés.

Il va mettre un CD de musique douce, mais j'insiste :

— Où sont-ils ? Si tu dis vrai, on a dû faire l'amour pas mal de fois. Il y en a sûrement un certain nombre.

Jon avale une gorgée de vin. Puis, sans un mot, il me fait signe de le suivre le long d'un petit couloir. Nous traversons une pièce presque nue. Là, il ouvre une double porte qui donne sur une véranda. Et je retiens mon souffle.

Un mur de tournesols nous entoure ! Depuis des tiges énormes qui montent au ciel jusqu'à de jeunes pousses tenues par des tuteurs. Inouï !

Voilà notre histoire. Depuis la première fleur jusqu'à la toute dernière. J'ai du mal à respirer en découvrant cette mer de jaunes et de verts. Comment aurais-je pu le deviner ?

— Il y a combien de temps... Depuis quand nous n'avons pas... ? je demande en regardant une pousse minuscule dans un pot de couleur.

— Depuis six semaines, depuis la veille de ton accident. Je la couve particulièrement.

— C'était la dernière fois que je t'ai vu avant...

Je me mords la lèvre.

Après une pause, Jon hoche la tête.

— La dernière fois que nous étions ensemble.

Sous le choc, je m'assieds et j'avale une gorgée de vin. Les tournesols sont nos témoins. Témoins de notre liaison. Qui s'est développée et a pris de telles proportions que je devais quitter Eric.

— Parle-moi... de la première fois. Comment tout a débuté ?

— Le week-end où Eric s'est absenté. Je suis passé te voir et on a bavardé. Nous sommes sortis sur le balcon et nous avons bu du vin. Un peu comme maintenant. Et puis, au milieu de l'après-midi, nous nous sommes tus. Nous savions.

Il me regarde de ses yeux sombres et j'ai un coup au cœur. Il se lève et s'avance vers moi.

— Nous savions que c'était inévitable, dit-il à voix basse.

Je suis pétrifiée. Jon s'empare de mon verre et me prend les deux mains pour les embrasser.

— Lexi, je le savais… Je savais que tu reviendrais. Que tu me reviendrais.

— Arrête ! dis-je en retirant brutalement mes mains, le cœur comme affolé. Tu ne… tu ne sais pas tout.

— Qu'est-ce qui ne va pas ? demande-t-il, aussi blessé que si je l'avais frappé.

À vrai dire, je l'ignore moi-même. J'ai une folle envie de lui. Tout mon corps m'incite à l'enlacer. Mais je ne peux pas.

— Je ne sais plus où j'en suis, dis-je enfin.

— À cause de quoi ?

— De tout ça, fais-je en montrant les tournesols. C'est trop. Tu me mets devant le fait accompli, alors que pour moi nous n'en sommes qu'au début.

Je reprends une gorgée de vin en espérant garder mon calme.

— Nous ne sommes pas sur la même longueur d'ondes. J'ai du retard par rapport à toi.

— On va se remettre à niveau, dit-il vivement. On trouvera un moyen. Je vais revenir au début, moi aussi.

— C'est impossible ! Jon, tu es un homme charmant, drôle, cool. Et je t'aime beaucoup. Mais je ne suis pas amoureuse. Comment le pourrais-je ? Tout ça m'est étranger. Je ne me souviens de rien.

— Je ne m'attends pas à ce que tu m'aimes…

— Si ! Justement ! Tu t'attends à ce que je sois elle !

— Mais tu es elle, crie-t-il soudain en colère. Ne sois pas bête. Tu es la fille que j'aime. Crois-moi !

— Je ne sais pas ! Je n'en sais rien ! Est-ce que je suis elle ou moi ?

Horrifiée, je sens des flots de larmes couler le long de mes joues. D'où viennent-elles ? Le souffle court, je me tourne pour les essuyer, incapable de les arrêter.

J'ai envie d'être cette fille qui, assise sur ce tronc d'arbre, rit aux éclats. Mais je ne le suis pas.

J'arrive enfin à me contrôler et je me retourne. Jon n'a pas bougé et son visage désolé me consterne.

— Je regarde ces tournesols, ces photos et toutes mes affaires et je vois bien que c'est arrivé. Mais ça ressemble à une histoire d'amour de cinéma interprétée par deux acteurs.

— C'est pourtant bien toi, dit Jon d'une voix calme. Et moi. Nous deux.

— J'en suis consciente, mais mon cœur, lui, ne le sait pas, j'ajoute en me frappant la poitrine.

Mes sanglots redoublent. Si seulement je me souvenais d'une seule chose ! Un souvenir, un indice…

Je me tais. Jon contemple les tournesols comme si chaque pétale était un enchantement.

— Alors ? fait-il.

— Alors, je ne sais pas ! J'ai besoin de temps… j'ai besoin…

Des gouttes de pluie tombent sur le balcon. Une bourrasque de vent agite les fleurs qui se pressent les unes contre les autres et inclinent la tête. Elles semblent m'approuver.

— Je te ramène ? demande Jon d'une voix apaisée.

— Avec plaisir.

J'essuie mes yeux et tire mes cheveux en arrière.

Le trajet ne prend qu'un quart d'heure. Nous roulons en silence. Je coince le dossier bleu contre ma poitrine. Jon ne desserre pas les dents. Il gare la Mercedes à sa place habituelle, et nous ne bougeons ni l'un ni l'autre. Des torrents de pluie martèlent la capote et parfois un éclair illumine le ciel.

— Il faudra que tu traverses le parking en courant, dit Jon.

— Oui, mais toi ?

— Je me débrouillerai, répond-il en me rendant mes clés. Bonne chance avec ça, fait-il en désignant mon dossier. Je le pense du fond du cœur.

— Merci, dis-je en me mordant les lèvres. Sauf qu'obtenir un rendez-vous avec Simon Johnson va poser un problème. J'ai été rétrogradée. J'ai perdu ma crédibilité. Il ne m'écoutera même pas.

— Tu réussiras !

— Si j'arrive à avoir un entretien avec lui. Mais je sais qu'il inventera n'importe quelle excuse pour ne pas me rencontrer. Il n'a pas de temps à perdre avec moi.

Je pose en soupirant ma main sur la poignée de la portière. C'est le déluge mais je ne vais pas prendre racine ici.

— Lexi…, fait Jon nerveusement.

— Il faut qu'on se parle… un de ces jours.

— D'accord, dit-il en me regardant dans les yeux. Un de ces jours. Marché conclu !

Il sort, tente de se protéger la tête avec sa main.

— Je vais bien trouver un taxi. Allez, cours vite !

Il hésite avant de m'embrasser sur la joue, puis disparaît.

Je fonce jusqu'à l'entrée, manquant presque laisser tomber mon précieux dossier. En remettant de l'ordre dans mes papiers, une bouffée d'espoir monte en moi. Il me faut absolument voir Simon Johnson, ou alors c'est la cata.

Soudain, un sentiment de déprime remplace cette vague d'espoir. À quoi est-ce que je rêvais ? Simon ne me laissera jamais une seconde chance. Je ne suis plus le Cobra. Ni la chef douée. Je suis Lexi, une handicapée mentale, une nulle qu'il faut cacher. Simon ne m'accordera pas cinq minutes et encore moins un vrai entretien.

Je ne suis pas d'humeur à prendre l'ascenseur. Sous le regard étonné du portier, je me dirige vers l'escalier, tout de verre et d'acier, que personne n'utilise jamais. Une fois chez moi, j'allume un feu grâce à la télécommande et tente de me blottir dans le canapé crème. Mais les coussins sont tellement immaculés que j'ai peur de les salir avec mes cheveux mouillés. Je me relève très vite pour me préparer une tasse de thé.

Après cette journée si remplie, je me sens à plat. J'avoue que j'ai appris certaines choses à mon sujet. Et alors ? Je me suis laissé séduire par les histoires de Jon, par le nouveau plan de redressement, par tout. J'ai vécu sur un nuage rose. Mais je ne vais jamais sauver mon département. Simon ne me laissera jamais pénétrer dans son bureau. Il ne me demandera pas de lui expliquer les nouveaux débouchés que j'ai en vue. Sauf si…

Sauf si…

Non ! Jamais je ne pourrai.

Et pourquoi pas ?

Je me fige, excitée comme une puce par les conséquences possibles. Je ressasse la petite phrase de Simon : *Lexi, si vous retrouviez votre mémoire, les choses changeraient.*

La bouilloire se met à siffler mais je n'en tiens pas compte. Comme en état d'apesanteur, je sors mon portable et compose le numéro de Fi.

— Fi ! Pas un mot. Écoute-moi seulement !

19

Tu es une garce. Tu es la chef. Tu es le Cobra !

Je m'inspecte dans la glace en me mettant du rouge à lèvres. Gris-rose, plutôt pâle, il pourrait s'appeler nuance « Immonde Garce ». Mes cheveux sont tirés en arrière et je porte l'ensemble le plus strict de ma garde-robe. La jupe crayon la plus étroite possible. Les escarpins les plus pointus. Une blouse blanche à rayures grises. En me voyant, sûr qu'on ne pense pas à la bagatelle mais au business !

Hier, j'ai passé deux heures avec Jeremy Northpool dans son bureau de Reading. Rien que d'y penser, je me sens gonflée à bloc. Tout est en place. Nous voulons tous les deux que notre affaire réussisse. Maintenant, c'est à moi de jouer.

— Tu n'as pas l'air assez méchante, dit Fi qui se tient à côté de moi dans un tailleur bleu marine. Sois plus renfrognée !

Je fronce le nez, mais l'effet n'est pas terrible : j'ai l'air de vouloir éternuer !

— Non, pas comme ça ! Tu avais ce regard glacial qui disait : « Vous êtes nul et incapable, tirez-vous de mon chemin ! »

Fi cligne des yeux et prend une voix odieuse :

— Je suis le chef et vous ferez les choses à ma façon !

— Tu es parfaite ! je m'exclame pleine d'admiration. Tu devrais prendre ma place.

— Ouais, c'est ça ! dit-elle en me tapant sur l'épaule. Allez, encore une fois ! Prends l'air menaçant.

— Écartez-vous, espèce de nullité, dis-je telle une méchante sorcière. Je suis le boss et vous ferez les choses à ma façon !

— Ouais ! C'est bien mieux ! Et ne regarde personne, tu n'as pas de temps à perdre avec les cloportes.

Je soupire et me laisse tomber sur le lit. Jouer aux patronnes tyranniques m'épuise.

— J'étais vraiment une telle salope ?

— Pas tout le temps. Mais pour avoir l'air crédible, plus tu seras garce, mieux ça sera.

Fi est ma coach depuis vingt-quatre heures. Hier, elle s'est fait porter malade et elle est venue chez moi, en apportant le petit déjeuner. Finalement nous étions tellement absorbées qu'elle est restée toute la journée et toute la nuit. Elle a fait un boulot fantastique. Par exemple, je connais en détail le déroulement de la fête de Noël de l'année dernière. Je sais qu'un jour Byron est sorti d'une réunion en claquant la porte et en me traitant de nulle et de prétentieuse. Je sais que les ventes de lino ont augmenté de 2 % en mars dernier grâce à la commande d'une école de Wokingham et que cette même école s'est plainte plus tard de la couleur et a voulu intenter un procès.

J'ai la tête tellement pleine qu'elle va exploser. Et ce n'est pas le principal !

— En entrant dans ton bureau, continue Fi, n'oublie pas de claquer la porte. Ensuite, ressors et exige un café.

Le principal, c'est que je passe pour la patronne horrible que j'étais. Je range mon rouge à lèvres, prends ma mallette et j'aboie :

— Apportez-moi un café ! Immédiatement !

— Plisse les yeux encore plus…, conseille Fi. Voilà, tu es parée.

— Fi, merci, tu es un génie.

Je la prends dans mes bras et l'embrasse.

— Si tu réussis, c'est toi qui seras la star.

Elle hésite et ajoute d'un ton bourru :

— Même si tu échoues. Personne ne t'oblige à te donner autant de mal. Je sais qu'ils t'offrent un gros job, même si le département ferme.

— Oui, dis-je en me grattant le nez. Mais ce n'est pas ce qui compte. Allons-y !

Dans le taxi qui nous emmène au bureau, j'ai horriblement mal au ventre. Je suis incapable de papoter. Ce que je fais, c'est de la folie. Je sais que je suis folle. Mais je ne vois pas d'autres moyens.

— Bon Dieu, même moi j'ai le trac, murmure Fi quand nous arrivons devant l'immeuble. Et puis je me demande comment je vais arriver à ne pas vendre la mèche à Debs et à Carolyn.

Nous ne leur avons pas dit ce que je manigançais. Moins il y a de gens au courant, mieux c'est.

— Eh bien, Fi, il va falloir que tu mettes les bouchées doubles, dis-je de ma voix de garce.

Je manque éclater de rire en voyant sa tête. Elle ne s'y attendait pas !

— Waouh ! j'ai eu la trouille, avoue-t-elle. Tu es bonne !

En sortant du taxi, je paie le chauffeur et m'exerce à prendre mon look odieux.

— Lexi ? m'appelle-t-on derrière mon dos.

Je me retourne, prête à fusiller du regard l'inconnue quand je m'arrête. Ébahie.

— Amy ? qu'est-ce que tu fiches ici ?

— Je t'attendais, fait-elle d'un air de défi. Je suis venue pour être ta stagiaire.

— Quoi ?

Tandis que le taxi s'éloigne, je l'inspecte des pieds à la tête. Talons vertigineux, bas résille, minijupe à rayures, queue-de-cheval striée de mèches bleues : ma petite sœur s'est surpassée. Sans parler du badge accroché à son revers qui proclame : *Inutile d'être folle pour travailler ici mais ça aide d'être une lesbienne en chaleur.*

— Amy, ce n'est vraiment pas le jour…

— Tu m'as dit, fait-elle d'une voix tremblante, que tu t'arrangerais. J'ai fait un gros effort pour venir, je me suis levée de bonne heure et tout et tout. Maman était vraiment contente. Elle m'a dit que tu te réjouirais aussi.

— Je suis ravie. Mais aujourd'hui…

— Tu m'as dit la même chose la dernière fois. Je ne t'intéresse pas, conclut-elle en agitant sa queue-de-cheval. Parfait. De toute façon, je ne veux pas de ton job à la con.

— Elle pourrait détourner l'attention, suggère Fi à voix basse. Ce pourrait être une bonne idée. On peut lui faire confiance ?

— Me faire confiance ? demande Amy l'œil en alerte. Avec quoi. Vous avez un secret, les filles ?

— D'accord, dis-je en me décidant très vite. Amy, tu peux venir, mais voilà le hic. Je vais dire à tout le monde que j'ai retrouvé la mémoire et que je suis redevenue comme avant, alors que c'est faux. T'as pigé ?

Amy ne bat pas un cil. Je vois son cerveau travailler en surpuissance. C'est l'avantage d'avoir une arnaqueuse pour sœur.

— Je comprends, fait-elle enfin.

— Parfait.

— Mais il faut que t'aies l'air bien plus horrible.

— C'est ce que je dis à ta sœur, approuve Fi.

— Comme si les gens n'étaient que de la vermine.

— Absolument.

Elles semblent si sûres d'elles, que j'en ai un coup au cœur.

— J'étais tout le temps comme ça ? je demande, peinée.

— Euh… oui ! répond Fi. La plupart du temps. Allez, viens !

En poussant la porte vitrée, je prends mon air le plus revêche. Flanquée de Fi et d'Amy, je me dirige vers le bureau de la réceptionniste. En scène ! La représentation va commencer !

— Salut ! je grogne à l'intention de Jenny. Voici Amy, ma stagiaire temporaire. Faites-lui un laissez-passer. Pour votre gouverne, je suis parfaitement rétablie. Si vous avez du courrier pour moi, je veux savoir pourquoi il n'est pas encore sur mon bureau !

— Bravo ! murmure Fi.

— Je n'ai rien pour vous, dit Jenny. Alors, comme ça, vous vous souvenez de tout ?

— Absolument. Allez Fi, on est déjà en retard. Je dois parler à mon équipe. Elle ne fiche plus rien.

En me dirigeant vers les ascenseurs, j'entends la voix excitée de Jenny au téléphone :

— Tu ne devineras jamais ! Lexi a retrouvé la mémoire !

Dès que la cabine démarre, Fi, Amy et moi éclatons de rire.

— Tope là ! fait Fi, tu étais extra !

Au huitième étage, je fonce directement dans le bureau de Natasha, le cerbère de Simon. J'ai la tête haute, le regard déterminé.

— Bonjour, j'imagine que vous avez reçu mon mail qui annonçait que j'avais récupéré la mémoire. Je dois donc voir Simon immédiatement.

— Oui, j'ai bien eu votre message, mais, malheureusement, Simon est très pris ce matin…

— Eh bien, débrouillez-vous ! Annulez quelqu'un ! Il est essentiel que je lui parle !

— D'accord, je vais voir, dit-elle en consultant son écran. Il aurait un créneau à dix heures trente.

— Fanta…

Je ne continue pas en sentant Fi me pousser du coude.

— Ça ira, je rectifie, en jetant à Natasha un regard noir. Allez, viens Fi !

Mon Dieu ! C'est fatigant d'aboyer et d'engueuler les gens ! Je n'ai commencé qu'il y a dix minutes et ça me déprime déjà.

— Dix heures trente, dit Amy alors que nous regagnons l'ascenseur. Vraiment cool. On fait quoi maintenant ?

— On va dans mon département, je réponds, nerveuse. Je dois continuer ce cirque jusqu'à mon rendez-vous.

— Bonne chance ! fait Fi en me tapotant le dos.

En longeant le couloir qui mène au service des ventes, je me sens patraque. *Je peux le faire*, je me répète encore et encore. *Je peux être l'immonde garce.* Je m'arrête sur le seuil et observe ce qui se passe. Puis, je respire à fond.

— Alors, dis-je en prenant un petit ton sarcastique, on lit *Hello* pour s'inspirer ?

Melanie, qui feuilletait le magazine un téléphone coincé contre son oreille, fait un bond d'un mètre comme si elle avait été brûlée vive.

— Je… j'attendais d'avoir la comptabilité…, réplique-t-elle en refermant *Hello* précipitamment.

— Je vous parlerai plus tard de votre comportement, dis-je en inspectant le service. À propos, je vous ai demandé à toutes de me fournir le détail de vos frais de voyage. Il y a deux mois ! Je n'ai rien vu. Ils arrivent à pied ?

— On croyait que tu avais oublié, fait Carolyn, ébahie.

— Désolée de te décevoir ! Je me souviens de tout. Et souvenez-vous que c'est moi qui rédige vos certificats de travail.

En sortant je manque percuter Byron.

— Lexi ! s'exclame-t-il en rattrapant sa tasse de café de justesse. Qu'est-ce qui…

— Je dois te parler de Tony Dukes. Comment as-tu résolu le problème de ses erreurs dans les comptes ? On connaît sa sale habitude de vouloir nous arnaquer. Tu te souviens de la chienlit d'octobre 2006 ?

Byron demeure bouche bée. Quel idiot !

— Et je veux discuter stratégie pour l'année prochaine. Ces derniers mois, c'était le foutoir !

Je me dirige vers mon bureau mais rebrousse chemin.

— Au fait, où est le compte-rendu de notre dernière réunion produits ? Tu devais le rédiger !

— Je… vais te le faire parvenir, dit-il, de plus en plus ahuri.

Chaque fois que j'ouvre la bouche, je tape dans le mille. Fi est géniale !

— Alors tu as récupéré ? demande Byron au moment où je pénètre dans mon bureau. Tu es vraiment de retour ?

— Et comment !

Je fais entrer Amy et claque ma porte. Je compte jusqu'à trois et je ressors :

— Clare, un café ! Et un autre pour Amy, ma stagiaire. Fi, viens tout de suite !

Dès que Fi a refermé la porte, je m'effondre sur le canapé, à bout de souffle.

— Tu devrais monter sur scène ! s'exclame Fi. Tu es sensationnelle ! Exactement comme avant !

Ce qui ne me fait pas plaisir. Comment ai-je pu dire des trucs pareils ?

— Bon, il faut tenir jusqu'à dix heures trente, constate Fi en consultant sa montre. Encore une demi-heure, ajoute-t-elle, perchée sur mon bureau.

— T'étais une vraie garce tout à l'heure, je t'ai admirée, dit Amy. Quand je travaillerai, j'aimerais être comme ça.

Elle s'applique une nouvelle couche de Rimmel.

— Tu n'auras pas d'amies.

— Je n'en veux pas. Je veux gagner de l'argent. Tu sais ce que répétait papa ? Il disait…

À l'instant précis, je n'ai pas envie d'entendre ce que papa disait.

— Amy, on en parlera plus tard.

On frappe à la porte et nous nous figeons sur place.

— Lexi, dépêche ! murmure Fi. Assieds-toi à ton bureau et fais ton numéro !

— Entrez ! dis-je d'une voix impatiente.

Clare apparaît, portant un plateau avec deux tasses de café.

Je jette ma tête en arrière, comme une lionne.

— Fi, j'en ai marre de cette attitude ! C'est intolérable. Tu as encore une bonne excuse ?

— Désolée, Lexi, dit-elle en baissant la tête.

Je m'aperçois alors qu'elle est au bord du fou rire.

— Oui, je suis le boss. Et je ne te laisserai pas…

Mon Dieu, qu'est-ce que je peux lui reprocher ?

— Je ne te permettrai pas de t'asseoir sur mon bureau.

Elle bredouille quelque chose en se tamponnant la bouche avec son mouchoir.

Clare ne sait plus où se mettre. Reculant à petits pas vers la porte, elle arrive tout juste à m'annoncer :

— Pardon, mais Lucinda est arrivée. Avec son bébé.

Lucinda ?

Un prénom qui ne m'évoque rien.

Fi se redresse. Elle a retrouvé son sérieux. Elle se tourne vers Clare.

— Tu veux dire la Lucinda qui a travaillé pour nous l'année dernière ? Je ne savais pas qu'elle venait aujourd'hui.

— Nous avons acheté un cadeau pour le bébé et on se demandait si Lexi voulait le lui offrir.

Clare désigne le couloir où un petit groupe s'est formé autour d'une fille blonde harnachée d'un porte-bébé. Elle me voit et me fait signe.

— Lexi, je voudrais vous montrer mon bébé !

Merde. Je ne peux pas me défiler. Il faut que j'aille voir son moutard, sinon ça ferait bizarre.

— Très bien… dans une minute !

— Lucinda était ici pendant huit mois, me briefe Fi. Elle s'occupait surtout des ventes européennes. Elle était assise près de la fenêtre, aime le thé à la menthe…

— Voilà ! annonce Clare en me fourrant dans les mains un gros paquet orné d'un nœud en satin. C'est un tapis d'éveil !

Le groupe recule à mon approche, ce qui ne m'étonne pas.

— Bonjour, Lexi, dit Lucinda, toute fière d'être la vedette.

Je fais un petit signe au bébé qui porte un pyjama blanc.

— Bravo Lucinda. C'est une fille ou un garçon ?

— Il s'appelle Marcus ! s'exclame la mère offensée. Vous l'avez déjà vu !

Je hausse les épaules.

— Oh, je ne suis pas très bébé !

— Elle les dévore, marmonne quelqu'un.

— En tout cas, au nom du département, j'aimerais vous offrir ce cadeau.

— Un discours ! fait Clare.

— Inutile, dis-je en la fusillant du regard. Tout le monde retourne…

— Mais si ! insiste Debs d'un air de défi. C'est en même temps pour fêter le départ de Lucinda. Elle a droit à un discours !

— Un discours ! Un discours ! reprend-on çà et là.

Mon Dieu ! Impossible de refuser. Les patrons font des discours pour leur personnel. Je ne peux pas y échapper.

— D'accord, dis-je en m'éclaircissant la voix. Nous sommes heureuses de fêter la naissance de Marcus. Mais triste de faire nos adieux à un membre éminent de notre équipe.

Byron vient de rejoindre le groupe et m'observe attentivement.

— Lucinda a toujours été… – j'avale une gorgée de café pour gagner du temps – … elle a toujours été assise auprès de la fenêtre, à boire son thé à la menthe. S'occupant des comptes européens…

Je regarde Fi et je vois qu'elle me fait des tas de gestes.

— Nous nous rappelons tous que Lucinda raffolait de promenades en… bicyclette, j'ajoute en hésitant.

— Bicyclette ? Vous voulez dire à cheval ?

— Oui, absolument. Et nous la remercions pour son travail auprès de nos clients… français.

— Je ne m'occupais pas de la France, remarque Lucinda, furieuse. Vous n'avez donc jamais remarqué ce que je faisais ?

— Racontez l'histoire de Lucinda et de la table de billard ! dit quelqu'un. Tout le monde éclate de rire.

— Non ! À l'avenir de Lucinda, fais-je en levant ma tasse.

— Tu ne te rappelles pas de cette histoire ? demande Byron.

Je le regarde et je me sens K.-O. Il a deviné !

— Bien sûr que si. Mais ce n'est pas le moment de raconter des histoires idiotes. On va tous retourner à notre travail. Allez, à vos bureaux !

— Quelle satanée garce ! murmure Lucinda. Encore pire qu'avant !

— Minute ! crie Byron pour couvrir le brouhaha, nous avons oublié l'autre cadeau pour Lucinda. Un bon pour une journée dans un spa avec son bébé.

Il m'apporte une feuille de papier d'un air atrocement servile.

— Il suffit de remplir le nom de Lucinda, Lexi. En tant que chef du département, cela t'incombe.

— Parfait, dis-je en prenant le stylo qu'il me tend.

— Il faut inscrire également son nom de famille, ajoute-t-il d'un air goguenard.

Merde ! Il m'a eue !

— Lucinda, rappelez-moi le nom que vous utilisez actuellement.

— Je n'ai pas changé. Toujours mon nom de jeune fille.

Aussi lentement que possible, j'écris Lucinda sur la ligne en pointillé.

— Et son nom, insiste Byron en parfait tortionnaire.

Je regarde Fi qui bouge ses lèvres pour me dire quelque chose. Dobson ? Dogson ?

Retenant mon souffle, je trace un D majuscule. Puis je marque une pause en tendant mon bras devant moi.

— Je me suis fait mal au poignet, dis-je à la cantonade. Mes muscles sont un peu raides…

— Allons, dit Byron, arrête la comédie ! Le spectacle est terminé.

— Rien n'est terminé. Je vais l'emporter dans mon bureau…

— Laisse tomber ! Franchement ! Si tu crois me faire marcher…

— Hé ! hurle Amy depuis l'autre bout du bureau en attirant l'attention générale, regardez ! Jude Law sans chemise !

— Jude Law ?

— Où ça ?

C'est la ruée jusqu'aux fenêtres. Debs pousse Carolyn de son chemin et même Lucinda se précipite pour voir. Du coup, personne n'écoute plus Byron.

J'adore ma petite sœur.

— Très bien, dis-je d'un ton sévère. J'ai d'autres choses à faire. Clare, finissez de remplir ce papier.

— Je suis sûre que c'est Jude Law, insiste Amy. Je viens de le voir embrasser Sienna ! On devrait téléphoner à *OK ! Magazine* !

— Elle ne se souvient de rien, s'écrie Byron, furieux. C'est de la comédie !

— Je dois aller à mon rendez-vous avec Simon Johnson.

Sur ce, je pivote sur mes talons comme l'aurait fait Lexi la Garce et m'engouffre dans mon bureau sans laisser Byron répliquer.

Quand j'arrive au huitième, la porte du bureau de Simon est fermée. Natasha me fait signe de m'asseoir. Je me laisse tomber dans un canapé, encore sous le coup de mon duel avec Byron.

— Vous allez toutes les deux voir Simon ? demande Natasha en regardant Fi.

— Non, Fi m'accompagne…

Je ne peux décemment pas avouer « pour m'encourager ».

— Lexi avait besoin de me consulter au sujet d'une facture, répond Fi avec une mimique explicite. Elle est à nouveau elle-même.

— Compris.

Un instant plus tard, Natasha répond à son téléphone.

— D'accord, Simon, je vais lui dire.

Elle raccroche et se tourne vers moi.

— Simon est avec sir David et quelques directeurs.

— Sir David Allbright ? je demande avec une certaine appréhension.

C'est le président du conseil d'administration. Autrement dit la grosse huile de la boîte. D'après ce qu'on sait, il n'a rien d'un tendre.

— Exact. Simon vous invite à vous joindre à la réunion. Dans cinq minutes. D'accord ?

La panique me saisit. Je n'avais pas prévu la présence de sir David et des autres directeurs.

— Absolument ! Fi, je dois aller aux toilettes. Viens avec moi.

— Sans problème, fait Fi, néanmoins surprise.

Je m'assieds sur un des W-C, le souffle coupé.

— Je ne peux pas continuer.

— Quoi ?

— Je n'y arriverai pas, dis-je en m'accrochant à mon dossier. C'est un plan stupide. Comment vais-je impressionner sir David ? Je ne me suis jamais adressée à des gens aussi importants, je ne sais pas faire de discours…

— Mais si ! Tu as parlé à toute la société. Tu étais excellente.

— Vraiment ? je demande, peu convaincue.

— Je ne vais pas te mentir. Tu étais brillante lors de la dernière conférence sur les ventes. Tu peux y arriver les doigts dans le nez. Il suffit d'y croire.

Je me tais quelques secondes, le temps d'imaginer la scène, le temps d'avoir envie de réussir. Mais mon cerveau reste transi. Comme un bloc de glace. Fi pourrait aussi bien me dire que je suis une vedette du trapèze volant ou du patinage artistique ! Bref, je sens tout mon enthousiasme me quitter.

— Je ne sais pas. Je n'ai sans doute pas l'étoffe d'un patron. Je devrais abandonner…

— Mais pas du tout !

— Comment en es-tu sûre ? Quand j'ai été promue à la direction, je n'ai pas tenu. J'ai mal dirigé mon département, vous vous êtes éloignées de moi, j'ai tout foiré. Simon et sa bande l'ont compris. C'est pour ça qu'ils m'ont rétrogradée. Je ne vois pas pourquoi j'insiste encore.

Je prends ma tête à deux mains.

— Lexi, tu n'as rien foiré du tout, dit Fi précipitamment. Tu as été un très bon chef.

— Tu parles !

— Mais si, insiste-t-elle en rougissant. On n'a pas été justes avec toi. En fait, comme on était en pétard contre toi, on t'en a fait baver. C'est vrai que tu étais trop impatiente parfois. Mais tu as fait de très bonnes choses. Tu sais motiver les gens. On avait plein d'énergie. On faisait le maximum pour se faire remarquer par toi. On t'admirait.

En l'écoutant, je me détends peu à peu. Si seulement je pouvais croire ce qu'elle raconte !

— Mais vous m'avez fait passer pour une telle garce ! Toutes, sans exception.

— C'est vrai qu'il y a eu des moments où tu étais garce. Mais parfois, c'était nécessaire.

Fi hésite, se tord les doigts.

— Carolyn se foutait de toi avec ses notes de frais. Elle méritait que tu l'engueules. Bien sûr, je n'ai rien dit, ajoute-t-elle en souriant.

Je lui souris à mon tour.

La porte des toilettes s'ouvre et une femme de ménage entre.

— Vous pouvez revenir dans deux minutes ? dis-je de ma voix autoritaire. Merci beaucoup.

— Pour tout te dire, reprend Fi, nous étions… jalouses de toi.

— Jalouses ?

— Un jour, tu avais les dents de travers et le lendemain tu débarques avec une coiffure sensationnelle, des dents parfaites et un bureau pour toi toute seule. Tu étais la patronne et tu nous donnais des ordres.

— Je sais, c'est dingue.

— Pas du tout, fait-elle en me prenant les mains. Ils ont eu raison de te donner cette promotion. Tu es taillée pour être un chef formidable. Absolument. Bien mieux que ce pourri de Byron !

La confiance qu'elle me montre me touche tellement que je suis incapable de parler.

— J'ai envie de vous retrouver, dis-je enfin. D'être avec tout le monde.

— Tu le seras. Mais quelqu'un doit commander, insiste Fi en s'asseyant sur ses talons. Tu te souviens du temps où nous étions en primaire ? La course au sac ?

— Laisse tomber ! Là aussi j'ai foiré. Je suis tombée de tout mon long.

— Ce n'est pas ça l'important ! L'important, c'est que tu gagnais. Tu étais nettement en tête. Si tu avais continué, si tu ne nous avais pas attendues, tu aurais gagné.

Elle me jette un coup d'œil féroce, avec ses yeux verts que je connais depuis que j'ai six ans.

— Continue ! Ne réfléchis pas, ne regarde pas en arrière.

La porte s'ouvre et nous sursautons toutes les deux.

— Lexi ? demande Natasha en fronçant les sourcils quand elle aperçoit Fi, je me demandais où vous étiez ! Vous êtes prête ?

Après un dernier regard vers Fi, je me redresse de toute ma taille.

— Oui, je suis prête !

Je peux le faire. Absolument. En entrant dans le bureau de Simon Johnson, mon dos est raide et mon sourire figé.

— Lexi, fait Simon radieux, heureux de vous voir. Venez vous asseoir !

Tout le monde a l'air décontracté. Quatre directeurs sont assis autour d'une petite table dans des fauteuils en cuir confortables. Un homme mince et grisonnant, sûrement sir David, parle à son voisin d'une villa en Provence.

— Ainsi, vous avez recouvré la mémoire, dit Simon en me tendant une tasse de café. Quelle nouvelle épatante !

— Oui, je suis ravie !

— Nous évoquions justement les conséquences de Juin 07, dit-il en me montrant les papiers étalés sur la table. Vous arrivez à temps car je sais que vous aviez un point de vue très personnel sur la fusion des départements. Vous connaissez tout le monde ici ?

Il m'avance un siège, mais je reste debout.

— En fait, dis-je les mains moites, je voulais vous parler. À vous tous. De quelque chose d'autre.

Sir David lève les yeux.

— De quoi ?

— Des moquettes.

Simon fait une grimace. Quelqu'un murmure :

— Bon Dieu !

— Lexi, fait Simon d'un ton sévère, nous avons souvent discuté la question. Il faut avancer. Nous ne nous occupons plus des moquettes.

— Mais j'ai conclu un accord ! Je veux vous en parler. J'ai toujours pensé que les anciens dessins de Deller étaient un atout de taille. Pendant des mois, j'ai tenté de trouver un moyen de faire fructifier cet atout. J'ai enfin passé un contrat avec une société qui désire utiliser un de ces motifs. C'est excellent pour l'image de marque de Deller. Mon département va pouvoir repartir sur des bases nouvelles. Je sais que je peux motiver mon équipe. C'est le début d'une nouvelle et superbe aventure ! Donnez-nous une seconde chance ! Rien qu'une !

Je m'arrête à bout de souffle et je regarde leurs têtes.

Je m'en rends compte immédiatement : ç'a été un coup d'épée dans l'eau ! Sir David m'en veut de lui avoir fait perdre son temps, Simon aimerait m'étriper. Un des autres directeurs semble captivé par l'écran de son Blackberry.

— Je croyais que le sort du département avait été décidé, fait sir David à Simon d'un air accusateur. Pourquoi en reparler ?

— Absolument, répond-il. Lexi, je ne sais pas ce que vous faites…

— Je fais des affaires !

— Chère madame, intervient sir David, faire des affaires, c'est s'occuper de l'avenir. Deller est entré de plain-pied dans le nouveau millénaire. Nous sommes une société hautement technologique. Nous devons épouser notre époque, pas nous accrocher au passé.

— Je ne m'accroche pas, dis-je en m'efforçant de ne pas hausser le ton. Les dessins des anciennes collections sont fabuleux. Ce serait un crime de ne pas les utiliser.

— Cette insistance a-t-elle un rapport avec votre mari ? demande Simon, comme s'il avait trouvé l'explication. Le mari de Lexi est promoteur immobilier, explique-t-il à la cantonade. Lexi, avec tout le respect que je vous dois, vous n'allez pas sauver le département en installant de la moquette dans deux appartements témoins !

L'un des directeurs éclate de rire. Soudain je vois rouge. Moquetter deux apparts ? Voilà ce dont ils me croient capable ? Quand ils seront au courant de l'affaire que j'ai conclue, ils… ils…

Je rassemble mes forces, prête à leur dire. Prête à les épater. Je sens que l'heure de mon triomphe a sonné. Un triomphe qui a un petit goût de venin. Jon a sans doute raison. Peut-être que je suis un cobra. Mes yeux lancent des éclairs, je le sais.

— Si vous voulez vraiment savoir…

Mais soudain, je change d'avis. Je m'arrête au milieu de ma phrase, et je cogite à mille à l'heure. Je rentre mes crocs, je suis prête à reculer.

Il me faut gagner du temps.

— Votre décision est donc définitive ? je reprends, d'un ton résigné, presque indifférent.

— Depuis longtemps, répond Simon. Comme vous le savez pertinemment.

— Très bien.

Je fais semblant d'être terriblement déçue et je me mordille les ongles. Puis je relève la tête, comme si j'avais une idée.

— Alors, si vous n'êtes pas intéressés, je pourrais peut-être vous racheter les droits de ces motifs ? Et les breveter pour mon compte personnel.

— Quelle idée ! s'exclame sir David.

— Lexi, ne perdez pas votre temps et votre argent, conseille Simon. Vous avez un gros job ici. De l'avenir. Vous n'avez pas besoin de vous fourrer dans un truc pareil.

— Mais si ! J'ai confiance dans les moquettes Deller. Mais j'ai besoin de savoir très vite pour conclure cet accord.

Les directeurs se regardent, interloqués.

— Elle a reçu un coup sur la tête lors d'un accident de voiture, murmure Simon à un type que je ne situe pas. Elle n'est pas bien depuis. Triste histoire.

— Finissons-en ! exige sir David d'un air impatient.

— Parfait !

Simon va à son bureau, appuie sur les touches de son téléphone.

— Ken, Simon à l'appareil. Une de nos collaboratrices va venir vous voir au sujet du copyright d'anciens dessins de moquette. Comme vous le savez, nous fermons le département mais elle a dans l'idée de les breveter. Oui, je sais. Non, elle n'a pas de société. Elle est à son compte. Étudiez une somme forfaitaire et préparez les papiers. D'accord ? Merci, Ken.

Il raccroche, inscrit un nom et un numéro de téléphone sur une feuille de papier.

— Ken Allison. Notre avocat. Prenez rendez-vous avec lui.

— Merci !

— À propos, reprend Simon. Je sais que nous avons évoqué un congé de trois mois. Mais je pense que vous serez d'accord pour cesser de faire partie de la société dès maintenant.

— Je comprends tout à fait. Au revoir. Et merci.

Je tourne les talons et sors. En ouvrant la porte, j'entends Simon déclarer :

— Quel gâchis ! Cette fille avait un tel potentiel…

Je refrène mon envie de sauter de joie.

Fi m'attend au troisième étage, devant les ascenseurs.

— Alors ?

— Ça n'a pas marché, dis-je en marchant vers le service des ventes. Mais ce n'est pas fini.

— La voilà ! fait Byron en sortant de son bureau quand il me voit passer. La fille miraculée !

— Ta gueule ! dis-je sans me retourner.

— Alors, on doit vraiment croire que tu as recouvré la mémoire ? fait-il de son ton sarcastique. Tu es vraiment d'attaque ?

Je me retourne en lui jetant un regard vide et perplexe.

— Qui est-ce ? je demande à Fi qui se tord de rire.

— Très drôle, fait Byron qui se met à rougir. Mais si tu crois…

— Oh, laisse tomber ! Tu peux récupérer mon putain de job !

Sur le seuil du service des ventes, je claque dans mes mains pour attirer l'attention générale.

— Je voulais vous dire que je n'étais pas guérie. Je n'ai pas recouvré la mémoire. En fait, c'était un bobard. J'ai essayé de bluffer pour sauver le département mais j'ai échoué. Et ça, c'est la triste vérité.

Toute l'équipe me regarde, comme assommée. Je parcours les travées, contemple les bureaux, les graphiques épinglés aux murs, les ordinateurs. Bientôt, tout cela n'existera plus. Tout va être vendu, détruit. Ce petit monde va disparaître.

— J'ai fait tout mon possible, mais… Bon, j'ai aussi une autre nouvelle à vous annoncer. J'ai été virée. Byron, la place est libre !

Je vois avec plaisir la tête qu'il fait et je ne peux m'empêcher de sourire.

— À toutes celles qui me détestaient et trouvaient que j'étais une satanée garce, je demande pardon. Je sais que je me suis trompée. Mais j'ai fait de mon mieux. Alors, haut les cœurs et bonne chance !

— Merci, Lexi, bredouille Melanie, au moins, vous avez essayé.

— Ouais, merci, reprend Clare qui n'a pas cessé de me regarder avec des yeux ronds.

Et soudain, je n'en crois pas mes oreilles : quelqu'un se met à m'applaudir. Et l'équipe entière l'imite.

— Arrêtez, bande d'idiotes ! dis-je, les larmes aux yeux. J'ai échoué, compris ?

Je jette un coup d'œil à Fi mais elle applaudit à tout rompre.

— Et maintenant, fais-je en essayant de me ressaisir, je vous annonce que, comme j'ai été virée, je vais aller me saouler la gueule.

Comme l'équipe se met à rire je demande :

— Je sais qu'il n'est que onze heures, mais… si quelqu'un veut se joindre à moi ?

À trois heures de l'après-midi, mon addition s'élève à trois cents livres. La plupart des filles sont retournées au bureau. Byron, qui venait au bar toutes les cinq minutes pour supplier l'équipe de se remettre au travail, est lui aussi reparti.

Quelle fête ! Une des plus géniales de ma vie ! Quand j'ai payé avec ma carte American Express Platine, les gens du pub ont mis la musique à fond et nous ont servi des amuse-gueules. Fi s'est fendue d'un discours. Amy a donné une version karaoké de *Qui veut gagner des millions*, avant de se faire sortir du bar quand le personnel s'est aperçu qu'elle n'avait pas dix-huit ans. (Je lui ai conseillé de retourner au bureau mais je crois qu'elle a préféré faire du shopping.) Puis deux filles ont interprété un sketch désopilant de Simon Johnson et de sir David tombant amoureux l'un de l'autre. Il paraît qu'elles l'ont joué à la fête de Noël mais, bien sûr, je ne m'en souviens pas.

Tout le monde s'est bien amusé. En fait, la seule personne à ne pas être complètement paf, c'était moi. Je ne pouvais pas me le permettre car j'ai rendez-vous avec Ken Allison à quatre heures et demie.

— Alors, dit Fi en levant son verre, à nous !

Elle trinque avec Debs, Carolyn et moi. Nous sommes toutes les quatre assises autour d'une table. Comme au bon vieux temps.

— Buvons au chômage ! s'écrie Debs d'un ton sinistre en enlevant un bout de serpentin de ses cheveux. Mais ne crois pas qu'on t'en veuille, Lexi.

J'avale une gorgée de vin avant de lancer :

— Écoutez, les filles, j'ai un truc à vous dire. Mais ça doit rester entre nous.

— Quoi ? fait Carolyn, l'œil brillant de curiosité, t'es enceinte ?

— Mais non, espèce de nulle. Voilà, fais-je en baissant la voix, j'ai passé un accord avec une société qui désire utiliser un motif rétro de nos anciennes moquettes. Un genre d'édition limitée de luxe. Ils utiliseront le nom Deller et nous aurons des tonnes de pub… Un coup énorme ! Tout est organisé, il suffit de signer.

— Lexi, c'est formidable, dit Debs en hésitant un peu. Mais comment vas-tu faire si t'es virée ?

— La direction me laisse la licence de ces motifs anciens, en tant qu'indépendante. Et ça ne me coûte pratiquement rien ! Ils sont tellement *miros* ! (Je prends un samosa mais le repose, trop excitée pour avaler quoi que ce soit.) Et ce n'est qu'un début ! Il y a un tel fonds à exploiter ! Si ça marche, nous pourrons nous développer, engager des filles de l'ancienne équipe… monter notre société…

— Je n'arrive pas à croire que la direction ait laissé passer une telle occasion, fait Fi en remuant la tête.

— Ils se fichent des moquettes et des revêtements de sol. Il n'y a que les écrans géants et les installations stéréo individuelles qui les intéressent. Tant mieux !

Du coup, je vais avoir tout ce que je veux pour presque gratos ! Et à moi les bénefs… et à celles qui bossent avec moi.

J'attends maintenant leurs réactions.

— *Nous ?* demande Debs avec un large sourire. Tu veux qu'on travaille avec toi ?

— Si ça vous plaît. Je veux dire, réfléchissez d'abord, c'est une idée…

— Compte sur moi, dit Fi d'une voix ferme.

Elle ouvre un paquet de cacahuètes et en fourre une poignée dans sa bouche.

— Mais, Lexi, je ne comprends toujours pas ce qui s'est passé là-haut. Quand tu leur as dit le nom de la société, ils auraient dû sauter au plafond ! Ils sont nuls ou quoi ?

— Je voulais le dire à Simon Johnson, mais il ne me l'a même pas demandé ! Il a cru que c'était un projet d'Eric. « Vous n'allez pas sauver le département en installant de la moquette dans deux appartements témoins ! », je répète en singeant la voix de Simon.

— Alors, qui est-ce ? demande Debs. Le nom de la société ?

Je regarde Fi sans pouvoir m'empêcher de sourire.

— Porsche !

20

Et voilà le travail ! Me voici détentrice de la licence des motifs des moquettes Deller. J'ai eu deux entrevues avec l'avocat en deux jours. Tout est signé et j'ai déposé les fonds à la banque. Demain, j'ai un nouveau rendez-vous avec Jeremy Northpool et nous signerons le contrat Porsche.

Je rentre à la maison en pleine forme. Il faut que j'appelle les filles pour les mettre au courant. Je dois penser à un endroit où nous installer. Un bureau dans un endroit pratique et bon marché. Balham pourrait convenir.

Et on mettrait des guirlandes électriques, je pense gaiement. Pourquoi pas ? Ce sera notre bureau. Et un miroir spécial maquillage dans les toilettes. Et de la musique ambiante.

Dans l'appartement, j'entends des voix en provenance du bureau d'Eric. Il a dû revenir de Manchester pendant que j'étais avec l'avocat. Je passe la tête : des membres de la direction sont réunis autour d'une table basse où trône une cafetière vide. Clive est là ainsi que Penny, la directrice des relations humaines et un type du nom de Steven dont je n'ai jamais compris les fonctions.

— Bonsoir, Eric, bon voyage ?

— Excellent, dit-il en fronçant les sourcils, mais tu ne devrais pas être à ton bureau ?

— Je… t'expliquerai plus tard.

Après mes rendez-vous fructueux de la matinée, je me sens d'humeur généreuse.

— Puis-je vous apporter du café ?

— Trésor, Gianna va s'en occuper, répond Eric mécontent.

— Je peux le faire, j'ai du temps.

À la cuisine, je fredonne et envoie des SMS à Fi, à Carolyn et à Debs pour leur dire que tout s'est bien passé. Nous devons nous voir ce soir et passer nos plans en revue. Ce matin, j'ai déjà reçu un mail de Carolyn qui m'envoyait une liste de nouvelles idées et de contacts possibles. Quant à Debs, elle meurt d'envie de s'occuper des relations publiques.

Je sais qu'on va faire une équipe à tout casser !

La cafetière pleine, je retourne au bureau d'Eric et remplis les tasses tout en écoutant la conversation. Penny tient une liste de noms avec des chiffres écrits au crayon.

— Sally Hedge ne mérite pas de prime cette année, ni même d'augmentation. Son travail est très moyen. Merci pour le café, Lexi.

— J'aime bien Sally, dis-je. Vous savez que sa mère a été souffrante récemment ?

— Vraiment ?

Penny fait une grimace comme pour dire : « Je m'en contrefiche. »

— Lexi est devenue copine avec toutes les secrétaires et le petit personnel de mon bureau, dit Eric avec un petit rire. Elle est très bonne pour ce genre de chose.

— Ce n'est pas un « genre de chose », je réplique, irritée par son ton condescendant. Nous avons bavardé. Elle est intéressante. Vous savez qu'elle a failli faire partie de l'équipe britannique de gymnastique aux Jeux du Commonwealth ? Elle peut faire le saut périlleux sur une poutre.

On me regarde d'un air bovin.

— En tout cas, reprend Penny en lisant son papier, nous sommes d'accord : pas de prime et pas d'augmentation pour le moment. Nous reverrons son cas à Noël. Passons maintenant à Damian Greeslade…

Ce n'est pas mes oignons, d'accord. Mais l'idée de la déception de Sally m'est insupportable.

— Pardon ! j'interromps en posant la cafetière sur une desserte. Pardon, j'aimerais dire quelque chose ! Voilà… une prime ne représente presque rien pour la société. C'est invisible au bas d'un bilan. Mais pour Sally Hedge, c'est important. Vous vous souvenez de l'époque où vous étiez jeune, pauvre et où vous deviez vous battre ?

Je regarde tous ces directeurs vêtus de leurs beaux costumes avec leurs montres dernier cri et leurs chaussures hors de prix.

— Moi, oui !

— Lexi, vous avez sans nul doute le cœur généreux, dit Steven. Mais vous voulez dire quoi exactement ? Qu'on devrait tous être pauvres ?

— Pas du tout. Je dis simplement : rappelez-vous quand vous étiez au bas de l'échelle. Je sais, pour vous tous, c'est un autre monde. Sauf que c'était le mien. Et j'ai l'impression que c'était il y a seulement six semaines. J'étais cette fille. Pas d'argent, espérant une prime, me demandant si j'aurais une promotion, debout sous la pluie…

Me rendant compte que je me laisse emporter, je conclus :

— En tout cas, si vous lui donnez cette prime, elle vous en sera reconnaissante.

Personne ne parle. Je regarde Eric : figé, un rictus sur ses lèvres livides.

— Bon, fait Penny, nous reviendrons plus tard à Sally Hedge.

— Merci, je ne voulais pas vous interrompre. Continuez donc.

Je reprends la cafetière et tente de sortir sans faire de bruit. Sauf que je trébuche sur une mallette que quelqu'un a oubliée par terre.

Lui accorderont-ils cette prime ? En tout cas, j'ai dit ce que j'avais sur le cœur. Je prends le journal et consulte les petites annonces à la recherche d'un bureau à louer quand Eric fait son apparition.

— Ah ? Vous faites une pause ?

— Lexi, juste un mot.

Il traverse ma chambre à grands pas, son horrible sourire accroché à ses lèvres.

— Ne te mêle plus jamais de mes affaires, compris !

Oh ! Oh ! Je me doutais bien qu'il était hors de lui.

— Eric, excuse-moi d'avoir interrompu ta réunion, mais je ne faisais qu'exprimer mon opinion.

— Je n'en ai rien à faire de tes opinions !

— Mais n'est-ce pas une bonne chose que de se parler ? Même si nous ne sommes pas d'accord ? Ça anime la vie à deux.

— Je ne suis pas d'accord.

Si les mots pouvaient tuer, je serais morte. Il a encore son sourire, tel un masque, comme s'il voulait dissimuler à quel point il est furieux. Et soudain, tout devient évident. Je ne connais pas cet homme. Je ne l'aime pas. Et d'ailleurs, qu'est-ce que je fabrique ici ?

— Pardon, Eric, ça ne se reproduira pas.

Je vais jusqu'à la fenêtre pour réfléchir. Puis je me retourne.

— J'aimerais te poser une question, puisqu'on discute. Que penses-tu sincèrement de nous, de notre mariage ? De tout ça ?

— Nous faisons des progrès.

Je remarque qu'il est soudain de meilleure humeur, comme si on abordait un nouveau chapitre.

— Nous devenons plus proches…, poursuit-il, tu commences à avoir des flash-backs… tu as bien appris le contenu du *Manuel conjugal*. Nous sommes sur la bonne voie.

Des propos d'homme d'affaires ! Il en est presque à me montrer un graphique de notre bonheur. Une courbe ascendante, bien sûr ! Mais comment peut-il me sortir de telles âneries alors qu'il se fiche éperdument de mes idées ou de qui je suis !

— Eric, je te demande pardon, dis-je en me laissant tomber sur un tabouret en daim. Mais je ne suis pas d'accord. Je ne crois pas que nous devenions « plus proches ». Et je dois t'avouer une chose… Je n'ai jamais eu de flash-backs ! Je les ai inventés.

— Comment ? Pourquoi ?

C'était ça ou la montagne de crème fouettée !

— Je suppose que j'ai pris mes désirs pour la réalité. Mais en vérité, aucun souvenir ne m'est revenu. Tu

393

n'es toujours qu'un type dont j'ai fait la connaissance il y a quelques semaines.

Sans un mot, Eric s'assied lourdement sur le lit. Je m'empare d'une photo de nous le jour de notre mariage. Nous nous portons un toast et nous nous sourions, l'air béat. Mais en regardant le cliché de plus près, je m'aperçois que je suis tendue.

Combien de temps ai-je été heureuse ? Quand me suis-je rendu compte que je m'étais trompée ?

— Eric, voyons les choses en face, ça ne marche pas, nous deux, je soupire. Ni pour l'un ni pour l'autre. Je vis avec un inconnu. Tu es avec une femme en partie amnésique.

— Peu importe ! Nous construisons un nouveau couple. On repart à zéro !

Il fait de grands gestes de la main. Dans une seconde, il va me sortir que notre mariage fait partie « des privilèges du luxe » !

— Non ! Je ne peux plus continuer.

— Mais si, trésor, dit Eric façon « mari concerné par l'état de sa femme mentalement instable ». Tu as trop présumé de tes forces. Repose-toi !

— Je n'ai pas besoin de me reposer ! Je veux être moi-même !

Je me lève d'un bond, énervée d'être incomprise à ce point.

— Je ne suis pas la fille que tu as cru épouser. J'ignore qui j'étais ces trois dernières années, mais ce n'était pas moi. J'aime les couleurs. Le fouillis. J'aime… les pâtes. Pendant tout ce temps, je n'ai pas eu envie de me nourrir de succès, mais de cannellonis !

Eric a l'air perdu.

— Trésor, si tu y tiens tellement, achetons des pâtes. Je vais dire à Gianna d'en commander…

— Ce n'est pas une question de nouilles ! je crie. Tu n'as pas l'air de comprendre. Je joue la comédie depuis des semaines. Et je n'en peux plus. Je ne suis pas un produit de haute technologie comme ton système. Je ne me sens pas relax. Je préférerais, franchement, habiter une maison.

— Une maison ? répète Eric aussi horrifié que s'il apprenait que je voulais vivre avec des loups et élever leurs petits.

— Ton appartement est fantastique ! dis-je pour ne pas lui faire de peine. Il est incroyable et je l'admire vraiment. Mais je n'y suis pas à l'aise. Je ne suis pas faite… pour cette vie de haut luxe.

— Incroyable, fait Eric, comme assommé. Je tombe des nues.

— Mais le plus important, c'est que tu ne m'aimes pas, fais-je en le regardant droit dans les yeux. Tu ne m'aimes pas moi !

— Mais si je t'aime ! Tu le sais bien. Tu as des tonnes de qualités, tu es belle…

— Tu ne le penses pas.

— Bien sûr que si ! fait-il, vexé.

— Non, tu trouves que mes injections de collagène sur le visage sont bien, et que mes dents sont bien alignées et que ma coloration de cheveux est bien !

Eric reste sans voix. L'air incrédule, il me dévisage. Il a dû croire que tout était naturel !

— Je dois déménager. Je suis navrée, mais c'est trop d'efforts.

— On a été trop vite en besogne, admet enfin Eric. Prends des vacances, voilà une bonne idée. Dans une ou deux semaines, tu verras les choses sous un angle différent et l'on se reparlera.

— Ouais. Peut-être.

Comme c'est bizarre ! J'ai l'impression d'empaqueter la vie d'une autre fille. Je fourre le minimum dans une valise Gucci que j'ai trouvée dans un placard : de la lingerie, des jeans, quelques paires de chaussures. Je ne me sens pas le droit d'emporter mes tailleurs beiges. Et, franchement, je n'en ai pas envie. J'ai tout bouclé quand Eric apparaît sur le seuil.

— Je dois sortir, dit-il d'un air guindé. Ça ira ?

— Oui, sans problème. J'irai chez Fi en taxi. Elle va rentrer du bureau de bonne heure.

Je ferme ma valise. Un geste qui a quelque chose de définitif.

— Eric... merci pour tout. Je sais combien ç'a été dur pour toi.

— Je tiens beaucoup à toi, je veux que tu le saches.

En découvrant à quel point Eric est triste, je me sens coupable. Mais ce n'est pas une raison pour rester avec lui. Même s'il sait piloter un hors-bord. Je me relève, masse mon dos endolori et contemple cette chambre immaculée. Le lit conçu par les meilleurs stylistes. L'écran incorporé. Le dressing et ses millions de fringues. Je ne vivrai plus jamais dans un tel luxe. Je dois être folle !

En regardant le lit, une question me vient à l'esprit.

— Eric, est-ce que je couine en dormant ? Tu as remarqué ?

— Absolument. On a consulté un docteur. Il t'a suggéré de doucher tes cloisons nasales avec de l'eau salée avant de te coucher et de porter une gouttière en plastique.

Il ouvre un tiroir et en sort un redoutable engin.

— Tu veux l'emporter ?

— Non ! Mais merci quand même !

Bon. J'ai pris la bonne décision.

Eric repose l'appareil. Il hésite puis, gêné, vient m'embrasser. J'ai l'impression de suivre les instructions du *Manuel conjugal* : « Séparation (baiser d'adieu) ».

— Au revoir, Eric, à bientôt.

Comme je suis ridicule ! Me voici au bord des larmes. Pas pour Eric mais parce que la page est tournée. Ma vie de rêve, extraordinaire, parfaite…

Il se recule enfin.

— Au revoir, Lexi.

Il sort de la chambre et, un instant plus tard, j'entends la porte d'entrée se fermer.

Une heure s'est écoulée. J'ai fini de faire mes bagages. Finalement, je n'ai pas résisté à la tentation de remplir une deuxième valise avec de la lingerie La Perla et des produits de maquillage Chanel. Et une troisième avec des vêtements. De toute façon, qui va les mettre ? Pas Eric. Et puis j'ai gardé mon sac Vuitton en souvenir du passé.

J'ai eu du mal à faire mes adieux à Gianna. Quand je l'ai embrassée, elle m'a tapoté la tête en murmurant quelque chose en italien. Je crois qu'elle m'a comprise.

Et voilà. Je trimbale mes valises dans le salon et consulte ma montre. Mon taxi n'arrivera que dans quelques minutes. J'ai l'impression de quitter un hôtel cinq étoiles. Le séjour a été formidable avec tout le confort possible. Mais je ne me sentais pas chez moi. Pourtant, j'ai un coup au cœur en me rendant pour la dernière fois sur la terrasse et en me protégeant les yeux du soleil couchant. Quand je suis venue ici en sortant de l'hôpital, j'ai cru être au paradis. À mes yeux, Eric était un dieu grec. Je n'ai pas oublié cet état d'euphorie.

Je soupire et rentre dans le salon. Cette existence prétendument parfaite n'était pas sans défauts.

Et si je disais au revoir à mon chaton, me dis-je en fermant la porte-fenêtre. J'appuie sur la touche « Coin des Animaux » et mon petit chat apparaît, tout mignon et choupinet. Il joue avec sa balle.

— Salut, Arthur, dis-je.

Je sais que rien n'est réel mais j'ai pitié de lui, enfermé qu'il est dans ce monde virtuel.

Et Titan mérite lui aussi un « au revoir » ! J'appuie sur sa touche et voici qu'une araignée de deux mètres de long envahit l'écran. Un vrai monstre !

— Mon Dieu !

Horrifiée, je bondis en arrière et j'entends quelque chose se fracasser par terre.

Bravo, Lexi ! J'ai fait tomber un de ces pots de fleurs exotiques, genre orchidées, auxquels Eric tient tant. Pendant que je contemple le désastre de verre cassé, de terre éparpillée et de plantes abîmées, un message clignote sur l'écran, bleu sur vert : EN DÉRANGEMENT ! EN DÉRANGEMENT !

Comme si l'appartement voulait me dire quelque chose. Après tout, il est peut-être doué d'intelligence.

— Mille pardons ! je crie en direction de l'écran. Je sais que j'ai flanqué la pagaille mais je m'en vais ! Tu n'auras plus à me supporter !

Je prends un balai à la cuisine et fais place nette. Puis je laisse un mot à mon mari :

> *Cher Eric,*
>
> *J'ai brisé l'orchidée. Pardon.*
> *Et j'ai aussi déchiré le canapé. Envoie-moi*
> *la facture.*
>
> *Affectueusement,*
>
> *Lexi.*

On sonne au moment où je signe. Je glisse la note sous le léopard en verre.

— Bonjour, dis-je dans l'interphone. Pouvez-vous monter au dernier étage ?

Je vais avoir besoin d'aide avec mes valises. Fi va sûrement râler : je lui avais dit que j'arriverais avec une simple besace. Je sors sur le palier en attendant l'ascenseur.

— Vous tombez bien, fais-je au moment où les portes commencent à s'ouvrir. J'ai un tas de…

Et mon cœur cesse de battre.

Ce n'est pas mon chauffeur de taxi.

C'est Jon ! En jean et tee-shirt, les cheveux en bataille et le visage chiffonné comme s'il avait mal dormi. Tout le contraire d'Eric l'immaculé, le fervent amateur d'Armani.

— Bonsoir… Que…

Il a les traits tirés, les yeux aussi profonds que d'habitude. Me revient notre première rencontre dans le parking, quand il m'observait pour être certain que je ne me souvenais pas de lui.

Je comprends enfin pourquoi il avait cette mine désespérée quand j'assurais qu'Eric était un mari idéal. Je comprends des tas de choses.

— Je t'ai appelée à ton bureau. On m'a dit que tu étais rentrée chez toi.

— Ouais. Il s'est passé des tonnes d'événements.

En moi, c'est le chaos. Je n'ose le regarder dans les yeux. J'ignore ce qu'il fait ici. Je recule d'un pas, les yeux au sol, les mains croisées, respirant à peine.

— Lexi, j'ai une chose à te dire.

Il respire à fond et je m'attends au pire.

— Voilà, je dois te demander pardon. Je n'aurais pas dû te torturer, c'était nul de ma part.

Je tressaille. Pour une nouvelle, c'est une nouvelle ! Et pas celle que j'attendais.

— J'ai beaucoup réfléchi, continue-t-il très vite. Tu as vécu des moments très difficiles. Je ne t'ai pas aidée. Et… tu as raison… Je ne suis pas encore ton amant mais toujours un type que tu viens de rencontrer.

Il a l'air tellement détaché que j'ai du mal à avaler ma salive.

— Jon, je ne voulais pas…

— Je sais, fait-il d'une voix plus douce. Je sais ce que tu veux dire. Ç'a été pénible pour toi.

Il se rapproche de moi, m'observe plus attentivement.

— Ce que je veux te dire : ne te martyrise pas ! Tu fais de ton mieux. Tu ne peux pas faire plus.

— Ouais, dis-je, au bord des larmes. Enfin… j'essaye.

Mon Dieu ! Je vais pleurer. Jon s'en rend compte et se recule, comme pour me laisser de l'air.

— Tu as signé ton contrat ?

— Oui.

— Bravo ! Je suis ravi pour toi.

Il hoche la tête comme si tout était terminé, prêt à faire demi-tour et s'en aller. Alors qu'il n'est pas encore au courant ! Je dois lui dire ce que j'ai sur le cœur.

— J'ai décidé de quitter Eric. Tout de suite. Mes valises sont bouclées, j'ai commandé un taxi…

Je ne veux pas voir la réaction de Jon, mais je ne peux pas m'en empêcher. Incroyable. Une expression de joie illumine son visage pour s'éteindre aussitôt.

— J'en suis… heureux, dit-il en mesurant ses mots. Tu as besoin d'un peu de temps pour réfléchir. Tu n'es pas encore habituée.

— Euh… Jon.

J'ai du mal à parler. Pour dire quoi, d'ailleurs ?

— N'ajoute rien, fait-il en secouant la tête, nous avons raté le coche.

— C'est injuste.

— Peut-être.

À travers la porte vitrée, je vois un taxi noir s'arrêter sous la marquise. Jon suit mon regard et pâlit. Mais quand il se retourne vers moi, il me sourit.

— Je vais t'aider.

Les valises sont chargées, le chauffeur a l'adresse de Fi et il ne me reste plus qu'à faire mes adieux à Jon. Mais j'ai le cœur serré et je ne sais pas comment le lui dire.

— Bon.

— Bon, fait-il en me prenant la main. Porte-toi bien !

— Toi aussi !

Je monte dans le taxi en tremblant, mais je laisse la portière entrouverte. Je ne veux pas entendre le sinistre claquement.

— Jon, je demande dans un murmure, c'est vrai qu'on était… vraiment bien ensemble ?

— Très bien, me répond-il. Oui, vraiment très bien.

De grosses larmes coulent sur mes joues et mon estomac fait des siennes. Mes bonnes résolutions faiblissent. Et si j'ouvrais grande la portière ? Et si je lui disais que j'ai changé d'avis…

Impossible. Je ne peux pas quitter les bras d'un type dont je ne me souviens pas pour me précipiter dans les bras d'un autre.

— Il faut que je m'en aille, je murmure.

Je me frotte les yeux. Et détourne la tête pour ne plus voir Jon.

— Il faut que je parte ! je répète encore une fois.

Je claque la portière et le taxi démarre.

21

Le monde est devenu fou. En voici la preuve.

En pénétrant chez Langridges, j'écarquille les yeux. Nous ne sommes que le 16 octobre. Mais les guirlandes de Noël ont envahi le magasin. Un immense sapin étincelle de décorations. Une chorale chante à tue-tête dans la mezzanine.

Bientôt, ils commenceront à fêter Noël dès le 1er janvier ! Ou ils inventeront des Noëls de mi-saison ! Et ce sera Noël toute l'année, même en plein juillet.

— Le nouveau parfum de Calvin Klein ? me propose une démonstratrice en blanc.

Je m'écarte avant d'être aspergée. En y repensant, je crois que Debs aime ce parfum. Je devrais lui en acheter.

— Oui, avec plaisir, dis-je et la fille manque de tomber à la renverse.

— Un emballage de fête ? dit-elle en passant derrière son comptoir avant que je change d'avis.

— Juste un paquet sans petits sapins !

Pendant qu'elle emballe le flacon, je me regarde dans une glace. Mes cheveux sont toujours longs et brillants, mais un peu moins clairs qu'avant. Je porte un jean, un cardigan vert et de confortables mocassins en daim. Pas de maquillage et pas d'alliance non plus.

J'aime ce que je vois. J'adore ma vie.

Ce n'est peut-être plus une existence de rêve. Je ne suis plus une milliardaire vivant dans un penthouse fabuleux avec vue sur tout Londres.

Mais Balham est plutôt cool. Plus cool encore, mon appartement est au-dessus de mon bureau, ce qui réduit au minimum mon temps de trajet ! Résultat : je n'entre plus dans mes jeans étroits. Tout compte fait, c'est peut-être la faute des trois toasts que je dévore au petit déjeuner.

Depuis trois mois que j'ai quitté Deller, les affaires marchent du feu de dieu. Parfois, je dois me pincer pour y croire. La collaboration avec Porsche se passe formidablement bien et la presse en parle. Nous avons conclu un autre accord avec une chaîne de restaurants et, pas plus tard qu'aujourd'hui, Fi a vendu mon motif favori – des ronds orange – à un spa à la mode.

D'où ma présence dans ce grand magasin. Tous les membres de mon équipe méritent un cadeau.

Je règle le parfum et commence un tour dans les rayons. En passant devant une panoplie de souliers à très très hauts talons, je songe soudain à Rosalie. Et je souris. Dès qu'elle a su qu'Eric et moi avions rompu, elle a annoncé qu'elle ne prendrait pas parti, que j'étais toujours sa meilleure amie et qu'elle serait mon soutien le plus solide.

Elle est venue me voir une fois. Arrivant avec une heure de retard, soi-disant à cause de son GPS (« Chééérie, je te jure, il ne marche pas au sud de la Tamise »). Et à cause d'une bagarre de rue entre deux gangs de Portoricains (« Un vrai cauchemar »). En fait, il s'agissait de deux gosses de huit ans qui se chamaillaient.

Pourtant, elle a fait mieux que maman qui a annulé chacune de ses visites sous prétexte qu'un de ses chiens était malade. Du coup, depuis le jour où j'ai récupéré mon dossier, on ne s'est pas vraiment parlé.

Heureusement, Amy me tient au courant. Ainsi, le lendemain de ma visite, maman a donné ses petites robes à fleurs à une œuvre de charité. Ensuite, elle est allée chez le coiffeur. Elle a désormais une coupe au carré, ce qui, paraît-il, lui va très bien. Et puis elle s'est acheté des pantalons à la mode. Elle a également payé quelqu'un pour enlever tous les détritus du jardin ainsi que les pavés de papa.

Ce n'est peut-être pas grand-chose mais, dans l'univers maternel, c'est énorme.

En parlant de révolution, il faut savoir qu'Amy est en tête de sa classe. Elle est première en économie et son prof n'en revient pas. Elle viendra faire un stage chez nous pendant les vacances de Noël, et ça m'enchante.

Quant à Eric... je soupire en pensant à lui.

Il croit toujours que notre séparation est temporaire, alors que je suis allée consulter un avocat pour divorcer. Une semaine après avoir déménagé, il m'a envoyé un document intitulé : *Lexi et Eric, Manuel de séparation.* Il suggérait un rendez-vous par mois pour « faire le point ». Pour le moment, le revoir est au-dessus de mes forces.

Et je ne peux pas non plus lire les chapitres intitulés : « Activités sexuelles », « Infidélité », « Solitude », « Réconciliation », « divers ».

« Divers » ? Divers quoi ?

Non, je préfère ne pas y penser. Inutile de ressasser le passé. Inutile de broyer du noir. Comme dit Fi, il faut regarder devant soi. Je commence à devenir assez bonne à ce petit jeu. La plupart du temps mon passé appartient à une époque révolue, soigneusement cadenassée.

Je m'arrête au rayon Accessoires pour acheter un sac funky destiné à Fi. Au premier étage, je trouve un tee-shirt style années 1970 pour Carolyn.

— Du vin chaud épicé ? propose un type coiffé d'un bonnet de Père Noël.

J'en prends un verre. Tout à coup, sans y prendre garde, je me retrouve chez les Hommes. Pas grave. J'ai tout mon temps. Je déambule pendant un moment à siroter mon vin, à écouter les chants de Noël, à regarder briller les guirlandes lumineuses…

Mon Dieu, ils m'ont eue ! Je commence à apprécier cette atmosphère de fêtes. Quelle horreur ! Nous ne sommes qu'en octobre. Il faut que je m'échappe avant de me retrouver à faire provision de gâteaux de Noël, de CD de chants traditionnels et d'ornements de sapin.

— Bonjour à vous !

Je viens d'être interpellée par une femme aux che-veux courts qui plie des pulls au rayon Ralph Lauren.

— Euh… bonjour. On se connaît ?

— Non, fait-elle en souriant. Mais je me souviens de vous, l'année dernière.

— L'année dernière ?

— Vous êtes venue acheter une chemise pour un homme. Au moment de Noël, précise-t-elle en regar-dant ma main. Nous avons eu une longue conversation pendant que je vous faisais votre paquet. Je ne l'ai pas oubliée.

Je me recule pour mieux la cadrer. J'essaye d'imaginer la scène. L'ancienne Lexi en tailleur beige, faisant ses courses de Noël, sans doute terriblement pressée. Sans doute fronçant les sourcils tellement elle est stressée.

— Pardon, mais j'ai une mauvaise mémoire. Je vous ai raconté quoi ?

— Ne vous en faites pas ! s'exclame-t-elle en riant. Il n'y a pas de raison que vous vous en souveniez. Mais vous étiez si... C'est idiot à dire, mais vous aviez l'air si amoureuse !

— Ah. D'accord.

Je ramène une mèche en arrière en me disant de sourire et de m'éloigner. Ce n'est qu'une légère coïncidence. Pas de quoi fouetter un chat. Allez, Lexi, fais un sourire poli à la dame et tire-toi.

Mais je reste là à l'écouter. Et toutes sortes d'impressions remontent à la surface. Le passé n'est pas enterré, le cadenas s'entrouvre.

— Cette question va vous sembler bizarre, mais... vous ai-je dit le prénom de cet homme ?

— Non, fait-elle en me jetant un regard empreint de curiosité. Vous m'avez dit qu'il vous faisait revivre. Avant lui, vous étiez comme morte. Avec lui, vous pétilliez de bonheur. Ça ne vous rappelle rien ?

— Non.

Ma gorge se serre. C'était Jon.

Jon, que j'ai essayé de chasser de mon esprit, depuis que j'ai quitté Eric.

— Qu'est-ce que je lui ai acheté ?

— Ah oui ! Cette chemise, je crois.

Elle me tend une chemise vert pâle, puis se tourne vers une autre cliente.

Je tiens la chemise contre moi, en imaginant la choisir, en voyant Jon la porter. Je veux retrouver cette sensation de joie. Est-ce le vin chaud ? Ou la fatigue due à une longue journée ? Je n'arrive pas à reposer cette chemise sur le comptoir.

— J'aimerais l'acheter, dis-je dès que la vendeuse est à nouveau libre. Inutile de l'emballer.

Qu'est-ce que j'ai ? En sortant de chez Langridges et en hélant un taxi, je tiens encore cette chemise contre moi, tel un doudou. Ma tête vibre…

Je chantonne.

Je ne sais pas ce que ma tête fabrique. Je fredonne une chanson que je ne connais pas. Je sais seulement qu'elle a quelque chose à voir avec Jon.

Je ferme les yeux pour la chasser, pour la faire disparaître et soudain, j'ai comme un flash !

Ma mémoire !

J'ai un souvenir. De lui. De moi. De nous deux ensemble. L'air salé de la mer, son menton qui râpe, un tricot gris… et cette chanson. Rien de plus. Juste un instantané.

Mais je l'ai eu !

— Miss, on va où ? demande le chauffeur qui a fait glisser la vitre de séparation.

Je le regarde comme s'il parlait chinois. Je ne veux pas faire fonctionner mon esprit. Juste garder ce souvenir, le choyer…

— Bon, c'est pas tout ça, ma petite demoiselle, on va où ?

Il n'y a qu'un endroit où j'aie envie d'aller. Un seul.

— À Hammersmith.

Il démarre en trombe.

Tandis que nous traversons Londres, je me tiens bien droite sur la banquette, très tendue, accrochée aux poignées du taxi. Ma tête contient un précieux liquide que je ne dois pas secouer ni renverser. Je ne dois pas y penser de peur de l'user. Je dois rester muette, ne pas regarder par la vitre, ne rien laisser entrer dans ma cervelle. Je dois garder ce souvenir intact. Pour le lui décrire.

En bas de chez Jon, je fourre de l'argent dans la main du chauffeur, sors de la voiture et me rends compte enfin que j'aurais dû téléphoner pour m'annoncer. Je sors mon portable et compose son numéro. S'il est absent, j'irai le rejoindre n'importe où.

— Lexi ?

— Je suis en bas ! Je me souviens !

Silence. Il a raccroché. Mais j'entends des pas dans la maison. L'instant d'après, la porte s'ouvre en grand et Jon se tient en haut du perron, avec son jean habituel et ses vieilles baskets Converse.

— Je me suis rappelé quelque chose, je lâche, avant qu'il ne dise quoi que ce soit. Une chanson. Je ne connais pas son titre ni les paroles, mais je l'ai entendue avec toi, sur une plage. On était ensemble. Écoute !

Je commence à fredonner l'air. Va-t-il savoir ce que c'est ? S'en souvenir ?

— Lexi…, dit-il en se passant la main dans les cheveux, de quoi parles-tu ? Pourquoi tiens-tu une chemise à la main ? Elle est à moi ? demande-t-il en la regardant de plus près.

— Je l'ai entendue à la plage avec toi ! J'en suis sûre.

Je me rends compte que je bafouille, mais je ne peux pas m'en empêcher.

— Je me rappelle l'air marin, ton menton mal rasé et la chanson était comme ça…

Je recommence à fredonner, mais c'est de plus en plus faux et j'arrête, guettant sa réaction. Jon est totalement paumé.

— Je ne me souviens pas.

— Quoi ? dis-je en le regardant comme s'il m'avait giflée. Tu ne te souviens pas ! Allons, réfléchis ! Il faisait froid mais nous étions au chaud tous les deux, tu ne t'étais pas rasé… tu avais un pull gris…

Soudain, il change d'expression.

— Bon Dieu ! C'était à Whitstable ! C'est ça, hein ?

— Je ne sais pas ! Peut-être.

— Nous avons passé la journée à Whitstable. Sur la plage. Il faisait un froid de canard. On s'est enroulés dans une couverture, nous avions apporté une radio… Fredonne encore la chanson ?

Bon, je n'aurais jamais dû lui en parler. Je chante comme une casserole. Vexée, je reprends l'air. Qui ne ressemble à rien.

— Minute ! C'était la chanson à la mode ? *Bad Day* ?

Il l'entonne et c'est comme si un rêve prenait forme.

— Ouais ! Absolument ! Voilà la chanson !

Suit une longue pause où Jon se masse le visage, toujours aussi perplexe.

— Alors tu ne te souviens que de ça ! D'une chanson !

Tout à coup, je me rends compte de ma stupidité. Traverser Londres pour me précipiter chez lui…

410

Quelle erreur ! Je ne l'intéresse plus, il est passé à autre chose. Il a sans doute une nouvelle fille dans sa vie.

— Oui, dis-je en m'efforçant de paraître décontractée. C'est tout. J'avais juste envie que tu saches que je m'étais souvenue d'un truc. Au cas où ça t'aurait intéressé. Bon, tant pis. Heureuse de t'avoir revu. Salut.

Les joues en feu, je reprends mes paquets-cadeaux en tremblant. Quel désastre ! Il faut que je parte le plus vite possible. À quoi est-ce que je pensais…

— Ça te suffit ?

La voix de Jon me surprend. Je me retourne : il a descendu la moitié de l'escalier, le visage gonflé d'espoir. En le voyant ainsi, je n'ai plus envie de me raconter des histoires. Les trois derniers mois s'évanouissent. Nous sommes ensemble à nouveau.

— Je… je ne sais pas. Tu crois ?

— À toi de jouer. Tu m'as dit que tu avais besoin d'un souvenir. D'un fil à dérouler…

Il s'approche de moi.

— Tu l'as maintenant !

— Sans doute, mais il est vraiment très fin. On dirait un fil d'araignée, tout léger.

— Alors, ne le laisse pas s'envoler.

Ses yeux sombres ne quittent pas les miens, il dévale les dernières marches.

— Retiens-le ! Surtout ne le casse pas !

Il me prend dans ses bras et me serre fort contre lui.

— N'aie pas peur ! je ne le laisserai pas partir. Il ne sortira jamais de mes bras. De mon cerveau.

Quand je reprends conscience, trois gosses perchés sur le perron d'à côté me zieutent.

— Oh, fait l'un d'eux, sexy…

411

Je ne peux m'empêcher de rire alors que je suis au bord des larmes.

— Oui, dis-je à Jon, sexy !

— Sexy ! répète-t-il en me prenant par les hanches.

Ses pouces caressent doucement le haut de mes cuisses, comme s'ils avaient toujours été là.

— Oh ! fais-je en me couvrant la bouche comme si je venais de penser à quelque chose. Devine ? Je viens de me souvenir d'autre chose !

— Quoi donc ? dit-il, rayonnant.

— Je me souviens d'être entrée chez toi… d'avoir décroché les téléphones… et d'avoir fait merveilleusement l'amour pendant vingt-quatre heures sans m'arrêter. Je me souviens même de la date exacte.

— Vraiment ? T'en es sûre ?

— Oui, le 26 octobre 2007. Vers… (Je consulte ma montre.)… 4 heures 57.

— Ah ! je vois ! dit-il en comprenant soudain. Bien sûr, oui. Je m'en souviens aussi. C'était effectivement plutôt bien.

Il me caresse le dos et je frissonne en attendant la suite.

— En fait, c'était plutôt quarante-huit heures, pas vingt-quatre !

— Tu as raison, dis-je en faisant claquer ma langue. Comment ai-je pu me tromper ?

— Viens !

Jon m'entraîne en haut du perron, me tenant fermement par la main, tandis que les enfants piaillent de joie.

— Au fait, dis-je quand il a poussé la porte de son pied, je n'ai pas fait l'amour depuis 2004. Au cas où le sujet t'intéresserait.

Jon éclate de rire. Il se débarrasse de sa chemise et le désir me saisit. Mon corps se souvient, même si ma tête a oublié. Puis il s'approche de moi, prend ma tête dans ses deux mains et me contemple pendant un moment, sans rien dire, mais avec une telle intensité que je me sens fondre de désir.

— Rappelle-moi, qu'est-ce qui s'est passé au bout de quarante-huit heures ?

Je n'y tiens plus. J'attire son visage pour qu'il m'embrasse enfin. Un baiser que je n'oublierai jamais. Un baiser qui restera gravé en moi.

— Je te le dirai, fais-je, mes lèvres contre sa peau douce et chaude. Je te le dirai quand je m'en souviendrai.

Fin

Remerciements

Liz Haigh-Reeve, Sallie Baxendale et surtout Trevor Powell m'ont aidée à répondre à mes questions sur l'amnésie.

J'ai une chance folle d'avoir, pour m'encourager, une équipe d'éditeurs de premier ordre. Une masse de remerciements vont à tous les membres de Transworld et plus particulièrement à Linda Evans, Laura Sherlock et Stina Smemo.

Comme toujours, un grand merci et toute mon affection à mon agent Araminta Whitley ; à Nicki Kennedy, Sam Edenborough, Valerie Hoskins, Rebecca Watson, Lucinda Bettridge et Lucy Cowie. Et à tous ceux qui m'aident à ne pas perdre l'esprit : toute la bande et ma famille, Henry, Freddy, Hugo et Oscar.

Composé par Nord Compo
à Villeneuve-d'Ascq (Nord)

Imprimé en Espagne par
Liberduplex
à Barcelone
en mai 2011

POCKET – 12, avenue d'Italie – 75627 Paris cedex 13

N° d'impression : 23609
Dépôt légal : juin 2011
S19870/01